《百年秋园》编委会

顾　问：周祥祺　黄其山

主　任：林志生

副主任：梁丽琪

成　员：林昭瑾　陈枝棠　范松场　钟　韩　许鸿宇　汪明安
　　　　郑尧光　林惠进　郑健雄　王振秋　陈小鲸　阮华生

《百年秋园》编辑部

主　编：林毓秀

副主编：郭孝卿

成　员：林毓华　罗承晋　郭泽英　吴玉泉
　　　　郑　毅　张林华　柳长铃　冯育华

百年秋园

中国人民政治协商会议福建省福安市委员会 编

海峡出版发行集团
海峡文艺出版社

前　言

林志生

"秋菊有佳色，园林无俗情。"当100年前，时任上海大学校长的国民党元老于右任先生，亲手书写这副陶潜诗句的集联赠予福安秋园诗社时，就彰显了秋园诗社的不凡。100年来，秋园诗社的诗人们从革命、抗战、解放以及改革开放的历史扉页中一路走来，以自身的创作实践独响一时，使得秋园诗社享誉闽台诗坛。

福安是诗的温床，这里的山和水，这里的人和事，皆与诗歌有着千丝万缕的情缘。尽管曾经朝代更替、烽烟迭起、大浪淘沙，但诗歌的基因，却在福安这片土地上不朽地传承，人文的甘露滋养着一代又一代的福安人。1000多年前的盛唐贞观时期，福安邑贤薛令之即以其卓绝的诗才，成为福建有史以来的第一位科举进士，与贺知章同为太子侍讲，并以一首《自悼》名扬朝野，孕育了华夏廉文化的福安元素；邑中缪氏子七岁以神童召试，一首七绝《赋新月》深得唐玄宗赏识，是《全唐诗》中年纪最小的诗人。

福安更是以诗立县。南宋淳祐五年（1245），邑人郑寀以"韩阳风景世间无，堪与王维作画图……"一首七律呈诗枥县，获得宋理宗御批"敷锡五福，以安一县"，传下了以诗立县的佳话。这是八闽大地绝无仅有的。

南宋爱国诗人谢翱，是福安"三贤"之一，以其绝世才情，在"文风卑弱"的南宋之末，异军突起，写下了许多"桀骜有奇气"的诗歌（《四库全书》语），在中国文学史上占据着重要的位置。1986年上海辞书出版社出版的《宋诗鉴赏辞典》，收录了两宋319年间256位诗人的1040首诗，谢翱一人赫然有6首诗作在列。在群星璀璨的唐宋诗坛上，各个时期都有福安诗人的一缕光芒在闪耀。乃至元明清，代有存续，余响不绝。

民国12年（1923），经过千年的积淀，福安终于诞生了闽东第一个诗社——"秋园诗社"。这是福安诗人们有感于先贤谢翱结"汐社"的爱国情怀，在同样风云激荡年代的盛举。如今，秋园诗社经历了百年风雨的洗礼，诗社一代代诗人不懈耕耘，迎来了期颐之年的累累硕果。百年之际，福安市政协隆重举行了"百年秋园"纪念活动，并以《百年秋园》诗集为脚注，用以传承爱国诗魂。《百年秋园》一书的问世，不仅是福安诗词界的幸事，也是福安人民的幸事！

《百年秋园》除了收录秋园诗社当代社员的诗作精品，编为《吟坛新章》专章，还搜集了已故社员的大量遗作，编为《先辈遗响》专章，更有《百年回眸》专章，钩沉历史，收集史料，交织经纬，详细记载秋园诗社百年发展的历程。全书的诗词作者，几乎涵盖了福安百年诗坛的精英和知名人士。他们或是诗社社员，或与秋园诗社有过密切交集。《先辈遗响》专章所录作者，便有共和国开国将军黄烽、中华邮政先驱林卓午、著名"左联"作家刘宗璜、"闽东才女"曹英庄，以及一些大学的教授学者。同样，《吟坛新章》中的许多作者，也都有一定的知名度，均是福安文化界的中坚力量。

诗词，历来与国家的盛衰相映照。纵观《百年秋园》全书的诗作，或直抒胸臆，或托物言志，或记事述怀，或映照社情，处处有感而发，诗情与时代同脉搏，奏响了时代的强音。因此，狭义上，完全可以将《百年秋园》看作一部福安百年诗歌史；广义上，将其当作一部福安百年文化史来看，也无争议之处。这是我们出版《百年秋园》一书的一大着眼之处。

俗话说，盛世兴文。党的二十大指出，要推进文化自信自强，铸就社会主义文化新辉煌。

新时代，正是诗人展露才华的最佳时代。孔子对诗歌的作用做了高度的评价："诗，可以兴，可以观，可以群，可以怨。"尤其是"可以群"，用今天的话来说，就是可以用诗歌来陶冶自己的性情，培养集体正向意识，从而构建和谐的社会。这是我们出版《百年秋园》一书的又一落脚点。

2023 年 7 月

（作者系福安市政协主席）

秋园放歌喜欲狂
——序《百年秋园》

刘立云

　　旅游大巴停在一棵大榕树下，人们从车里鱼贯而出，三五成群地往小广场涌去。他们都是"秋园诗社"的社员，所有人都穿着印有"百年秋园"字样的白色T恤衫，戴着印有相同字样的红色太阳帽。农历五月的闽东万里无云、异常闷热，阳光从高空垂直砸下来，仿佛听得见火星在噼哩啪啦迸溅。阳光下，一张张饱经风霜的脸被晒得红彤彤的，像涂了一层油彩。有人热得摘下帽子来扇风，大伙也跟着摘下帽子来扇风，这时我们才发现，他们中有许多是老人，头上露出积雪一样的白发。而他们聚集的小广场，是房子后的山顶上耸立着一面高大纪念碑的闽东苏区纪念馆门前的小广场。此时音乐响起，头顶悬挂的红色横幅显示出该活动的隆重和热烈，准备施放礼花的工作人员手握爆破筒一样的花炮，站在那儿跃跃欲试，这使这场古体诗词聚会的背景显得格外的庄重、格外的不同凡响。

　　作为一个历届成员合计数百号人的诗社，筚路蓝缕，迄今历经100年历程，让人感到惊讶。这弥足珍贵的100年，是中华民族历经沧桑、浴血重生的100年啊！而这个秋园诗社的"秋园"二字，还是国民党元老于右任先生题写的。当年，于右任先生那首"葬我于高山之上兮，望我大陆。/大陆不可见兮，只有痛哭！/葬我于高山之上兮，望我故乡。/故乡不见兮，永不能（望）忘。/天苍苍，野茫茫，山之上，国有殇"的《国殇》词，可谓字字喋血、声声噙泪，寄托了赤子期盼祖国统一的悲悯情怀！

请记住，福安古称韩阳。宋淳祐五年（1245），时任端明殿学士、同签书枢密院事的邑人郑寀，见长溪西北乡申请析县已20多年，因县治选址悬而未决，便力主县治设韩阳坂，呈诗理宗说："韩阳风景世间无，堪与王维作画图。四面罗山朝虎井，一条带水绕龟湖。形如丹凤飞衔印，势似苍龙卧吐珠。此处不堪为县治，更于何处拜皇都？"理宗皇帝阅后，欣然御批"敷锡五福，以安一县"，留下了"以诗立县"的历史佳话，福安也由此得名。而在全国近3000座县城中，由皇帝钦定的县名并不多见。诞生秋园诗社的这片土地物华天宝、人杰地灵，是一片源远流长而又名不虚传的福地，有着深邃而又丰饶的文化积淀，素有"瓯闽名区""邹鲁之邦"之美誉。在漫长的历史长河中，当地涌现了许多圣贤先哲、仁人志士。明万历四十七年（1619），由开明知县张蔚然主持，把春秋以来的先贤浓缩为薛令之、郑虎臣、谢翱"三贤"，并建三贤祠以祭奠。而仅就这三贤，也足以让福安人引以为傲了。三贤之一的薛令之（683—756），早已成为当地男女老少崇尚的典范。旅客来到福安，当地人会津津乐道地告诉你，在未仕之前，薛大人曾在灵谷草堂青灯黄卷、饱读诗书，后金榜题名，"文章破八闽之荒"。这个拥有深厚才学和澡雪品格的读书人，登第后，初任右庶子，后升为左补阙兼太子侍讲，与著名诗人贺知章先后为太子李亨传道授业。薛令之为官清正廉洁，在朝野赢得广泛尊重，诗词收入包括《全唐诗》在内的多种权威选本而流传于世。最难得的，是他以诗言志，用诗词充分表达自己的爱憎分明和疾恶如仇。让人钦佩的例子数开元后期，唐玄宗荒怠政事、沉湎淫乐，奸诈诡谲的李林甫玩弄权术、钻营取巧，导致朝政日非、国家萎靡不振。薛令之凭借补阙身份，不惜以"自悼"名义在东宫墙壁上题诗："朝日上团团，照见先生盘。盘中何所有？苜蓿长阑干。饭涩匙难绾，羹稀箸易宽。只可谋朝夕，何由保岁寒？"此诗"感慨时事"，规劝皇帝如果只顾"朝夕"之安乐，难免有"岁寒"之祸患，且"悬知野鹿（安禄山）欲衔花（反叛）"（朱松语），向唐玄宗敲响警钟。玄宗见后龙颜不悦，当场回诗："啄木嘴距长，凤凰毛羽短。若嫌松桂寒，任逐桑榆暖。"薛令之是个有性格、有气节的人，见玄宗执迷不悟，立刻谢病东归，回到故乡福安过起了穷研经书、抱瓮灌园的日子。唐肃宗即位，思念先生恩德，派员召薛令之回朝辅佐本尊。使臣回禀，十分惋惜，令之已于至德元年（756）去世。唐肃宗顿足哀恸，为嘉奖恩师秉直清廉的高尚风范，敕命其村庄石矶津为"廉村"、溪曰"廉水"、山曰"廉岭"。廉村因而成为中国历史上唯一由皇帝赐封以"廉"字命名的村庄，从此"三廉"声名远播。明清以降，按照朝廷旨意编撰的启蒙课本《幼学琼林》中有颂扬薛令之的一段："桃李在公门，称人子弟之多；苜蓿长阑干，奉师饮食之薄"，把他在诗词中吟哦的清廉品行上升为做人美德，让其成为每个读书人的必修课。

福安三贤中的郑虎臣和谢翱，同样与诗词结下不解之缘。生于南宋嘉定十二年（1219）的郑虎臣，福安溪柄南山洋头村人，其父郑埙，宋理宗时任越州同知，遭奸臣贾似道陷害，流放至死。郑虎臣受父亲株连，被充军边疆，幸遇特赦而虎口余生。宋德祐元年（1275），元军南侵，贾似道率13万精兵亲征出战，畏敌逃跑，宋军大败，在朝野一片震怒中被贬为循州团练。当年十月，郑虎臣奉命押解贾似道上路。行至漳州木棉庵（今漳州龙海九龙岭下），奸臣嚷着上厕所，摘下免死牌挂在树上，郑虎臣趁机一声断喝："吾为天下人杀汝，虽死何憾！"当即将其拉扯杀于路边草丛。郑虎臣大义除奸的事迹先见于元至元二十八年（1291）周密写的《齐东野语》，后被冯梦龙编撰成话本《木棉庵郑虎臣报冤》收入《喻世明言》第二十二卷，再后又被创作成章回体历史小说《海上魂》《痛史》和现代历史剧《肃杀木棉庵》等等。诛杀贾似道的第二年，郑虎臣被贾似道死党捕杀于福州。感念他的人们将他葬回故乡福安南山村馆园旁，后村中族人为其在村前建祠庙纪念，时抗倭名将俞大猷在漳州木棉庵石亭中为他立碑，上刻"宋郑虎臣诛贾似道于此"10个大字。虽然后人没有发现郑虎臣留下诗词，但仍有许多歌颂他的诗，其中一首被刻成诗碑立于石碑之旁。明代王肇衡所著的这首七言绝句这样写道："当年误国岂堪论，窜逐遐方暴日奔。谁道虎臣成劲节，木棉千古一碑存。"

差不多与郑虎臣同时代的谢翱，南宋淳祐九年（1249）生于福安白云山麓樟南坂，父亲谢钥广学博约，著有《春秋衍义》《左氏辩证》等书。谢翱从小耳濡目染，诗兴勃发。少年其随父迁至浦城，多次赴临安参加科考，虽屡试不中，仍意气风发，不坠青云之志。景炎元年（1276）逢元丞相伯颜举兵攻占临安，文天祥起兵，谢翱慷慨变卖家产，募乡勇数百积极追随，并以咨议参军成为文天祥的左臂右膀，伴文公转战漳、梅、赣诸州。文天祥被俘遇难，他誓不仕元，携带文公生前赠送的玉带砚，流亡浙江永嘉、丽水一带，继续开展抗元活动。其间他念念不忘诗词创作，先后在浙江浦江，及浙东各地主持、组织政治色彩浓烈的诗社"月泉吟社"和"汐社"，陆续写出祭莫文天祥的祭文《登西台恸哭记》和五律《西台哭所思》，对故国和亡友表达刻骨铭心的血泪之情。后人称《登西台恸哭记》为"西台一哭，千秋感喟"。《西台哭所思》也广为流传，诗曰："残年哭知己，白日下荒台。泪落吴江水，随潮到海回。故衣犹染碧，后土不怜才。未老山中客，唯应赋《八哀》。"诗中提到的《八哀》，为杜甫所作，说明文天祥之死让他耿耿于怀，矢志不忘。

如《西台哭所思》，浪迹一生的谢翱壮怀激烈，慷慨高歌，把对祖国的热爱和对民族的忧虑，化作炽热火焰，在数量颇丰的诗词中熊熊燃烧。南京图书馆至今馆藏他的《许剑录》和《晞发集》两部诗集，所录作品达200余首。明清两代文学家，不仅称谢翱为当之无愧的爱国诗人，而且对其作品的艺术贡献给予很高评价，以"临江仙"词牌写出"滚滚长江东逝水，浪花淘尽英雄"千古名句的杨慎，把谢翱誉为"宋末诗人之冠"。《四库全书提要》更是旗帜鲜明，把他的诗词艺术和生命气节推到一个并驾齐驱的地位，说他"诗文桀骜有奇气，而节概亦卓然可观"。

唐朝有与贺知章齐名的帝师，宋末涌现了"诗人之冠"，仅仅以薛令之和谢翱的影响，福安人的诗词创作传统，就到了让人称奇和引以为傲的高度。何况福安人世代传承、生生不息，千百年来创作了数不胜数的作品，说福安这片土地是中国的诗词之乡，并非夸大其辞。正因为如此，时间绵延到民国12年（1923），以宋延祚、郭梓雨为代表的又一代诗家承前启后地涌现出来，进而借鉴大家敬重的乡梓、南宋爱国诗人谢翱创办"汐社"的先例，发起成立"秋园诗社"，立刻答声四起，应者如云。第二年，郑重其事的秋园诗楼落成，立刻请当代大书法家于右任先生题写"秋园"社名。而对于薛令之和谢翱故乡的诗家，我们猜想，即使名望如于右任者也不敢怠慢，因此他不仅如诗社所愿给他们题写了"秋园"二字，而且为他们额外题赠集陶渊明诗句联："秋菊有佳色，园林无俗情。"这就不止是泛泛地支持秋园诗社诞生了，还帮他们摇旗呐喊，推波助澜。难怪秋园诗社声名雀起，一时成了闽东乃至八闽大地之翘楚，就连那些年陆续担任福安县长的叶长青、林黄胄、程星龄和胡邦宪四位官员，都以在秋园诗社留下诗作为荣。而秋园诗社诞生的20世纪20年代，正值中国历史从封闭走上开放的第一个百年巨变，聚集在秋园诗社的，都是福安的爱国志士和各路精英，今天阅读他们留下的作品，无不为他们当年的一腔热血和满腹衷肠所鼓舞，所感染，所激励。

由福安市政协组织的庆祝秋园诗社诞生百年活动，在简短的纪念会开完，专门从北京请来的诗词专家刘能英老师的专业课讲完后，迅速转入采风环节。为此，他们精心安排了参观号称"闽东延安"的柏柱洋、闽东苏维埃政府机关旧址、斗面村、历史文化名村溪柄镇楼下村、"闽东连家船民上岸第一村"、闻名世界的不锈钢生产基地青拓集团，时间压缩在一天之内，紧凑得只能在转场时乘坐的大巴上稍作休息。斗面村和楼下村大多数社员们都来过，有的还曾在这里生活和工作过，对其红色业绩和旧貌新颜如数家珍、耳熟能详。值得一提的是，艳阳高照，热浪滚滚，酷暑已提前到来，走在无遮无拦的街道上，人人汗流浃背，步履蹒跚。然而，虽然他们中有些人已经七老八十，却一个个精神振奋、兴致勃勃，纷纷忙于拍照、询问、相互交谈。因为采风是要交诗词作业的，他们认真得如同小学生，谁都不甘人后，谁都希望能写出让自己也让同伴满意的作品来。组织者暗暗惊叹，那么热的天，那么多高龄老人，竟没有一个中暑生病的，连随同的医护人员都感到"失业"了，真是奇迹！

在下岐村采风时，诗人们被处处洋溢的幸福情景深深打动。

1997年之前，以捕鱼为生的下岐村船民长年在海上漂泊，不仅收入低微，而且在岸上没有立足之地。全村700多户船民，祖祖辈辈"家连着船，船连着家"，饱经"上无片瓦、下无寸土"的艰辛。在时任福建省省长习近平同志的持续关心关怀下，地方政府帮助他们实施"连家船民造福工程"，家家户户过上了习近平总书记殷切叮嘱的"搬上来、住下来、富起来"的美好日子。特别是党的十八大以来，下岐村深入落实政府确定的精准脱贫方针，改变了过去从事的单一捕捞的生产生活方式，大力发展水产养殖、海洋捕捞、商贸服务、建筑等多种产业，村民的年人均可支配收入从搬迁上岸前的不足千元，增长到现在的2万多元，真正实现了奔小康的愿景。

参观青拓集团把纪念和采风活动推向了高潮。2008年，一群怀揣梦想的创业者，在青山与大海交融的白马港口打下了第一根桩，铺开了青山实业开疆拓土的新蓝图，从此走上了让福安在自己的大地上奋翅高飞的新征程。2018年，创业仅10年，弹指一挥间，一座风光旖旎的绿色不锈钢城在湾坞半岛拔地而起，实现千亿产值，与青山海外项目交相辉映；同时与国家的"一带一路"建设自然接轨。从习近平总书记"多上几个大项目，多抱几个'金娃娃'，加快跨越式发展"的殷切嘱托，到2022年异军突起，产值达1830亿元，青拓产值终于位列福建省民营企业100强第1位、制造业50强第1位。

出现在秋园诗社大家眼里的这座钢铁巨制，绿水环绕，鲜花盛开，几乎听不见机器轰鸣，简直就是一座"藏进深闺无人识"的美丽大花园。第一次沿着玻璃走廊眺望高大而敞亮的厂房，目睹一台台巨大但却叫不出名字的机器，社员们扎扎实实感到自己脚下的这片既熟悉又陌生的土地，正展开钢铁的羽翼奋力高飞，他们都有一种步步登高，处处亮丽，仿若走进梦幻的感觉。

真是"一寸光阴一寸金"啊。虽然纪念诗社诞生百年和采风活动，只有短短的一天，但他们听到的、看到的和想到的，太丰富了，太绚丽多姿了，可谓眼花缭乱、目不暇接。在不知不觉中，大家都有一种不吐不快，纵情为故土歌唱，为时代歌唱的冲动。就在走进沸腾的田野和车间，亲眼看到大农业和大工业崭新面貌的某一时、某一刻，人们突然感到眼界被打开了，思路被疏通了，仿佛老骥伏枥，一腔雄心壮志又回到了自己的胸膛；一句一句的诗，就像繁花那样在内心萌动和绽开。

"白发渔樵江渚上，惯看秋月春风。"有人忽然想到赞扬过福安诗人谢翱的明代著名诗词大家杨慎，在《临江仙·滚滚长江东逝水》中写下的这两句流传千古的词。他们感到诗人的心息息相通，是没有时间和空间障碍的，杨慎的这两句已渗透进自己生命之中的词，就好像当年于右任先生为他们的诗社题写社名，也是特意给他们的秋园诗社写的，给诗社的每个成员写的。不是吗？如今他们中的许多人也成了白发渔樵，如同杨慎在词里写的，看惯了秋月春风，经历了时代的天翻地覆和生活的甜酸苦辣，逐渐领略到了生命的艳丽和芬芳，当他们拿起笔来写诗填词，吟对作赋，就如同站在人生的入海口，为醉人的秋天歌唱，为祖国和故乡在几十年改革开放中结出的累累硕果歌唱。

啊！秋园放歌喜欲狂，青春作伴好还乡！福安市秋园诗社，期颐盛事殊不凡！

癸卯年五月写于福安—北京

（作者系《解放军文艺》原主编、《当代·诗歌》执行副总编，鲁迅文学奖诗歌奖获得者）

目　录

一、先辈遗响 / 1

1	李怡云
4	林伯琴
7	卓月庄
8	陈王基
9	李雪樵
17	郭赞夏
18	余之俊
19	李经文
24	陈少良
27	郭甄殷
28	宋延祚
34	林硕卿
35	陈子安
36	林枝春
43	刘渭玉
46	陈文翰
52	林卓午
53	缪　晋
54	刘子才
60	郭　梁
62	郭曾嘉
63	李春华
65	李峻望
66	李翰藩
67	刘石龙
68	张宝田
70	刘昌星

71	陈铁民	135	郭毓麟
72	林尧人	141	刘浑生
78	曹英庄	146	李伯圆
83	苏明德	147	陆绍椿
85	陈佩玉	148	刘宗璜
86	黄介繁	150	陈毓文
89	马立峰	151	陆承鼎
90	黄双惠	156	陈禹傅
93	郭祖宪	159	黄　烽
95	郭宣愉	162	郭绍恩
99	黄秉炘	167	陈松青
106	黄宝珊	171	陈瑞宝
110	缪振鹏	172	陈特荣
111	缪贡庭	174	阮玉灿
112	黄叙轩	176	刘厚生
114	郭虚中	177	李继贤
120	缪劭光	179	王　正
121	张白山	183	俞光荣
122	王廷熙	184	陈步棠
123	黄葆芳	186	林仰康
128	王松龄	187	李葆锜
129	王廷藩	194	陆承豫
131	施惠畴	198	陈贻翰
132	谢秉钧	202	林毓棠

207	罗彦青	287	王希聪
211	陈瞻淇	288	林友梅
214	刘宗桢	289	缪德奇
218	罗宝畴	291	吴麟呈
223	陈立言	292	林达正
226	金丽祥	299	刘锷
227	宋铸渊	301	郑作霖
228	阮义顺	303	叶荣泽
232	钱日贤	305	缪守为
235	黄　植	306	郭鹤年
237	朱复良	308	陈祥基
244	郑岩生	310	陆展章
246	缪绍声	313	詹其适
249	陈桂寿	318	郑万生
251	罗振铭	320	刘鼐发
253	林阿镛	322	林寿松
255	缪播青	324	石孟宗
259	林秀明	326	郑复赠
264	王　卉	328	陈发松
270	郭　旻	331	刘文平
274	黄　璋	334	陈禄生
277	林达明	335	罗幼林
279	连士豪	339	陈大华
282	詹其道	341	缪道生

343	游连生	448	阮友松
346	阮荣登	451	林少雄
351	缪品枚	456	陈　鸿
356	顾文浩	461	陈文瑞
		467	林毓秀

二、吟坛新章 / 358

		473	郭天沅
358	刘起全	480	林生明
361	吴培昆	486	薛为河
367	陈　华	491	林庆枝
372	陆琪灿	496	阮　曙
376	林仙兴	498	黄桂寿
378	郭泽英	502	陈泗庄
385	罗承晋	504	王光铃
394	冯惠民	505	郑长信
399	吴石麟	508	林毓华
404	宋宝章	513	郭燕兴
410	吴玉泉	517	林鉴章
415	林耐秋	518	陈泽法
419	吴元生	521	缪恒彬
423	郑碧城	522	王顺德
428	郭孝卿	523	陈肖南
436	李祖文	529	马培华
440	孙神银	531	陈松龄
443	刘光白	533	刘招仁

534　刘茂金
536　李铃泉
542　缪尘侠
545　林奶旺
551　张树春
552　刘章弟
556　郑小芳
557　王祖康
560　陈曼山
565　郑尧光
568　郭耀华
570　王志强
571　刘星贵
572　郑　毅
578　张林华
585　蔡惠英

三、名家赐作 / 587

587　刘能英

四、百年回眸 / 590

590　百年秋园梅菊香
　　　——秋园诗社百年回眸
643　"园林无俗情"考
646　秋园诗社拾零

后记 / 672

一、先辈遗响

> **李怡云**
> 李怡云（1861—1931），又作贻云，字碧峰，谱名谷新，出生于福安阳头栖云巷的"大夫第"，系"司马"李印邻正室的次女，祖父李枝青、弟弟李曾勒都是著名诗人。传见《秋园人物》。

爱月夜眠迟

皓魄当空竹影阴，碧天如洗夜凉深。
只因爱玩团圆月，冷露无声翠袖侵。

月照床头

月照床头霜欲飞，寒侵衾枕夜凉时。
羁人多少情如此，笑问嫦娥知不知？

似曾相识燕归来

一

似曾相识燕归来，恰值繁花点翠苔。
倩女有情悲失伴，骚人底事费疑猜？

关心最是春风候,屈指还惊秋社回。
妒煞六朝芳草盛,频舒玉剪任徘徊。

二

香泥积屋久成灰,海角天涯路几回。
睍睆梁间声宛转,依稀檐角影徘徊。
苏堤杨柳防金剪,庾岭梅花酿玉胎。
尽日楼台频怅望,似曾相识燕归来。

寄觉尘女生

临风时怅倚窗前,祝汝平安望一笺。
鬓发已随葱岭雪,梦魂长绕杜陵烟。
依依杨柳悲如缕,采采蒹葭恨转牵。
客思定添游子念,他乡无奈别离天。

赠学生

青山白水碧山空,斜倚栏杆对夕红。
燕子南来雁北去,可怜人在病愁中。

夜 读

霜天课子独怆神,针影书声伴此身。
四十年来佣笔吏,青衫两袖不沾尘。

咏昭君

班张二将出潼关，底事裙钗别最难？
马上琵琶千古恨，塞边鼙鼓霎时宽。
画图恨煞奸臣计，环佩愁添玉女颜。
一曲胡笳肠数断，空留青冢朔风寒。

湖上骑驴①

宋代忠良我慕韩，独怜末路此心寒。
竟将破浪乘风志，聊托游山玩水欢。
过眼风花随处赏，平生功业等闲看。
当年助战伊谁力，翠袖芳名史尚刊。

---

①湖上骑驴：民国时期广东南洋兄弟烟草公司生产的"湖上骑驴"牌香烟，烟壳印着《韩蕲王湖上骑驴图》。

林伯琴

林伯琴（？—1939），福安下白石人。附贡。淡泊功名，以创办学堂为趣，常以"观自在"座右铭自勉，号称诗酒神仙。

黄崎十景诗

马门潮声

福邑南东卅六重，群溪众谷此朝宗。
山名白马留灵迹，水溯黄崎据要冲。
万怒潮声惊闯海，千樯舶影醮前峰。
大江淘尽英雄泪，破浪何时可化龙。

蚣蛟暮雨

中流鼓棹雨兼风，夜泊悬崖近鳖宫。
山势蜈蚣初饮水，溪声白马欲推蓬。
漫漫海色云如墨，点点鱼灯豆似红。
北去韩城三百里，重关第一此为崇。

龟鼻秋波

甲鱼三尺此钟灵，曳尾泥涂鼻喷醒。
一夜秋声来瑟瑟，半江渔火闪星星。
波光十里摇船妹，海曲联珠唱水丁。
山石神龟能毓秀，西风无限感沧溟。

蓬岛朝霞

兰桨桂棹放中流，双岛如莲踞上游。
十里坞寻香世界，长溪水认港咽喉。
渔歌破晓扁舟下，霞彩连天远望收。
我欲呼朋搜胜迹，披衣携酒上舵楼。

钱楼铸月

一楼突兀认山腰，败瓦颓垣草色娆。
制就泉刀思翌日，环边货贿话前朝。
烘炉烈焰乾坤影，宝鼎余红日月潮。
花样至今图法在，银圆纸币各流销。

石瓶晚照

扶筇闲步径三叉，远岫微光日影斜。
一朵石瓶山脚立，数枝花树月横赊。
天然安置堪为画，神匠浑成且可家。
归路樵歌纷入耳，牧童牛背返余霞。

仙师古洞

攀萝扪葛访仙踪，吕靖当年居此峰。
修炼曾闻遗世话，烧香如见旧时容。
层巅巨石蹲成虎，绝顶乔松幻化龙。
俯瞰大江汹浪白，烦襟万斛涤阿侬。

笔岫书云

突兀层霄几万寻，题云玉笔出烟尘。
数行雁字排空远，百代鸿文绣石新。
磨墨高倾银汉露，挥毫恐动北枢辰。
山川间气中佳士，翰院平生辅世人。

罗汉堂荒

荒烟蔓草路迷离，都道前朝古刹基。
览景漫游罗汉地，寻芳遐想世尊时。
登临无尽沧桑感，惆怅频题兴废诗。
今日犹余残砌在，钟声钵影竟何之。

狮岩树色

岗峦起伏擅离奇，尽道形家状巨狮。
灵兽只应天上有，金精端合世间移。
微风共仰河东吼，气象争观塞北驰。
树色苍苍毛鬣竖，地方保障此为宜。

卓月庄

卓月庄，福安化蛟人，生卒不详。

闺　怨

连年征战戍边关，但见音书人未还。
揽镜忽惊春色减，妾容不比旧时颜。

陈王基

陈王基（1870—1939），字思化，福安上杭人。清末科拔贡。民国时期福安参议会会长，福建省首届议会议员，为首创办峎山中学（福安一中前身），并任首任校长，福安商会会长。

廉村怀古

一

挂冠归隐冷朝簪，一带溪流月色沉。
苜蓿尚余朝旭彩，梅花争似老臣心。
高岑片石留天地，唐代清风满古今。
灵谷钟声秋夜雨，有人来听蛰龙吟。

二

萧萧芳草绿成丛，朝旭堂荒落日中。
灵谷老堂吟夜月，廉溪乱石起秋风。
云山一片夕阳晚，天地千秋渡水东。
独与桐江争万古，人间埋没总英雄。

李雪樵

李雪樵（1877—1927），又名翰青，字叔樵，福安阳头人，光绪科举人李翊庭次子。著有诗作《松城杂咏》《叔樵诗钞》。传见《秋园人物》。

三月三日示陶达五[①]

一

绿暗红稀祓禊辰，甋甀闲坐又经春。
看花心事凭谁乱，深巷人呼卖酒频。

二

东风吹雨入茅檐，片片飞花扑画帘。
门巷踏青人去后，可怜芳草绿纤纤。

秋夜即景四首

一

背灯独坐到更残，欲理吟毫兴已阑。
蟋蟀不知人意懒，双双啼月上栏杆。

---

①陶达五：即陶永康，字达五，广东番禺人，福安知事陶汝霖（慕唐）之子侄。曾从李雪樵受业，与刘子才、张师梅等同学。善诗。《雪樵诗钞》系其搜集出版，并作《跋》。

二

忽听奚奴睡里呼，唤醒旁立笑胡卢。
自言梦射平沙雁，一阵归来影不孤。

三

紫薇花外月痕斜，香逗三分侵露华。
占得清幽宵倍好，秋光还我野人家。

四

卷帘渐见玉绳低，香也慵添眼渐迷。
刚向黑甜乡里去，恼人又唱隔邻鸡。

向戈县长①借《王船山诗集》作一首

案头曾见船山集，敢向先生一借看。
当日河山今日似，吟来莫怪泪阑干。

儿　性

儿性难驯常爱酒，牵衫频索饮余卮。
山妻含笑低声说，酷似爷爷醉不辞。

---

①戈县长：即戈乃康，号卓庵，安徽广德（一说旌德）人。廪贡生。曾任平潭县知事，于民国5年（1916）调任福安县知事。

寄族李章甫①孝廉

到处随缘驻客骖,敢云名胜任搜探。
书生骨傲难谐俗,地主情多有伴谈。
诗债过途还不了,酒兵良夜战都酣。
迩来自顾无他癖,说士情同食肉甘。

夜偕堂弟屏石②游石门寺作

晚来携酒叩禅关,行尽深林月满山。
梵宇宵凉诸籁息,上方人静道心闲。
泉飞断峡猿牵饮,风入长松鹤未还。
枕石酣眠僧唤醒,苍苔和露著衣斑。

辛亥葭月八夕作

一

潇潇夜雨打窗棂,倚枕无聊侧耳听。
兽炭半温寒渐剧,鱼更三跃梦初醒。
壮怀匣剑磨偏弃,时事枰棋战未停。
热血更从何处洒,东南王土尽膻腥。

---

① 李章甫：即李经文。
② 屏石：即李翰藩。

二

伤心事每与心违，老再从人作嫁衣。
逼上债台妻子很，懒登吟社友朋稀。
饮求尽量倾囊角，愁怕侵肌检带围。
故我形骸仍健在，奈看半壁劫灰飞。

乙卯元辰作

不觉人间换岁年，狂奴尚在酒乡眠。
山妻催起斋头坐，泥写元辰吉语笺。

谢族仲钧①先生赠梅

蒙君赠我一枝春，瓶养寒斋供岁神。
为祝明年无战事，长安不见羽书尘。

中秋夕吟赠郭剑狂②

闽南花谱任平章，谁把痴情笑剑狂？
今夜笙歌湖上月，知君又惹一宵忙。

---

①仲钧：即李曾勒（1862—1920），号仲钧，福安阳头人。湖山学校校长，与李雪樵分掌诗社，评骘改正，士论翕然。著有《昆玉山房诗集》。
②剑狂：即郭梁，诗、书、画三绝。

影戏十首寄张渭川妹夫（其一）

蜃楼海市总迷离，谁信人间也有之。
戎马恍从边塞入，关河如向画图窥。
猢狲作剧惭羁绁，傀儡登场不用丝。
看罢我应同梦醒，急招名手为传奇。

为林济龙①题画兰

阿奴小字是真珠，谁把千金赎此躯，
知否灵根移九畹，十分清比老梅癯。

为林济龙题画

底事枝头语不休，佳人疑你唤梳头。
声声搅破梨云梦，春浅春深十二楼。

煨 芋

香积厨开客到才，新收紫芋傍炉煨。
分餐略表头陀意，供养应储首相才。

---

①林济龙：（1893—1919），字善延，福安苏坂人，林卓午之侄。全闽法政专科毕业。曾任穆阳同文高等小学堂、文光学堂教员。系缪锡龄侄婿。因英年早逝，目前已难见到其存世之画作。

不是沙门寻热路，笑依佛座拨寒灰。
邺侯他日登黄阁，记否蹲鸱①饱一回。

秋园诗社修葺落成喜赋

背郭山光胜，天教辟此园。
高秋集吟侣，好月伴开樽。
移竹栽幽径，添松护短垣。
俗尘飞不到，还我健诗魂。

题秋园诗社壁

击钵声沉六百年，海滨谁更以诗传。
风尘憔悴惊晞发，賸有吟情托月泉。

上松萝岭口占

绝磴重登感不禁，路荒廿载耐人寻。
石崖踞径顽如旧，泉溜穿云滑到今。
但觉风烟无改换，浑忘物我任升沉。
今宵试问松萝月，可否容吾放浪吟。

---

①蹲鸱：芋头之别名。

和丛秋①原韵

我亦寻芳向水滨，溪桃灼灼伴吟身。
三生杜牧狂犹昔，一幅倪迂趣最真。
迹溷野鸥忘是我，神同老鹤淡于人。
扁舟不作江湖适，来往缘贪洞口春。

九日寄郭友伯宜②

一

嘱吟诗句酬重九，恨煞诗人尽占先。
不若开樽伴篱菊，与君搜诵短长篇。

二

病骨瘦于霜后菊，诗脾涩似雨前苔。
今年兴味三分减，那得重阳好句来。

---

①丛秋：即林丛秋，又名之桂，福安城关上杭人。福建政法学堂毕业。分发任用县佐，历任福政支路路款委员会常务委员、福安县第一区区团长、商会委员、第一区区长、财务委员会委员长等职。善诗。秋园诗社早期诗人。

②郭伯宜：即郭翼唐，郭赞夏之兄。由拔萃膺乡荐，1910 年保送入京。考选以知县用之江右，民国初期，被萨镇冰聘为省府秘书。善书法，周宁县浦源镇孝子坊联"忧患剩余生，孝思不匮；褒扬迟异代，潜德弥光"为其撰题。秋园诗社早期诗人。

三

天涯朋旧水萍开，闲坐萧斋独把杯。
剩有菊花怜我寂，傍篱香引蝶蜂来。

四

多时未见煮香醪，毕竟狂输粟里陶。
破格不妨拼一饮，况君今日要题糕。

郭赞夏

郭赞夏（1877—1938），字叔华，又名惺庵居士，福安城关人。著名书法家。传见《福安市志》。

俚句奉祝瑾卿（王邦怀）老伯大人七衮荣寿大庆

一

争仰松城有福星，耆英会上合图形。
人如仙佛耽慈善，案积琴书抒性灵。
棠荫留甘歌梓地，莱衣耀彩绍槐庭。
古稀更上延龄祝，铜掌霄高浥露清。

二

韩阳遥祝秀眉公，歌颂诗悬句未工。
百里关怀同望日，卅年叨爱每临风。
鬓霜潮染盈头白，夕照偏于傍晚红。
曼倩蟠桃偷几度，丹砂妙术可还童。

余之俊

余之俊,约生于清光绪三年(1877),住福安三姓路。岁贡生(拔贡)。历任福安县第一区县立紫阳小学校长、国民党福安县党部执行委员、训练部长等职,《韩坂镇公正人士调查表》中称其"守正不阿"。

赞抗敌后援会

杀敌匹夫原有责,白头怜我已衰年。
漫天烽火中流柱,屈指应推后进贤。

李经文

> 李经文，生于1878年，20世纪50年代离世，字章甫，号培基，福安城关东门（今东凤）人。清郡廪生，直隶法律别科毕业，光绪二十八年（1902）壬寅科举人。传见《秋园人物》。

奉题卓剑舟君《太姥山全志》

八闽山多灵秀钟，太姥俯瞰万峰雄。
地灵人杰非虚语，剑舟一出山愈崇。
我与剑舟交已久，此日以书来相通。
太姥之山我未至，剑舟之启先为容。
天下名山推第一，东方曼倩题尧封。
太姥一去四千七百载，至今古迹冠闽东。
武夷霍童亦名胜，未若此山名望隆。
更得剑舟穷采访，山经补阙启鸿蒙。
虽然陵谷沧桑世所有，诗人万古名不空。
人以山传非俊杰，山以人重超凡庸。
史谢邱王称作手，剑舟集成具神工。
兹山因与太姥逢，声名远播高穹窿。
剑舟复逞补天功，落笔摇岳将毋同。
吁嗟乎！乱离无处访仙踪，天台桃洞去何从？
安得姥山罗致千万重，避秦高士相率隐其中。

为林枝春诗集《浮游吟草》题词

我读驿南浮游草，阅历深时选词好。
服务警官廿余年，看遍沧桑穷探讨。

咏物精刻仿陆王，寄怀旷达宗庄老。
课儿以真无浮词，交友以诚无文藻。
虽然同里未深交，晚得君诗如珍宝。
纵然白璧有微瑕，修饰应堪付梨枣。
愧我评诗已七旬，几见元白堪倾倒。
为题一笔非谀词，性情真处俗尘扫。

"虚度古稀饱看世变"八字冠首诗

虚堂旧燕不嫌贫，度得寒冬又返春。
古调独弹倾北部，稀龄作嫁屡西宾①。
饱尝甘苦奔驰倦，看尽沧桑阅历真。
世局触蛮争未了，变机满望转鸿钧。

濂江八景

鳌峰耸翠

榕城灵秀萃鳌峰，不料名山此再逢。
海上何时来钓客，登临同赏翠千重。

炉案含烟

隔江炉案作屏风，呼吸浑疑帝座通。
几缕青烟冲碧汉，樵歌声彻白云中。

---

①[原注] 频年修谱，奔走各乡。

池塘夜月

半亩方塘一鉴开，月明倒影印楼台。
骚人纵自添诗料，疑是三潭入画来。

榕树春莺

出谷春莺巧弄梭，乔迁榕树听新歌。
数声渔笛来南浦，长短和鸣入碧萝。

潮浮银带

江岸潮来满一川，分明银带浦滩前。
若教墨客裁成锦，定作余霞散绮妍。

山隐玉轮

山似初三月半钩，隔江遥望影清幽。
玉轮未满天然景，试问峨眉画得不①？

龙舟竞渡

旗鼓同张午节天，龙舟争夺锦标先。
台南我早争高着，不料濂江续胜缘。

渔板齐敲

四处渔人趁晚晴，齐敲渔板杂江声。
夜深月上溪头白，击到悠扬断续更。

---

①不：此处作平声。《辞海》："关优切，音浮，尤韵。"宋苏轼《和子由初到陈州见寄》诗："旧隐三年别，杉松好在不。我今尚眷眷，此意恐悠悠。闭户时寻梦，无人可说愁。还来送别处，双泪寄南州。"

长江①晚照

龟湖夕照早传名,不料长江景更清。
游鲤一群随浪现,归鸦数点映波明。
倒衔帆影船如画,远蘸山光石似城。
等待影残欣月上,渔歌唱晚放舟轻。

渡口渔灯

长江渡口已黄昏,难得渔灯照浦源。
近艇翁随收网缆,远舟客趁返家门。
星沉不碍僧归寺,月暗仍看雁过村。
夜半泊船人语静,有谁乞火酌金樽。

铜岩十景诗(录五)

岩狮挂带

岩狮蹲伏镇山庄,玉带双垂卫此乡。
不吼亦能惊百兽,悬崖终古画难详。

石马凭栏

林竹分明一厩栏,千年石马个中安。
空群不藉驰驱力,疑是神驹下广寒。

---

①长江:今福安市赛岐镇长岐村。

飞凤朝阳

鸣岐当日应姬昌，在乱如何又集冈？
想是太平将再见，故教翙羽向朝阳。

桃花照镜

天台仙女下红尘，洞口桃开别有春。
人面不知何处去，山形如画镜光匀。

庵林伏犬

庵林山势似屏风，一犬盘旋踞此中。
莫笑不猖还不吠，守村全仗一邱崇。

陈少良

陈少良（1879—1958），原名庆新，一名景灏（颢），字伯士，祖籍范坑，系前清庠生（附生），饱览文史，精通易学。历任范坑自治会会长、福安县政府秘书，当选为县第一届参议会参议员，福安第一位福建省文史馆馆员。传见《秋园人物》。

太姥吟

予自太姥游归，绘其形图。想其奇峰怪石，爰作一赋，日夜吟哦。神倦忽睡，梦游太姥，所见境物迥异从前，因再吟此，以志神异。

方士羡蓬瀛，耳闻殊难信。
幸生闽东近太姥，灵仙窟宅可亲睹。
太姥尊号肇唐京，千秋价重拟连城。
天下名山此第一，岁星①东驻亦心倾。
我固渴想梦魂越，举杯夜饮邀明月。
明月伴我影，乘醉下鼎溪。
夹岸桃花今尽落，空中惟有子规啼。
天门高百丈，着屐上云梯。
晨钟敲野寺，振羽动莎鸡。
天梯石栈五丁凿，玲珑空洞罗汉眠。
风飏飏兮云飘石，山岩岩兮龟踰巅。

---

①［原注］岁星即东方朔之前身。汉武帝令东方朔投天下名山文，改"母"为"姥"，朔又题"天下第一名山"六字，镌石于摩霄绝顶。

长笛一声声彻汉，枫林千树树含烟①。

云腾雨施，电霹山摧，遗尘扫荡，小口忽开。

车渠绿荷满香阁，麀鹿白鸟戏琼台。

痛我仆兮瘏我马，想仙母兮仿佛而来下。

仙人欲语竟回车，骂余心事乱如麻。

回风鹢退追无及，侧身西望长咨嗟。

黄粱新幻今方觉，觉时翻失旧烟霞。

噫嘻！浮生若梦尽如此，清夜扪心淡如水。

我期汗漫去不还，长吹泆蠡谢人间，被褐怀玉历名山。

世事都捐害马去，何须朝夕郁郁愁心颜！

送薛璞山兄六秩暨次令似十月结婚二律

一

高风明月世称贤，五福畴亨寿最先。

阃内夙钦鸾凤契，阶前早羡桂兰妍。

吉辰纳妇梅开岭，美境耆龄酒满筵。

叨忝相知邻有德，巴吟觞进颂双笺。

二

十月梅花媚若何，筵开六秩晋笙歌。

健儿派衍河中凤，佳妇眉描月下蛾。

堂上椿萱鸿案举，阶前兰桂鲤庭多。

长生奚必寻丹诀，不道人间有大罗。

---

①[原注] 由陆路登太姥必由天门经过，险不可言。

题林枝春《浮游吟草》

碎金璧合却玲珑,几度推敲美且工。
幕府唱酬资出雅,华堂嬉笑集成风。
含饴晚节甘犹在,抱璞稀龄稿始逢。
再历十年文化盛,旧诗新样碧纱笼。

和林枝春《自感》原韵

潮流混混那时清,万物当春自向荣。
本地风光同玩想,他山雨化共关情。
多闻访友资三益,大著惊人待一鸣。
杨意不逢谁谅我,惟君重义慰平生。

郭甄殷

郭甄殷（？—1924），字季陶，号西城病者，福安鹿斗人，作桢四子，赞夏之弟。从小入泮，清末庠生，闽海道师范学堂毕业，入养成所培训。历任福安县视学员、县立紫阳两等小学校校长、县劝学所所长等职。传见《秋园人物》。

步韵和李雪樵《偶感》

叱咤风云应手翻，视吾犹有舌长存。
驰驱只许酬三顾，痛哭何曾上万言？
酒满江湖拼落魄，刀横枕席记销魂。
丈夫胸次殊难测，肯与旁人说怨恩？

和友人韵

病慵累月废沉吟，一读君诗别赏心。
酒似江淮无限量，人如嵩华绝登临。
摇摇霜鬓初看镜，落落风烟敢碎琴？
曾识维摩唯一室，跫然空谷喜闻音。

书　感

此生不恨长蓬门，恨不携家驻僻村。
惭作盲聋犹自得，可无冷暖谢群喧。
长河滚滚饥民泪，大漠阴阴战鬼魂。
信是攘安终有术，眼中宗德未为昏。

宋延祚

宋延祚（1881—1927），字凤举，号湘（襄）孙，福安县城关鹿斗人。秋园诗社创始人之一。传见《秋园人物》。

雪意浓于墨

一

雪意浓于墨，寒风似剪刀。
情癯梅是伴，相对学禅逃。

二

冰心莹过玉，雪意浓于墨。
对雪写风怀，清欢曷有极。

三

逐他穷鬼去，迎我可人来。
雪意浓于墨，梅花带笑开。

四

笑我苦怀人，辗转频反侧。
开门望远山，雪意浓于墨。

和李雪樵叠季陶①韵

底事天涯作游子，劳君到处寄诗筒。
若能两地云山缩，堪羡千秋庙貌崇。

---

①季陶：即郭甄殷，字季陶。

入世谁为同命鸟，此生原是可怜虫。
朱颜憔悴愁窥镜，翻悔闲情依旧浓。

又和李雪樵倒叠前韵

漫说此行诗料好，青山争及别情浓。
度针君绣双飞鸟，学道侬惭渴睡虫。
词赋不妨卑宋玉，功名遮莫让姚崇。
相期彼此储经济，有发明时便寄筒。

游柏柱洋题诗谢福愚、心柏、莲石、夏廷、新泉、渭玉、隽侯（二首）

一

特向深山访柏松，关心泉石恣游踪。
福缘漫道真难得，硕德谁云不易逢。
荆璞玉从今日琢，醉乡侯合此中封。
年年倘许侬消夏，夜夜论心到晓钟。

二

频年消息问东风，今日乘槎路竟通。
深幸联吟重乙乙，翻怜话别太匆匆。
郇厨大嚼珍羞遍，好友如云臭味同。
一事最撩人意惬，紫荆花发荔坪中。

辛亥年闰六月初六再过柏柱洋叠前韵，兼以别留，此时又有彤廷①

一

闲吹彤管倚庭松，泉水清新洗倦踪。
柏子有心堪作伴，莲根结硕喜频逢。
渭滨钓玉寻常事，隽逸宜侯次第封。
华夏帝廷无阙政，不妨愚福傲千钟。

二

我已趋尘拜下风，片帆何幸再相通。
连番未免来非易，旬日犹嫌去太匆。
岂不怀归三益在，最难为别两心同。
当时惊觉牵情梦，无限离愁拥个中。

和卢磻丞《榕城春兴》原韵

一

好鸟呼晴我爱晴，好花开遍古闽城。
符桃旧换风光异，爆竹声腾老大惊。
梁垒营巢忙乳燕，旗亭画壁啭雏莺。
寄言莫浪生乡思，恐笑诗人不世情。

---

①此组诗的第一首为嵌名诗，依次嵌彤廷、新泉、心柏、渭玉、隽侯、莲石、夏廷、福愚等八人名字。心柏即刘昌峻，字仲廉。渭玉即刘汉瑛，名昌谦。隽侯即刘汉琨，字师哲，刘渭玉之弟。莲石即刘昌岐，刘际唐之子。福愚即刘福愚，字承祉。

二

一片浮云是此身，天涯知己倍相亲。
书生久作青山主，名士今为上国宾。
沉醉东风消客况，扶摇花雨作香尘。
我惭四杰多才思，闲把新诗和照邻。

三

柳弱桃娇似不支，各随春意共娱嬉。
几多士女搴帘过，无限游人策马驰。
寸管莫轻吟客慧，一年有几是花时。
玉堂嫩蕊争开放，借问争开果为谁？

四

漫将时局怅更迁，且共山灵续后缘。
得句偶然怀旧雨，清诗闲与煮新泉。
无诸台上花如锦，欧冶池边月满天。
为报圣朝真气象，金花彩胜作新年。

五

归来偶与纪欢悰，凤束鸾笺叠几重。
世味淡于茶味淡，花香浓更酒香浓。
烟霞十载同鸣鹤，雷雨何年起卧龙。
料得吟成春兴后，不妨春睡敌千钟。

六

唱酬往复字应漫，绿绮湘弦待对弹。
只许好风频寄语，未容妒雨偶相干。
当头月满原非易，转瞬春归别也难。
报道元宵城不夜，且拼凭眺到更残。

春日别叠前韵有寄

一

莫太语真论是非，是谁真实是谁欺。
玄都桃熟思前度，东阁梅开订后期。
眼底花枝皆解语，心头闲事转成痴。
人生何故轻离别，无限春香暖不知。

二

吉兆欣传事两岐，诗人终日只吟诗。
两心和影梦常住，几度无言枕自欹。
事去香魂浑欲断，年来客鬓渐成丝。
不堪把赠离筵语，君太多情我亦痴。

三

入山满拟住深幽，为问何年此愿酬。
萍梗生涯前路险，梅花清福几生修？
千秋事业匪伊任，绮语泥犁笑我柔。
剩有天边好明月，每于圆处望西楼。

春闺怨集唐人句

一

深院无人独倚门（韦庄），为君惆怅又黄昏（罗隐）。
长来枕上牵情思（薛涛），鹦鹉前头不敢言（朱庆余）。

二

浮云一片是吾身（李商隐），似有微词动绛唇（唐彦谦）。
鹦鹉偷来话心曲（张碧），不知辛苦为何人（高骈）。

三

更倚朱阑待月明（许浑），香侵蔽膝夜寒轻（韩偓）。
春风流水还无赖（曹唐），悔不天生解薄情（顾甄远）。

四

依依脉脉两如何（吴融），月照高楼一曲歌（温庭筠）。
难得相逢容易别（戴叔伦），一生惆怅为伊多（吴融）。

五

焚香冥坐晚窗深（白居易），长夜孤眠倦锦衾（陈陶）。
别易会难君且住（施肩吾），不将今日负初心（魏扶）。

六

天河迢递笑牵牛（李商隐），珠箔当风挂玉钩（项斯）。
春色恼人遮不得（罗隐），悔教夫婿觅封侯（王昌龄）。

七

欲寄相思梦不成（权德舆），多情却似总无情（杜牧）。
晚来怅望君知否（白居易），斜倚薰笼坐到明（白居易）。

八

芳草侵阶独闭门（李中），月楼谁伴咏黄昏（李商隐）。
相思一夜情多少（张仲素），金屋无人见泪痕（刘方平）。

林硕卿

林硕卿（？—1941），福安城关人。清末秀才。私塾教师，李经文借用"吴氏宗祠"办的"国学专修馆"聘其为讲席。卒时年逾甲子。秋园诗社早期诗人。

阙 题

此行端不负游杭，觅得新诗伫一囊。
只有西湖携不得，尽教摄影付归装。

阙 题

君回乌鹿珍珠算，我席青毡砚剑单。
床联一室灯前梦，酒后千杯醉后看。
同领春风飘化雨，为培桃李接□□。
□□□□□□□，□□□□□□□。

陈子安

陈子安,福安后垅人。早年曾悬壶济世。与林枝春是同时期人,生卒不详。

赠林君枝春[①]

一

太息文章识面迟,清方真个富于诗。
知君拥有凌云笔,早岁声名远近驰。

二

捧读佳篇喜不支,胸怀磊落见于词。
令人如入芝兰室,齿颊俱香快一时。

[①]录自《浮游吟草》。原诗无题,据林枝春《和陈子安兄七绝二首步原韵》称,1958年,"子安兄来阳头看病,适途中相遇,邀同到舍一谈,蒙赠佳章七绝二首"意拟诗题。

林枝春

林枝春（1884—1962），字景福，号丽亭，别名驿南。清末贡生，福建省警察训练所毕业。历任赛岐警务局警员、队长，后就职光泽县、福清县警察署，回任福安县警备队巡官等职，任警政达22年。传见《秋园人物》。

赛江夜闻

醒闻海上橹柁声，起舞中宵备甲兵。
伏莽萑苻先后定①，穷途盗匪去来惊②。
安邦卫国谁经略，引路追踪我送迎③。
启户遥侦前敌势，风声鹤唳带潮生④。

---

①[原注] 戊午年（1918）巧月，余在赛岐警职时，因外匪蓝本股侵入西区。适福宁剿匪指挥官林琮予公率兵追击，至溪北畲客蓝前村。正剧战，蓝股败退间，而刘某（宗彝）等率众乘虚攻城。余奉县长戈卓庵公令调，率警回城助防，并星夜孤身奔驰西区林琮予公行营告急。是日下午，戈卓庵公同警察队张吉余队长率队击退，始得解围，转危为安，并先后相继剿定。

②[原注] 自刘某等招抚后，各乡痞棍效尤，聚集数小股，昼伏夜动，均窜入僻乡，掳人勒赎，此去彼来。

③[原注] 迭次奉令随同福宁剿匪林指挥官并浙省警备队朱管带、江教练官，往各乡剿匪。

④[原注] 蓝本等股匪定后不数月，而郑威明股匪率党千余人，侵入离赛岐十余里之甘棠镇，并谋顺路黑夜攻抢赛岐。因赛岐团警力单，星夜专警奔城告急，一面亲率团警力誓死守至翌早，幸蒙郑连长旭涛公拔队来援击退，故夜闻风潮等声，每疑敌至。

庚申杭川①端午看龙舟

两年客里过端阳，回首关山倍感伤。
流急龙舟难竞渡，水平鼍鼓易悠扬。
丹符挂佩妖邪遁，彩粽横陈奖品良。
莫道杭川风景少，画船ㅣ二胜家乡。

避飞机行

民国27年（1938），日本侵略我国，投掷炸弹，毁吴祠并炸伤湖山下居民时作。

我避飞机岩湖时，日日奔驰无定期。
两鬓斑白人称佬，双耳聩聋似愚痴。
忽闻警报钟声响，心欲速兮行偏迟。
走中又恐避莫及，到安全地始无疑。
男女混杂匿山谷，老幼相携伏竹篱。
满城空屋无人守，负病随人不告疲。
政府疏散命令下，居民纷纷苦迁移。
或随日出而出也，抑随日入而入之。
可恨敌寇心无良，盲目投弹居民场。
语云不嗜杀人能一之，残害黄种惨愈伤。
稽观古来争战史，视爱平民如儿子。
君不见秦皇无道坑赵卒，又不见文王仁泽及枯骨。

---

①杭川：光泽县府驻地，故亦是光泽的别称。

噫呼戱，少康一城以兴夏，楚虽三户能亡秦。
岂有堂堂中国卅余省，不足屈服海外三岛之敌人。

六十自述

一

六十年华世虑删，园林日涉最相关。
登山无杖行偏速，揽镜开奁鬓半斑。
孙有十人聊告慰，家徒四壁亦欢颜。
百般往事都如梦，卧月迎风相对闲。

二

平生性质少人知，畏事偷安自笑痴。
挚友贫穷勤问候，亲朋贵显懒追随。
耳聋语细声偏大，心急人忙步转迟。
老朽颓唐何足述，对人对己两无欺。

三

微官三赴赛江滨，送往迎来只此身。
廿载奔波因母老，八年隐市为家贫。
辞书屡上疏慵甚，奖证重颁愧感深。
回忆壮时无媚骨，折腰惭愧热中人。

四

脱去征衫已十年，身闲事简挟书眠。
宾筵敢受三多祝，祖业犹留半亩田，
枕上再无游宦梦，囊中还有买山钱。
生平淡泊安吾素，事事从来不负天。

五

年来事事效聋痴，有客询予谢不知。
法律更新难索解，性情守旧不投时。
才疏怕听惊人曲，学浅偷吟咏史诗。
日喜持竿随钓叟，赏心最爱菊花期。

六

今朝已届杖乡期，朽腐无闻概可知。
此日谬膺耆老誉，他年敢步古稀仪。
儿曹绕膝堂前乐，国难当头宇内悲。
自愧称觞逢乱日，何时共颂太平基。

七

二竖缠身三月余，昨宵除岁藉驱除。
途中遇友忘名姓，席上逢人问里居。
已去光阴犹若此，未来景况复何如？
谋生自笑无良策，头白惟存数卷书。

八

拒虎无能愿闭关，樵夫纵老亦防闲。
回思往事今如昨，梦觉前情易转艰。
屋小宾朋皆兀坐，客多仪礼尽除删。
晨星旧友欣临祝，无限幽怀强笑颜。

又效李章甫先生七十以"虚度古稀饱看世变"冠首

虚心接事本无欺，度活维艰有谁知。
古义犹存违俗见，稀龄出作合时宜。
饱餐风雨壮尤苦，看透沧桑老更悲。
世态炎凉真可厌，变翻政策实新奇。

闲居杂感寄同校友雷地平①

细风微雨一帘阴，凉气侵人觉夜深。
灯影照残双短鬓，溪声流碎五更心。
神虽已倦难成梦，坐对无聊转苦吟。
莫怪迩来憔悴甚，少年豪气尽销沉。

杖

一条鸠饰是延年，乡国相随老共怜。
叩户声曾闻月下，出门步已占人先。
知君不吝扶持力，助我长为自在仙。
试问前头沽酒客，挂来还有几多钱。

---

①雷地平：即雷一声（1885—1939），字毓馨，号地平，坂中乡许洋村月斗自然村人。光绪三十四年（1908）秀才，民国17年（1928），考入福建巡警学校，为学校优等生。毕业后任赛岐警务局巡官。民国23年（1934）冬，国民党动用地方警察围攻闽东苏区，一声称病弃职回乡。

墨

石交终始竟如何，泼得烟云纸上多。
立品无他惟守黑，临池有意欲生波。
自然点滴资才子，亦把精神画素娥。
越女有灵须早赠，东齐今已指同磨。

年老在家赋闲回忆前福安县长戈卓安翁在光泽县任职奉召晋省会议财政，舟过龙斗地点，吟作聊步原韵二首

一

屡幸栽培拾润薪，如同枯草喜逢春。
德政三迁声载道，历官数载尚安贫。
催科计拙仁声遍，御下严明训令频。
民瘼关心忧乐共，荡平世路少迷津。

二

韩阳治绩慕缨簪，匪迫城池亲力任。
剿抚功勋蒙叠奖，家乡父老望重临。
谋猷经世凌霄志，听讼持平菩萨心。
假归赠送名碑帖，分手依依感更深。

自 感

老眼矇眬认未清，山河何幸变繁荣①。
恨无媚骨谐流俗，剩有知心鉴物情②。
莫道颓唐疏懒甚，也应触激不平鸣。
北窗静坐随缘乐，那用浮名绊此生。

和陈子安兄七绝二首步原韵

缘弟少时对于诗律如门外汉，毫无研究。因民国6年、7年（1917—1918）委办赛岐警政与同事地平有余暇时学吟数韵，聊为消遣，不觉积成数篇。日前子安兄来阳头看病，适途中相遇，邀同到舍一谈。蒙赠佳章七绝二首，愧感莫铭，遂步原韵，不计工拙，恭请斧正。

一

赛经聚悟谩言迟，政务纷繁怕咏诗。
拙草初承亲寓目，惭蒙过誉汗交驰。

二

白发衰颜强自支，生无学识涩文词。
佳吟乍见胸颇感，早羡君医济四时③。

---

①[原注] 自1955年公路完成，福安为闽浙通车之要站，市容爽达，交通便利，非复昔时之比。
②[原注] 余与陈君少良交久知深，每遇良辰美景，同游郊外，观物观人，并返观内省，图作善人，以慰夙愿。
③[原注] 君初到赛岐行医，弟与地平等出名通告介绍。

刘渭玉

刘渭玉（1885—1946），即刘汉瑛，又名昌谦，字师良，号翼汉，柏柱洋楼下村人。福州师范毕业。宣统二年（1910）与刘际唐等创办柏洋乡养正初等小学堂（后为柏柱初级小学）任教员，民国4年（1915）任校长，垂30年历任教员、校长及委员校长，为乡村教育做出贡献。

踏青行

一

秦淮风月春风老，算来花事今年好。
淡烟疏雨燕飞时，天涯何处无芳草。

二

芳草年年绿如故，阿侬心事向谁诉？
东邻儿女不知愁，妆成颜色将花妒。

三

钿车宝马出城西，妹只垂髫姊及笄。
陌上相逢无一语，卷帘笑指夕阳低。

竹枝词

月蓝衫子不拖裙，水鬓垂垂两面分。
笑唤卖花人站住，这花钱值几多文？

无 题

一

归期应悔太蹉跎，逐日韶光转眼过。
记得送侬南浦日，满江江水绿春波。

二

佳山佳水与谁登，贪睡逢春已不胜。
恼煞旁人不解事，强来慰藉倍堪憎。

如约候君已久，本遇元宵，意与诸君会同唱和，奈与友辈约于今宵宴会。今以诸君多情，各赠诗一首，因以诸君台甫冠首

福 愚[①]

微名不顾动离端，空忆当年玉笋班。
福履娇娇呼欲出，鱼鲜一片玉连环。

际 唐[②]

芳草天涯酷亦思，几回相对敛双眉。
际天南望频惆怅，棠棣花开室远而。

---

①福愚：刘福愚（1880—1950），字承祉，福安楼下村人。邑庠生，全闽师范毕业。曾任宸山两等小学教员、校长等职。
②际唐：刘际唐，字伯虞，号尧阶，福安楼下村人。恩贡生。为首创办柏柱乡公立养正初等小学堂，任首任校长。

伯　明①

一春无事为花忙，争道飞琼最擅场。
伯仲亲□情太薄，明心悔汝不相将。

莲　石②

空向泉台忆故人，人间天上各酸辛。
莲花一片无暇质，硕大琼楼证净因。

心　柏③

梦寐荒唐感楚襄，谁怜宋玉赋高唐。
心心相印非今日，柏叶期君进一觞。

少　潘④

青灯夜雨十年期，鬓色惊看镜里丝。
少小飘零频下泪，潘江珍重黑头时。

少　岩⑤

争道文齐福也齐，征鸿爪印雪天泥。
少年心事我何说，岩树空教凤稳栖。

---

①伯明：即刘际庚（1869—1930），名大绳，字伯明，号梦西，福安楼下人。太学生。

②莲石：即刘昌岐（1886—1933），名昌楸，字仲文，号莲石，福安楼下人。全闽师范毕业生。

③心柏：即刘昌峻（1890—1946），名昌松，字仲廉，号心柏，刘际庚之长子。福宁三中毕业。曾任第三区高等小学校长、社口、溪柄、黄岐等小学校长二十余年。

④少潘：即刘昌岐（1892—??），名昌性，字仲彝，号少潘，福安楼下人。

⑤少岩：即刘昌峻（1895—1950），名昌桐，号啸岩，刘际庚之次子，福安楼下人，刘心柏之弟。福安县参议员。

陈文翰

陈文翰（1886—1945），字西园，福安穆阳人。13岁考中秀才，后入福建省高等警察学堂高等正科学习。历任福清县县长、福州警察署署长、福建省长公署秘书长、汀漳龙财政处长等职。传见《秋园人物》。

扑蝶生①有摽梅之思，作老女叹，怨而不怒得风人旨，步韵挑之

一

珊珊顾影惜流光，一日休回九曲肠。
记取逢时花样好，蛮靴窄袖理新妆。

二

钗光鬓影绝纤尘，三八年时尚好春。
自是大家风范贵，笋箔一品称夫人。

湖上作

一

湖漪残照柳枝柔，已有春人荡小舟。
此水似因鹅鸭暖，不关沙际有闲鸥。

---

①扑蝶生：叶在廷，巡警学校高才生，因受戊戌变法的牵连，几罹党祸，绝口时事。

二

心自嬉春鬓自秋，劳人难得小勾留。
不知明日还晴否？开遍梅花我欲愁。

奉和石师①苦热诗原韵并呈守堪②丈

凉飚势不敌骄阳，秋日秋风自阋墙。
坐遣官骸受熏灼，颇忧精气易销亡。
匡床好梦宵来短，团扇余恩意外长。
万一雨声能作美，定招郑老瀹团黄。

和苏南③《河园》④

祇园千二百人俱，河园恒河沙区区。
兹河况复非汝有，从而园之尤近诬。
苏侯与客俱胡卢，循名责实无乃迂。

---

①石师：即陈衍，号石遗老人，福建侯官人。近代著名文学家，组织说诗社，陈文翰亦参加。

②守堪：即郑宗霖（1874—1950），字侪骥，又字守堪，号少甘，宁德人。光绪二十八年（1902）举人。官江西东乡知县，说诗社社友。

③苏南：（1876—1967），字干宝，福建南安人。北京陆军学堂毕业。参加国民革命军，授上校军衔，任陆军测量局局长。善诗，有"儒将"之称，说诗社社员。

④河园：苏南于福州仙塔街西面的丁戊山下建房，将房子后面的桥、河、树木等看作自家的花园，写了《河园》诗，并向诗友征集和诗。诗友们问他："你没有花园啊？"苏南回答道："我房屋后面靠近河，有板桥通往对岸，有地'数弓'（一弓为六尺），有榕，有杂树，有短垣，属于公共的地方。将它借做我的花园，怎么不行呢？"

我言此园特桥耳，盍以丁戊名之乎？①
许家丁卯故有例，他年举似诗人庐。
不然以姓亦不恶，西湖有堤长姓苏。
君言我意殊不尔，平生喙硬胆气粗。
人皆有园我独无，入门何以对妻孥？
忽然凿空发奇想，玉津金谷成斯须。
古人牵船岸上住，非园园之曾何殊？
园成不难名不易，一字知费几踌躇。
试呼河伯出鲤鱼，开园醉客春风初。

清泉留咏

倦鸟归来故土秋，辞车戴笠信天游。
几人洁己泉清肚，谁氏谈经石点头。
品茗风生栖蝠洞，挥毫竹掩读书楼。
朝雍②石室开千古，煮玉何方迹不留。

咏　怀

居卑亦复念居贫，任转风轮此一身。
已断诗书唯纵酒，不成仙佛更依人。
逃空尚领荒寒趣，留命同看浩荡春。
水自西流我东上，蓼虫食苦味方新。

---

①[原注] 君宅丁戊山麓。
②朝雍：明乡官缪一凤字，其纪游诗有"何当开石室，煮玉驻颜容"句。

春日书怀

一

重山复水路迢迢，身似孤蓬到处飘。
不遇孟尝空叩铗，可怜吴市尚吹箫。
绿杨影里征衫薄，红杏花时旅思遥。
沽得浊醪聊一醉，胸中块磊几曾消。

二

辜负花枝照眼红，春阴消尽客愁中。
人情每觉同秋叶，我志何堪语夏虫。
岂有凤鸾栖枳棘，生将鹦鹉困帘栊。
寻常只道登仙乐，谁信神仙屈曲通。

九日同秉周①、鲤九②、谦宣③、秀渊④、梅峰⑤、筱萼、鉴洲登燕山妙峰寺

寻秋入翠微，山腹隐禅扉。
日午浮云澹，风高过鸟稀。

---

①秉周：林秉周，名本礼，号秉周，福建仙游安贤里菜坑村人。民国时期曾任国民党军队团长、旅长、警备副司令、国防部参谋等职。

②鲤九：徐鲤九，号徵祥，福建仙游人。习于书，娴于诗。曾主政宁德县、福清县。退隐后涉遍江南、华南八闽等地。编辑《九鲤湖志》。

③谦宣：林谦宣，号葆忻，林赞虞侍郎从弟。说诗社社员。诗才敏捷，营息园，种植牡丹，说诗社常集此园。

④秀渊：张秀渊，号葆达，福建福州人。善评诗，甚严而当。

⑤梅峰：陈元璋（1885—1959）字翼才，号梅峰，福建莆田人。前清秀才。民国时期，任古田县、长泰县县长，福建省行政干部训练用讲师，中华人民共和国成立后，任国粹中学、高农学校教员，1953年5月受聘为福建省文史研究馆馆员。工诗及古文，为陈衍弟子、"说诗社"成员。著有《梅峰诗文集》。

钟声疏渡水，松气冷侵衣。
香火从寥落，孤僧亦告饥。

挽泽观①

一

俛仰失时趋，匍参殆畏途。
才原输巧宦，世亦弃迂儒。
道丧文章贱，人非气类孤。
撑肠五千卷，地下觉相需。②

二

禄不称其学，忧能伤此人。
妻孥同在病，朋友半居贫。
典已穷衣被，赊还靳米薪。
一棺旁四壁，了却著书身。③

三

往者开吟社，尊师亦乐群。
攒眉尝笑我，便腹最推君。
派别蠲私见，渊源熟旧闻。
他年丁敬礼，谁与定吾文。④

---

①泽观：即陈泽观，字鸣则，说诗社社员，任职水利局，以举家贫病，忧郁而死，入祀西湖宛在堂。此组诗录自《石遗室诗话续编卷四》。
②[原注] 写出不合时宜真相。
③[原注] 质言之，贫死人而已，谓之忧伤者，文言也。
④[原注] 谓社友素推君淹博也。"闻"，原作"问"，据诗韵改。

四

海水群飞日,沦胥势已成。
幸存宁是福,太上讵忘情。
文酒无欢趣,郊原有哭声。
湖堂黯相对,不独为平生。①

---

①［原注］谓宛在堂诗龛秋祭,以君新逝,来者相对寡欢也。

林卓午

　　林卓午（1889—1957），字淑卿，福安康厝苏坂人。民国时期，历任上海邮政局副邮务长兼保险处主任及视察、西川邮政局（设成都）副邮务长、湖北宜昌一等邮局局长、中华邮政总局驻西安第三段军邮总视察，周恩来亲题"传邮万里，国脉所系"，并铃印勉之，当选为国民代表大会代表。中华人民共和国成立后，历任福安县人民代表、县人民政府常委、福安专区土改委员、县政协副主席、省政协委员等职。详见《福安祠堂文化拾萃·苏坂林氏宗祠》。

清泉洞留言

绝代有佳人，幽居在空谷。
可惜出山难，春光丘壑没。
当日锢宫墙，谁人识王嫱。
琵琶弹万里，大漠美名扬。

缪晋

缪晋（1893—1946），字少季，号子轩、祖轩，福安穆阳人。善画梅，有"缪晋梅花到处开"之誉。传见《秋园人物》。

题梅花图《傲霜》

生平不染一冰尘，透出清容面目真。
大地风霜吹不落，静香自对学禅人。

文昌阁照墙题画

米颠拜石我偷松，偷取云涛入笔锋。
千载悠悠黄鹤去，于今独有凤翔峰[①]。

[①]凤翔峰：位于今福安市康厝乡凤洋村北。

刘子才

刘子才（1893—1962），字松筠，福安东门人。毕业于福建师范学校。幼年好学，中青年时，担任过教师。喜好作诗，一生创作诗歌1000多首。辑有《松筠诗稿》上下两册，现仅余上册。

丁亥水灾

跋扈溪洪霸一时，园瓜田豆惨飘离。
赈灾官府无良策，坐劫农家有断炊。
燕雀吞声栖古牒，鱼虾得势戏空坻。
豪门高日犹酣睡，那识民生苦若斯。

和李雪樵师《秋夜偶感》原韵

世事苍黄棋半局，光阴荏苒鬓将皤。
繁华谁似孤高好，烦恼都因结纳多。
到眼浮云原变幻，逢时小草亦婆娑。
寒江一穗难成梦，坐听秋风韵树柯。

呈福州林伯屏师鼓山寺题壁

三年饥渴此名山，今日何时快跻攀？
层峦万壑接不尽，掉首回顾非人间。
奔涛巨浪卷长天，鲸鱼蛟龙吐云烟。
百千幻变穷色相，扁舟一叶入无边。
有时斜日落深渊，千乘万骑走进鞭。

或如金蛇奔百段，摇头鼓尾争腾骞。
千村万落归眼底，绿树青林纷意蕊。
胸中浩荡廓然空，一奁宝月在止水。
相携朋侪两三人，置身陡绝出风尘。
浩歌一曲彻仓溟，并入天风海涛鸣。
呜乎！富贵不可求，神仙不可修。
何如处此长遨游，放怀仟我探清幽！

送李克猷同学海行

情融深处转无言，勉强敲诗当佐樽。
开拓胸怀收浩气，放舒心胆镇羁魂。
万金点水遥含斗，一碧通天不见门。
闻有熊罴相辅助，安澜切莫肆鲸鲲。

纸　鸢

从容摇曳入云霄，一线因风一叶飘。
时局关情频俯仰，尘寰无意任逍遥。
等闲只说青天阔，惆怅空嗟碧海寥。
何日翩翩应附骥，超然高举俗愁消。

"虚度古稀，饱看世变"八字冠首

虚怀群羡庾郎贫，度得乾坤七十春。
古学却堪金铸佛，稀年尚不杖迎宾。

饱尝宦味曾知止，看尽人情更率真。
世局已非吾道晦，变机何日转洪钧？

小女幼玉生感作

添丁转自起愁吟，已尽床头旧有金。
壮志未酬肌骨减，那堪妻子重劳心。

宿南岸

偶遇山家宿，宵深梦未成。
风从危嶂响，月向短窗明。
顽鼠相争逐，寒鸡亦懒鸣。
枕衾如铁冷，愁思徒然生。

别吴书祥校长

萍聚才三月，因风又转移。
强同吾子别，愁与学童离。
白首犹糊口，青山亦皱眉。
骊歌声唱紧，再见定何时？

夏日书斋即事

局脚床中睡起迟，鸡鸣斋午始晨炊。
佣于饭后教挑水，友每闲来唤赌棋。

语事听从风过耳，索逋急任日燃眉。
自惭清福多消受，不是疏狂即是痴。

三坑杂咏

一

不上风尘一十霜，今朝谁意又离乡。
出山征逐原非计，只为黄金涩阮囊。

二

一肩琴剑入山乡，多谢乡人款酒浆。
最是毕生忘不得，清泉煮茗爽诗肠。

三

村北村南处处山，山山风景异尘寰。
避秦人羡桃源洞，未必桃源胜此间。

偶 感

偶然七尺落红尘，轮铁磨残少壮春。
立志不忘先哲训，坐穷未换故吾身。
万家霖雨嗟成梦，满地干戈愁杀人。
老妪纵然再思嫁，面皮已愧皱痕新。

仙和杂咏

一

破晓邻鸡鸣喔喔，吟鞭独自上仙和。
青山向我如相识，一路勾留客意多。

二

山村六月忙如故，辛苦归来汗遍身。
毕竟相形惭愧甚，偷闲半是读书人。

三

一轮明月光如昼，四面青山静若禅。
为爱村居看夜景，登楼吟到四更天。

湖塘道中偶成"鸡自墙头过，人从屋顶行"两句，归以足之

此亦娱人处，明灯挂壁名。
层峦当户落，危磴插天成。
鸡自墙头过，人从屋顶行。
草庐遗址在，不见旧书生。

登楼口占，时客东昆

一

为爱残阳媚岭隈，四山苍翠画图开。
斋童放学浑无事，独上高楼看一回。

二

独倚楼栏爽气侵,山花山鸟劝予吟。
诗情画景皆相称,忘却离家卅里心。

和郭梓雨老友《吊楚屈原》原韵

凭吊投江楚屈原,忠言恨不敌谗言。
丹心未遂生前愿,青史空传死后冤。
彩粽历朝徒纪念,龙舟何处可招魂。
当年好是离骚赋,落在人间万古存。

和郭梓雨兄《白菊》元韵

孤标独自立乾坤,历尽风霜傲骨存。
清品何曾关十爱,高怀全不羡三元。
银灯过槛秋无影,玉女窥窗月一痕。
除却当年陶靖节,有谁知己话寒暄。

郭梓雨再招吟集作此答之

年来又届集吟期,日请先生我固辞。
不是封侯无壮志,只愁对垒曳兵时。

郭梁

郭梁（1894—1936），乳名杏春，号燕园，笔名剑狂，福安鹿斗人，进士郭兆禄之子。天赋过人，诗、书、画三绝。说诗社社员，诗思敏捷，事迹载入闽都才女王真《道真室集》。画技精湛，是闽籍十大画家之一，名入《中国美术家辞典》。传见《福安市志》。

求凰曲

妆换花钿惜，行忘草露溥。
一段求凰曲，不等改弦弹。

昭君出塞

画图难觅汉宫真，一曲琵琶泪湿巾。
卫霍何曾名将尽，忍教儿女去和亲。

渊明赏菊

生平寄意在羲皇，三径归来幸未荒。
人与黄花同晚节，悠然无语对斜阳。

右军爱鹅

右军爱鹅甚爱字，我昔曾读石鼓歌。
读罢又临右军帖，方知爱姊甚爱鹅。

东坡玩砚

先生一自友陶泓，留得千秋爱砚名。
我赞天□长吉句，专诸门巷梦时萦。

昭君出塞（二）

霜风扑面寒浸骨，凄绝琵琶塞上听。
万乘难为儿女计，千秋汉史染胡腥。

貂蝉拜月

午夜焚香志已奇，锄奸功绩驾须眉。
如何青史褒忠笔，不及王家好女儿。

秋浦渔歌

秋水洌且清，水清颜色白。
鸬鹚下清滩，鱼泣无所匿。

李靖红拂

江湖推重义，志岂在豪家。
城北知音感，空空愧爪牙。

郭曾嘉

郭曾嘉（1894—1943），别名梓雨、梓羽。福安县图书馆馆长。福安秋园诗社的主要创始人之一。传见《秋园人物》。

寄石遗师一律①

囨园人日快衔杯，沧海门生病不来。
犹有薄寒宜小酒，喜无浓雪冻疏梅。
文章赵德潮人诵，巾服渊明栗里回。
他日一篇铭墓作，荣施闽嶰重碑材②。

---

①此诗录自陈衍《石遗室诗话·续编》卷三，原题曰："福安郭梓羽曾嘉，幼学能诗，有寄余一律云。"
②［原注］去岁曾乞师撰先外舅墓表。

李春华

李春华（1894—1966），字实秋，福安后垅人。任福安县立初级茶业职业学校教员兼会计。善诗文。著有《中医处方七言诗集》，传见《福安市教育志》。

摩霄庵集句

溪山不必用钱买（杜荀鹤），石怪疑行雁荡间（陈师道）。
门外白云常在眼（吴志淳），楼无一面不当山（刘后村）。

苏联四十年的医学事业大发展

苏联革命大胜利，四十年来功堪记。
光辉伟大照全球，社会事业发展易。
即就医学保健言，惊人成绩亦可志。
他在革命以前日，万人只有医师一。
及至一九五七年，千人一医增量质。
医师二百七八万，起死回生凶得吉。
军医还在此数外，合并统计多无匹。
增加医师救民切，争站世界先进列。
尚有加盟共和国，水平更高功殊别。
医界逐时进步好，诊治预防同研讨。
人民就诊免费多，一切病魔易除扫。
苏联叠出医学家，技术精通传世遐。
巴甫洛夫诸著作，尤为优良蓰以加。
医书译著满全球，救人救世效堪夸。
我国医界争学习，更为有助于中华。

中华医学深如海，古今医师多存在。
毕生研究而难穷，经验曾传数千载。
中医近亦传苏联，争相翻译与访采。
两国经验互交流，光大昌明增异彩。

李峻望

李道融（1895—1939），号峻望，亦号俊望，福安阳头栖云巷人。传见《秋园人物》。

秋 莺

腔调何曾异昔时？西风憔悴不胜悲。

飞梭欲向秋光织，无奈长堤柳已衰。

李翰藩

李翰藩（1896—1977），字屏石，福安阳头登善里人。福安县立师范讲习所毕业。民国24年（1925），福安率闽东之先创办县图书馆，李翰藩任管理员，任内捐献图书，抄补古本，补齐乡贤谢翱《晞发集》刻本，长期从事教育工作，任民众馆馆员，潭川、环溪初小校校长，廉岭保国民学校校长等职，在教育界颇具声望。被推为县参议员候选人，兼任修志局职员。书法作品入选《福安历史翰墨》。

太姥山吟

吾州两名山，霍童与太姥。
相隔百里遥，胜游恨不早。
太姥更雄奇，三十六峰好。
中有万岁松，又有千年草。
九鲤上朝天，盘石向下倒。
溪水秋变蓝，化工精妙造。
及登摩霄巅，大足慰怀抱。
海阔茫无边，隐影琉球岛。
浪翻白粼粼，日上红杲杲。
水天浑一色，极目穷探讨。
荡胸生层云，仰天叹浩浩。

刘石龙

刘石龙（1898—1943），又名石松，字抡铸，号琢园，福安柏柱洋楼下村人，连山知州黄晋铭之婿。传见《秋园人物》。

四时诗

红花照座绿缠廊，孰把丹青衍草堂。
夏日莫拘深竹好，熏风时送晚荷凉。
秋声赋让谁家作，玉笛音从隔壁扬。
冬至漫嫌山影瘦，梅葩依旧报春光。

呈承祉汉瑛师长

落得清闲胜似仙，敲棋吹管枕书眠。
纵然腾达风云上，未若溪山野味鲜。

张宝田

张宝田（1899—1940），又名则梅、奶义，福安柏柱洋山下村人。1931年加入中国共产党，土地革命战争时期任中共福霞县委书记，抗日战争时期任中共凤塘区委书记。1940年，在湾坞被捕，押至福安监狱后用毒药注射中毒牺牲，时年41岁。革命烈士。

文房四宝[①]风景诗

冲霄巨笔倚吾庐，玉版全无半点污。
墨海翻波龙窟近，砚田种果上皇都。

口吟一绝

满园茄子紫弯弯，何不摘来吃一餐。
茄子请来多不易，送它归去亦艰难。

规劝同学刘谦如[②]诗

同窗今日到吾乡，满眼蓬蒿事可伤。
但愿征夫能免祸，留存善政后人扬。

---

①文房四宝：指文笔岩，位于福安柏柱洋山下村后正中山脚下。一株大桦树形如朝天毛笔，岩底一座扁平巨石形如砚台，上面横着一条黑石像墨，岩石后面是山脊，两边山体如一张彩笺，人称"文房四宝"。

②刘谦如：时任柏洋联保主任。

哭施霖①、少廉②

噩耗惊心恨若山,双星殒落太空残。
他年痛饮黄龙府,无复欢娱手足间。

---

①施霖:(1900—1935),福安溪柄田头岗村人。在福安县城挂起律师招牌,专为穷人撰状鸣冤。1931年夏,加入中国共产党,曾任中共霞浦工作委员会负责人,1935年4月,被叛徒出卖,5月从容就义。
②张少廉(1983—1935),福安溪柄山下村人。曾任闽东苏维埃政府秘书长,1935年1月被捕,5月10日遭敌枪杀。

刘昌星

刘昌星，生于1902年，字师仙，号斗南，福安楼下村人。国立北京大学中国文学系毕业。历任河北省教育厅秘书、北平华言日报社总编辑等职，1944年任福建省立福安师范学校校长，当选为福安县临时参议会参议员，1946年春，调任福建省立三都中学校长，1947年，调任福建省府参议员、研究所研究员兼秘书长、福建医学院教授兼训导等职。中华人民共和国成立前夕，辗转流寓台湾，任台湾师范大学、艺术学校教授，曾出国赴日本考察教育工作。著有《斗南文集》《斗南诗选》《斗南书法》等。

三十年婚照诗

犹记燕门负笈时，西山邂逅缘何奇。
几番风雨征坚志，卅岁辛勤课两儿。
世乱无心求禄位，时艰有意写诗词。
不惭梁孟恩情重，老伴亲亲笑自题。

陈铁民

陈铁民（1903—1935），乳名家锵，学名鸣镳，福安上杭人。从小喜爱古诗词，每年一度的仙坛诗唱，他总会被邀请到场作诗吟唱。1929年春，在福州加入中国共产党。历任中共福安县委第一任书记、闽东特委机关报《闽东红旗报》主编。革命烈士。

无 题

我欲乘风振羽翰，但无双翼任纵横①。
山河重整回天力，按剑悲歌泪暗弹！

登清泉

六朝云雾窟，今日凤翔峰。
洞托峥嵘石，天参挺拔松。
霜残三径菊，梦破一声钟。
危崖空怅望，南国雨兼风。

无 题

大海游龙好起波，问余何日斩蛟鳌？
应知鸿鹄凌霄志，脱却青衫换战袍。

---

①横：福安音"还"。

林尧人

林尧人（1903—1952），又名赞唐，笔名韩人，福安穆阳苏坂村人。私立福建大学（后改名为福建法政专门学校）法律系毕业。历任福安县第二区（区署设社口）、第三区（区署设穆阳）区长，县财务委员会审核组主任，福建省会计处科员、股长、专员、科长、主任专员等职。著有《尧人诗句余稿》。传见《秋园人物》。

续新长恨歌①

读十一月十六日《新语》钟麟先生《新长恨歌》，系步白居易原韵，惜其未毕全首，不揣狗尾续貂之诮，爰为续之。

忆昔寒窗风萧索，满望学成登麟阁。
谁知抗战十年来，物价日高薪俸薄。
官教俗眼几垂青，柴米朝朝暮暮情。
回看同僚皆菜色，握笔频闻嗟叹声。
山穷水尽生难驭，到此踌躇不能去②。
弃官从贾计最佳，试问资金在何处？
相怜同病话食衣，东望家门信步归。
归来家门空依旧，何心寻花与问柳。
父母妻孥锁愁眉，对此如何不泪垂③？
东家老板庆生日，西宅司机请客时。
清炖鸡鸭红烧炒，残羹满阶浑不扫。
闻道一餐十万金，市井屠沽皆阔老。

---

①[原注] 载1946年11月26日福州《民主报》。
②③白居易诗原句。

千思万想总徒然，孤灯挑尽不成眠①。
迟迟钟鼓初长夜，耿耿星河欲曙天②。
低檐瓦冷霜华重，一领被单妻子共。
娇妻辗转屡言钱，稚子啼饥犹呓梦。
自维金马玉堂客，宁有居公长落魄。
眼前国步正危艰，何忍孜孜唯利觅。
昨闻各省曾通电，提高待遇呼声遍。
中央调整早嚣尘，但闻梯响人不见。
共说加薪若登山，物价扶摇九霄间。
粮食棉纱日日起，黄金美钞天骄子。
而今何物最低廉，公教人员参差是。
中中交农闭双扃，俗子凡夫进不成。
更闻行总招商局，仆阍月饷令人惊。
揽衣推枕起徘徊③，毕竟疑团打难开。
微官潦倒已如此，尚有权门钻穴来。
一职荣膺夸抬举，便觉眉飞而色舞。
但见新人展笑颜，谁忆旧人泪如雨。
可怜隔壁有老王，自闻裁员心茫茫。
伤心靠山一生少，回首家山万里长。
霹雳一声倏下处，不见长安见尘雾④。
惟将旧物托排摊，打点川资赋归去。
环顾只余门数扇，始恨妻女无钗钿。
一家从此沟壑中，天上人间会相见⑤。
临别凄凄闻致词，词中语意类能知。
七月七日卢沟变，正是男儿报国时。

①②③④⑤白居易诗原句。

辛苦曾共八年苦，一朝胜利失栖枝。
天长地久有时尽，此恨绵绵无绝期。①

自题小影②

少小志圣贤，耻或居两庑。
蹉跎复蹉跎，忽忽四十五。
已过强仕③年，于时尚无补。
明主弃不才，才不逢明主。
局促二者间，感慨亦何取。
华发萧然生，韶容不复睹。
昔为父母儿，今为儿女父。
廉吏不可为，事畜愁仰俯。
所惧达人讥，宁与流俗伍？
剩此清白躯，差可慰吾祖。

梅儿④生日

一

嫩蕊一盘亲手植，枝枝叶叶尽堪怜。
生身莫话芦花事，问暖嘘寒廿三年。

---

①白居易诗原句。
②[原注] 载1946年12月5日福州《民主报》。
③强仕：40岁的代称。《礼记·曲礼上》："四十曰强，而仕。"
④梅儿：即林友梅，林尧人的大女儿。善诗词。

二

数年择婿事参差,嫁女原期胜我家。
倘使东床①真可托,何妨徐淑配秦嘉。

低 唤

手札频频说坎坷,墨痕参杂泪痕多。
犀光照处人人险,蜚语飞来事事讹。
回首家山机上肉,关心儿女梦中魔。
愁真笑强终难掩,低唤虞兮奈若何。

生 事

妻能种菜子倾溲,生事残年不易谋。
太息书痴老无用,更从何处觅蝇头?

有 赠

理想村居理想家,小楼一角望桑麻。
归来长日无他事,儿种园蔬父种花。

---

①东床:这里指黄荣。1947年秋与林友梅同执教于福州鼓楼第一中心小学时相恋,1950年结婚。

偶　感

末路依人愧感并，几回枕上泪同倾。
风波蓦地寻残腊，雨雪漫天伴远程。
知汝追随皆死意，有谁体会独归情。
周旋暗里心逾苦，不负华年啮臂盟。

有赠（赠林吉人①）

一

商妇琵琶忆旧游，江州司马独悲秋。
朝云未老东坡贬，不尽相思不尽愁。

二

声华同日播江东，得祸残年事不同。
我被虚名君左计，几番雨又几番风。

三

交情道合分尤投，颠沛何妨共一舟。
记得凄凉风雨夜，有人相互解烦忧。

四

卅年狱吏鸡群鹤，一介书生浊世廉。
罗网自投应不憾，可怜闺梦尚鹣鹣。

①林吉人：作者族叔，曾任霞浦、宁德等县看守所所长。

国 庆

箫鼓喧阗不夜天，隔墙人在彩云边。
共欣国运如朝旭，好把穷愁一例捐。

悼 亡

一

昊天直欲丧斯文，忍死须臾为有君。
何意花残春尚淹，他年旧梦共谁温？

二

槛车畴昔发榕城，冒死相随尚有卿。
今日芳踪何处觅，茕茕顾影可怜生。

三

依稀噩梦醒黄粱，刀俎当前触目伤。
偕死怜卿投虎口，招魂何日水云乡？

生 日

风波江上度弧辰，夷险难量此日身。
五十虚名真误我，伥牛休作读书人。

曹英庄

曹英庄（1904—1988），字觉尘，祖籍福州，出生于福安。毕业于福州省立女子师范。创办福安县立女子小学，历任女子小学、文英高等小学（即穆阳小学前身）校长等职，有"闽东才女"之誉，福安县第四届政协委员。富春诗社理事，秋园诗社顾问。传见《福安文史资料》第26辑《闽东才女曹英庄》。

首次赴省读书离家前一夜作

孤灯漏尽暗还明，残照寒衾梦不成。
忽听隔房阿母唤，今宵更动别离情。

晚自修后月下续完家书

蓝煤无焰案灯轻，将就家书续不成。
幸有嫦娥怜客意，一轮斜照半窗明。

闽粤军阀混战

连天烽火不曾休，一局残棋怎样收？
争利争权缘底事，伐闽伐粤忍相仇。
固知漆女忧无益，欲学徐妃疏莫修。
安得健儿同奋起，铲除奸佞奠神州。

寒假与兰姊①留校未归,腊月廿日同游白塔寺

一

浮屠同上最高巅,夕照台江直似弦。
老衲跟跄归古寺,城南几处起炊烟。

二

可怜岁暮客天涯,寄兴登临恨转加。
远瞩家乡何处是,马江山上白云遮。

奉答汪校长②一首永志谢忱

弱质深闺负笈来,学吟同志喜叨陪。
先生自是随园老,愧我还非弟子才。

婚后旬日外子干堂赴京续学,以诗赠别

一

寒气当窗玉漏稀,灯前为缀旧征衣。
停针笑语良人道,意欲缝疏会早归。

---

①兰姊:即刘慕兰(1903—1952),福安穆阳桥溪村人,秋园诗人林尧人之妻,与作者情同姐妹。

②汪校长:即女师校长汪涵川,字毅斋,福州人。光绪二十九年(1903)癸卯科举人,师范完全科毕业生。后升任福建省教育厅二科科长等职。

二

依依未必是钟情，幸福都从事业生。
家国多艰肩正重，敢因儿女误前程。

三

世道人心两不平，临岐数语赠君行。
风尘莫泯英雄志，好保襟怀水月清。

七　夕

人间多少参商恨，天上依然伉俪情。
寄语嫦娥休见妒，团圆好照彻宵明。

游清泉洞（二首）

一

清泉古洞恣游观，无那尘心解脱难。
羡煞斋堂诸善女，如来旛下任盘桓。

二

历遍沧桑老石头，黄花般若佛门秋。
仙桃树后巉岩下，坐听泉声入耳流。

生活随感

卖空金钗为求医，一药十金不使知。
十二年来病室外，几回暗泣泪如丝。

悼亡夫（六首录一）

灵前杯酒手亲擎，凄绝孤孀子夜情。
生况近来君识否？长开泪眼到天明。

灯下听儿辈唱救亡歌曲

寒宵诸子女，同唱救亡歌。
疆土沦夷狄，复兴仗尔曹。

病中步陈桂寿先生《见画追忆缪子轩先生》原韵

曾把牢骚付酒杯，白头遗属①泪犹挥。
同堂我亦知风骨，每醉南窗辄画梅。
疏影横斜随意造，已开待放又初蕾。
有时老干迎风挺，笔力沉沉透纸背。
外子先生堂弟兄，宵寒灯下常聚会。
酒酣雄辩见天真，举世皆浊目无人。
果然一醉千愁解，那管断炊甑有尘。
寒衣未剪闲刀尺，落拓谁知处士贫。
萧斋寂寂漏迟迟，正是仁台病丧期。
留得数枝画笔在，梅花应痛失相知。
而今祖国春如海，亿千万树放枝枝。
我老颓唐愧无用，临笺百感化为诗。

---

①遗属：遗嘱。属，古同"嘱"。清林鸿年《杨忠悯公墓道》："殿前员外击神奸，遗属传观泪尽渍。"

回忆童年（家邻孔庙）

韩阳祖籍忆童年，矮屋柴扉学署前。
祀孔春秋观二祭，读经昼夜记三篇。
山洪暴发人逃命，米市常关灶断烟。
放眼四郊空旷地，高楼今已耸山巅。

八二年元旦写寄亲人

佳节张筵处，亲朋满座时。
江山源一脉，萁豆本同枝。
荷菊异乡早，虾菇故里宜。
何当同把晤，杯酒共论诗。

函请焕卿①、介繁②诸友好莅穆一游

连篇赠句感何如，穆水文峰③旧里间。
蓬荜门前名士篆，狮山岩上昔贤书。
纵无陶母留宾发，尚有陈蕃下榻居。
安得游踪能过我，定教扫径迓高车。

---

①焕卿：即黄秉炘。
②介繁：即黄介繁。
③文峰：即穆阳文峰街，曹英庄故居所在地。

苏明德

苏明德（1905—1993），原名缪邦镛，字京九，福安穆阳人。1928年加入共青团，1936年赴延安，并加入中国共产党。历任西南政法学院党委书记、副院长、院长，为西南政法学院的创建与发展做出贡献。秋园诗社首届名誉顾问。

菩萨蛮·悼念郑眠石[①]同志

北平苦斗经三载，闽东鏖战震山海。延水喜重逢，萍踪类转蓬。
多年音讯绝，邂逅渝州别。后会复何期？怀思无尽时。

咏清泉洞

一

山间石洞溢清泉，夏日来游避暑天。
香客骚人同向往，流传中有女神仙。

二

攀登鸟道绕羊肠，洞内风光清又凉。
仙子若迎游客至，此身遮莫是刘郎。

[①]郑眠石：（1907—1961），又名郑楚云，字眠石，福安步兜里村人。早年参加革命，加入中国共产党，历任中共福安县委、福安中心县委宣传部长，福州市工会秘书，中共河南省委宣传部长兼《小消息报》（党报）总编辑，中共印尼华侨总支委员，1957年7月回到北京，1958年任中国新闻社副社长、党组成员，后又兼全国青联常务理事等职。

怀叶云波①烈士

六十年前莫逆交,幽燕闽越共煎熬。
唤醒大众忙奔走,讨伐独夫耐苦劳。
曾借诗词消块垒,亦将杯酒遣牢骚。
为歼倭寇惩顽敌,抛却头颅且自豪。

庆祝福安秋园诗社重建暨建社六十五周年

耆老徒思故里行,临风寄意吊英灵。
长怀南国星辰陨,遥望东闽感慨萌。
百十年华浑转瞬,万千景物尽关情。
人间早换新天地,欣庆秋园诗社兴。

庆祝福安建市

称县历经七百年,从兹建市换新颜。
时移世改同前进,水到渠成亦自然。
经济腾飞兴众利,文明建设着先鞭。
山川如画好风景,梦寐萦怀忆故园。

---

①叶云波:即叶鉴青(1902—1939),福安城关人。早年参加革命,1928年加入中国共产党,抗战期间,任肥城县代理县长兼游击大队大队长,1939年12月,被国民党特务逮捕,绞杀于濮县东郊。革命烈士。

陈佩玉

> 陈佩玉（1906—1986），名鸣銮，陈王基之子。日本中央大学毕业。历任将乐县县长，福建省第九、第一行政督察区专员兼保安司令，台北工专（现台北科技大学）教授，闽东同乡会理事长。传见《秋园人物》。

乙酉秋日，与李华卿①、卓剑舟②二学长同登太姥

远上才山步步迟，扶筇处处看神奇。
登云来作仙家客，探胜追随古寺缁。
满目群峰俱下侍，当头红日已西垂。
海天浩荡漫无际，倚剑摩霄抚岛夷。

宿摩霄③诗

危岩悬天际，古寺出云浮。
落日天涯杳，横霞海外悠。
难穷千里目，却惹一身愁。
一枕清凉梦，风高月满楼。

---

①李华卿：（1902—1981），名得光，福鼎点头人。福建省立第三中学毕业，就读北平中国大学法律系。

②卓剑舟：（1901—1953），名朝榴，别署天南遁客，福鼎人。少颖异，好经学，及壮，负笈沪上，与梁启超、柳亚子等结为诗盟讲友。1935年任荷属西婆罗洲华侨驻京代表。抗日战争初期返乡，热心投入地方文化教育事业，与李华卿等人创办福鼎县北岭中学（今福鼎一中），任福鼎文献委员会首席委员兼修志局总纂。中华人民共和国成立后，被选为福鼎县首届各界人民代表会常委会副主席、中苏友好协会副主席、县卫生工作者协会会长等职。

③摩霄：即太姥山摩霄庵。

黄介繁

　　黄介繁（1907—1998），号可培，福安苏堤人。1930年公派留学日本。归国后在广西、上海、南京等地供职。中华人民共和国成立后，在福州、泉州商业部门工作达20余年。创办福安富春诗社，任社长，秋园诗社成立聘为顾问。尤擅书法，行草俱佳。传见《秋园人物》。

今日福安

仙岫峰头一柱擎，富春溪上彩虹横。
山青水绿寻常事，今日看来便有情。

老树春深更著花

莫嫌老树影婆娑，际会清时亦可嘉。
凭藉东风吹拂力，春来还孕一身花。

重游开元寺有感

轻衫白袷正宜秋，重到开元寺里游。
行遍旧时携手处，一天凉月照人愁。

富春诗社成立周年

佳节届天中，榴花似火红。
深闺簪艾虎，南国泛诗筒。

纵有风骚愿，难收错石功。
一年成逝水，回首愧阿蒙。

浪淘沙

搔首问东风，何事匆匆，桃花零落柳惺忪。燕语呢喃莺语涩，正诉春空。

人世正憒憒，休计穷通，朱颜转眼便成翁。只有闲愁消不尽，樽酒谁同！

八三年国庆喜值中秋

一路欢声笑语喧，缤纷旌旆接遥天。
万方有赖看今日，八表同昏记昔年。
丝管悠扬歌宛转，鱼龙曼衍舞蹁跹。
嫦娥也解逢人意，留得清光此夜圆。

纪念薛令之先生

亮节高风动紫宸，三廉颁赐最传神。
家山祠宇岿然立，享祀千秋俎豆新。

自嘲

颜柳钟王靠一边，奇形怪状竞新鲜。
平生不写乖张字，愧与时人作比肩。

祝贺社庆暨纪念诗人节

一

蒲觞饮罢意如何？莫讶行吟赴汨罗。
不是当时遭放逐，至今何处有离骚。

二

离骚赋就世同珍，爱国心声一帜新。
若使怀王是明主，五洲谁复识灵均。

一剪梅·庆祝秋园诗社重建

秋月春花古北坛，月自婵娟，花自芳妍。希踪汐社起秋园，眼底溪山，笔底波澜。

六五华年指一弹，重整云鬟，再画眉弯。平章高下细推研，王后卢前，岛瘦郊寒。

马立峰

马立峰（1909—1935），又名泽祥，号一山，福安溪柄马厝村人。1928年在福州理工学校读书时加入"反帝大同盟"，翌年2月加入中国共产党。历任中共福安县委委员兼南区区委书记、中共福安县委书记，创建闽东北工农游击第一支队，发动"兰田暴动"，闽东苏维埃政府成立，任主席，1935年2月在柘荣下坪村被叛徒杀害。

石 马

嫩草百堆宁闭口，长鞭一策岂回头。
麟江载送天源水，洗尽人间万古愁。

诔唁黄丹岩烈士殉难诗

丹心耿耿冠吾侪，岩石同坚志不移。
烈烈英雄为国死，士儒今尚泪桐西。

阙 题

君是天下奇男子，满腔热血我所知。
有岂抑郁不得志，饥其性情发于诗。
得数百篇皆可读，问千载上定谁师。
江南万里烽烟急，投笔从军会有期。

黄双惠

黄双惠（1909—1989），郭宣愉之妻，毕业于福建省女子职业中学。创办福安县妇女工读学校，一生服务教育，任教师、校长。著有《零羽集》。传见《秋园人物》。

抗战时作

女儿手中线，英雄身上衣。
热流和碧血，豪光万里凝。
冻指红灯里，冰颤白雪中。
有心都欲裂，无地不腥红。
江山残半壁，炮火已频年。
柔肠成坚垒，慷慨不论贤。

咏竹二首

一

霭霭含烟碧，亭亭出俗标。
志凌云汉外，爽气脱尘嚣。

二

幽兰长空谷，云岩生秀竹。
昂藏浥清露，不屑折腰禄。

吟　菊

与竹相偕远市廛，经霜方见操弥坚。
由来未着繁华众，富贵荣名点滴蠲。

校门对岸景

婉转藤蔓短石桥，依依翠带雨中飘。
数竿碧竹亭亭立，不向垂杨学舞腰。

菊花吟（八首选三）

一

园角篱边取次探，扶疏黄绿自阑珊。
依稀病客支离甚，犹待扶持偎倚难。

二

一从谪落久经秋，淹此凡寰欠自由。
何事低头无片语，问卿端的为谁羞。

三

历尽风霜益自持，傲然品格近娇痴。
篱披掩映扶疏影，错杂横陈偃蹇枝。

玉楼春·自遣

　　新渌一杯澄于玉，倦意未舒聊细啜。闲看庭宇静悄悄，几案犹明颇悦目。

　　心旷神怡一事无，阶上徘徊苔痕绿。清明时雨复时晴，蓦地枝头梅就熟。

郭祖宪

郭祖宪（1909—2000），福安后巷人。县立扆山中学毕业。一生从事教育事业，历任社口、夏潭、穆阳、三江、潭溪、狮峰等校教员、校长，中华人民共和国成立后任坂中、长汀、荷洋、华安等校校长、教员。

庆祝福安建市

朝曦初上彩霞呈，春色融融灿古城。
百业振兴关改革，万商集散畅流程。
三优街道仪容整，四有公民素质精。
扆市文明新气象，千红万紫更繁荣。

欢庆九八老年双节日

一

双节刚逢重九日，登高览胜乐尧天。
高楼大厦幢幢美，田亩稻粱穗穗妍。
改革运行奔四化，通商开放谱新篇。
中华今日方昌盛，耄耋沾恩颂哲贤。

二

廿年改革同开放，策略英明众志坚。
奋发图强毫不懈，迎难勇干竞争先。
粮油钢铁蒸蒸上，科教卫文样样妍。
成就辉煌昭日月，双文建设冀登巅。

三

敬老良风人有份，言传身教率居先。
华年轻视他人老，瞬息还将到眼前。

悼念郑眠石同志

庠中就读正华年，成绩优良见识全。
早岁投身持反帝，频年奔走闹翻天。
羁留牢狱心弥健，衔命南洋志益坚。
回想当时忧国士，聊书俚句颂高贤。

郭宣愉

郭宣愉（1910—1987），字大沂，号凤山，郭叔华子。一生从事教育事业，曾任福安一中工会主席。精通古典文学、诗词，擅长书法，为当时福安书法第一人。富春诗社理事。著有《凤山集》。传见《秋园人物》。

题飞鹰图

凌霄健翮任翱翔，洞察人间到海洋。
自是英雄多见识，层楼穷目笑平常。

抗战时偶作

夜深飒飒疾风声，按剑披襟气未平。
济世苦心嗟碌碌，匡时素志本明明。
虽他肉食无长虑，恨彼尸餐乏热情。
痛□时机悲倾覆，频浇块垒付吟鸣。

咏　菊

秋来丛菊满庭陈，魏紫姚黄可比珍。
座有诗书君作伴，时翻文史尔相亲。

盛年豪气随陶后①，晚节清香与柏邻。
老际升平余热在，将临八秩志嶙峋。

悼念烈士黄丹岩②同志

用同学马立峰烈士生前诔唁黄丹岩烈士殉难诗原韵及句首嵌上"丹岩烈士"四字之作。

丹青千载仰同侪，岩上苍松挺不移。
烈火金刚宁畏死，士民感载哭桐西。

论书三十绝（选五）

一

蚕尾银钩理要明，心仪手习巧中生。
最宜自出无牵挂，方是高才盖世英。

二

书能脱俗始称珍，垂露悬针便入神。
纸背直穿腕有力，一枝兔颖重千钧。

---

①[原注] 1932年，曾栽菊数十盆，盛开之日，陶铸同志适住吾家，朝夕相处，受益启发甚多，故有"随陶后"之句。又目下窗临柏树，长青耐寒，盖不可多得之好友也，故有"与柏邻"之句。

②黄丹岩：（1896—1934），原名彦彰，字其金，福鼎秦屿人。1929年加入中国共产党，在福州、福安、福鼎从事地下革命运动，1934年1月，由于叛徒告密而被捕，在福鼎县城桐山英勇就义。

三

学楷功成学草工，草书非楷意相通。
能于作草如书楷，正是纯青炉火红。

四

一波三折最为高，兰叶含涵不露毫。
鹰视雕游神意畅，浩然气魄若洪涛。

五

棱角分明态满丰，清奇稳重两相充。
捷如脱兔飘然逸，缓似闺人习女红。

贺新加坡政府社会发展部暨新加坡国家博物馆为黄葆芳大画家、大诗家、大学博举行画展

樊川诗句成珠玉，妙手营丘画更奇。
纸贵燕京连新国，令名胡愧给三师。

七律一首寄海亮兄

退休十载困家园，存拙韬光懒出门。
七秩早过逾矩少，一棺未盖定论存。
老衰病弱难成趣，应接逢迎更惮烦。
浩劫几经犹有悸，余生短景付残樽。

如梦令

彻夜喁喁窃语，不尽柔情相处。苇草韧如丝，地久天长无阻。伴侣，伴侣，似漆如胶征旅。

呈白山同志并示哲生①

凤与凤雏彰国京，文章洵轼一门荣。
半年同砚成交契，衰朽关心感至情。

---

①［原注］白山同志青年时与余在闽榕理工中学只半年同学。别后至今，匆匆已过五十余年，未通音问。去年其弟幼锐省视返梓转告余以白山曾询及情况，友谊殷情，殊感于心！昨其哲似哲生因公返韩，又辱移玉蓬荜，慰问余及余妻，垂爱之深，何堪感佩！爰草七绝，以志心意。时1983年3月8日。

［编者按］白山，即张白山（1912—1999），笔名癹庵、如晦等，中国作家协会会员。文学研究室副主任。哲生，即张炯，张白山之子，中国社会科学院文学研究所所长、中国作家协会副主席。

黄秉炘

黄秉炘（1910—1991），字荣辉，号焕卿，福安阳头黄厝巷人。福安文史考究、诗词造诣颇深。著有《栖凤窗诗文集》。福安富春诗社常务理事，秋园诗社理事。传见《秋园人物》。

悼念阮风①烈士

棠溪忝作启蒙师，少小年华早见奇。
青出于蓝殊佼佼，红能发紫自熙熙。
探亲沪上嗟行脚，参战闽中显指麾。
扣虱归来犹未足，长征路上再驱驰。

纪念陈斯克②烈士二律

一

乔梓相依家世贫，一心革命忘劳辛。
屡经挫折全无畏，一遇机缘即可伸。

---

①阮风：即阮伯淇（1918—1948），福安潭头棠溪村人。历任新四军第三支队六团参谋、副营长，福鼎县民众教育馆馆长，中共福安临时工委组织部长，中共福安县委委员、县委负责人、书记，闽浙赣区党委城工部闽东临时工委副书记，中共闽东地委副书记。革命烈士。小学时曾受业于作者。

②陈斯克：（1911—1947），原名陈波弟，化名苏克。历任共青团福安县委书记、共青团闽东特委委员、共青团安德县委书记、中共福安城区临时区委书记、中共福安县委组织部长、中共闽东特委委员兼民运部长、中共福安临时工委宣传部长、中共福安县委委员、中共福安县委书记等职。作者以校长兼代县府教育科科员期间，利用每天回学校的机会，承担为陈斯克传递来往信件、钱物等交通工作。

囊乏分文忧祖国，胸存大志拯斯民。
低潮砥柱中流急，耐得坚持有几人？

二

我亦随缘厕足间，鹊桥飞架两边山。
侯门如海藏春坞，黉宇当途洞晓关。
尺素暗通花信息，寸衷常恨日凶顽。
红娘自悔门前候，个里峰峦不可攀。

平斋①兄屡以纸烟见贶感以谢之

故人遗我相思草，知我穷愁多潦倒。
瓶空无酒奈愁何？坐困愁城形如槁。
得此奇兵从天降，庭为犁平穴为扫。
吞云吐雾耳目新，烟绕雾环幻文藻。
飘然随风神与俱，历遍三山穷海岛。
河山建设日日新，祖国风光更美好。
千秋万代永升平，盛世党恩容吾老。

---

①平斋：即陈大均（1896—1964），福安城关上杭人。省立中学（霞浦）毕业。工诗文。历任第七区第一国民学校（即棠溪小学）校长、福安县商会秘书、会长等职，当选为福安县临时参议会参议员，中华人民共和国成立后，历任公私合营城关案托组会计、福安县政治学习组、福安县社会人士学习组组长等职，1959年11月被福建省文史馆聘为特约撰述员。

为白蓬①六秩而作

浮生若梦青莲语，万古须臾距几许？
钱铿八十享大年，回也三十侣狐鼠。
所以达士远尘缘，飘然物外全其天。
宠辱无闻藜藿适，纵不成佛殆近仙。
白蓬今年周花甲，伯鸾德耀老犹洽。
娇女佳婿双光楣，佳儿新妇初出匣。
云母屏张绮筵开，佳肴美酒取次来。
浅斟低酌情何限，左顾右盼喜盈堆。
婚嫁向平愿已遂，丈夫到此胡所冀？
功名富贵不屑图，福寿康宁或能致。
忆昔与君总角交，同窗共砚胜同胞。
少年意气冲霄汉，异日云雨期腾蛟。
蒋贼窃柄恣罗织，倭奴侵犯逞蚕食。
书生夙悟投娘怀，沪渎救亡加左翼。
爱国有罪陷狴犴，脱身定计绐狗官。
反帝同盟甘引咎，幼稚单纯混从宽。
归来养晦湖山②上，满城桃李收绛帐。
刘伶③善饮且耽吟，崇嘏④倾心乐随倡。
卢沟炮吼震睡狮，抗敌后援起鞭笞。
林宗⑤独赏英雄备，相邀再度省慈帏。

---

①白蓬：左联作家刘宗璜的笔名。
②湖山：位于福安市区，刘宗璜曾在湖山小学任教。
③刘伶：魏晋时期名士，"竹林七贤"之一，善饮。这里借代刘宗璜。
④崇嘏：姓黄，指黄秉炘自己。
⑤林宗：指城工部闽东工委书记林立。

艰危负重埋敌腹，手捋虎须食敌禄。
拯民水火反盗官，翦除巨憝劳文牍。
抵掌谈笑县衙门，折冲樽俎参议垣。
红旗高举新人屋①，利刃直戳三青团。
革命形势方开辟，锋芒微露寒敌魄。
匪徒毒计捕嫌疑，哀哉六二②伤勍翻。
赤手空拳上战场，誓与铜臭重较量。
省参一役惜受挫，盛气冲衢飞羽觞。
迹涉嫌疑险象见，为防叵测走为善。
扬长暂隐榕市中，三次省亲目如电。
敌强我弱势悬殊，国大对垒奈之何？
援林③统战压敌焰，捣烂豪家酒肉窠。
伪顽老羞恨入骨，鹰犬四出穷罗掘。
蜚语强加遽扣留，事无佐证殊咄咄。
风波平息走省城，修葺馆舍费经营。
南都已失大树倒，愁煞猢狲草木兵。
奉命策反返桑梓，鼠辈望风早逃死。
因势利导组防团④，箪食壶浆迎帝履。
电召随征转桐山，谋成整旅下韩关。
筹募饷糈佐军实，治安协会任其艰。
劫后河山重建设，电为工母需尤亟。
党令开厂龟湖滨，里巷通宵光于雪。
士元才岂百里侪，李广数奇万户侯。

---

①新人屋：指中共福安县委书记黄森创办的"新人书屋"。

②六二：指1947年6月2日，国民党破坏中共福安县临时工委，大肆逮捕共产党员。

③林：指林卓午，时竞选省参议员。

④防团：指解放前夕，福安组织防护团维持秩序。

惭愧出身非北土，剧怜生事起同舟。
庐山飞瀑涌不已，下落千寻泻万里。
历尽危壑与险滩，东注东海才一泚。
海波浩荡党恩深，领袖英明判苔岑。
信陵晚节近醇酒，子瞻回日剩丹心。
人生变幻多翻覆，世情冷暖类碌碡。
卢生显达五十春，邯郸黄粱犹未熟。
我今捧诗向君前，祝君长寿龟鹤年。
山灵招手向君笑，盍归乎来执机先。

六秩自寿

仿佛浮生六十年，是真是幻等云烟。
举棋早悔通盘误，画饼自难逐块圆。
呕尽心肝人未信，掏残肺腑孰能怜？
下乡或可成吾志，早点从头学种田。

蜜沉沉①

携来玉液自天厨，蜜作杜康翠作壶。
海底珊瑚红绰约，杯中甘露冽扶揄。
初尝滗勺芳留颊，纵饮霞觥醉透肤。
巧手良工夸造化，韩城佳酿誉清都。

---

①蜜沉沉：福安名酒。

代宋步渠贺顾文浩复职工校

浩劫何曾尽是灾？助君技艺长君才。
成医底就肱三折，耽咏几燃髭一堆。
极左思潮宜永逝，太平景象庆重来。
而今再返青云路，直上扶摇为快哉。

祝贺社庆暨纪念诗人节

旷代才华绍国风，骚坛万古仰词宗。
怀沙赋就沉江冷，角黍烹成薄海崇。
社结富春传令节，诗成郯邑纪纯忠。
三年艺苑争鸣盛，好为文明献首功。

春　雨

杨柳含烟湿绿堤，无聊倚户听黄鹂。
昨宵花落知多少，今日春寒忘早迟。
天际浓云如泼墨，林间急雨殆催诗。
悬思此景非长久，自有阳和为展眉。

和觉尘女士《函请焕卿、介繁诸友好莅穆一游》原韵

妙思清才总不如，招魂何敢羡三闾。
枯肠搜尽难成句，佳什颁来畏作书。

菊战金风留劲节，梅凌白雪自高居。
那堪惹得浮名荡，将为京华应唱胪。

秋园诗社重建

秋园沉寂卅余年，今日重兴岂偶然？
畴昔楼台图画里，流传词句齿牙边。
扫清老圃开新径，振好民风续旧缘。
晚节黄花余热在，永随改革到明天。

黄宝珊

黄宝珊（1910—2005），又名葆丹，福安穆阳苏堤村人。福建国医专校毕业。中华人民共和国成立后从医，获福建省政府颁发的"从医三十年"奖状，受特邀为福安县政协委员。福安秋园诗社第一届理事。著有《樵歌渔唱》。

欢庆澳门回归

不堪回首溯从前，国土沦夷痛失圆。
志士仁人争御侮，昏君懦辅写降篇。
逊清屈膝千秋耻，赤帜翻身万代妍。
世事沧桑今胜昔，一邦两制共婵娟。

盼台湾回归

香港沉珠终返浦，澳门缺月即重圆。
神州两制跨新纪，宝岛应挥一统鞭。

缅怀毛泽东主席

横空出世御长风，力拯黔黎水火中。
巨手能擎天柱折，雄心可托泰山隆。
帝封祸国民生敝，马列兴邦事业崇。
惨淡经营三十载，神州帜展五星红。

读毛主席诗词手迹

书法诗词率意工，毫端天马恣行空。
军前景物收珠玉，旅次吟哦起凤龙。
怀素羲之差伯仲，陆游弃疾见融通。
行云流水谁堪拟，一代风骚贯彩虹。

庚午蒲节六日偶成

残红褪尽绿荫浓，梅雨缠绵事事慵。
食饱窥菱犹萎悴，眠酣览卷尚惺忪。
扶衰欲揩参苓费，投老甘为笔砚佣。
抛却闲愁耽觅句，丁东檐溜乱幽惊。

岁暮感怀

秃余华发战严霜，到枕寒鸡尚恋床。
岁暮更惊来日促，身闲偏觉寸阴长。
逐贫早误诗书癖，保健新探吐纳方。
且喜朝暾常枉顾，负暄坐看市廛忙。

八秩述怀

八秩何期到眼前，韶光弹指意萧然。
时乘雨骤萍踪泊，老至风和蔗境妍。

秃落毛锥空应手，凄凉蠹简不离编。
无成一事君休笑，筋骨虽残未化烟。

不　寐

无端浮想起联翩，数尽更筹总不眠。
唯有微吟醇似醴，梦回诗味尚陶然。

初夏游麒麟山庄

客中病起急扶筇，已是红凋黛色浓。
高阁风清消暑焰，列亭景异迓游踪。

小园初秋

借得沂家曲巷深，小园静室半庭阴。
蔷薇月季娇酡颊，茉莉辛夷惬素心。
绿柳不妨葡作架，大椿且傍竹为林。
尚余方寸宜蔬地，萝卜生儿佐醉吟。

老年节咏怀

中华自古重伦常，尊老今朝立典章。
党政频牵耆饱暖，儿孙克尽孝衷肠。
暮年五有堪称备，晚岁三餐念未忘。
用竭微诚搜俚句，欢歌特色永芬芳。

助听器

忠言谀语辨无从，只为残年座聩聋。
幸有胜天灵器助，不教诤益付流东。

赠罗源邱一峰医师七旬寿庆

才德兼优杖一翁，诗词仁术两堪崇。
磨经琢典寒斋里，救死扶伤病榻中。
临证可参收硕果，调砷妙用奏殊功。
余生未懈医人责，皓首心犹一炬红。

戒骄戒躁

骄矜招败鉴前车，贤哲功名不已居。
器小易盈防自满，耐寒劲竹本心虚。

党员吟

党人意志薄云霄，岂慕荣华正气消。
汗血甘为家国洒，节操不受雨风摇。
当仁鼎镬奚堪让，不义资财誓不要。
一片丹心昭日月，好将风格树新标。

缪振鹏

缪振鹏（1910—2011），福安穆阳人。北京大学毕业。创办联友出版社，历任四川大学副教授兼出版组主任、名山书局编辑，中华人民共和国成立后，执教上海敬业中学和上海第六女子中学，调任黄浦区红专学院从事语文、历史教学研究，"文革"之前在东昌中学任教，是学校唯一的特级教师，退休后受聘为上海社科院历史所特约研究员，主要研究明清史。出版长篇历史学术专著《明朝三帝秘录》《上海古代人物志》。

寄怀缪邦镛（苏明德）

低徊未敢数流年，过眼烟霞又一迁。
七七年华浑易过，万千愁绪每牵连。
平生无可酬知己，意志聊承慰远贤。
且喜别来俱无恙，蜀山辽海共婵娟。

缪贡庭

缪贡庭（1911—1967），福安穆阳人。峎山中学毕业。早年曾参加革命，历任中共福安西区区委书记、中共上西区区委书记兼县委常委。著有《怒涛诗集》。

喜青弟参军而作

终军冠弱气如虹，况复干戈在望中。
能唱长风为后劲，独披短褐向前锋。
寒光照澈澎湖冷，画角吹残海岛红。
不让胡尘沾国土，沙场看挽大雕弓。

黄叙轩

　　黄叙轩（1911—1992），别名黄彝伦，福安阳头人。历任福安、宁德中学校长，福安民众教育馆馆长，当选为县临时参议会参议员、参议会参议员，中华人民共和国成立后，任寿宁初级中学教师。传见《秋园人物》。

悼左联作家刘宗璜同学

一

花开花落两无由，死别生离实足忧。
故友龙华怀旧雨，同舟黄浦泛中流。
浮沉往事浑如梦，坎坷平生志未酬。
岂有豪情似昔日，何期挥泪吊诗俦。

二

生涯淡泊复何求？少小同窗忽白头。
身系姑苏心耿耿，胸怀沪渎水悠悠。
丁年已负凌云志，皓首犹充孺子牛。
一颗丹衷垂万古，满腔热血曜千秋。

浣溪沙·热烈欢呼中共十三大的伟大胜利

金碧辉煌华夏天，群贤济济集燕京，九年改革喜空前。
岁月中兴舒国步，神州十亿共团圆，豪情无限海无边。

今日福安

富春江畔笛声清，胜日吟诗载酒行。
仙岫环溪波浪激，龙舟竞渡锦标擎。

焕卿族兄八十荣寿双庆

源承理学溯名宗，宸岭湖山两度逢。
邵武隐居尊峭祖，韩阳设帐仰朱公。
追随革命情何限，学习英文志未终。
倚马才华编县志，飘香兰桂颂诗翁。

迎　春

东山雪霁兆丰年，文苑风骚艳丽天。
夕照湖山增锦绣，朝曦杨柳竞春妍。
宏图四化超前代，伟业千秋赖后贤。
老去豪情诗兴在，敢凭山海谱新篇。

采桑子·沉痛悼念陈松青同志逝世

沧桑人事惊回首，七三春秋。坎坷沉浮，风骚文采志未酬。
翰墨词章夙称羡，争奈沉疴。一夕蹉跎，挥泪凄然听九歌。

郭虚中

郭虚中（1912—1971），字展怀，福安人。历任商务印书馆编辑，国立暨南大学、英士大学等校教授，"以史学著"，誉称"闽东才子"。著有《白居易评传》《展怀诗词残稿》等。福建省第九届人大常委会副主任郑义正撰写纪念文章《闽东才子砚池先生》，传见《秋园人物》。

中秋听雨寄怀胡寄尘①先生

一样秋声伴寂寥，几曾窗外有芭蕉。
雪泥鸿爪留残影，碧海青天负此宵。
孤枕有情依倦客，暗灯无焰透重绡。
羁怀何事添惆怅，梦里分明度画桥。

题诸闻韵②先生画梅册子两首

一

雪素霜寒早缔盟，疏枝古干影交横。
生怜蜂蝶当春日，只向桃花艳处行。

二

贞芳暗度几人知，写出繁英绝妙姿。
试对清风呈矫洁，孤山香海寄相思。

---

①胡寄尘：南社诗人、鸳鸯蝴蝶派作家，其兄胡朴安，系作者业师。
②诸闻韵：画家，国立中央大学、国立艺专教授。

剑华①先生出示所藏《停云馆②诗画册》属题因成两绝

一

停云池馆寄遐思，想见兰亭啸咏时。
多少平泉台榭影，何人图画为征诗。

二

藏来妙墨各留题，花径荒残路已迷。
剩有一湾隄下水，年年流过板桥西。

读吴梅村《圆圆曲》

几许温馨几度愁，念家山破唱梁州。
从来青史千年恨，都付红裙一哭休。

落英偶题

一年花事了，几日对清尊。
游屐添新齿，征衫涨旧痕。
山青蝴蝶梦，月白杜鹃魂。
红雨江南路，绿阴渭北村。
三生嫁碧草，孤冢向黄昏。
处士幡难护，君王铃尚存。

---

①剑华：即画家、美术史论家俞剑华。
②停云馆：明代书画家文征明斋号。

匆匆上苑地，去去武陵源。
寂寞春庭晚，焚香昼掩门。

即 事

莫惜歌筵醉不休，垂帷羡做李书楼。
高词偏倚清波引，洁志多从浊世求。
门外拂风花渐扫，梦中行雨影无留。
后山诗话存孤诣，宁朴毋华赖积修。

游南京作

龙争虎斗各千秋，结绮临春事未休。
红粉不知啼鸟怨，青山终为古人愁。
功名耻说韩擒虎，气节空怀周孝侯。
千里江声听不尽，霸图犹似水东流。

赠郭东史[①]先生即次原韵

旧日词坛早擅名，吟情酒趣两从衡。
鸳湖秋雨劳人梦，蓬岛春风异国情。
君自才华争杜牧，我方词赋怨飞卿。
相逢不用思鲈脍，旗鼓同张许订盟。

①郭东史：早期加入同盟会，时于日本任中国留学生监督秘书、中华文学社社长。

将归国留别中华文学社诸子

西风凄紧苦寒侵，鸿爪留痕异地寻。
碧月当窗诗自好，红灯回影漏初深。
客怀草草怜乡梦，尘海劳劳愧素心。
他日相思江水阔，莫教双鲤绿波沉。

东游返国舟中感作

东岛分携正起樯，重溟望渺总怀乡。
一桥古渡通瀛表，万国佳茗出坦洋。
村野漫山生槚蔎，塾童蒙学展缇缃。
今归亦冀菁莪愿，翘待传薪讲序庠。

秦淮纪事

绿杨深护画栏低，唱彻凉州月又西。
暗里笑拈瓜子掷，忧时怕听鹧鸪啼。
心盟好向灯前订，诗句重邀醉后题。
尽有闲情消不得，乱红零落过前溪。

阵 云

阵云莽莽压江头，碧血喷来夜不收。
举国已然飞楚炬，齐心终欲报韩仇。

剧怜铸铁终成错，漫诩投鞭可断流。
一角危楼频徙倚，真成轻命望神州。

沪战起后二月始得附外轮归抵家感作

烽火天南处处兵，满途荆棘梦魂惊。
到门便见衰亲泪，临问殊知旧好情。
怕向人前谈往事，忍从劫外庆余生。
乾坤末造何堪说，愁看邻家出塞行。

读《史记·管夷吾传》

自致功名不负才，天生豪杰岂尘埃。
事从忠信经营起，局以皋夔变化来。
契合主臣消宿怨，交深朋友耻多财。
千秋凭吊斜阳里，何处重寻百尺台。

赠友人

能书能画神仙事，名利纷纷不足数。
羡有云烟腕底生，乱离自写桃源路。

无题四首（选三）

一

聪明谁解竟成痴，负汝蛾眉别样姿。
往事已随花落去，来缘除遇佛生时。
魂销洛水陈王梦，泪尽扬州杜牧诗。
雨打湘灵弦柱绝，微波何处托通辞。

二

抛却无端恨转长，苦劳魂梦忆王昌。
懒描粉字题红叶，悔乞春阴奏绿章。
但若有情皆满愿，更从何处细斟量。
三生未是梁鸿侣，十载前曾梦一场。

三

一道香尘碎绿苹，襧裙梦断续无因。
空留玉锦千行札，已误珊瑚百尺身。
生太聪明偏累汝，运当坎壈不由人。
世间福慧原相负，岂独伤心朱淑真。

贺新凉·落花

再见疑无路，任娉婷，花阴石上，是侬曾住。最怕春深逢燕子，又报韶光一度。载万斛，殷忧难数。俯仰百年悲身世，向天涯，独自伤迟暮。孤负了，此情苦。

飘零江国人何处。恨悠悠，盍如不解，带将愁去。任令繁华随逝水，化作冷香飞絮。只今后，芳踪无主。月下归来何日是，又昏灯，抱影空凝伫。清泪竭，共谁语。

> **缪劭光**
>
> 缪劭光（1912—1985），福安穆阳人。民国时期任穆阳镇镇民代表会主席，1946年当选穆阳镇镇长，一度去职赴台，1949年6月再度当选穆阳镇镇长，中华人民共和国成立后，被选为福安县第一、第二届各界人民代表会议常委会委员，政协福安县第一届委员会常委，政协福安县第四届、第五届委员会委员。离休干部。

今日发薪，理清酒债后，尚有数朝余资。穷汉无长远计，便当一醉，正于朦胧之际，随奉和一首①

不甘寂寞觅前缘，每见蹒跚一怅然②。
且看春风滋雨露，长安随处任吾眠。

哭阿璜③

黄浦江头浪，姑苏作楚囚。
文坛新一秀，遗著早千秋。
闭户以明志，安贫无所求。
冤情犹未白，负辱几时休？

---

①此系以诗代柬，回复刘宗璜。
②指刘宗璜屡受打击，以酒浇愁，醉得跌跌撞撞。
③阿璜：指刘宗璜。

张白山

张白山（1912—1999），福安人，笔名如晦。早年曾参加反帝大同盟，后在上海复旦大学、浙江之江大学学习，赴鄂北、鄂西宣传抗日，任《全民抗战》周刊特约记者，执教广西省立师范学校、四川省立教育学院、南开中学，主编《新民报》文艺副刊和《商务日报》文艺周刊，同时与他人合办《文化报》，中华人民共和国成立后历任上海军事管制委员会文艺处文学室主任、上海市文化局科长、上海音乐学院教授、上海文联副秘书长，中国作家协会《文学遗产》《文学研究》《文学评论》编委、编辑部主任，中国社会科学院文学研究所古代文学研究室副主任，《文学遗产》副主编。主要著译有中篇小说《主与仆》、长篇小说《一江春水向东流》等。

闽东苏区创立五十周年谨题数语聊表颂祷之意

一轮红日照闽东，创业艰辛先烈功。
相庆今朝人应乐，莫忘四化建大同。

> **王廷熙**
>
> 　　王廷熙，1912年生，福安人，上海大夏大学院毕业，法学士，旅台同胞。

游阿里山有感

万壑千岩里，森森显异材。
鲁班何处是，却老栋梁才。

黄葆芳

黄葆芳（1913—1989），乳名宗奇，福安穆阳苏堤村人，在福州就读期间，参加中共地下党，为摆脱国民党追捕，逃往上海就读上海美术专科学校，1938年移居新加坡，成为著名水墨名家。历任新加坡中华美术研究会会长和理事长、新加坡文化部美术咨询委员，获新加坡共和国总统颁发的"服务勋章"。《福安市志》为其传。亦工诗，秋园诗社首届名誉顾问。著有《大观园咏景》等。

赠北京大学启功教授①

片刻谈红未尽欢，依依握别祝平安。
姑娘②两字存疑久，多谢高明一解难。

客　怀

举世干戈铁马声，杯弓蛇影梦魂惊。
悠悠长夜孤禽泪，隐隐残灯百感生。
举目繁华原是梦，一窗花月总多情。
依依望断蓬山路，瞬息天涯五十庚。

---

①[原注] 启功教授乃爱觉新罗后裔，为现代著名红学家兼书法家。
②[原注] 姑娘之称，南北有异，尊卑有别。

题 画

一

雪里暗香何处来，繁花密蕊为谁开。
孤山消息君知否，老干斑斓可是苔。

二

罗浮仙路渺难寻，淡写凌寒一片心。
雪后园林春到未，暗香疏影月痕深。

有 感

狂风暴雨撼红尘，百卉千花俱失真。
莫道新苗多变质，老松亦欠旧精神。

大观园咏景（二十首选十）

沁芳桥

一溜清溪峡上来，穿虹涨石溅苍台。
花飞絮落归何处，太息随流去不回。

柳叶渚

绕堤弱柳正依依，点翠垂金衬落晖。
紫燕掠波穿渚去，编花织叶费心机。

滴翠亭

游廊四角护栏杆，柳影波光浥翠盘。
镂庸雕窗张素纸，双飞蛱蝶过前滩。

蘅芜院

插天奇石剔玲珑，薜荔藤萝映碧空。
金桂丹砂垂异卉，清凉更合众香中。

凹晶馆

宝镜悬空照碧波，夜深玉露浥残荷。
竹栏遥接藕香榭，芦苇丛中鹤影多。

稻香村

屋外田园屋后山，竹篱茅舍自安闲。
杏花如火争春意，三五鹅群水一湾。

潇湘馆

萧萧竹径夕阳斜，寂寂空庭翠影遮。
鹦鹉嫌寒春料峭，药炉香气透窗纱。

藕香榭

四面疏窗左右廊，西风吹爽芰荷香。
水亭秀色增新绿，桂树微红尚未霜。

暖香坞

度月穿云夹道通，重帷毡色染猩红。
丹青不愧佳人笔，山水楼台一样工。

芦雪亭

傍山临水见斜滩，雪积芦花翠袖寒。
竹户筠窗关不住，凭栏垂钓插鱼竿。

游黄山二首

一

百步云梯一线天，莲花沟底雨中烟。
鳌鱼洞矮躬身过，探海双龙出后边。

二

层层云海天无际，阵阵波涛翠有声。
踏遍黄山三万级，个中奥妙更分明。

题画墨梅赠孙孚凌[①]

梅花之清清若水，瑞雪霏霏白无比。
梅清雪白饰江山，一树横斜香千里。
铁骨如虬舞冻云，冰容冷艳轻罗绮。
绮罗残梦觅花魂，笔趁东风图万蕊。
蕊繁花洁散琼英，墨醉烟迷凝素纸。
纸上凌寒绝世姿，姑射仙人难并美。

---

①[原注] 曾闻孚凌贤倩为官清廉，至感钦佩，特写此图并题长句以赠。戊辰之秋，葆芳黄山居星洲（新加坡）时年七十有六岁。

[编者按] 孙孚凌（1921—2018），原名孙福龄，浙江绍兴人，1945年与苏堤黄织在重庆完婚，黄织乃葆芳之侄女，故称"孚凌贤倩"。

赠美籍华裔红学家周策纵教授

绝代奇书论不休,雪芹遗著足千秋。
石虽久炼惭无用,泪到将干恨未收。
金玉姻缘真亦幻,贾林心事喜还忧。
周郎最解其中意,十二红楼曲里求。

王松龄

王松龄（1913—1977），福安穆阳桂林村人。精通琴棋书画，写得一手好毛笔字。当过塾师，中华人民共和国成立后在福安剧团工作。

伯圆法师六秩寿辰和陈桂寿诗

卅稔新枫忆旧游，龙门一跃得名流。
传灯穆水心花放，挂锡湖滨意马收。
果证菩提生智慧，经翻贝叶解愆尤。
访观妙品惊神笔，为羡黄英唱晚秋。

王廷藩

王廷藩（1913—1998），福安城关人，国立复旦大学毕业。历任上海新寰职中、省立高工、三都中学、福安师范、福安县立岽山初级中学等校教员，一生从事教育事业。擅曲词兼医学。秋园诗社第一届理事。

怀念旅台胞兄有感

茫茫海峡讯悠悠，四十多年望煞眸。
大好风光兄领略，无边波浪我承流。
分离岂是三生果，改革颁行百世猷。
老得升平宁静日，频来一雁慰初秋。

黄焕卿先生八秩荣寿双庆

古柏苍松傲雪寒，羡君八秩不甘闲。
华堂结彩承欢日，满座联吟逐笑颜。
国泰民歌春跃进，家齐竹报岁平安。
祝翁多福兼多寿，晚节黄花放眼看。

松青同志千古

天涯我本伤心客，又遇伤心吊汝魂。
一别恨成长别恨，千愁痕重旧愁痕。
红楼有梦酬三馆，青鸟无由到九泉。
最是令人恸哭处，临风挥泪至黄昏。

老树春深更著花
——纪念福安市老人协会成立一周年

改革维新局势昌，和平统一振家乡。
胸中万卷安邦策，笔下千言定国章。
鸣剑壮怀长叱咤，举棋胜局岂虚张。
中华儿女多英俊，辈出人才尽栋梁。

满庭芳·歌颂福安新气象

放眼韩阳，春光明媚，台榭鸟语花香。登临览胜，层楼异样装。且喜文明建设，姹紫千红艳四方。富春大桥跨两岸，流水绕山乡。

归航，看此际云横廉岭，水映斜阳。漫听得渔舟唱晚悠扬。刹那万家灯亮，酒空斟金樽洋洋。多情处，行人乐散，夜幕下韩阳。

霜叶红于二月花

初秋原野草萋萋，满眼风光好展眉。
落月无声怀旧友，还云有梦续新诗。
世兴岂肯归陶径，国定何妨步阮痴。
此日千家奔四化，暮年喜庆太平时。

施惠畴

施惠畴（1914—1975），福安社口人。历任初小校教员、中心校教导主任、乡公所文化干事、民政干事等职。精通琴棋书画，号称"社口才子"。

题花鸟画

绿叶红珠分外妍，迎风摇曳惹人怜。
丛间花鸟来天外，到此完求一憩缘。

谢秉钧

谢秉钧（1914.11—1994.6），名晋邦，字维容，号秉钧，福安溪柄大厦村人。幼年读了三年私塾。一生农本起家，医怀寿世，好书法诗文。

悼念施霖烈士

争锋不是贪官爵，奋斗须求大事成。
破敌舍生为祖国，长留青史万年名。

自　叙

一

闲愁劳碌叹从前，虚度韶光五十年。
农本起家亲耒耜，医怀寿世近熬煎。
力身克服为生计，训养还思望后贤。
漫道桑榆垂暮景，葵花偏爱夕阳天。

二

一生多虑又多忧，忽觉年华六十秋。
交义相知垂爱戴，承恩未报愧含羞。
儿孙绕膝鞭难及，世事纷纭理不周。
老景痴思怀壮志，驹光易逝肯容求。

七十自寿

一

七十年来转瞬间，沧桑正道始心宽。
浮生尝饱风霜味，暮景犹怀世故艰。
展志未成遗白发，夕阳含影望青山。
团圆春旦陶然醉，畅叙堂前分外欢。

二

人言七十古来稀，世事浮云似奕棋。
傲骨自惭身少健，衰颜犹见鬓添丝。
林泉风景时常玩，竹绿清樽日解颐。
忆昔当年春变貌，老翁含笑诵新诗。

三

善养其身静处宽，何须苦计自愁烦。
八旬鹤算人间少，百岁龟龄世上难。
午案残书眠不阅，晚窗浊酒醉清干。
梅花欢舞迎春到，甲子重逢再问安。

四

放梅夜梦醉酣中，醒觉东窗侵日红。
庭对山川皆美景，门临车匹尽交通。
闲居空案花前玩，颐弄残棋月下浓。
世事纷纷如乱雪，乱飞入酒即消融。

老人节

重九老人节共欢，香飘黄菊正开颜。
闲居庭院敲棋子，时傍池塘弄钓竿。
教子须明遵国法，事亲岂厌奉盘餐。
家邦隆盛心恒乐，喜颂尧天万姓安。

黄焕卿八十荣寿双庆谨和一律

晚景逢时喜气开，梅香传信报春来。
废兴世事惊天栗，真相人间动地哀。
一片丹心为祖国，万分教志育贤才。
老当益壮南山祝，伟绩光荣公论恢。

郭毓麟

郭毓麟（1914—1996），字浴菱，福安岩湖人。一生从事教育，历任福州英华中学、晋江中学教员，福建协和大学讲师，福安县立初级中学校长，福州师范学校教员，参编《汉语大词典》，受聘为福建省文史馆馆员。著有《蛰庐诗稿》、《耆献集》（合著）。传见《秋园人物》。

游石鼓山

纷纷世事无一可，除却看山计自左。
看山何必须及春，冬山逾净无纤尘。
吾侪暇日吟诗爽，第一闽山随兴往。
盘云石磴深更深，松风泉咽空人心。
踏月古寺景幽绝，题诗转愧诗才劣。
联床夜话东际楼，清钟逐梦两悠悠。
鸟催初起晓寒重，览胜还携铅椠共。
喝水岩边听水斋，遗迹凭吊心悲凄。
词人一代骑龙去，石壁空留题咏处。
吁嗟乎，托迹尘寰无百年，怡情端合老林泉。
我持此意人绝倒，独倚栏干望苍昊。

偶 书

百花于我最多情，一事思量为不平。
梅有清香海棠色，屈骚杜集总无名。

选析唐诗二百二十首竟感赋（二首选一）

李杜何为诗巨擘？天才学力各专长。
后人所贵能兼学，轩轾何须致抑扬。

同仁共饮华春楼

老怀例不著闲愁，买醉同为卜夜游。
雅座清幽饶古色，华灯璀璨豁尘眸。
由来食谱留文苑，天下春风在酒楼。
才茂诸君先得句，俚词和韵独遗羞。

福安富春诗社成立一周年纪念谨和五律原韵奉贺

箫鼓故乡中，骚人醉脸红。
优游多暇日，唱和盛吟筒。
改制邦长治，昌时士有功。
词坛兴一载，遐思接鸿蒙。

庆祝福安秋园诗社重建暨建社六十五周年

离休心不利名求，喜拥书城伏案头。
社复秋园诗更盛，民怀烈士泽长流。
牵情猿鹤乡愁叠，入梦鲈莼酒味柔，
争得金风归计遂，追陪坛坫爪泥留。

永遇乐

南岛流香，古轩凝趣，栖稳双燕。翰墨因缘，神仙眷属，偕老庄举案。春山眉笑，秋波眼溜，丽影唱随游宴。调琴瑟，房中乐奏，绸缪两情何限。

珠帘半卷，金炉初烬，不着闲愁幽怨。摩诘丁诗，道升善画，神韵生笔砚。缥缃联璧，丹青珍品，三绝古今精选。同机返，珂乡梓里，看腾誉遍。

谨次陈荆园①先生大作原韵奉呈郢政

兔年圆桂魄，榕峤识荆翁。
聚散缘非浅，行藏道未穷。
诗词钦绝妙，书画羡并通。
凝处寻春约，名城共采风。

敬次荆园先生庆城酒楼诗会七律原韵

东篱黄菊挺霜枝，聚散匆匆最系思。
设宴重阳叨雅约，联吟隔海结新知。
久要且喜盟心共，相得宁嫌识面迟。
旅次诗筒劳远寄，眷怀社侣遍无遗。

---

①陈荆园：即陈子波，福建闽侯南屿人。台湾传统诗词学会副理事长、学术院诗学研究员。工词章兼擅绘事，有"百梅诗人"之誉。

谨次陈荆园先生留别三山诗社诸君子原韵

温暖榕城洽众心,客归谊倍切同岑。
论交逾分情弥挚,返老难期感不禁。
两岸风云萦别绪,九秋雨露涤烦襟。
临岐捧诵阳春句,仿佛重庚击钵吟。

庆春泽·和叶玉超①先生原韵

文物名家,丹青妙手,客归恰趁春明。消受乡关,早梅乳燕相迎。转蒙盛宴邀吟局,斗尖叉,丽句纷呈。最伤情,乍聚还离,梦里长萦。

诗词早岁传香岛,喜当筵合影,永谛心盟。瓜以为期,双星朗耀江城。金风送爽秋光好,唱凉州,社侣增荣。待湖亭,赏菊持螯,共话升平。

以"鸡毛拂"为题征诗应征作二律

一

胶缀鸡翎费苦辛,此非玩物损精神。
诗清无取传军讯,境浊尤须祓案尘。
爱若青毡因手泽,视同敝帚亦家珍。
亲朋承赠常相语,喜得晨昏几榻新。

---

① 叶玉超:祖籍福建闽侯,1947 年辗转到香港,担任香港《成报》专栏作者,著名诗人,兼任福建省对外文化交流协会常务理事、中学诗词学会理事等职。

二

五德家禽世所传，乞翎制拂意悠然。
休将麈尾同论价，见说鸡毛可上天。
垂老能勤应是福，洁身不染便为贤。
秋光堂里秋光净，征咏新题共擘笺。

以"百年难遇岁朝春"为题限韵

百年难遇岁朝春，耀眼风光分外新。
秉轴初升长治局，席珍行作小康民。
安贫心不簪缨羡，娱老情唯翰墨亲。
循例隆冬招雅集，桃樽共醉福骈臻。

纪念爱国诗人谢翱逝世七百周年

韩邑谢翱人中奇，勤读诗书幼歧嶷。
进士不第弃举业，专心寝馈古文辞。
曾作铙歌骑吹曲，太常乐工传习之。
足见书生精武略，笃行忠信致名垂。
宋末勤王文天祥，力战元兵弱胜强。
端宗执位拜右相，开府延平日遑遑。
报国皋羽赤心存，毁家募勇赴军门。
署为咨议参戎幕，沆瀣相投道义敦。
狂澜莫挽师无功，北定中原梦成空。
天祥被执朝廷震，皋羽飘零类转蓬。
往来闽浙将四载，匈奴未灭恨无穷。
燕京忽报将星殒，柴市成仁悲四风。

英雄事业付东流，愁闻胡语声啁啾。
隐姓埋名甘遁迹，只身但作汗漫游。
凭吊古人托素志，乐山乐水寄幽忧。
过严陵兮望西台，设天祥主奠一杯。
呼天抢地寂无人，作招魂歌望归来。
竹如意击石俱碎，声随泪下不胜哀。
山为凝愁水鸣咽，往事那堪首重回。
皋羽本是巨川材，生当季世空怀瑰。
朔风野火草木摧，无用武地起风雷。
仆仆风尘不染埃，忍见铜驼殁蒿莱。
四顾苍茫百念灰，中年赍志身先颓。
遗命择葬钓台南，相依地下伴清才。
著作等身凝血泪，胸藏正气是根荄。
晞发集传见怀抱，西台恸哭动九垓。
天地间集冬青引，雄浑悱恻妙双该。
笔挟风雷写心史，廉顽立懦金石开。
谢翱逝世七百年，抗战胜利五十年。
爱国精神一脉传，抗元抗倭心相连。
后先辉映堪比妍，玉宇澄清涤腥膻。
汉家天下焕尧天，改市五载庆光前。
闽东腾飞正加鞭，征诗纪念争擘笺。
永垂不朽颂先贤，中华振兴信心坚。
小康在望谱新篇，各族人民共勉旃。
灵爽有知当粲然，再作新歌舞九泉。

刘浑生

刘浑生（1914—1992），字勖中，出生于福安湾坞半屿。历任福安县警察局局长、福建省保安司令部中校视察、厦门市警备司令部上校军法司主任、民革厦门市副主委等职。著有《勖中遗玉集》《勖中吟草》。传见《秋园人物》。

甲寅回乡杂感七律四首

一

卅年别梦绕乡关，愧未丁威化鹤还。
昔日儿童皆寿考，当年伴侣半蹒跚。
门中白马依然在，海上乌龟尚自闲。
只有双礁啼不断，也叹归客鬓毛斑。

二

三宝堂中拂败垣，卅年题壁墨犹存。
诸天色相皆空了，菩萨低眉欲有言。
堂外喧嘈人畜旺，塘前青翠稻粱繁。
山门弥勒还狂笑，笑我空桑恋欲昏。

三

成尘往事眼中遮，竟落陀罗一树花。
碧血青山怀壮烈[①]，白云苍狗话桑麻。
鼍鼋柱食神仙字，倦鸟羞还处士家。
只为恩仇难解脱，吴钩空映鬓霜华。

[①] 指怀念牺牲于1934年的革命烈士陈福筹等八人。

四

曾传共命有频迦,与子同庚岂有差。
飞燕伯劳殊志向,孤鸾灵鹫各天涯。
空余野老谈双虎①,浪说诗名负八叉。
寄语故园春总好,云游毋忘望京华。

答福安旧雨

盘错方成盖代材,有谁物色到尘埃?
游秦张禄何曾死?破楚吴胥早不来。
饮雪尚持苏武节,歌风应上沛公台。
潜龙且耐秋江冷,只待春时起卧雷。

读《题松树》诗复荣登甥孙

诗成临发又开封,为有深山一古松。
曾是盘根还错节,善于迎客与听风。
岁寒梅竹堪为友,晚爱儿孙溷乃公。
心血付将苓与珀,愿他世上起奇功。

次题红梅画七绝原韵还寄伯圆上人

独怜高洁冷丰神,早悟枝头万种春。
纵使成泥香永在,未妨共踏软红尘。

---

①[原注] 余与伯圆俱甲寅年生,半屿后山有双石状如虎,有双虎岐之称。

昨宵梦与伯园谈诗，晨起有佳趣，口占两绝却寄吉隆坡

一

甲寅半屿生双虎，戊午南洋梦一龙。
大士肉身公必是，芙蓉无恙在尘中。

二

昨宵梦里惠然来，謦咳风雷妙语谐。
料汝此行知有意，蘧蘧吾梦及时回。

自　笑

一

不梦封侯任数奇，东陵抱瓮种瓜时。
文章憎命非吾罪，魅魑揶人故我欺。
旷达只宜聊自笑，聪明却恨未能痴。
明时伏枥犹多恋，岂独穷愁始爱诗。

二

诗魂愿化春泥去，化作春泥更护花。
春社才过风似剪，清明乍去雨如麻。
飘零岂仅菱枝弱，摇落应知万木斜。
我乞上皇均雨露，非关五柳荫吾家。

重游西湖有感寄语在台湾的警校同学龙厂（朱云）

再过西湖四十年，双堤垂柳尚依然。
五陵裘马今何在？三竺风烟剩目前。
花港观鱼怀旧侣，孤山寻鹤问青天。
朱云愿似飞来鹤，飞向三潭印月边。

挽张淑英大姐步张华谟教授（南京大学教授）挽诗原韵

须眉巾帼想英风，犹索游踪九鲤东。
曾为凤娘同义愤，誓除螽贼共持公。
因谋国是忝袍泽，追忆音容已曲终。
噩耗忽传乡国恸，杜鹃啼遍木兰红。

在陆军三二五师起义三十五年纪念座谈会上，回想起国民党三二五师副师长陈言廉率部在晋江安海龙山寺起义，怀留台旧雨

三十五年旧将台，龙山寺外阵云开。
陈侯英气今犹在，蒋氏朝廷去不回。
堪笑田横甘自缚，应知张翰是真才。
血浓于水君知否？无负炎黄一脉来。

登日光岩观海怀台湾旧雨

海鹭横飞接大洲，全台烟水望中收。
阋墙忍作凭河虎，焦土何堪纵火牛。
骨肉有情怜宰树，朱陈无计续间邱。
卅年客梦风波隔，目断归鸿几度秋。

次余启锵先生赠兆荣教授元韵

身历昆明劫火余，那堪重曳旧时裾。
甘埋秋草俱泯灭，付与春云任卷舒。
此志误吾廿载去，壮怀料已一场虚。
老来幸免盐车轭，已谢天怜陋巷居。

南普陀寺题壁

郊外闲寻古寺钟，人间伏虎复降龙。
廿年骥伏盐车下，万里鹏飞水月中。
咄咄书空怪殷浩，硁硁易缺醉王敦。
黄泥未虑僧人带，痴想笼纱有日逢。

李伯圆

李伯圆（1914—2009），原名李德福，福安湾坞人。19岁在狮峰寺依止释门，22岁在福州鼓山涌泉寺受具足戒，1961年受邀到吉隆坡弘法，建湖滨精舍，出任开山住持。马来西亚诗、书、画三绝的一代高僧，备受尊崇，被聘为马来西亚佛教总会永久顾问。

步刘浑生《寄伯圆上人》韵

只凭文字说频迦，剑履芒鞋影自差。
寄傲残篱空世垢，屏尘一钵作生涯。
乡关耆旧矜双虎，海外游踪重八叉。
故国河山新眼界，离人魂梦系京华。

题红梅画

朔风晴雪练精神，历尽寒流一样春。
不问人间红与绿，香凝空野冷凡尘。

> **陆绍椿**
>
> 陆绍椿（1914—2000），字伟孙，福安城关东门人。历任教员、简易小学校长、乡长等职，台湾光复时去台。传见《秋园人物》。

韩阳颂

闽东首善推韩阳，十景罗陈锦绣乡。
拱照塔双明玉烛，望耕亭小傍琴堂。
峰奇鹤岫朝龙凤，石古金山拜圣王。
倒影晴云湖绚彩，秋园池馆百花芳。

无边景物故乡情（四首录二）

一

地处闽东七邑中，峰峦挺秀景豪雄。
长溪一水千家利，舟楫流通产物丰。

二

桃李花开南浦暖，梧桐雨霁北垅新。
一江玉带涵灵秀，十里渔梭灿水滨。

刘宗璜

刘宗璜（1915—1983），乳名瑞生，笔名刘侬林、白蓬、丁秋野，祖籍福安溪潭磻溪村。就读于上海光华大学，福建省两位左联作家之一。中华人民共和国成立后历任福安县财粮科长、电厂厂长、地区医药站干部等职。传见《秋园人物》。

怀淑卿①老

当年学步愧迟迟，颠仆原差一着棋。
眼底三山青可即，何须魂梦逐峨嵋。

怀松青

坎壈何曾一梦安，乍驰归马岁云殚。
纵怀幽壑身原幸，回首惊涛志未残。
旧事徒添诗笥满，新愁愈念客衾寒。
倚闾白发看垂暮，勿负山青早咏还。

---

①淑卿：即林卓午。

恭祝胡允恭①先生八秩寿（两首录一）

皖山盘郁育奇翁，劲骨刚心映日红。
偶渡东瀛穷奥理，漫游宦海立潜功。
雨花台畔常怀旧，日月潭边屡弭凶。
扒暴忆曾随杖履，安能再诣启愚蒙？

---

①胡允恭：即胡邦宪（1902—1991），1923年加入中国共产党，参加东征、北伐，历任中共江苏省军委秘书、济南市委书记、山东省委书记等职，参加反蒋抗日的"福建事变"，任泰宁、同安等县县长，1943年10月任福安县长，大力运用"白皮红心"策略，重用中共党员和进步人士。后任全国政协委员。

陈毓文

陈毓文，出生于1915年，原名祖章，又名陈章，福安冠杭街人。中央军校第二分校第六期步科毕业。历任福建龙漳师管区第二团上尉连长、第三团少校连长，抗日战争胜利后，任蓬山乡乡长等职，中华人民共和国成立后，从事小学教育事业。

悼念阿璜[1]

形秽卅年惭故友，相逢促膝倍倾心。
剧怜晚景多遗憾，撒手尘寰泪湿襟。

---

[1] 阿璜：即刘宗璜。

陆承鼎

陆承鼎（1915—1996），福安城关东门（今东凤）人。历任乡长、政府科员、师管区职员等职，中华人民共和国成立后，任上白石乡、穆阳区人民政府秘书，一度客居周宁。著有《夕照集》。传见《秋园人物》。

枕上偶成

束发灯前学朗吟，清音悦耳胜弹琴。
谁知落拓无成老，辜负严君舐犊心。

客赛岐偶成（两首录一）

楼屋参差夹岸新，车辀衔尾渡江频。
市声若雾喧人境，墙影如云漾水滨。
辛苦亲朋更旧貌，依稀鸿雪是前身。
少年篱下嗟贫贱，历尽艰难老更贫。

着茄克衫戏作

茄克新装过大年，惹来月旦起联翩。
色佳妄冀韶华再，式异尤疑晚节迁。
易服总随新世革，沽名难舍故衫捐。
霜须纵染将何济，身后头衔剩一旃。

题退休小像初照

菱花何必太传神，霜雪头颅旦暮身。
莫怪皱纹添几许，且从深浅记酸辛。

海峡情思
——赠旅台某友人

分飞劳燕各鬐年，一水迢迢望眼穿。
驹影长催愁里老，蟾光偏向别时圆。
天涯缩地仙难觅，海峡通桥鹊可填。
安得金瓯无缺日，团圆明月照三千。

次韵伟孙侄八十述怀前四律

一

两番回梓未经旬，席不遑温返海滨。
致仕已醒游宦梦，归田应觉故乡亲。
环溪烟水堪垂钓，湖寺钟声足涤尘。
零落同窗穿望眼，奈何仍是不闲身。

二

百年生世太匆匆，兔走乌飞不古同。
国破共遭荼毒苦，瓯完方喜陆台通。
豆萁煮后鸿沟绿，劳燕分时血泪红。
老际承平犹未一，空思填海作愚公。

三

卅年契阔喜游乡，东道吾偏吝酒浆。
运腕劲如松莽莽，健身秀若竹苍苍。
韩城已布投资惠，赛水新梳迓客装。
钓渭子牙方用世，乘时宁不复家当？

四

世代清门拥百城，生涯长对碧窗明。
妻娴间教甘株守，儿展雄才事远征。
两岸芝兰欣争秀，一庭诗礼自存诚。
觞倾北海浑多事，惜福何妨懒送迎。

秋节思乡

屡念遗踪忆旧游，龟湖夕照故园秋。
团圆幻境闺中梦，咫尺天涯客里愁。
海峡风云穿望眼，家山物候怕登楼。
今天梓里中秋月，应比异乡分外优。

壬戌元日游清泉洞，见桃花盛开及金君悬崖石刻记忆犹新，感赋二绝

一

寻芳古洞值佳晨，乍见桃花烂漫春。
住得武陵仙世界，何须辛苦再修真。

二

怪石清泉别有天，征骖小驻耸吟肩。
偶留泥爪鸿何在，弹指沧桑五十年。

周宁夏日即事

一

小桥流水贯城关，一片平川四望山。
山上烟霏山涧瀑，画中秋色满人间。

二

浓阴蔽市午犹凉，贸易虽喧服务良。
最喜骑车人较少，穿街走巷任徜徉。

三

难得山城野趣存，数行瓦屋间蔬园。
摘瓜锄豆公余乐，雨过藤须上短垣。

四

酒炙东坡午饭香，不知三伏有骄阳。
笑他嗜热趋炎者，如此佳餐可得尝？

五

刮目初晴更上楼，地灵终古萃名流。
惭余漏尽钟鸣顷，珠玉当前怯唱酬。

小园初秋

借得沂家曲巷深，小园静室半庭阴。
蔷薇月季娇酡颊，茉莉辛夷惬素心。
绿柳不妨葡作架，大椿且傍竹为林。
尚余方寸宜蔬地，萝卜生儿佐醉吟。

陈禹傅

陈禹傅（1915—1997），福安街尾人。福建省小学教员训练所毕业。1939年加入中国共产党，历任甘棠、赛岐、穆阳中心小学等校教员，三江镇中心国民学校校长，大荷乡、范坑乡乡长，城厢中心国民学校校长，白石乡乡长等职，中华人民共和国成立后，任上白石乡乡长、第二区民政助理员，西云小学、黄岐中心小学校长，潭头学区教员，1985年重新入党，享受离休干部待遇。福安秋园诗社第一届理事。

对　月

游子思乡对月愁，旧踪鸿爪故园秋。
可怜海望家何处，长使更阑泪自流。
地覆天翻今胜昔，龙腾凤舞古无俦。
河山绚丽须完满，统一征程展壮猷。

老树春深更著花

一

万紫千红蜂蝶忙，春深犹有楝花香。
婆娑柳絮蹁跹舞，晚照晴空野趣长。

二

榴花似火火光红，老不甘闲一醉翁，
古调新词骄一代，夕阳山色映晴空。

悼念黄荣①老师

园丁浇灌卅余年，沥血呕心执教鞭。
业益精勤师道伟，力穷造化德风坚。
生平礼让群情仰，处世谦恭百虑蠲。
讵料玉楼君赴召，秋风秋雨泪涟涟。

哀悼陈松青老兄

黄昏小别雨萧萧，翌旦惊闻故友凋。
革命风云同奋起，艰难岁月共飘摇。
诗情豪放平生健，笔阵纵横一代劭。
赖有儿孙能继武，九泉端合万缘消。

福安解放四十周年

满目疮痍三座山，挥戈横扫殄凶顽。
遵循马列扬真理，覆载炎黄展笑颜。
泽沛三中人感颂，业臻四化众登攀。
卅年庆典心花放，万里鹏程只等闲。

---

①黄荣：（1923—1988），福安穆阳苏堤人。一生献身教育事业，历任福安县政协常委、中国农工民主党福安县咨询委员会委员、地区数学教学研究会副理事长、县科协常委、县数学教学研究会理事长、县离退休教育工作者协会副理事长等职务。《福安市教育志》为其传。

霜叶红于二月花

老来离退不甘闲,喜雨三中大地欢。
改革风行殊旧貌,新猷沛泽释时艰。
夕阳壮丽云霞灿,古树青葱枝叶斓。
致富何妨驰健足,一鸣犹可震尘寰。

报罗振铭弟题赠梅花图

炼魂冰雪撷精英,有似芳香错落呈。
昔日缪梅喧穆水,今朝罗彩映狮城。
人同花好三春秀,志比鸿飞四座惊。
惠我画图辉小室,俚歌珍重报深情。

黄烽

黄烽（1916—2001），原名宝澄。上海沪江大学肄业。1938年2月参加新四军北上抗日，9月入党，历任团政治处党总支部书记、政治处副主任、政治处主任、副政委等职，解放战争时期，任团政治委员、旅政治部主任、师副政治委员，中华人民共和国成立后任师政治委员、政治部群工部部长，政治部副主任、主任等职，曾获二级独立自由勋章、二级解放勋章，1964年晋升为少将衔，1988年被授予独立功勋荣誉章。著有《英汉军事用语词汇》，与陈挺将军合著《闽东儿女征战录》。2016年，秋园诗社发起纪念黄烽将军诞辰一百周年征诗活动，并结集。

探望病中志远①侄

少小同窗志趣投，沙场烽火共攻谋。
多年奋斗劳成疾，故国生辉壮志酬。

阳澄湖畔

明澄如镜湖中水，密密蓬蓬芦荡波。
三十六名伤病友，红军骨干党员多。
阳澄湖畔虞山麓，隐蔽转移每穿梭。
幸有军民鱼水得，艰危困境谱新歌。

---

①[原注] 志远即黄志远，是黄烽长兄之子，与黄烽同是小学、中学时的同学，1938年，一起投奔新四军，中华人民共和国成立后历任南京军区后勤部部长。该诗是1983年10月19日，黄烽偕夫人杨平前往南京军区总医院探望黄志远时所作。

当年浴血张家浜①，毙敌洋沟②记忆新。
尽歼日军桐岐镇③，舍生取义忘艰辛。
我军声势日东升，威震江南正气伸。
谁识六师十八旅④，伤员骨干是前身。

邵伯保卫战

顽军背信肇兵戎，水陆空中并进攻。
邵伯用兵居要地，岂容敌骑躏苏中。
粟公⑤主将来阵地，面授机宜识见丰。
帷幄运筹精密处，为吾将士启蒙眬。
我军沉着布防工，死守前沿斗志隆。
更有毛公⑥韬略导，寡能敌众立新功。
军民团结鱼水融，克敌凭它占上风。
血肉长城钢铁志，敌军优势总成空。

福州战役

十万雄师进八闽，穷追败将与兵残。
丛山峻峭人难越，小路崎岖马亦寒。

---

①张家浜：位于江苏省南部阳澄湖畔，民国时期属湘城乡。
②洋沟：指洋沟溇村，今属阳澄湖镇。
③桐岐镇：今属江苏江阴市。
④六师十八旅：指皖南事变后，"新江抗"编入新四军第六师第十八旅。
⑤粟公：指粟裕。1946年6月下旬，邵伯决战在即，粟裕、滕代远前来邵伯镇前沿阵地视察，做出重要指示。
⑥毛公：指毛泽东。

冒暑进军人未萎，餐风宿露众相安。
我军轻骑跟踪击，敌寇丢盔鼠窜难。
落魄军官逃命去，惊魂士卒乱成团。
榕城解放歼顽敌，万户千家额手欢。

漳厦进军行

加鞭快马追穷寇，败将残兵鼠窜难。
雄师所向摧枯朽，鹤唳风声敌胆寒。
潭日①顽军齐弃甲，湄漳②残卒尽抛鞍。
海阔惊涛昏黑夜，千帆万橹战狂澜。
乘风破浪向前发，士卒争先涉海滩。
刀丛拼搏登悬崖，奋战英豪碧血丹。
东南到处红旗耀，鹭岛人民动地欢。

---

①潭日：潭，指平潭岛。日，指南日岛。
②湄漳：湄，指湄洲岛。漳，指漳州市。

郭绍恩

郭绍恩（1916—2015），笔名鲁非、苍叶，福安人。曾就读于上海私立持志学院。历任国民革命军驻福安团管区书记室上士文书、上尉副官，福安县政府助理会计、岁计股股长、法院会计等职，中华人民共和国成立后，任福州福安会馆副经理、供销公司会计，福安县政协第五届委员、文史组组长、工商咨询办公室负责人。福安富春诗社理事，秋园诗社副社长、顾问。著有《松筠唱和集》《识途吟草》《苍叶吟稿》等。传见《秋园人物》。

喜迎澳门回归

四百年来国土分，今朝离雁喜归群。
澳门终返金瓯固，台岛期归赤县欣。
两制成功垂伟绩，和平缔造奏殊勋。
迎来盛会冠裳集，焰火冲霄化彩云。

秋夜随笔

天高气爽月华圆，飒飒西风百感牵。
雁叫沙洲声在野，鹤鸣霄汉志于天。
蛀虫腐蚀防危厦，苦雨缠绵慎损阡。
我自黄昏强作颂，梦魂尤系杞忧篇。

游香山公园己卯夏月

一

漫步香山竟日游，登高远眺望卢沟。
回思日寇猖狂日，满目疮痍眼底浮。

二

玉泉白塔向东观，万寿山幽翠色漫。
欲向名园探秘奥，未穷游兴日将残。

游故宫

故宫风物倍鲜妍，几度沦丧几度迁。
但愿中华长屹立，衣冠万国拜旌旄。

次包德珍女史读史有感

夜来风雨作狂吟，说古何妨去论今。
恨海欢场情绻绻，桑间濮上印心心。
四圈雀战忘朝夕，一样金交有浅深。
怎奈洪流无静止，天涯何处觅知音。

周宁讨李时珍祠

千载名医旷世贤，扶伤救死有遗篇。
最难今日钱痨病，一任沉疴药不痊。

旅 怀

芳辰独坐对，旅梦负家山。
檐雀噪方静，街槐舞未闲。
江山钟秀气，人物换新颜。
煮酒英雄论，闻雷只等闲。

有 感

月影移窗近，良宵有几回。
初生忧患始，老去毁诬来。
似梦原非梦，无情却有情。
茫茫天道渺，何处觅灵台。

己卯夏游颐和园

日丽风和景物妍，碧云仁寿袅轻烟。
知春亭外迂回转，谐趣园中曲折旋。
十七孔桥鱼戏水，二三画舫浪掀天。
纵横绣壤浑如绘，屹立中华势赫然。

临江仙

铁骑纵横危宋祚，腥风血雨堪惊。狂澜欲倒栋梁倾。两宫空怅望，南渡饰升平。

草墩上书匡李相，芦川义愤填膺。奸臣误国屈行成。千秋青史在，芳臭自声名。

九六岁书怀

岁序惊心感世浮，期颐在眼似非悠。
菜蔬细嚼随时过，竹杖徐行任意求。
百载炎凉归澹泊，一生吟咏亦风流。
纵然老死知无日，留取清名到尽头。

客　途

出门人最赏音难，流水高山莫再谈。
天远寄声唯珍重，家书二字报平安。

钓　鱼

黄昏独钓小溪桥，远看渔舟拨短桡。
君网我竿同一着，只缘情意不相调。

感　时

一

铁蹄过处血花扬，满目疮痍太可伤。
肉食无谋殊可鄙，裹尸我愿赴沙场。

二

兵书读罢放粗豪，脱却儒衣换战袍。
卫国沙场拼一死，不教倭虏肆狂涛。

泉州夜半闻歌有感

闻歌慷慨叠伤神，天地为庐寄此身。
万里关山愁与恨，三年戎马苦和辛。
引狼入室情难忍，报国挥戈事足珍。
我自填膺空怅惘，可怜同是乱离人。

七十述怀

战火纷飞少壮时，河山破碎感流离。
士当报国轻生死，我亦忘身历险危。
杀敌愧难酬素志，从戎差可遂男儿。
胡笳铁马金戈急，为策军需昼夜驰。

柳溪中秋

团圆秋月映窗纱，独处他山不见家。
世事沧桑原转烛，人情冷暖类淘沙。
柳溪遭放愁抽茧，宦海浮沉叹落花。
一曲短歌聊自慰，闲将杯酒酹群蛙。

陈松青

> 陈松青（1917—1989），曾化名陈宣，常用笔名何来、梅影，出生于福安韩阳。长期在港航部门工作。首届政协福安富春诗社常务理事、福安秋园诗社副社长兼秘书长。传见《秋园人物》。

双十节闽东运动会开幕有感

战云天地黯，胡骑更猖狂。
频年遭暴敌，何日捣扶桑？
血债累累积，狐奸个个长。
共起巨憝灭，齐图大我匡。
健儿伸正气，勇士凛严霜。
自由旗帜展，平等国魂将。
侧耳群黎哭，轻身壮志扬！
中原双十节，处处共腾骧！

答　友

荆棘生前路，胸怀虑转深。
秦庭休哭泣，国事莫哀吟。
感慨思千里，狂歌表寸心。
河山悬一发，恨我类焦琴。

和友人咏怀

一

悲来天地小，乐乃寸心宽。
世乱争名易，时艰创业难。
胡尘惊梦觉，烽火带愁看。
漫洒新亭泪，仇深引恨餐。

二

生平未肯忧，投笔愿堪酬。
壮士风云志，狐奸骨肉仇。
舍身为国用，失地待人收。
任重关危急，何须自怨尤。

和友人思家

一

国仇未报漫思家，满地哀鸿月自华。
按剑高歌空寄慨，中原此日乱如麻。

二

江山此日属谁家，战里中原劫里华。
容膝已无安逸处，何如归去理桑麻。

奉和绶然吟丈

穷途尚少知心友，落魄曾无买酒钱。
七尺昂藏长蜷伏，何期得著祖生鞭。

国庆四十周年感赋

天安门上动春雷，终古阴霾一旦开。
创业艰难经百折，收功指顾仗群才。
云蒸霞蔚山河丽，地转天旋气象恢。
少壮蹉跎今白首，愧无绵薄答涓埃。

纪念爱国词人张元斡诞辰九百周年

眼见昆仑砥柱倾，黄流九地任纵横。
先生万斛忧时泪，都付芦川卷里鸣。

清明扫墓哭亡妻

飞泪坟前湿，山花烂漫开。
魂兮不入梦，恨也却难灰。
黄土埋人急，杜鹃泣血哀。
断肠题诗句，何日复重来？

临江仙·夜梦亡妻蔡彩薇

底事相逢悭一语,魂兮入梦何灵?抱头相对却无声。梨花春带雨,憔悴泪千零。

信是黄泉穷去路,谁怜廿载伤情?天涯此日倍伶仃。醒来心已碎,孤枕耐残更。

陈瑞宝

陈瑞宝（1917—1995），福安穆阳人。

松青宗兄千古

一

传来噩耗信疑并，一诀无由倍怆情。
为国已令身尽瘁，奉公曾许水同清。
毕生平易堪相近，卅载升沉总不惊。
青史他年凭寄语，莫教泉下意难平。

二

一霎何期竟殒身，野花啼鸟亦伤神。
望门张俭原无忝，卧客元龙本绝伦。
生有千篇传烈士，死悭一语对周亲①。
为君惆怅君知否？试向梅花问夙因。

咏菊展

闽东菊展实堪夸，凤紫鹅黄耀眼华。
点缀秋容矜晚节，高标莫误认浮花。

---

①[原注]君素患高血压病，是夜于看电视时，猝然疾发，经抢救无效，遽尔长逝，竟无遗言。

陈特荣

陈特荣（1917—1996），字勒钟，福安穆阳人。历任第二区新潭川乡（今潭头镇）事务员、第二区东昆保国民学校、社牛乡青石保国民学校、隆坪保国民学校校长等职，台湾光复时赴台。传见《秋园人物》。

《觉尘诗草》序

今由友人处辗转得窥诗草，虽一鳞半爪，予人以重睹家山之快。惜余不文，未能作序，谨成四绝，以志景仰。

一

揖别程门近五旬，海天有幸诵鸿鳞。
高龄犹写蝇头字，益佩康强秉至仁。

二

岳叔修文上紫都，家风全仗苦心扶。
诗中情节从头读，展现贤妻孝子图。

三

穆水狮山记忆新，高堂衰迈莫相亲。
望中返哺还巢鸟，我负春晖一罪人。

四

一诗一句味前因，如向家山晤故人。
今把瑶章重展读，他乡人饫故乡春。

乡　情①

一

扬鞭慷慨赋归回，即景豪吟雅客来。
两岸同心迎一统，繁荣梓里莫徘徊。

二

探亲结伴带春回，旖旎家山入眼来。
戚友相逢皆白发，近乡情怯任徘徊。

虞美人·忆韩阳

　　仙岫晴云鹤岫烟，生态本天然。凌云双塔蔚奇观。天堂有路，旅游任盘桓。

　　石门漏月夸奇景，罗山朝虎井。兼闻马屿喷泉香。古韩名胜，骚人笔底扬。

哀悼松青兄

久处天涯一见难，重逢老去泪阑珊。
欲言不尽伤离别，岂料无常最后餐。
往日豪情增感慨，故乡世事幻多端。
浮生若是真如梦，君已悍然恶梦残。

---

①此诗系陈特荣和俞光荣结伴回乡探亲时"合作"的，载1989年出版的《福安诗词》第一集。

阮玉灿

阮玉灿（1917—1989），福安城关人。福建省立理工高级土木科毕业，国立厦大肄业。历任崇一小学训导主任、黄岐乡乡长、青职校工科主任、县立初级中学教员等职，1952年调霞浦县中学工作，1978年调宁德地区民族中学、甘棠中学、第四中学工作。

诉衷情·悼念阮泊琪[①]

当年按剑理吴钩，奋臂展宏猷。忠肝闯撞魔窟，挥只手，斗群酋。仇未灭，志难酬，痛沉舟。日光无色，祸起萧墙，遗恨千秋！

南乡子·庆祝福安秋园诗社重建暨建社六十五周年

吉木尚依稀，昔日园林面目非。文教失宣胡作乱，堪悲。应挽狂澜唱采薇。

时代已昨非，毋用悲天叹夕晖。晚景余霞红万里，求追。再使秋园有作为。

[①]阮泊琪：（1914—1948），又名伯淇、阮风，福安潭头棠溪村人。1932年参加革命，同年加入共青团，1934年加入中国共产党，历任共青团福安中心县委执委、中共福安县委委员、临时工委组织委员，福安县委负责人、书记，中共闽东城市工委副书记，中共闽东地委副书记。革命烈士。

黄焕卿老师八秩荣寿双庆

横戈不作封侯计，闻道而来直向前。
白袷掩红真论假，青衿蒙垢痞凌贤。
造物无知谁识别，人民明眼不为偏。
义朝称健桑榆乐，宸邑文坛尔早搴。

满庭霜·悼黄荣学兄

负笈三都，携手拾贝，放眼官井汪洋。寄庐寒夜，无惮论文章。弱冠同登教席，君称健，宸邑名扬。堪追忆，当年变乱，管鲍未相忘。

晚年长共事，切磋互励，语挚情长。为故园呕血，桃李芳芬。化鹤居然栖止，卅年梦，屈指神伤。凭栏久，西风双塔，挥泪对斜阳。

金山小商品商场

金山横路小商场，堪称韩阳一枝香。
西边大厦插天立，南北商店两排行。
娇娇美美夫妻店，秀秀娃娃乐芳芳。
春风春雨施美艳，友谊友好竭诚祥。
德和迎宾多佳丽，长寿繁荣联合昌。
池记五金修理处，林家忠记竹杂房。
家用电器维修部，鞋帽成衣小作坊。
供销公司针织厂，邮电公寓大食堂。
应有尽有不胜举，琳琅满目好商场。
往昔杂乱一扫过，综合成功在此方。

刘厚生

刘厚生,刘宗璜之弟。

哭二哥①

北雁南飞日,秋风秋雨时。
断鸿天际远,化鹤夜来迟。
血泪今云尽,丹心空自知。
人生原若梦,涕泪动交颐。

①二哥:指刘宗璜。

李继贤

李继贤（1917—2000），又名荣祖，字培荣，曾用名李成，福安阳头人。历任坂中、湖口、东昆等校教员、校长，罗源、福安教育科工员，潭溪乡人民民主政府乡长，苏阳、茜洋、城山（中心）小学校长等职，阳头学区退休教员。

桃李春风灿古城
——庆祝第一个教师节

春风桃李古城栽，建设神州盼栋材。
昨日汗浇长夏去，今朝情接好春来。
常闻果熟园丁笑，屡见花迎祖国开。
累月长年殷望事，只求华夏胜蓬莱。

海峡同乐

茫茫海峡映云霄，两岸悠悠愿舜尧。
北地南天无燿燧，旧仇新怨尽熏焦。
炎黄胄裔争同乐，华夏人民竞自娇。
今日神州行两制，英明国策亮昭昭。

祝贺社庆暨纪念诗人节

韩城自古书声隆，究理穷根意始终。
吟社讴歌崇德政，艺人妙笔夺天工。
富春溪畔传佳话，畲族山区续古风。
明世神州多伟绩，诗坛长愿誉闽东。

哀悼陈松青学兄千古

交情总角两无猜，回首当年感慨催。
负笈紫阳研马列，同窗庠校动风雷。
苏区惩霸伸豪志，抗日挥毫逞俊才。
蓦地惊闻骑鹤去，不胜悲恸吊泉台。

采桑子·老树春深更著花
——纪念福安市老人协会成立一周年

老逢改革休闲退，余热生辉。余热生辉，老树新枝映晚晖。
神州开放千家旺，祖国腾飞。祖国腾飞，老圃黄花竞郁菲。

王正

王正（1918—1996），乳名顺成，学名王文正，别名王文，生于福安穆阳桂林村。终身从事教育。编辑《清泉诗荟》，著有《垦土莳花集》。传见《秋园人物》。

丁忧

秀才初中遭丁忧，惆怅文章志未酬。
唯余冢上青青草，空对白云默默流。

痛亡父

摸知实症药难咽，虚汗如泉气似丝。
但见唇颤语难出，苦莫苦兮死别离。
偏是无常恶作剧，摄而不引故迟迟。
死神折磨儿心绞，有泪不敢对羁弥。
何堪侍奉失常期，何堪病急乱投医。
误了生机徒恻恻，此身难代悔何为？
撒手爹去带何物？一串角黍一桃枝。
抛家爹去留何物？一肩重担压孤儿。
生前无嘱留身教，处世谦和家俭持。
揩干悲泪担风雨，兢兢庶不辱门楣。

青山冷壁磨笔灰

曾忆金圆赋式微，月薪才发甑无炊。
物价犹如脱缰马，青山冷壁磨笔灰。

山村教师

破庙残房局促眠，半锅蔬菜一匙盐。
师门莫笑寒如许，垦土莳花心自甜。

白云泉

天平山上白云泉，云本无心水自闲。
何必奔流山下去，徒添波浪在人间！

读赵彦中①兄来函步韵

瑶函读罢起沉吟，君爱幽兰实可怜。
旧事依稀浑似梦，老年何必苦多心。
浮云一去思黄鹤，落月三更念故人。
笑我穷经搔白首，再期携手话枫林。

步韵和赵彦中兄

春光明媚踏青天，景隔榕垣已两年。
白塔攀登长缱绻，苍山吟咏直流连。
好诗长可频繁诵，佳句尤宜反复研。
自愧残年无贡献，愿归修绠汲清泉。

① 赵彦中：福建福州人，曾在穆阳区公所当过区员。

《清泉诗烬》读后感

读完诗荛感万千，千里鸿音翰墨缘。
佳句岂招红袖唱，新诗宜用碧纱缠。
顽石有知应点额，清泉无语助琴弦。
还期骚客重挥笔，再颂河山锦绣篇。

敬和台湾金振庭①师

缗蛮黄鸟止于丘，宝石铭诗万古留。
何日陆台消海隔，偕游故境景弥幽。

敬步振庭先生原韵

凤翔何峻峭，石室倚云开。
青鸟高低唤，灵泉断续来。
官心留不住②，玉女去无回③。
若谙名利浊，着意扫尘埃。

---

①金振庭：福建闽侯人。1942年任穆阳区区长时游清泉洞曾留诗纪念，刻于洞门前巨石上，至今留存。后赴台。1990年金振庭赋《忆四十六年前题诗大岩感怀》二首，作者敬和指此诗。

②[原注] 北伐后期，王某旅长秘书，先曾在此结庐修行，后应旅长召当官即去。

[编者按] 王某旅长即穆阳红厝王登澐。据其后人说，王登澐旅长系1932年被其秘书暗杀。

③[原注] 前有一姑，曾矢志修持，后负初衷，还俗自去。

花韵·咏四季

兰

生长幽谷逸名扬,庭院移来亦自香。
莫道孤高蜂蝶远,长门未入已闻香。

莲

长在污泥自洁身,亭亭玉立小塘春。
花开果落长操守,纵苦心头不染尘。

菊

飒飒金风北雁归,萧萧落木万山微。
独随彭泽东篱下,笑问春光去几时?

梅

冰肌玉骨雪为魂,占断春光第一元。
报得阳回春满野,疏枝独卧月黄昏。

俞光荣

俞光荣，出生于1918年，福安人。1950年赴台。诗人。

庆祝福安建市

一

人杰地灵物著名，韩城改市更繁荣。
富春秋圃骚坛振，文教工商集大成。

二

民性淳良富物情，福安升格市名更。
人文荟萃工商振，百业欣欣庆有成。

步林秀明兄《咏怀旅台故友》韵

敦睦侨胞统一天，故人佳讯喜听鹃。
百年教育成才计，两岸交流隔海穿。
信手吟笺传妙策，归心似箭看扬鞭。
闽东台属欣联谊，团结乡情亦有缘。

陈步棠

> 陈步棠，出生于1918年。福安甘棠人。旅台同胞，在台南省立西螺农校、南投县省立草屯商工职校等处登杏坛，执教鞭，退休后随子移民加拿大温哥华。《文史资料》第14辑误作"林步棠"。

贺朱复良四十婚龄

一

胆肝相照结同心，四十年来恩爱深。
牵手游踪行万里，齐眉举案饮千斟。
玲珑才思熔经史，锦绣文章论古今。
长记钱塘秋色丽，月才生魄听潮音。

二

林郭朱陈本一家，遭逢板荡聚天涯。
白头好友诚难得，红粉知音老更佳。
蓬岛久居情似漆，莲园小酌语如花。
古稀五老康宁会，辛未三春纪物华。

寄怀朱复良

停云落月望长天，屈指知交五十年。
乐得助人勤克己，胸怀坦荡即神仙。

游子心声

一

有水可渔田可耕，何年归棹订鸥盟？
仰山院启琅嬛业，种德寺传贝叶声。
万顷秧针随处绿，一勾新月隔汀明。
鲈鱼莼菜羹汤美，总是桑梓别绪萦。

二

莲峰耸翠八闽东，万里长溪万里风。
破浪遨游不夜国，乘槎直上蕊珠宫。
扬帆官井黄鱼美，拱卫南疆白马雄。
长忆甘棠风物丽，佳山佳水梦魂中！

林仰康

林仰康,福安人。民国时期曾任福安县政府助理秘书、副秘书。生卒不详。

游磻溪兴庆寺(八首录一)

劫后疮痍尚未平,满天烽火又称兵。
祈求大士瓶中露,遍洒杨枝济众生。

李葆锜

李葆锜（1919—2003），号慕贤，福安阳头人，著名诗人李枝青之裔孙。福建省地方行政干部训练团经建系毕业。抗战初期，在福安地下党周玉春领导下，做了一些革命工作，1944年受胡邦宪委派任狮峰乡（今柏柱洋）乡长、三塘（今甘棠）镇镇长等职。擅长园艺花卉栽培，培育菊花珍稀品种在地、县展赛中屡屡夺魁。1991年初评为革命"五老"。

今日福安

扫尽残云日月明，韩阳建设首功成。
摩天大厦参差立，载道轻车络绎行。
雨润园林呈秀色，风吹市井送歌声。
人民共颂繁华境，闽海争传不夜城。

第一个教师节

十载阴霾一旦清，山城处处读书声。
师门雨润芝兰秀，学府云栽楠槲荣。
宸岭繁花开国色，长溪韵事播文名。
如今桃李春风畅，感谢邓公恩泽情。

赠陈特荣学友还乡为其先母百岁周年纪念

忆昔同窗共琢磨，韶华冉冉逝如波。
卅年阔别音书渺，一旦重逢笑语多。

儿女品才夸俊彦，炎黄恩怨可调和。
故乡无限风光好，老去豪情发浩歌。

怀台湾胞弟

漫道天涯若比邻，情关手足总伤神。
海洋路隔人何在，鱼雁音沉梦自亲。
喜得东风吹两岸，欣多甘露泽全民。
山河一统终酬愿，指日团圆梓里春。

悼念阮英平烈士遇难四十周年

南旋持节故乡还，久困人民展笑颜。
闽浙兴军惊敌胆，韩蕉振党遍家山。
洋中遇难身先殒，薄海衔哀泪尚斑。
扫尽残云升旭日，志酬造福在人间。

痛悼亡弟葆年并敬谢旅台诸乡亲[①]（六首录五）

一

小少怀才愿未酬，离乡背井有何求。
卅年飘泊音书渺，手足情牵两岸愁。

[①][原注] 胞弟李葆年，1949年赴台，后在台北闽东同乡会管事，于1998年秋病故于台北。

二

年来鱼雁始沟通，喜悉萍踪寄海东。
望断飞鸿思念切，相期指日定能逢。

三

台湾浪迹未成家，效力同乡事足嘉。
谨慎奉公饶乐趣，斜阳西去换余霞。

四

噩耗惊传泣泪沾，雁行折翼竟无还。
阮囊如洗留何物，剩得清名报祖先。

五

客里沉疴剧可悲，全叨亲友为调糜。
治丧送殡哀荣甚，遥感隆情涕泪湎。

和台湾连开（连士豪）先生、陈特荣学友步林秀明兄秋日书怀原韵

黄花憔悴后，百卉待时菲。
燕子将南至，雁群欲北飞。
青阳回淑气，白雪蕴生机。
佳作传桑梓，迎风盼锦衣。

悼台湾陈府缪白梅①嫂夫人

昔日乔松附菟丝,故园佳藕结缡时。
同心黾勉调琴瑟,异地栖迟喜倡随。
此日凤鳞皆绕膝,百年极婺望齐眉。
何期梦断悲炊臼,拭泪临风寄悼诗?

一九九一年春节,为林秀明砚兄古稀初度而作,贺秩荣寿双庆

少小同窗识已宏,献身赤帜见忠诚。
崎岖不馁登山志,坎坷终酬爱国情。
绽雪寒梅添气韵,经风劲草更峥嵘。
古稀明世寻常事,但愿期颐焕晚晴。

怀念胡允恭同志闽东斗争

地老天荒世道穷,仗公衔命入闽东。
化顽保赤平邪乱②,除暴安良树正风。
智罚罪魁惊魍魉③,威寒敌胆起蛟龙。
传薪烈火争朝夕,终获光明赤县红。

---

①缪白梅:福安穆阳人,陈特荣的妻子,穆阳美女"三梅"之一。

②[原注] 胡(邦宪)对参加大刀会暴动的群众进行教育了事,未杀一人,保护了苏区的农民。

③[原注] 指胡(邦宪)打击闽东七县军统(戴笠派)头子章吴泽等,结果把章吓跑了。

怀念周玉春同志（八首选四）

抗日反顽固派

抗日初期喜识君，播传真理感情殷。
执行使命惩奸恶，一举山溪息敌氛①。

重逢甘棠

胡孟②入韩大义张，重逢握手话甘棠。
适余衔命同时至，风雨偏舟日正长。

维护苏区甘棠

黑云压顶日蒙忧，国贼穷凶多难秋。
指示遵行消恶浪，终臻胜利护同俦③。

庆祝胜利

扫尽残云玉宇清，迎来解放庆光明。
周君宴饮黄龙酒④，回首犹怀不世情。

---

①[原注] 我奉周玉春命搜集山溪民团头子——伪山溪联保主任杨思震罪证，上报程星龄，撤办、解除其武装，消除了当地反共主力。

②[原注] 胡孟指胡允恭、孟起同志。孟起系福建省委派驻领导福安地下党和胡允恭单线联系负责人，公开身份伪《闽东日报》编辑。

③[原注] 我遵胡允恭同志指示，抵制敌特对甘棠进行八次镇压革命，保护当地地下组织和周玉春等同志安全其中有配合周玉春同志的另附说明。

④[原注] 解放时我到甘棠，周玉春亲自邀我到他家，盛情接待，对我说："今天是咱们的天下，公开邀你吃革命胜利的酒饭。"

迎接澳门回归

离巢燕子喜回归，十亿炎黄尽展眉。
昔日为鱼悲失地，今朝驯虎庆收畿。
八条讲话台澎福，两制嘉猷港澳熙。
寄语天涯诸父老，相期共赋振兴诗。

八秩书怀

一

寒门世代有书声，自愧疏庸学未成。
爱国昔随程①骥尾，锄奸曾附宪②先行。
只缘抗暴遭仇害③，为挽回春与病争。
潦倒半生依内助，得剩清徽报党情。

二

风云叱咤震神州，知遇胡公大道求。
柏柱遵筹摧敌垒，甘棠奉命护吾俦。
白区战斗惊豺虎④，红旆飘扬耀斗牛。
有幸追随微报效，如天党德锡名留。

---

①[原注] 程星龄。
②[原注] 胡邦宪。
③[原注] 为地下革命斗争，遭敌特迫害，患精神分裂症多年。
④[原注] 清除福安反动势力，使CC头子伪专员陈联芳措手不及，感到惊慌，截获闽东军统戴笠派头子（闽东七县情报站长、公开职务为查缉所长）章吴泽，偷运私盐几百石，把章吓跑了等等。

三

尘海沧桑历劫迁，文明祖国换新天。
春秋育菊忙终日，早晚攻书奋暮年。
词谱元音歌盛世，艺培佳卉逐先鞭①。
从知患难能勤志，且喜中兴复尚贤。

---

①[原注] 作品参加省、市等菊展曾多次获奖。

陆承豫

陆承豫（1919—2002），又名陆坦，乃陆承鼎的二弟。福安师范简易班毕业。历任教员、棠溪中心校校长等职。秋园诗社第一届常务理事。

喜春来·国际老龄年

眉舒眼笑人长寿，腹饱身温老不愁。
皇皇五有律条修。得意秋，俺把曲儿讴。

老　怀

侪伍羞中驷，扬蹄奋一程。
诗词歌大有，弹吹唱文明。
港澳双星灿，台澎两制行。
同奔新世纪，寰宇耀红旌。

薛令之

一

进士开闽一，盘飧抱恨深。
怜才思擢拔，宿草已森森。

二

文采风流宸邑传，名山胜水耸吟肩。
羡君诗品如人品，富贵浮名敝屣捐。

三

笔有千钧重，书犹万卷藏。
功名轻草芥，品德著冰霜。
稽古衰还力，论诗意独长。
秋风原上路，凭吊不胜伤。

端阳节

富春三度纪端阳，为荐灵均一瓣香。
怀瑾握瑜终想楚，纫兰扈芷竟沉湘。
千秋骚客宗文彩，薄海龙舟焕国光。
莫使金瓯今尚缺，功成一统史留芳。

《夕照集》出版感赋

遗诗捧读泪难禁，往事酸辛记未泯。
窗下髫年时课读，案头霜鬓助微吟。
同遭灾劫还怜我，共处饥寒赖奉亲。
今日孤灯停笔思，决疑论断复何人？

悼黄荣同学

一

犹忆湖山共砚时，登台粉墨景依稀。
缪黄卓荦群侪冠，裘马高车早有期。

二

共登天马话重阳，矍铄精神笑语扬。
噩耗忍传疑是梦，何期后我尔先行。

纪念爱国诗人谢翱逝世七百周年

城阙烟尘生，六宫犹醉舞。
膏田荆棘荒，骨肉乱离苦。
丞相檄勤王，挥戈图复土。
先生一布衣，倾赀参戎伍。
狂澜终弗挽，屺厦力难扶。
潮阳公被执，潜名浙粤居。
悲歌舒抑郁，愤耻寄瘦词。
诗风宗屈李，节义跻齐夷。
柴市殒文星，临安宋祚灭。
西台祭故人，恸哭怀英烈。
设主荒亭隅，招魂竹石裂。
吴杭驰黑云，婺睦凝白雪。
郁结嗟夭寿，流离故国悬。
稿殉许剑处，骨瘗钓台边。
青史英名炳，清操万古传。
逢兹七百载，洒泪吊乡贤。

重阳怀亡友

淡泊相交日见真,栖云品艳记犹新。
今年重践东翁约,煮蟹题糕少一人。

> **陈贻翰**
>
> 陈贻翰（1920—1991），字文藻，号少猷，小名嫩现，亦呼嫩艳，福安溪柄柏柱三村人。自学成才，耽诗成癖。传见《秋园人物》。

忆童年

年才六岁祸归娘，遭产而亡实惨伤。
祖母堂前悲抢地，严亲榻内病捶床。
凤飘棠棣凋香国，雨瘗萱花靠渭阳。
叹我无知仍绕膝，麻衫认作美衣裳。

访陈成寿于三溪岭头

曾到院边过岭头，沿途何幸访荆州。
怜予口渴煎茶献，感尔情殷煮饭留。
乍别三溪情感慨，遂分两地意夷犹。
初交未久实难舍，秋水长天望共游。

答君书

班门弄斧扣张邱，愧我庸工未入流。
银铸诗筒虫莫蛀，汞镶书箧蠹难鲦。
非因多事寻烦恼，只为孤微慰怅惆。
欲剪罗衫材料阙，枯肠羞涩反生羞。

赠日贤

未睹芝颜十数年，重来此地意欣然。
少年及见多游览，老迈那堪事变迁。
昔到黄山曾望日，今临白石又思贤。
昨宵共剪西窗烛，一曲骊歌就上船。

寄陈坤现

非因无谓竟抛离，两地情关实感悲。
袋底钱钞时罄竭，案头黄牍日纷披。
竹床木枕锻身子，淡菜粗羹炼肚儿。
检验思量无痼病，惟闻酒气液淋漓。

养 老

吾侪素不慕虚名，知足也能了一生。
儿子仁慈常得意，孙孩活泼尚怡情。
心交松柏临年老，性结芝兰向日倾。
孟笋姜鱼承膝下，安心无事自修行。

自 问

人生世上只随缘，得达穷通听自然。
所恶于前毋落后，常怀中道漫沿边。

过寒怒火横烧灶，酷热怨雷直打天。
精卫衔沙填北海，茫茫无际报何年。

药　病

肝枢忽觉动难停，有病总缘十二经。
元久枳知冬腹子，桂莲槿骨夏萸荆。
纹娘西路求神曲，信附南山蔻茯苓。
燮理阴阳心得乐，调和气血胃舒平。

七十自嘲

人生七十古来稀，风烛残年我自知。
攻补温凉皆不合，调和珍摄总相宜。
饥来加饭寒添暖，疲则观书兴奕棋。
讲究卫生常保养，复从绝处达生机。

北斗寄怀

古社悄悄寄此身，烟波岸上作居民。
因观江海双潮汐，为叹村庄几旧新。
北斗乡中留胜概，西河族内谱诸林。
不劳鱼雁传书信，预托邮筒报好音。

扫 墓

清明时节墓门开,儿子登山劈草莱。
只见蜘蛛罗圹外,未观父母列坟台。
杜鹃啼叫声声血,蛱蝶含悲片片灰。
土地仅尝三滴酒,一肩冷物又挑回。

和松年《养鸡场》有感

创业从来本巨艰,折腰告贷更尤难。
心如铁屑休忧冷,志似松筠岂惧寒。
源涸流干无绿水,竹苞松茂有青山,
灵禽犹体主人意,饥饿仍红髻上丹。

林毓棠

林毓棠（1920—2002），福安城关人。一生从事教育事业。秋园诗社首届理事。著有《炳烛庐诗集》。

介岩庵①

莺谷书声远，高风慕邑贤。
木鱼招笃道，玉罄换宗禅。
谢豹红岚嶂，修篁绿醴泉。
琼华棋子响，相对已忘年。

浮山寺

出邑朝东上，山巅簇翠微。
蟠龙干井酒，驾辂险峨绥。
宝殿凝文彩，屏墩映夕晖。
园蔬饶足食，客子乐忘归。

---

①[原注] 介岩庵旧址原为连邦琪读书处。邦琪亡后，草堂遂废。民国初，传闻旧址夜晚有木鱼声，乡人前往探视，见巨蛇出没草石间，不敢近。邑名士李春华梦见旧址上一座金碧辉煌的殿堂，遂倡议城厢士绅陈王基等捐资兴建介岩庵作为道教的传习之所。中华人民共和国成立初期，该庵一度冷落，后村民邀请春华先生之二女智川当主持，经几年修葺一新，并根据佛教协会意旨改为佛教禅寺。庵后山多石，有一洞名琼华，洞上巨石刻有棋盘。庵四周松竹森森，环境幽静，为休养胜地。

桂林清泉洞星斗墩上双松赞

绝顶悬星斗，亭亭两小松。
风狂犹屹立，雪暴益葱茏。
土浅难为地，心贞不改容。
莫因长势虑，终必挤苍穹。

富春公园菊展

一

金秋丽菊产中华，世上缤纷莫浪夸。
月季天天含笑艳，陶情哪及我黄花。

二

富春菊展越千盘，宝邑临园细品看。
隐逸名花逢盛世，浮夸擢秀返人间。

老登仙岫顶

巍巍仙岫早扬名，世事蹉跎误踏青。
发白攀藤登绝顶，逢春枝柏著新英。

瓶　花

窗外风狂百卉残，丹丹独艳怎心安？
将辞室主勤荫意，我爱阳光欲返山。

清泉洞

停车纵步凤翔山，三坂咸收眼界宽。
石洞堂皇如室暖，山泉洁净较醇寒。
塔尖冲汉欣灵秀，云海奔涛蔚壮观。
最是个中无盛夏，心怡气爽足盘桓。

给杜朽九六年元旦祝辞

凤雏奋翅德才资，淬砺心身信未迟。
雪化蜡梅开并蒂，脱缰龙骏任驱驰。

鼎临仙宴谷

贾府鸳鸯迷峻洁，情痴抗暴俗缘蠲。
南来远却杨花片，盛宴金陵谪降仙。

缅怀乡贤薛令之

啄木祛邪结怨仇，忠言逆耳信胡诌。
性廉难与奸同道，归隐尤为国事忧。

重游桂林清泉洞有感

一

仙姑辟洞百余年，佛祖垂光景色妍。
碧海能容斯乃大，一山两教美无前。

二

碧仙炼道引泉凉，佛法无边宝殿煌。
喜渡慈航为立德，双贤并茂有何妨。

满春公园征诗

满眼青葱景色新，防洪树荫卫黎民。
花香扑鼻尘器净，冷暖咸宜四季春。

祝黄介繁先生九十大寿

总角聪明誉里中，年长书艺众钦崇。
传家有道芝兰茂，齐祝文豪百岁翁。

纪念爱国名人刘中藻诗

一

抗清复国承钧轴，位替猷为志石坚。
力竭自经冠面世，光明俊伟气冲天。

二

情钟民众免屠城，壮烈牺牲劲节旌。
远慕文公师可法，东南处处美忠贞。

老人节感怀

老逢盛世岂奢求，佳节重阳宿志酬。
鳏寡无依公给养，退休有靠自优游。
求青白发追孺子，挥热红心胜壮牛。
尊老致贤成习尚，春光永驻不悲秋。

纪念秋园诗社创建六十五周年

秋声萧飒景初晴，园菊含葩分外菁。
六合折腾人阒寂，五星高照物苏荣。
周宁安享观书乐，年迈难捐爱国情。
志道友朋齐蹈厉，喜看诗教促文明。

纪念阮英平烈士遇难四十周年

甘棠暴动勇当先，弹雨刀丛斗志坚。
歼敌周宁扬士气，分金岩后解民悬。
延安笃学丰肱股，苏北未瘳奋仔肩。
星陨炭山天惨淡，中华史册谱新篇。

罗彦青

罗彦青（1920—2019），福安人。福安师范简易班毕业。历任中心小学校长、福安专区供销合作总社等单位主办会计。福安秋园诗社第一届理事。著有《晚霞集》《晚霞余韵》。

望 月

冰轮万籁微，圆缺每临怡。
皓魄人同赏，花痕睡更迟。
举杯忘宠辱，念旧若相思。
佳节情尤眷，天涯共此时。

抗日战争有感

七七烽烟起，卢沟晓日昏。
平台摧劲旅，淞沪奋孤军。
尝胆张民气，捐驱振国魂。
八年终告捷，把酒酹昆仑。

悼念挚友黄祖恭逝世

总角交深老更亲，年来电讯问频频。
素钦革命曾躬历，那识无常竟返真。
沉痛知音今已矣，可堪教语永难闻！
幸余邑乘刊遗泽，太息文坛失凤麟！

春游公园

傍海公园浪拍堤，春风拂袖柳初齐。
四时重叠嫣红异，万顷苍茫日照微。
流水静中双燕沐，隔花深处一莺啼。
岚光夺目多娇态，回首依依不忍归。

蝉

居高望远发清声，守洁从无与世争。
不向红尘求赐予，只须玉露养长生。
吟风祛暑教人醉，脱体成衣救病灵。
西陆曾为冤狱叹，一生喜作不平鸣。

沁园春·展望

揽镜惊秋，憧憬明时，思绪悠悠！叹冯唐易老，时难我再；陶朱泛棹，世羡其猷。人贵知机，学无止境，万物生存尚自由。怅人海，感时轮辗转，世事沉浮。

迎来势震寰球，恰时代峥嵘岁月稠。望中兴国运，日新月异；欣荣坛坫，诗邃词虬。激浊扬清，裁云镂月，灿烂文明旷代讴。学三代，喜前程似锦，人物风流。

沁园春·渴望

爱我中华,渴望和平,与世同舟。想岳侯报国,忠书万古;苏卿杖节,史美千秋。人贵留名,世钦爱国,忠孝古今颂不休!入新纪,振炎黄豪气,一显风流。

迎来世尚兜鍪,但人类生存爱自由。喜阳光照耀,安居乐业;干戈永息,击壤歌讴!倡导和平,消除恐怖,造福人民尽乐悠。为群众,最根本利益,磨踵而求!

开封怀古

汴水悲流长洒泪,开封三铡已难端。
赵家半壁人崇岳,刘氏全盘我哭韩!
兔死狗烹千古恨,釜鸣钟弃一言删。
权钱势力成魔火,铁面包公心也寒!

嫦娥奔月

火箭凌云入太空,嫦娥二号探苍穹。
九重剧烈乾坤震,一朵腾光日月瞢。
天宇涵微存奥秘,群贤穷理测鸿蒙。
相将蟾阙同歌舞,人月欢联天地融。

深 情

望断高楼烟雨蒙，愁肠百结寄行踪。
关山难越悲萍梗，无限相思情独钟。

秋园诗社为朱复良奖学征诗有感

未聆教诲鬓惊秋，车笠而今愧与俦。
落月屋梁情有自，泛舟江浦兴无由。
海天倘许闻忧乐，瀛岛难忘听唱酬。
拈韵骚坛归去也，浊尘万斛思悠悠。

有 寄

曾经沧海历浮沉，一苇茫然直到今。
穷白思潮观曙色，纷纭世事恃强音。
常持百忍而坚志，每趁三余以砺心。
燕瘦环肥长阅遍，深情独自付瑶琴。

陈瞻淇

陈瞻淇，出生于1920年，福安城南后巷人，解元陈从潮之裔孙。

欢祝国庆五十周年

国庆欣逢五十秋，骚人秉笔乐悠悠。
斧镰拯世群情悦，港澳归宗壮志酬。
无畏精神堪典范，优良策略展宏猷。
繁荣永葆歌长治，壮美前程不胜收。

福安建市

一

福安建市喜悠悠，政美人和百业优。
武绩缅怀先烈辈，文风远溯昔贤俦。
革新刷旧山河秀，济美敷荣气象猷。
好趁春风歌舜日，聊伸击壤颂千秋。

二

韩城背枕屃山峰，十景烟笼气象雄。
昔日环区荒秽尽，而今遍地曙光融。
三中泽沛千家旺，四化恩施百业隆。
建市峥嵘花似锦，挥毫献颂羡由衷。

画堂春·薛令之

开闽进士誉贤臣，清风两袖无尘。盘飧冷落赋诗陈，解绶甘贫。
灵谷草堂依旧，钓台石印常新。廉溪荣幸锡廉名，百世骈臻。

哭白蓬师

恩师自小早扬鞭，倚马才华辄万年。
沪渎文坛联左翼，韩阳绛帐育多贤。
为求真理担风险，岂效儿曹事苟全。
今日骑鲸归去也，几回怀想泪莹然。

鹧鸪天·纪念福安市老人协会成立一周年

老树春深更著花，斜阳放眼焕红霞。休嗟迟暮惊头白，敢不返童壮志赊。

长寄慨，莫咨嗟，骚坛风月有奇葩。奋蹄老骥奔千里，纵目天涯晚翠华。

沉痛悼念青兄[1]

惊闻学友已登仙，疑窦何人可问言。
文采韩城称巨擘，书风宸邑列群贤。

---

[1]青兄：指陈松青。

红涛生逐梯航殚,编纂老甘牛耳肩。
最是五更难入梦,思君仪范泪潸然。

贺缪播青八秩

贺客盈门酒百觞,辛酸世味历沧桑。
龙钟老竹精神健,龟献蟠桃此日尝。
莱子斑衣娱蔗景,文章香国①合珍藏。
喜看今日椿萱茂,兰桂芳华乐未央。

---

①香国:指缪播青著《香国题笺》,1995年曾获中国当代作家代表作陈列馆当代文艺新作汇展优秀奖,并被该馆正式收藏。

刘宗桢

刘宗桢（1921—2007），笔名斯人，出生于福安磻溪。1947年，就读福建师范专科学校教育科时参加城工部。中华人民共和国成立后，任文教科督学，三都联合中学、霞浦中学、福鼎县机关干部学校、福鼎县教师进修学校、福鼎县第四中学、福安县康厝中学教员，1984年恢复党籍，享受离休干部待遇。传见《秋园人物》。

七十抒怀

卸鞍解辔复何求，退老林泉志未休。
珍重黄花矜晚节，清标将为后生留。

赴榕游西湖瞻仰关平山烈士墓

一

献身革命赋春秋，湖畔英魂寸土留。
战友南来休拭泪，青碑三尺独凝眸。

二

三十华年土一抔，垂杨千古护荒丘。
河山此日花如锦，不枉当年碧血流。

纪念薛令之先生

侍读东宫首蓿吟，谁怜匡世老臣心。
寒梅岁晚冰霜傲，明月清风颂到今。

纪念抗战五十三周年

卢沟七七起烽烟，抗战全民奋向前。
前线三军拼血肉，后方万众援粮钱。
敌酋夸口亡三月，华夏坚心抗十年。
吞象修蛇迷梦灭，光恢旧物九州妍。

迎春喜曲

一

腊去阳来淑气还，穆山穆水换新颜。
寒梅报得群芳绽，墨客迎春笔不闲。

二

把酒新年纵口吟，东风遍野绿茵茵。
苍颜白发同耕种，长使霜枫四季春。

抒　怀

一

沧桑几阅立苍松，自是阳光雨露功。
耆耉一堂娱晚景，数行诗赋颂春风。

二

人生七十古来稀，我到古稀未式微。
夕照霜枫犹竟艳，几茎白发岂无为。

重九游清泉洞

一

清泉宝洞果奇观,岩竮济公迓往还。
罅径崖台攀不尽,乘凉度假好营盘。

二

百步云梯直到巅,奇岩怪石倚天悬。
梵林封在云深处,哪有风雷到耳边?

首届老人节有感

年年重九一登高,今岁身轻志更豪。
四顾青山秋色爽,风高云淡听松涛。

重阳敬老

一

登高重九乐吾翁,白发童心兴致浓。
共醉枫林谈世变,满山秋色胜春风。

二

今岁重阳可不同,天将佳节赐吾翁。
黄花金桂飘香远,更有霜枫满眼红。

庆祝穆阳老教协成立七周年感赋

耕云锄月几春秋,不觉园丁已白头。

莫笑青毡寒碜甚,喜看新秀遍神州。

罗宝畴

罗宝畴（1921—2019），别名罗冠群，笔名方明，福安穆阳人。1948年参加革命，1949年3月加入中国共产党，历任县人民政府秘书干事，第五区公所秘书、副区长（中间代理区长），离休前任农业局干部，享受副处级待遇。发表《曹英庄和他的诗》《缪晋梅花处处开》《砍柴博士王骏声》等文章。秋园诗社理事。福建省诗词学会会员。

喜迎澳门回归

雾暗南天子未回，倚门慈母锁愁眉。
云开始见香江返，日丽欣迎澳岛归。
两制光昭疆焕彩，百年耻雪国扬威。
炎黄齐奏升平乐，一统犹期共奋飞。

缅怀阮伯淇烈士

五二年前风雨中，江楼夜话短檠红。
一壶清茗晨鸡唱，亮我双睛暖我衷。

红军长征六十周年纪念

一

蟠龙起蛰逐洪流，万里风雷壮斗牛。
遵义正航恢国运，延安立足展宏猷。

二

铁流万里汇延安，万水千山只等闲。
救国救民肩道义，终教赤帜映江山。

屏南鸳鸯溪览胜

层峦叠嶂绕寒烟，环抱清溪九曲连。
比翼鸳鸯恬戏水，荡藤鸿雁志冲天。
四围山色闲云渡，万壑泉声飞瀑悬。
信是杜鹃红四季，我来犹见晚秋妍。

步林达正志兄七秩述怀

航行岂惧历危滩，舵正风波只等闲。
七秩征程留雁迹，十年翰海壮文澜。
胸怀总系民情乐，心绪常随国运欢。
不逐浮华明本色，已凭珠玉绚骚坛。

老年"双节"咏怀

佳节集千祥，中华国祚昌。
尊贤扬雅俗，敬老谱新章。
露浥丹枫艳，风飘紫菊香。
白头歌盛世，跨纪祝腾骧。

纪念刘中藻

明祚濒亡德不昌，一隅局处自为殃。
知难一木支危厦，强秉孤忠冀复疆。
七邑光恢功可载，孤城援绝守无方。
歌成正气惊天地，英烈芳名万世彰。

穆阳访刘中藻故宅遗址

欲寻遗址已无踪，朝代沧桑几易容。
伫立碑前怀往迹，长钦气节秉孤忠。

敬老日杂咏

一

丹枫如火醉重阳，更羡黄花晚节香。
夕照一鞭迎皓月，余晖虽渺总扬光。

二

天将我节定重阳，今岁重阳意义长。
敬老已扬风俗美，尊贤犹颂国邦昌。
白头人享清时乐，黄菊花输晚节香。
相辅相成青与老，文明建设共腾骧。

焦裕禄赞

昔赞老愚公，今歌焦裕禄。
生同天地斗，死造人民福。
兰考当书记，不毛坚立足。
搴旗领干群，三害誓征服。
盐碱索膏腴，风沙亲出没。
纵身入虎穴，虎子成擒速。
泡桐遍地春，黍菽千家熟。
肝疾积劳成，沉疴山海哭。
嗟彼气如虹，破天荒志笃。
不拾人残馍，文章必己出。
白纸绘宏图，令天翻地复。
嗟彼勇还廉，躬行能慎独。
心怀民苦乐，权不私亲属。
群心树伟碑，众口夸公仆。
长愿此高风，大千苏草木。

根治庵前河害

一

岁岁临渊哭水殇，几多少壮溺汪洋。
八千精卫齐衔石，锁住蛟龙福故乡。

二

夷坦河床护岸宽，暗漩根绝浴游安。
禹王昆裔愚公后，治水移山不叫难。

悼黄介繁老师

程门立雪自童年，久沐春风化雨沾。
道德文章堪典范，诗书词赋尽称贤。
九旬方作岗陵颂，一旦惊闻泰斗捐。
善导谆谆犹在耳，长留风范月同妍。

左联作家刘宗璜一百周年诞辰纪念

作家刘宗璜，生长在吾韩。
声誉扬遐迩，文光耀宇环。
左联传贺信，引荐识非凡①。
梁栋勤培植，湖山未等闲。
新人②迈健步，南野③壮芳兰。
闻道山头④苦，集资解困传。
诸多家国事，尽瘁鞠躬看。
多少风涛险，身经未畏难。
云开红日现，师去未能还。
盛世鸿文著，声名万古延。

---

①后当中央文化部副部长的周而复，当时由刘宗璜介绍参加左联。
②新人：指新人书屋。
③南野：南野文艺社。
④山头：指游击队。

> **陈立言**
>
> 陈立言（1921—2019），字善余，福安晓阳首洋村人。退休职工。爱好诗词。著有《白云随笔》《纪事时风》，作品曾发表在《福建日报》《福建老年》《闽东日报》《福安报》，被誉为"山村诗翁"。

马洋毛竹

土深根壮傍山栽，个个成材影不歪。
纵使枝条无大用，捆成笤帚扫尘埃。

老来勤奋

老来勤奋怨时迟，满眼儿孙笑我痴。
我向儿孙传旧韵，孙儿教我写新诗。

公平秤感怀

权衡正直主公平，较量人生重与轻。
身净不妨尘迹染，自然斤两指分明。

一九九七年黄兰溪库区无电感赋

有暗无光近半秋，有灯无电惹人忧。
千家歇业门关闭，万户停机厂退休。
龙井存珠悲月蚀，黄兰蓄水怅空流。
沉光日子何时了，翘首公台为众谋。

清明植树寄语

植林祭祖树文明，好表儿孙孝敬情。
绿化坟台松柏茂，千秋万代叶长青。

白云山清风洞

云山宝洞景清幽，自有凉风习习悠。
无电空调开日夜，天然冬暖夏为秋。

白云山顶

白云仙顶与天齐，放眼群山座座低。
朝揽乌轮同拱北，夜攀蟾殿共临西。
登台欲撷星辰近，挥笔能留宇宙题。
一啸长空醒万户，金鸡未唱早明黎。

首洋风貌感寄

首洋风貌古驰名，四百罗山绕似城。
五马朝槽池作斗，黄蜂出洞水为声。
上游龟鲤谈经卷，把口将军布阵营。
更喜坐堂真武帝，旌旗展展望尊荣。

记一九三七年叶飞在首洋悬藤洞避难始末

游击闽东敌胆寒，疯狂围剿困深山。
枪林弹雨迎多少，入死出生知几番？
悬藤古洞多偏僻，许作将军暂家安。
远别家园担道义，保全火种涉时艰。
停骖石下传真理，转战山中抗敌顽。
清剿三光施毒辣，壶浆箪食送艰难。
岩前滴水填饥腹，野外奇馐供佐餐。
化险为夷神树护，群黎守口竟遮拦。
逢凶化吉将军福，转战沙场天地宽。
饯别临行情嘱咐，红军铭记老青湾。

皮　球

白面书生姓不知，只因脸厚被人欺。
受伤满腹都是气，不用医生我自医。

木梯子

兄弟同龄一样高，青山养我有功劳。
送君直向竿头上，壮志朝阳换锦袍。

金丽祥

金丽祥（1922—1966），福安赛岐人。就读私立福建学院法律系期间参加地下党，历任福安中学、三都联合中学、福安师范教员，福安师范教导处副主任，忠心耿耿于文教事业，1960年出席全国文教群英会，福安县第四、五届人大代表，福安县政协第二、三届常委。《福安市志》《福安县教育志》为其传。

阙 题

一

长夜茹辛育俊俦，闻鸡击楫挽狂流。
今看春暖花开日，桃李缤纷遍九州。

二

苍松绕郭水声幽，黉舍弦歌韵独悠。
安乐当思忧患日，北陵英范自千秋。

宋铸渊

宋铸渊（1922—2002）。福安师范简易本科毕业。一生从事教育事业，历任韩坂镇中心学校、福师附小教员，城厢镇中心校、中正小学校长，中华人民共和国成立后，历任第一任韩阳小学（福安实验小学前身）校长，福师附小教导主任、教员等职，后任教于福安师范、上白石中学、福安一中。爱好书法、音乐，喜欢诗词。

悼陈松青兄

诗唱腾飞壮志豪，杯添佳酿锦篇多。
玉楼胡遽修文逼，问道从今我奈何？

阮义顺

阮义顺（1922—1999），笔名征原、草原、厂白小，祖籍福安潭头。1947年参加地下党组织，担任穆阳临时支部赛岐联络站负责人，中华人民共和国成立后，任赛岐中心校校长、福安专区中心银行科员，因城工部事，调宁德地区电力公司火电厂、变压器厂工作。离休干部。秋园诗社常务理事。著有《夕拾集》。传见《秋园人物》。

纪念薛令之先生

一

开闽进士薛君珍，补阙官兼侍读臣。
奸佞专权遭冷落，忠良持节守清贫。
当年苜蓿充枵腹，暮岁芋魁度洁身。
受赋凭需多不取，操廉长仰挂冠人。

二

莫道唐宫苜蓿羞，先生本意岁寒忧。
桑榆终老留风节，唯见廉溪万古流。

述怀叙事

生逢烽火漫中原，黑雾弥天黯故园。
蒋祸连年凝血泪，寇仇十载烙蹄痕。
房遭回禄炊难继，境遇风波活断援。
少小弟兄亡怙恃，相悲离散冷蓬门。

满江红·忆福师

穆水奔流，弦歌沸，程门立雪。人八百，广维寒士，乞知殷切。黉舍宵深灯火旺，芸窗曙薄书声彻。毓菁华，指点仗良师，倾心血。

洪流出，传马列；短笛编，投枪发。有先锋百五，赤心如铁。浊浪排空风不息，学潮卷地情尤热。奋从戎，欲晓瘗山头，怀忠烈。

述怀叙事

古稀回首话前缘，默默耕耘四十年。
电业也曾勤致力，金融亦已奋承肩。
恨无实学酬当世，愧抱樗材执教鞭。
老去犹怀全气节，不因风浪落幽渊。

咏　菊

金风飒飒又重阳，满圃盆栽溢冷香。
皎白融黄红复紫，柔倾偎倚俯还扬。
绒球蟠蟹珠帘卷，管瓣丛冠玉蕊藏。
挺立寒秋怜傲骨，繁英凋落独孤芳。

竹具杂咏·不求人

老来筋骨碍延伸，背痒难禁夜到晨。
药石针砭均束手，幸亏青士作搔人。

山乡即事

棘篱茅舍旧时巢,竹篾为灯一笑抛。
瓦屋红墙比比是,繁星抖落富春郊。

闻　蛙

源源涧水绕田流,新苗嘉禾绿满畴。
蛙黾也期丰稔岁,通宵阁阁促耕耰。

珍土赋

为天民食众心知,十亿人粮赖地皮。
每被洪涝摧沃土,更遭权势占良畦。
田园残碎兴楼馆,竹木稀疏萃墓碑。
大块厘毫浑不惜,忍教禾黍立无锥。

悼念亡妻

一

曾经盟誓比鸳鸯,理罢遗装痛断肠。
恩爱一生无怨悔,谁知到老却凄凉。

二

不离形影梦难寻,孤枕残灯冷我心。
坎坷征途曾作伴,余生何处觅知音。

三

残年无尽度黄昏，未了尘缘绕屋门。
欲待回还商内事，通宵惆怅未归魂。

四

寸心难遣悼亡哀，长夜强登望妇台。
此去黄泉无几路，招魂不见故人回。

问 蝉

晶莹羽翼黑皮裘，夏日枝头噪不休。
知了人间多少事，问渠也有几欢愁。

助听器

宛似灵犀一线通，妆成小巧伴聋翁。
凭闻两岸春消息，借听家风色笑融。

钱日贤

钱日贤（1922—2001），字道奇，号逸山，福安下白石外山村（旧称鳌山）人，11岁就随父游走江湖，1945年立志于自学中医而解乡民于病痛，生前系福安市下白石中心卫生院中医师。秋园诗社首届理事。

甲寅五月重过白匏

白匏吉穴几千秋，山自青青水自流。
樵客归来迷去路，渔夫歌唱动轻舟。
水天一色云烟净，风月双清景色幽。
更有竹松分外劲，江山不改再来游。

湖南衡阳汀涛书画诗词社征诗奉和

蔚起人文汇百家，须知秋实仗春华。
芙蓉自怨生江上，攀桂云程道路赊。

咏　柳

东风送暖绿窗前，体态轻盈异样妍。
陶令宅边春不老，隋炀堤上盎于烟。
游人过往添思绪，少妇归来乱鬓钿。
三月金城人道美，群芳爱汝戏秋千。

咏 梅

欲将春讯报君知,此日孤山景最宜。
触目横斜千万朵,赏心只有两三枝。

纪念薛令之先生

河东三凤美名扬,溯本穷源姓氏香。
明月一团辉宇宙,清风两袖励家乡。
廉贪冰炭难同伍,贤佞忠奸岂并昌。
馨郁芝兰留百世,千秋长为令之彰。

庆祝福安秋园诗社重建

一

福禄逍遥乐晚年,安居无事自神仙。
秋声已近黄昏景,园圃犹留白日鲜。
诗思频传佳韵意,社坛今已话前缘。
成城众志多骚客,立正何愁影倒悬。

二

福缘他幸结今生,安得文章媲美行?
秋水长天归去雁,园林蔽日啭来莺。
诗人每有悲憎命,社侣曾无为见怜。
成败由天嗟李杜,立看老蚌价连城。

八十感怀

往事东流苦费思,衰年早已退休时。
人间富贵从无份,世外桃源不可期。
案牍劳形聊一饱,诗书积箧罔充饥。
平生壮志消磨尽,当日雄姿剩骨皮。

悼念黄介繁、陈桂寿、陆承鼎、王廷藩四位老诗翁仙逝千古(两首选一)

穷通修短本乎天,造化焉能岂偶然。
饮雪子卿持节烈①,烹雌百里叙重圆②。
箧中存稿千余句,案上堆书上万篇。
诗悼少游虽注定,先生从此去游仙。

缪播青八秩

早将心迹混樵渔,倦羽闲云与世疏。
把盏不言当世事,看山自读古人书。
妻贤子孝神仙眷,竹翠花奇窈窕居。
榕峤韬光名益大,新诗传遍辋川图。

---

①[原注] 此句指陈桂寿、陆承鼎蒙冤事。
②[原注] 指黄介繁先生赴日回国妻儿团聚。

黄植

黄植（1922—2014），字善培，又字树滋，福安穆阳苏堤人，连山知州黄晋铭之孙。少失怙，得亲戚资助完成学业，1941年省立福安农职校毕业。后在福建省示范茶场福安分厂，永安县、将乐县政府任职，1944年考入福建学院，毕业后在省立福安高级农业学校、省立福安师范、福安师专、福安专区教师进修学校、政和一中、南平师专任教，1983年回福安师范执教，1985年被评为"福建省先进教育工作者"。高级讲师，农工党党员，福安县第九届人大代表，福安县（市）第五、六、七届政协委员，朱复良奖学金基金会终身理事。

赠旅台故友朱复良君

镛州一别各西东，隔海相思两地同。
往事如烟犹隐约，前程似锦更葱茏。
羡君旷达游踪阔，愧我疏慵故步封。
奋翼高飞酬宿愿，家园仍盼再相逢。

庆祝福安建市

大地春回万象新，欣逢建市庆良辰。
富春水碧添神韵，仙岫山青绕彩云。
改革繁花浑似锦，振兴硕果已成阴。
扬帆奋进争朝夕，古邑生辉贵献身。

结婚四十周年

镛州结识似前缘，四十年来共苦甜。
并力耕耘桃李艳，悉心乐育岁时绵。
同描绚丽斑斓景，互勉蹉跎动乱年。
但得两情长缱绻，枫林夕照好流连。

悼念黄荣胞弟

双亲早逝共扶持，濡沫相依究可悲。
九曲清流传细语，桃洋静夜叙情思。
原期休退常团聚，岂料生亡永别离。
泪洒心田肠百结，新居寥寂暮云低。

朱复良

朱复良，出生于1922年，祖籍福安坂中步兜山，出生于福安松潭。历任柏洋乡事务员、白溪乡副乡长、将乐县田粮处高唐征收所业务员、民生工厂业务课长，台湾光复后赴台，1983年退休。后被聘为台湾通讯社总编辑、《香港时报》特派员，1990年回家乡倾囊设置朱复良奖学金。1994年秋园诗社为之举办征诗活动。

别葛其龙①

暮雨朝云叹不辰，依人作嫁走风尘。
流水无心留去客，落花欲泪饯行人。
枉生俯仰宁无愧，立世浮沉自有因。
已付东流千万语，斗斋独坐不知春。

别将乐

镛州浪迹瞬经秋，山自长清水自流。
客邸逍遥春易逝，天涯漂泊梦犹忧。
子规啼血归家愧，鹦鹉无言对镜羞。
莫道相逢皆可喜，骊歌一曲万勌愁。

---

①[原注] 1944年秋，将乐县长陈鸣銮升调闽东，我将随其回乡，特向私衷景仰的葛先生，献诗道别。

[编者按] 葛其龙时任将乐县田粮处副处长。

初进台东感怀

迢迢万里到边陲,战后萧条景物催。
待遣日俘常假醉,刺青山客亦装痴。
滔天巨浪长宵啸,遍野飞沙扑面吹。
煤屑代薪瓜当饭,疮痍满目更堪悲!

又遇重阳

韶光易逝又重阳,权把他乡当故乡。
何处登高徒怅惘,偏逢敬老倍徬徨。
孤帆飘荡迷归向,驽马狂奔妄逞强。
遥望斜阳将入岫,满怀愧疚见爹娘。

金婚大典

牵手走来五十年,披荆斩棘总争先。
同游天下封游客,常醉杯中扮醉仙。
心曲交吟春满座,笑声盈耳乐无边。
今生幸践朱陈①约,来世重修未了缘。

---

①朱陈:本为村名。该村住家仅朱、陈二姓,世世代代缔结婚姻。这里兼指作者朱复良与妻子陈千叶。

叹漂泊

此生闯荡任烹煎，斩棘追星总向前。
孤雁长征风雨急，扁舟横渡意行坚。
身心憔悴方知老，岁月蹉跎不怨天。
骸骨只容抛海峡，好教魂近岞山巅。

祝旅美锐弟

胜负穷通未可期，人生恰似一盘棋。
来台莫遂初行志，临老犹吟远别诗。
宝岛春寒花欲泪，美洲冬暖客先知。
旅中欣谱天伦曲，醉抱黄昏正及时。

悼庆弟

思念累深梦易成，音容殷切溢亲情。
当年曾拥冲天劲，今日仍留震耳声。
世道崎岖吾苟活，黄泉萧瑟汝先行。
人间多少伤心事，生死无常最不平。

念家乡之弟弟

时乱年荒百计穷，雁群分散各西东。
关山梗阻音书断，世局混沌冀望空。

多少情怀长郁郁，几回相见总匆匆。
离亲背井非吾愿，只有玄苍鉴此衷。

贺苏锦绣①

锦绣河山万里长，春回大地倍芬芳。
峎山桃李纷争艳，仙岫风云倍奋扬。
伫立程门皆俊杰，蜚声孔道尽贤良。
乡关处处弦歌起，解惑唯君有妙方。

和陆展章《七十寄怀》

憧憬长萦客梦中，韩城可敬有遗风。
诗词传世追苏轼，孝悌扬名羡孔融。
笔战舌耕留硕果，桃开李茂庆丰功。
满天云彩乡心近，春讯颁来遍野红。

柏洋惊魂

柏洋浪迹似蒙尘，境遇艰辛甚卧薪。
林氏宗祠萦客梦，刘家楼下结书绅。

---

①[原注] 2001年，苏锦绣先生接任福安市立一中校长不久，即出任奖学金基金会的理事长，也全盘掌握业务，以致产生莫大的成果。

[编者按] 苏锦绣，1958年生，福安赛岐人，出生于教师家庭。毕业于宁德师专。1999年起任福安一中校长，至2018年退休。

峰峦环锁乡疆僻，阡陌荒芜住户贫。
流窜匪徒唯虏掠，我曾枪下过来人。

官拜白溪副乡长

白溪客串副乡长，四面汪洋处境孤。
借庙办公陪佛老，随船讨海扮渔夫。
民情懒散嬉鸡犬，乡俗凡庸信鬼巫。
饱食不知何所事，青春无价可嗟乎。

赠林国楠友

客腊山溪共泛舟，倾谈互有志难酬。
传情枫叶环山笑，窃语梅花逐水流。
车笠毋忘心已幸，剑琴犹健愧相求。
从今愿博交如水，莫让雷陈又带羞。

高唐之夜

兼旬寄迹败禅关，客邸萧条倍寡鳏。
明月有情陪寂寞，清风无意负家山。
寒鸦觅食撩饥急，高翮无粮远展难。
自问此身何所寄，梦魂夜夜计南还。

渡台别双亲

浪迹江湖心力疲,命同驴马好奔驰。
非图名利离香主,是迫饥寒托远枝。
慈母赶缝衣袜洞,狂儿匆缀别离诗。
此生穷达凭天意,总不轻过少壮时。

慰林洋港

塞翁不悔失良骝,坦荡襟怀纳九州。
世事如棋枉胜负,人生似梦莫贪求。
几杯醇酒邀明月,两袖清风傲海鸥。
三径欲荒松挺拔,满天云彩恋南投。

望月思亲

频年追逐困风尘,乖蹇辛酸集此身。
壮志早灰衣食里,残躯遥寄海洋滨。
鹃声啼破他乡梦,梅讯惊传故国春。
最怕思亲逢月夜,只求堂上恕征人。

师生缘

一缕缘牵半世情,弦音遥渺倍真诚。
重逢皆叹须眉白,回首同惊景象更。

乍见寒窗灯火亮，忽开荒径马骡声。
满园桃李迎春笑，无悔当年拼舌耕。

感 怀

流光催我入残年，回首南中似隔天。
原本有心勤解惑，那堪无术乱操弦。
方怜孔道频荒芜，何幸程门见孝贤。
但愿杏坛春永驻，欣看群季各争先。

郑岩生

郑岩生（1923—1990），福安城关上杭人，察阳示范乡乡长卓玉藻之内弟。曾就读于湖山小学，后进入福建师专继续深造，与林秀明、刘宗桢同学。中华人民共和国成立后执教福州五中。

次原韵敬和富春诗社

桑梓梦魂中，富春榴火红。
嘤鸣传尺素，乡思托诗筒。
格律老求细，推敲各奏功。
珠玑盈卷帙，刮眼看阿蒙。

纪念南昌起义八一建军节六十周年

红旗浩荡出南昌，革命洪流涌四方。
大渡桥横寒敌胆，平型关险杀强梁。
披坚执锐金汤固，解困扶贫鱼水长。
扑火兴安人共颂，同迎华诞献心香。

悼老友黄荣

一

教坛君可称良范，沥血呕心抵国殇。
到死春蚕丝不尽，故园桃李倍芬芳。

二

何期一旦丧斯文，哀乐声声不忍闻。
昨夜雨傱风僽里，满街黄叶落纷纷。

三

总角湖山共砚亲，卅年重见鬓如银。
悲君化鹤飘然去，独对青山哭故人。

四

教坛无愧老黄牛，力疾拉犁尚未休。
舐犊情深深似海，此身虽殁泽长留。

缪绍声

缪绍声（1923—1993），福安穆阳人。1946年福安师范普师班毕业。历任黄坂、黄岐、穆阳中心小学教员、教导主任、校长，实验小学教员，1980年就教于穆阳中心小学。

谨步和连士豪兄原韵

浮云蔽日雪纷霏，谈论当年识是非。
困处愁城形影瘦，深居斗室鹭鸥飞。
半生路坎心灰冷，一旦云消月复辉。
何日故园重聚首，花前把酒话芳菲。

游清泉洞

偷闲置酒迎重九，老伴同登宝洞游。
茂竹扶疏青拂鬓，古崖重迭险当头。
晨钟梵钵斋姑课，暮霭牟珠素女修。
俗客无缘岩上酌，白云红叶一壶秋。

菩萨蛮·教师节有感

尊师重教成风尚，金铃木铎春雷响。灌溉芟锄周，幼苗培育优。
园丁输血汗，换得春璀灿。学子上华巅，启蒙第一篇。

谨步黄焕卿《八十抒怀》原玉（五首录二）

一

悟到嗔时转变痴，无身无我更无私。
老庄学说堪归理，释道玄机足制夷。
八秩华堂开盛宴，齐眉粱案举新卮。
余晖尚照康庄路，铺轨程基袒骨皮。

二

尘寰动静即是非，愿把忘情一麈挥。
花果结缘随处种，芝兰绕砌适时肥。
公门桃李争荣艳，宸邑鸳鸯比翼飞。
值此文明歌盛世，木公金母笑酡微。

庆祝福安建市

韩阳此日煦春风，建市经营气象隆。
富水长流归大海，白云高耸入玄穹。
香茶水果销售远，蜜酒电机内外崇。
百业如花争吐艳，尧天舜日乐融融。

迎春颂

万家爆竹闹通宵，瑞霭祥云焕九霄。
把酒迎春春在抱，晚霞灿烂胜于朝。

歌邓老

起落而三局势更,风涛接掌险舟行。
三中改革争开放,四则坚持力抗衡。
两制归根盟港澳,三通合辙守台澎。
兴邦设计师心苦,赢得霜华两鬓生。

陈桂寿

陈桂寿（1923—1997），别号馨吾，笔名后山叟，福安穆阳人。省立三都中学肄业。历任教导主任、干事，秋园诗社副社长。传见《秋园人物》。

咏薛令之先生

朝暾曲照先生盘，赢得清风两袖还。
当日南荒荣首选，斯时北阙宠新欢。
勾心斗角终成局，矢志匡时不列班。
身后廉名空敕赐，刘郎已隔万重山。

桃李春风灿古城

当年曾是小园丁，人事推移志未成。
佳节喜看桃李笑，春华秋实慰生平。

四友图

松

雪霜寒铁骨，风雨刻龙鳞。
虬枝招鹤伫，黛盖引蝉吟。
爪石根能稳，参天干可伸。
百卉争朝夕，独领古崖春。

竹

虚心能上进，蓦见碧林成。
高节天难仰，深阴草不生。
梢摇筛日碎，叶动滤风清。
潇洒箊筤子，栖幽听鹿鸣。

梅

破雪一枝开，群芳拥挤来。
独为春信使，不上表功台。
月冷孤山梦，香萦处士怀。
林逋堪作婿，今古费疑猜。

兰

披离生僻谷，只与薜萝交。
逸韵酬风露，清馨赠牧樵。
扯岚花作爪，削石叶为刀。
不爱丹青染，佳人素手描。

日　出

闻鸡启牖望苍茫，雨足郊原欲返旸。
宿雾初开鱼肚白，新霞渐染蟹腔黄。
枫林尚隐三秋色，塔顶先沾半面光。
终见一轮喷薄出，九重城阙尽金镶。

罗振铭

罗振铭（1923—2010），字剑鸣，福安穆阳苏堤人，罗彦青之弟。执教周宁。善诗文字画，擅梅花有缪晋遗风。曾任周宁地方志编辑、周宁初晴诗社社长。

歌颂韩阳新气象

一

纷纷五彩望家乡，洗却穷根换了装。
游子萦怀诗思涌，故园春色正芬芳。

二

韩阳十景已陈津，大厦高楼处处新。
邀客扶朋更岁庆，飞觞日日醉扶春。

三

诗社秋园继富春，古城长播韵声新。
时逢明世骚坛盛，酬唱高吟寄意频。

纪念爱国诗人谢翱逝世七百周年

长溪志士显才奇，敢抗元军羽檄驰。
倾产千金输国难，招魂五岭动心悲。
偏安宋室昏庸甚，力挽狂澜将士随。
恸哭西台亡国恨，长存晞发后人规。

游天下第一湖山——泰宁金湖

武夷南麓秀金湖，占尽丹霞美景殊。
情侣相携沙岸立，索桥横卧坦途铺。
壁天共缀山光景，峰寺同辉水色图。
阴雨迷蒙添野趣，游观真个乐今吾。

游明翠园

丛林嶂壁石缝巉，俯视东溪势不凡。
画栋雕梁明翠阁，依山傍水凤冠岩。
佛香泛溢峰峦地，梵韵飘音激浪帆。
今日乘车访古刹，此行喜得启心缄。

观瀑吟

八闽奇迹九龙漈，势若奔雷下九天。
群瀑相间临绝顶，一川转折落危巅。
云凝削壁惊涛涌，雨溅悬崖素练连。
疑是银河从此落，诗情画意总绵绵。

林阿镛

　　林阿镛（1923—2007），字节高，号湖山居士，原籍穆云乡隆坪村，早年迁居阳头。自学成才，通晓诗、书、画，兼通医学。传见《秋园人物》。

游黄果树风景区

一

闲穿腊履步登高，老去寻幽感自豪。
古洞山深尘到少，龙宫路险客偏多。
烟霞伴我凡心静，猿鹤依人逸兴和。
游衍不妨归去晚，逍遥岁月任虚过。

二

奇观圣地绝尘埃，景象万千似锦堆。
锁洞阵云分复合，映湖孤月去还来。
悬岩乳石参差列，沾雨山花次第开。
但得斯山容我隐，何须方外觅蓬莱。

咏　柳

堤畔荣枯年复年，春来金线著浓烟。
纷纷轻絮迎风舞，濯濯长条带露妍。
拂岸频牵渔父棹，离亭折赠旅人鞭。
丰姿不与秾华斗，婀娜纤腰剧可怜。

咏 梅

此身且喜玉为肌，不染尘埃举世稀。
素质敢同霜比洁，冰心独与月争辉。
报春生气乘时发，破腊寒花沾雪肥。
曾受一番寒澈骨，何愁遍地朔风威。

好 墨

老学雕虫似我稀，挑灯临帖当从师。
挥毫遣兴浑忘病，泼墨入神不计疲。
代众题笺征众鉴，课孙运笔弄孙嬉。
旁观莫道吾无谓，只为抒怀岂好奇。

学 画

晨昏不厌坐书城，聊把丹青当课程。
风月与人寻乐趣，烟霞客我寄闲情。
辉煌气象胸中蕴，锦绣江山笔底生。
信手涂鸦堪自适，不须檀板共银筝。

缪播青

缪播青（1921—2011），福安穆阳人，笔名苗子。早岁参军，足迹遍燕赵齐鲁，又东渡台湾居四载，1949年初，参加中国人民解放军，任随军记者、编辑，嗣因肺疾转地方任中学教师。离休干部。擅长左手书，诗著颇丰。出版《香国题笺》《青翠簃·播青吟草》《南游漫笔》《神奇山川张家界》等。传见《秋园人物》。

清凉世界

升平世界乐如何，滴翠绯红漾碧波。
待辟四春游览地，满城山色尽搜罗。

望台胞早日团圆

蒹葭带水眼将穿，本是炎黄一脉连。
宁盼台胞归祖国，尽邀华裔聚仙筵。

忆江南·闽东好

闽东好，水秀又山青。溪号鸳鸯帘挂水，山头太姥斗联星。山水角娉婷。

闽东好，良港亦天然。湾澳沙埕风可避，畅通航运谱新篇。海岸线绵延。

闽东好，物产最丰饶。茶叶笋菰皆卓卓，荔枝桃李咏夭夭。更产好香蕉。

闽东好，良港数赛江。架设大桥开发美，福温公路此开窗。兴建壮无双。

怀从戎

解甲归来几十春,所期长作太平人。
宵来卧听窗外雨,铁马冰河入梦频。

八一感怀

一

我是从戎效命身,至今肝胆尚轮囷。
奈何岁月催霜鬓,余热难挥泪满巾。

二

我亦人民子弟兵,曾持笔杆作干城。
每思淮海鏖兵日,夜梦犹腾杀敌声。

步胞兄赠诗原韵

旅雁江天外,飘蓬不得还。
朝朝怀故里,暮暮想慈颜。
鹤唳惊尘梦,风声颤客衫。
世情多变幻,生计太辛艰。

秋 思

油油波泛白,渺渺峰流碧。
一叶欲凋天下秋,商意萧寥冷魂魄。
临风有客吊斜晖,铁笛吹来泪满衣。
笛声嘹亮复嘘唏,蛰鸟闻之不忍飞。
问君何所思?所思扰扰如乱丝。
问君何所恨?拊髀欲共鬼神论。
鬼神冥冥不可睹,乾坤一片迷今古。
拔剑怒击九州土,四山落木下如雨。
我思仙人王子乔,吹笙缑岭何逍遥。
又思高人陶靖节,林泉啸傲标高洁。
思而不见恨意多,恨意多兮可奈何?
白云数点坠岩阿,隔江渔父笑呵呵!

多面手——翠松

女中多面手,如卿实罕见。
侧身南大时,学业即弁冕。
既以文学称,又能外语擅。
在家孝爹娘,出嫁笃勤俭。
中馈善操持,调羹与治膳。
针神绣技工,簪花书法茜。
奋袂骧体坛,赛场屡酣战。
台面响乒乓,攻球如闪电。
省市参长跑,非冠亦即殿。
生本具灵根,情系莲花院。

翻来贝叶经，天花散满面。
仙草满瑶阶，祥光佛案现。
翘翘净土英，表表瀛洲选。
布施周茕鳏，平心一贵贱。
教诲膝下儿，孜孜尤不倦。
家运蹇而亨，皆卿只手奠。
德才备一身，诸皆臻上善。
天上韦提希，人中列女传。

林秀明

林秀明（1923—2015），福安潭头东昆人。福建师范专科学校毕业。中共地下党员，历任中共福建师专支部书记、闽东工委特派员、福安武装工作队队长，中华人民共和国成立后，任福安县文教科长、林业科长、县政协副主席等职，1987年离休（享受副厅级待遇），历任福安市政协之友联谊会会长等20个社团职务。1984年福安富春诗社恢复活动，当选为第一届理事长，1988年任福安秋园诗社理事长。著有《履步留痕》《花木吟》。传见《秋园人物》。

庆祝中华人民共和国成立辉煌五十华诞

天安门上播春雷，中国人民站起来。
五十华年高建树，千秋历史重新裁。
红旗招展三山倒，玉宇澄清六合开。
卫国保家销敌焰，援朝抗美弭妄灾。
龙腾虎跃醒狮吼，地覆天翻霸主哀。
十载虽遭浩劫难，众心未逐恶风摧。
扶危老帅恩情重，拯溺精英智网恢。
实践验明真事理，放开起用好人才。
雪湔东亚病夫耻，造就中流砥柱材。
富国工农商并蒂，裕民科技教传媒。
团圆禹甸珠光璨，永固金瓯斗宿回。
两制殊勋归港澳，同胞深谊系侨台。
稳定和平求合作，繁荣昌盛庆同怀。
晴空万里凭飞越，故土无垠任去来。
绝代伟人能起落，一肩重任未徘徊。
主宰浮沉功不朽，坚持改革德无涯。
文明古国雄风展，政治新程动力推。

再创辉煌超古昔，迎新世纪夺元魁。
历程艰苦难忘却，前路康庄大快哉。
天下炎黄齐砥砺，同心同德继开来。

纪念毛泽东诞辰一百周年

血火交加祸患深，高擎赤帜主浮沉。
匡时矫世经天地，抑浊扬清鉴古今。
推倒三山鞭霸主，携来百侣拯苍黔。
雄关险隘从容越，再造乾坤沛德音。

缅怀陶铸同志

如烟往事难忘却，主宰浮沉气若虹。
笔涌怒涛抒壮志，情凝黄土展雄风。
亲临巡视知艰苦，历险调查别富穷。
创建工农游击队，青年志士喜从戎。
智取民团盘踞点，义除地霸害人虫。
新程迈出从容步，黑夜敲鸣破晓钟。
柏柱苏区基础奠，闽东大地战旗红。
善用时机创伟业，长留典范耀鸿蒙。
树碑永志陶公德，心底无私世代崇。

奉和毕彩云《无题》原玉

抒怀求是亦求真，笔底凝香妙入神。
拾翠欣寻春意闹，裁红笑点岁华新。

冰壶炼骨吟清韵，玉笛扬声荡浊尘。
莫叹迷离浑似梦，天涯自有爱才人。

为老年大学成立而作

人家同学志求同，久历沧桑兴未穷。
一觉枯荣风雨里，百年苦乐笑谈中。
道无止境勤思索，学有遗篇慎始终。
暮岁从师为解惑，唯期长葆寸心红。

余热吟

卸却双肩自在身，黄花晚节更宜珍。
浮名无累余年乐，本色长留故友亲。
老去诗成歌盛世，兴甜笔落绘新人。
窗含远岱赓清韵①，放眼神州万象春。

长溪话旧

夜雨长溪话旧时，已然往事莫凄其。
腔中三昧火犹热，再铸丹心尚未迟。

---

① 一作"胸罗大块襟怀展"。

怨西风

西天袭击乱淫风，柳怨花愁晦色浓。
春若有知应悔恨，不该来去太匆匆。

罂粟花

容颜秀丽少相形，应悔心肠染血腥。
本是佳人沦作贱，偷将毒性祸生灵。

迎新春向旅台乡亲故友致意

天涯倦旅梦思还，不恋长安爱福安。
青鸟殷勤探峡岸，心音嘹亮唱湖山。
云移秦岭乡犹故，雪霁蓝关马跃欢。
最喜人如天上月，虽然暂缺及时圆。

应四海春入网溪联社诗人节征诗

银汉无声别思遥，卅年离袂怅台侨。
梦回怀恋床前月，野望神驰海峡潮。
吟韵悠扬萦故土，心弦断续系归桡。
诗人佳节同音诵，环宇嘤鸣闻九霄。

赠吴端升①故友

未因老去废吟哦，惠我琼瑰感慨多。
涉猎词林馨晚景，激扬文字起沉疴。
重圆别梦庭园乐，岂悔羁栖岁月过。
拓展襟怀消块垒，情移物外共磋磨。

赠书法大师凤山人②

凌云健笔势纵横，点染河山异彩呈。
泼墨挥毫功八法，龙蛇走壁鬼神惊。

---

①吴端升：字边筅，福建福清人。新闻学士。历任高中、大专教师。八闽融光诗社社长，中华诗词学会理事。
②凤山人：即郑复赠。

王卉

王卉（1923—2016），字劲草，晚号藤翁，浙江平阳人。先后就学于上海美专、国立艺专，师从刘海粟、王个簃、潘天寿、黄宾虹等名家大师。1949年南下入闽，历任福建省文联委员、福建省美协常务理事及团委、出版、教育等部门领导职务，1961年支援山区文化建设，就职福安师范学校、福安城关中学（后改称第四中学），1984年退休，在福安工作20余年。诗、书、画三绝，著名书画家，中国美术家协会会员，福建省文史馆馆员，福安富春诗社首届理事。著有《南征诗草》《天趣园诗词》《王卉诗词》等多种诗画集。

凤凰台上忆吹箫·悼早期左联作家刘白蓬先生

波涌申江，浪翻歇浦，当年左翼风雷。忆峥嵘岁月，初展翰才。莫道龙华铁狱，难锁住、厥志崔嵬。南归处，高标蒙垢，短楮遭灾。

皑皑，明时昭雪，往事付残醅，吟绪徘徊。奈秋园摇落，晚景凄哀。犹忆谈锋颇健，同笑傲、曾斥傀儡。深沉夜，楼空人去，梦托蓬莱。

湖山吟

行遍湖山意满山，空濛烟雨漫溪弯。
夕照龟湖踞怪石，朝曒三宝听钟闲。
茶香飘引嘉宾至，赏画情通老少颜。
意静斋清留斗室，浸润砚海远尘埃。
挥毫偶有淋漓致，山川灵气逐怀开。
陋室曾传古雅铭，翰墨随缘几度来。
闽东秀色天然韵，行吟千里赋重游。

人生百载皆过客，逸士骚人何所求？

求也未强求，忧亦莫须忧。

谁知一枝秃笔胜封侯，终师造化自得意悠悠。

横塘路·咏闽东韩阳新貌

　　白云飞涌群山舞，传捷讯，珍尺素。畲汉千秋相与度，韩阳淳雅，环溪奔赴，翠苑春常驻。

　　茶香共话清明露，道是留龟放鹤处。白马襟怀情几许？甘塘帆影，赛岐航路，欲济琼光浦。

题蕉荫小鸡图

蕉心舒卷东风暖，雏影玲珑毛色新。

不学机谋争势利，但知烂漫写天真。

穆阳水库坝景

削壁千寻降玉龙，珠玑万斛洒晴空。

豪情激荡云烟起，谁写江山一派雄。

霜　晨

肩挑旭日金铺道，锄落梯田鸟绕林。

啼醒山枫霜后梦，酡颜醉染一溪明。

韩　溪

白云山下几萦回，绿透人家雾半开。
谁是此中归梦客，溪声漏夜送诗来。

夏午偶成

高树蝉声催午梦，客窗蕉影拂薰风。
平生最爱清凉地，笑问趋炎气孰同？

秋　晨

寻诗拂晓步溪头，况值环溪宿雨收。
应谢金风频送爽，一声飞鸟半林秋。

题水墨小鸡画

几点团团墨，茸茸毛骨黑。
君知乐意呼，何必丹青色。

环溪即兴·兼赠上海人美友曦美编

绿带丛中曲径幽，溪声鸟语伴行舟。
无边春意来天外，不尽生机满树头。

藤锁仙山传韵逸，樟凌云海发清讴。
榕城嘉客惊初见，造化精神仔细求。

韩郊晚步·兼示王峰

龟湖风物远烟尘，山抱韩城可问津。
红树拥溪波弄影，青峰吐月霭渲轮。
菊香老圃经霜傲，笛唱渔舟入耳亲。
且为寻幽时漫步，敢凭笔墨写精神。

山藤古风歌

韩城环溪之西，地名湖口者，生有巨藤，干大似斗，拔地凌霄，与高树交错掩映，苍古奇绝，情趣盎然。余游名山大川广而多矣，佳景异物如斯者，亦属罕睹。几度写照徘徊不忍去，乃作《山藤古风歌》。

湖口山藤干如斗，草颠气壮龙蛇走。
梳风沐雨绕高枝，拔地凌霄昂其首。
古木槎枒掩映深，流水铮淙石色黝。
山魈目眩混流萤，愁云惨雾凝尘垢。
无猜细语宿幽禽，岂曾相知话野叟。
数百年来林泉老，如此老藤难常有。
敬而护之未可轻，春风绿酒为君寿。
几度徘徊不忍归，天机造化良师友。
兴浓遣入丈绡中，留待他年评奇偶。

忆江南·题墨兰月色图

轻露浥，悄悄紫烟笼。自抱素心甘淡泊，不沾尘垢葆雍容。清影月溶溶。

点绛唇·李辉请填词即句共勉

李白风流，长安走马诗千首。浮云看透，豪气冲牛斗。
九上黄山，造化称师友。丹青手，秋枫醉否，曾饮寒霜酒。

临江仙·韩溪秋色

夜眺韩溪疑入梦，问谁泼墨淋漓？横生笔趣境幽奇。寒波重树影，暮霭远山迷。
一片朦胧何处是？渔家惯辨东西。几声笑语钓鱼矶。鳞光随网跃，松火逐舟移。

小桃红·绿色油库

果缀朝阳赤，萼吐晨霜白。花实连枝，老新兼茂，人功天泽。数林间此木最辛勤，为江山添色。
白石金光织，绿海油香溢。僻野人歌，幽林蜂舞，年丰寿益。记周公深意授宏词，报东风消息。

采桑子·白云山

白云仙子云间鹤，素影霏霏。素意迷迷，漠漠云飞波海奇。
天公擅作云山画，云树低低。云宇依依，点点心痕墨离披。

江城子·龟湖

湖山叠翠晚烟笼，影重重，色溶溶。昔日幽潭，龟寿显神通。为问东流何处去？江海阔，隘关雄。

韶华难驻少年容，送征鸿，壮心同。云路迢迢，来往总匆匆。逝者如斯留不住，青霭静，夕阳红。

苏幕遮·春登天马山

马山明，龟水逝，灯塔冲霄，幻作卧龙势。谁织青罗烟带翠，绿透人家，沙岸轻舟系。

喜登临，穷盻睇，客里情怀，好景留人意。朝雨江南芳草齐，昨夜东风，频报春消息。

郭旻

郭旻（1924—2007），原名复生，字润棠，笔名予寿，号莲池居士。曾供职于福安专署与地委党校。退休后专心研究书法、诗词及古文化，有"福安活字典"之誉。福安秋园诗社第一届常务理事，秘书长。传见《秋园人物》。

纪念总理诞辰百周年

联合国旗降半哀，寰球殊典仅恩来。
俎尊谈笑皆奇略，鼎鼐平章尽异才。
功德巍巍同岱岳，忠贞耿耿媲松梅。
戽干五大洋为酿，敬对长天酹万杯。

瞻淇兄八秩寿

兔走乌飞催岁月，百年只觉瞬间驰。
莱衣彩戏犹如昨，渭水纶垂又届期。
慨历城乡人事变，哦成囊笥仄平诗。
华堂双庆衷心祝，嵩寿长看世界奇。

有　感

诸佛神仙纷下降，分明天上逊人间。
凡夫不解其中意，似醉如痴反向攀。

悼亡女

一

如雷轰击寂无诗,极度悲伤懒措辞。
知你九泉深有恨,怨余不力护花枝。

二

翻检遗书泪暗垂,回思遭遇曷胜悲。
青春卅五成千古,此恨绵绵没尽期。

鸳鸯溪

一

巧手天孙纺织忙,珠帘百幅挂山乡。
似嫌缟素无颜色,故集鸳鸯八面镶。

二

颈红翅翠着金衣,匹鸟千双浴暖晖。
风景鸳溪天下最,流连游侣不思归。

三

瑶池王母划金篦,牛女天河两岸睽。
怎似人间鸳鸟乐,相随形影戏双溪。

寻郭文周墓

上至山巅下至田，攀藤拊葛剔苔钱。
枯茅深处一碑见，了却传讹四百年。

谒刘中藻墓

百孔千疮明季政，铜驼荆棘势当然。
洞山枉自怀忠荩，孤桨何能拯覆船。

谒游朴墓

柳北城郊抔一土，太初清誉播千古。
巍峨碑石焕然新，泉下有知应起舞。

赴柳途中见油茶盛开

菊梅傲放雪霜中，历代骚人咏赞工。
独惜茶花开遍野，未蒙青眼叙其功。

游万寿寺

探望亲人下水乡，游心忽动到禅堂。
金身焕彩庄严相，玉柱生辉奥妙章。

清磬数声聆早课，黄埃满地见名香。
几时能了儿孙累，无挂无牵百念忘。

登极乐寺

同登极乐高禅刹，正值骄阳六月天。
有径通幽多陡峭，无声鼓劲慢盘旋。
山河极目烦愁散，竹树遮身溽暑捐。
更把岩泉频啜饮，沁人心肺恍飞仙。

简历收入艺术界名人录有感

涵濡池墨不知年，仙箓登来欲放颠。
修炼自惭根底浅，犹虞误堕野狐禅。

> **黄璋**
>
> 黄璋（1924—2009），福安苏堤人。穆阳供销社退休干部。

纪念周总理一百周年诞辰

崇高典范誉全球，奋斗终生为众谋。
力主南昌擎赤帜，道循遵义拥红旒。
西安旋斡维陈局，重庆运筹歼寇仇。
尽瘁鞠躬忘病老，丰功伟绩史芳留。

纪念爱国历史名人刘中藻

一

明朝末代乱成团，困守南陲不下鞍。
志士头颅甘许国，孤军援绝失河山。

二

半壁勤王沥胆肝，弱兵闽浙御强顽。
孤城困守将身殉，哀恸元元涕泪潸。

三

千秋遗恨忆东山，无奈明朝局已残。
大义成仁青史载，高风亮节耀人寰。

四

同室操戈纲纪乱，除清光复死生干。
成仁大义留青史，英烈芳名耀世间。

贺秋园诗社重新成立

秋圃黄花发异香，园林茂盛换新装。
人民天下山河壮，祖国文风日益昌。

咏　菊

桃夭李艳柳轻盈，不及黄花格调清。
敢向秋霜伸气魄，孤芳晚节更坚贞。

清泉寺

敝履重磨陟极崇，有缘佳节访名峰。
身潜澹泊灵泉里，步入氤氲古谷中。
风扫乱云明眼界，日驱缭雾见晴空。
高秋俯仰张寥廓，心旷神怡众老同。

清泉寺绝句三首

一

拾级扶摇上凤翔，通幽曲径贯禅堂。
巉岩架构天然洞，一脉清泉洗俗肠。

二

穿石攀藤隙道游，桃源仙境眼前浮。
清风习习清泉冷，竹荫松风暑气收。

三

高山仰止入禅堂，触目奇观巧匠妆。
石室清幽尘不染，普陀云袅玉炉香。

迎春抒怀

一

岁首立春庆未迟，人间春色满园熙。
犁锄早备随春转，肥水春筹应事知。
玉树逢春舒绿眼，春茹伴酒畅琼卮。
嫣红姹紫留春驻，春日讴歌国泰禧。

二

蚩耄春光放眼过，余晖有益尽消磨。
诗词歌赋披参遍，书画琴棋品问多。
逸兴赏花蝶舞猛，闲情岁月籁声和。
南窗寄傲悠悠想，顿激心潮起浪波。

林达明

　　林达明,福安人,林达正之兄。因谋生计,于1946年赴台。善诗。生卒不详。

中秋感怀七绝五首

一

又从客里过中秋,杯酒难浇万斛愁。
故国有家归不得,遥瞻海峡泪双流!

二

赏月中秋又一年,与谁千里共婵娟?
妻儿离散难团聚,那比嫦娥缺复圆。

三

皎洁银蟾挂碧空,弟兄流落各西东。
今宵一样中秋月,两岸心情各不同。

四

年年秋节困天涯,时不利兮运亦乖。
儿女纵能娱晚景,故园骨肉岂忘怀?

五

中秋景物剧鲜妍,北斗横空皓魄悬。
搔首且将明月问,家人何日庆团圆?

重阳圆通寺登高有感

圆通胜境此登临,漠漠秋云午后阴。
南国黄花游子恨,西风绿酒故园心。
缅怀兄弟音书杳,遍插茱萸感慨深。
客岁重阳经卅九,前尘憧憬泪沾襟!

思 乡

宵深辗转未成眠,忽听鸡鸣欲曙天。
儿女离多团聚少,弟昆穷占富豪先。
飘零海外空留恨,落拓天涯不记年。
细想平生功与过,徒教罪疚满心田。

一剪梅·回乡吟

阔别悠悠四二年。怨疚绵绵,思念绵绵。天涯潦倒苦千千。谁与相怜,独自伤怜。

骨肉团圆七月天。雀跃无边,感慨无边。互倾离曲若狂颠。几欲沵涟,强忍沵涟!

连士豪

连士豪（1926—1998），即连晋璧，原名伯庄，又名连开，学名士豪，字少玉，号凤奇，福安秦溪人。三都中学高中毕业。旅台诗人，居台北市。

忽奉家书报诗告慰

战乱逃荒三十载，生离死别两沉沉。
天伦有梦关山远，地狱无门水火深。
万劫不灰含饴德，百年难报反哺心。
彼苍底事相残虐，长使波涛隔古今。

答缪劭光兄

三十余年烟水隔，八千里路月云遮。
故人冠盖邀朝日，客地箫声冷落霞。
老去不堪登楼望，梦成难忍倚门嗟。
亲朋太半多沦鬼，龙虎桥边暮色赊。

书报缪伟

无端飞梦到韩阳，桃李梧桐见故乡。
明月几番流水白，青山一带野花香。
苍鹰弄笛闲云杳，乳燕穿梭夏日长。
坐看寒鸦归古树，楼声布谷响村庄。

悼陈松青兄

　　松青兄少年献身革命，功成不居，老而固穷，尤对复兴文化不遗余力，深具书生本色。今忽仙逝，哲人其往矣，岂不同声一哭！

故人徒侗促，怀璧志难酬。
愿作开基士，曾为阶下囚。
危墙寻旧墨，破甑引闲愁。
空忆前朝事，相悲到白头。

题梦里家山图

有梦乡关近，迟吟古渡头。
山从平地叠，水向镜台流。
乱树临江下，闲云逐日浮。
芜城应犹在，不复旧时楼。

乡　思

历尽颠簸片叶舟，身随潮水自漂流。
乡关望断斜阳下，宿鸟惊飞古树投。
千里海天千里恨，一番风雨一番愁。
梦回细屈仇雠指，徒见时光负白头。

除 夕

一岁除来一岁趋,年年今夕一年除。
惊闻爆竹传佳节,愧对梅花报岁初。
日月牵将归路远,恩仇滞老客心虚。
平缘风雨愁三丈,任把乡音逐地疏。

题过客桥亭图

山环碧水水环村,翠入青天天在门。
老树凭崖云散乱,长松夹道日黄昏。
清流展转离寒壑,野草怀柔恋故根。
过客相逢桥亭语,不谈世事自温存。

步林秀明兄《咏怀旅台故友》韵

南陌浓云厉半天,椰风蕉雨黯啼鹃。
春来异地花偏冷,燕老寒巢眼欲穿。
旧句蓬山人不远,故乡客路马当鞭。
潮回底事声声慢,长滞清凄两袖缘。

詹其道

詹其道，1926年生，笔名奇涛，福安穆阳人，詹其适之兄。1946年毕业于福安师范普师科。1947年2月在福州加入中共闽浙赣区党委城市工作部，1948年1月被闽东工委以特派员身份派回福安开展学生运动，10月与霞浦工委同志一起建立霞安柘边游击队，1949年奉命带领武装工作队接管柘荣，9月参加南下干部与地方干部在赛岐会师，后任柘荣县人民政府秘书，1954年调教育部门工作，曾任周宁一中、霞浦一中、福安师范等校校长、书记，宁德地区教师进修学院书记，1986年离休。著有《短笛》《游踪诗拾》。

飞榕城

凌空久有意，今日上云端。
莫道关山阻，瞬时千里还。

近山居

老去方寻隐退庐，三间小筑傍山居。
近邻僧舍灵音绕，远隔市尘俗事疏。
闭户漫嫌庭院窄，登楼顿觉海天舒。
忘怀得失心常乐，淡饭粗茶读我书。

"倒春寒"口占

春到尚疑腊未残，寒流滚滚雨云漫。
冷冬未透还须倒，霾雾全消始觉宽。

卅载呢衣犹保暖,六旬瘦骨自求安。
长郊草色遥看绿,把盏低吟得句欢。

燕子矶①

长江滚滚东流去,燕子欲飞犹未飞。
应是当年家国恨,难忘血泪守青碑。

未闲吟

退闲实未闲也,学散宜生体。

一

黎明即起理庭除,记得格言朱柏庐。
清秽拂尘空气爽,明窗净几膈胸舒。
从知地要天天扫,记取莱须日日锄。
道理平凡涵寓意,治家治国似无殊。

二

三尺锅台天下小,开门七件不能差。
炖蒸炸烩随时择,咸辣酸甜适量加。
调味和羹有学问,操瓢运勺出专家。
莫嫌市贵无兼味,草草杯盘亦自夸。

---

①[原注] 南京沦陷时,有五万居民避难于此,遭日寇屠杀,立碑为证。

三

手把锄头除野草,边边角角两三畦。
昔年下放掌生茧,今日轻挥臂未疲。
种豆种瓜头冒汗,勤耕勤管果盈枝。
从来劳动有收获,自种亲尝味似饴。

四

饭后茶余一卷书,平生积习总难除。
奇文不厌贪三昧,白首诚难富五车。
莫想老登龙虎榜,无须苦效雪萤图。
书中果有黄金屋,杜老当年住草庐?

五

蹒跚学步少年时,老去怡情笔又提。
曾习颜筋和柳骨,再临汉隶兼魏碑。
原知泼墨功犹浅,休道磨枪事已迟。
何日梦中传采笔,挥毫点画总相宜。

清明怀思

为叶挺荃、陈子英、温汉钦殉难四十周年祭。

一

榕城一见诉交深,抵足长谈共此心。
霜叶未凋①红似火,文章刺陋利如针。
小楼聚首传春讯,峻岭催行破晓阴。
卅载沧桑双鬓白,缅怀终不负初忱。

---

①霜叶未凋:叶挺荃写杂文用笔名"叶未凋"。

二

伤时忧国探真知，夜气如磐盼曙熹。
放笔纵谈天下事①，横眉怒斥法西斯。
多方求索愿终遂，一往无前志不移。
最是东方临晓日，长才未竟实堪悲。

三

一支短笛奏新声，诉尽诗人战士情。
怒向刀丛觅秋祭②，誓将热血洗膻腥。
自由民主本为重，生命爱情双可轻。
把诵裴多斐名句，心潮起伏总难宁。

赠达正步原韵

天地悠悠侧此身，初衷不悔忆前尘。
漫嫌老圃萧疏影，都说新潮烂熳春。
商贾乏才休想富，琴书作伴不称贫。
长江滚滚东流去，总是新人换旧人。

苏州虎丘

道是吴王葬阖闾，千人石上色犹朱。③
兴亡陈迹何须论，我爱林间听鹧鸪。④

---

①天下事：陈子英在福安师范主编《洪流》辟"天下大事"专栏。
②秋祭：是汉钦悼念民主战士闻一多，痛斥反动派罪行一诗。
③[原注] 阖闾墓前一片石坪名为"千人石"。民间传说，封墓时千名民工惨埋其下，血渗石面，雨中犹隐隐可见朱色。
④[原注] 后山林密径幽，适闻鹧鸪声。青莲有句："只今惟有鹧鸪飞。"

纪念爱国诗人谢翱逝世七百周年

布衣报国世称奇，奋袂驰驱为拯危。
至死未忘秦璧坠，终生难释楚臣悲。
诗承长吉惊神鬼，泪洒冬青痛黍离。
昔日西台恸哭处，犹闻江水诉哀思。

贺缪播青八秩荣寿

八十春秋得意时，吟坛商海桂林枝。
多情草莽皆高义，并茂椿萱大好诗。
昆仲倘圆投笔志，家乡宁缺钓璜师。
先生今日蟠桃宴，斗大蟠桃正适宜。

水调歌头·太平天国金田起义一百四十周年纪念

振臂洪杨奋，巨纛举金田。狂涛怒涌，敢把只手撼坤乾。几遣清廷将覆，更使列强震慑，近代谱雄篇。其奈阋墙祸，遗恨洒人间。

义拳蹙，康梁变，诞中山。为寻真理，多少杰士勇无前。七一红旗飘展，亿万工农崛起，日月换新天。逝矣百年史，伟业赖今贤。

王希聪

王希聪（1927—2008），福安湾坞马头村人。

月夜两岸情

青天碧海月横空，大好山河玉色笼。
潋滟波光心起伏，支离树影月朦胧。
瞑瞑渔火瞑瞑宿，阵阵涛声阵阵风。
此景此情当此夜，思亲望梓两相同。

楞严寺①风光

寺踞玄天景自然，佛居胜地结因缘。
蛇蜒宝座朝三世，龟镇灵峰拜九莲。
侧畔仙翁供五谷，当前猴子穆参禅。
离窝乳燕蛤蟆跃，生众争趋顶礼虔。

哭 妻

贫贱夫妻百事奇，叶公最长却怜伊。
念卿贞淑温柔善，顾我伶仃孤苦悲。
冷帐凄凄魂梦断，萧斋寂寂影形随。
安能学得少君术，立望姗姗宛步迟。

---

①[原注] 其地名玄武帝坐堂，寺踞堂中，周围山有蛇、龟、猴、蛤蟆、五谷仙翁、燕窝等山形地名。寺址在湾坞，有碑记载，始建于元朝至正。寺已湮没，其迹可考，近年重建。

林友梅

林友梅，1927年生，福安苏坂人，林尧人之长女。1945年福安师范本科毕业，1950年福安师范普师毕业。一生从事教育，执教福安韩阳、穆阳，福州鼓楼，周宁狮城，福安穆阳、附小、下白石顶头、坂中长汀、实小、教师进修校等校。善诗词。

哭黄荣

一

鼓楼共事结同心，四十年来恩爱深。
历尽坎轲都不悔，并栽桃李喜成荫。

二

辛勤教席卅余秋，二竖乘虚已暗投。
桃李芳菲人却逝，枕边盟誓语难售。

三

理君遗墨泪先流，件件书笺手自修。
叮嘱语言犹在耳，人天永隔恨悠悠。

四

年年欢笑庆生辰，今岁生辰涕泪亲。
儿女号啕悲永诀，心摧肠断未亡人。

五

溪水东流悲落日，㞦山黄叶怨秋风。
谁怜生死难相伴，却向凄伤梦里逢。

缪德奇

缪德奇（1928—2000），福安穆阳人。1949年加入中国共产党，参加城工部领导的秘密革命活动，任社口镇镇长，中华人民共和国成立后，历任县农会秘书、县林业局营林股副股长、县农业局会计辅导站副站长、县经管站站长，1984年2月恢复党籍，6月增补为县政协常委，改任福安县农业局副局长，1988年9月离休。

祝贺社庆暨纪念诗人节

端阳节日聚诗翁，各赋新篇祝大同。
后学愧无金石句，但祈吟社逐年红。

纪念福安县老人协会成立一周年

老树春深更著花，誓将余热献中华。
休嫌消瘦颜容减，傲骨经霜分外嘉。

庆祝福安建市

福安建市洽群情，万户千家笑语盈。
两个文明添绚彩，百般事业益繁荣。
故园新貌呈春色，胜地风光负盛名。
昂首高歌奔四化，扬鞭跃马奋征程。

沁园春

　　古邑韩城，十景罗陈，遍野瑞光。望山川灵秀，盈眸苍翠；舟车络绎，驰骋繁忙。电器称优，粮茶并茂，百业兴隆遐迩扬。树丰碑，庆福安建市，万马腾骧。

　　地灵人杰含芳，引无数英雄爱故乡。喜今朝乐育，莘莘学子；衣冠磊落，出国留洋。济济人才，振兴华夏，扭转乾坤国祚昌。齐努力，看前程似锦，造福无疆。

吴麟呈

吴麟呈（1928—2008），福安溪柄茜洋人。务农，业余钻研岐黄、书法。

咏茜洋吴祠

吴祠兴建众山前，鹤立群峰起紫烟。
茜水澄清千里秀，罗垄锦锈万年妍。
流长源远仁慈厚，子孝孙贤礼义延。
望族于今枝叶茂，螽斯衍庆瓞绵绵。

咏茜洋八景

罗山锦锈应时妍，碧水微波出自然。
南谷麒麟身载甲，北岩金鲤口朝天。
双狮迎面明堂立，五虎盘洋暗地旋。
三锁岩奇箍水尾，尖峰鹤立夕阳前。

庆祝北京申奥成功

北京申奥震西东，共看神州起彩虹。
党政欢欣开盛典，军民振奋谱新风。
飞扬骚士争书赋，慷慨健儿待建功。
举世同声歌奥运，旗飘四海满天红。

林达正

　　林达正（1928—2016），福安人。省立福安师范学校毕业。1947年9月加入中共地下党，1949年5月任闽浙赣人民游击第二纵队三支队军需部主任，中华人民共和国成立后，历任宁德县副县长、宁德地区企业局局长等职，1989年离休。著有《霜叶吟》。

原闽浙赣城工部冤案平反喜赋

天悲地惨此奇冤，喜讯初闻泪反吞。
碧血黄花明素志，阋墙横祸见阴樊。
征途不怕经风雨，铁骨岂惊任煅燔。
从此扬鞭同奋翮，文林花雨慰忠魂。

庆祝中华人民共和国成立五十周年

定鼎燕都五秩长，薪传三代国弥昌。
翻天覆地功何壮，建业兴纲绩益彰。
推倒三山霄壤换，拯援兆庶凤龙翔。
好从穷白描新卷，定使山河涤旧疮。
鸭绿江边惩霸主，老山谷底泣魍邦。
红旗赣地千秋炳，宏论延安百代张。
劫播十年人共叹，声销四害世同望。
狂澜力挽依天柱，冻雾清祛耀斗商。
航定三中钧轴转，邦行两制略韬强。
雄图革故扶贫困，郅治励精奔小康。
争得珠还连港澳，还期璧合固金汤。

南行霞蔚春风暖，北拱星辉众志昂。
实践真知丰马列，覃思哲理亮篇章。
高擎旗帜承前辙，再克关津放大芒。
广结邦交联五陆，长宏文运继三唐。
挥戈警独严军练，率旅抗洪牢坝防。
且喜危机经贸稳，尤辉银汉卫星煌。
普天共庆龙腾起，新纪高歌帜更扬。

抗洪壮歌

洪魔肆虐扼枢机，振臂一呼万众驰。
铁骨撑天身作坝，人墙遇浪血融泥。
存亡誓与江堤共，忧患赍同国运随。
携手金汤夯永固，中华气魄矗丰碑。

寄怀四韵

一九八八年七月，明兄①携台儿女返乡探亲，来回仅五天时间，行迹匆匆，临歧依依难舍。因寄诗四韵，以志离怀。

一

佳讯传闻待晓昏，不期巢燕又匆分。
老归五日浑如梦，小会三亲泪有痕！
离曲轻弹悲骨肉，历情漫语悔风尘。
秋风落叶归根土，耄耋为何别故门？

---

①明兄：即林达明，作者之兄。

二

秋叶荻花霜晓寒，机飞怅望太空蓝。
此番袂别成千古，他世相逢更万难。
落寞梅英粘地絮，迂回世路逆风帆。
愁怀化作孤飞雁，寄与吾兄梦里看。

三

一霎炎阳一霎阴，困人天气与时深。
归家便觉人皆老，把盏浇愁我自吟。
人世乘除苍狗幻，天伦期许白头寻。
今宵羁旅思兄处，孤月寒鸦夜半喑！

四

一望茫茫水接天，归人去后倍悄然。
远看鸿影云山外，怅认题痕夕照前。
馈赠尚留诗与酒，团圆已化梦和烟。
但期后辈长携手，秋叶春花两岸妍。

岳麓书院

几经兴废历千秋，育秀培英誉九州。
楚楚人才兴砥柱，巍巍师表振簧楼。
山连梦泽存龙虎，地接湘衡耀斗牛。
毛蔡丰神朱张志，今尤胜昔更风流。

丙子端阳登岳阳楼有感

三闾沉恨正端阳，此日登楼亦感伤。
八百湖天开眼界，万千忧乐注心房。
气通巫峡巴山暮，浪下潇湘楚水凉。
历史何堪多复演，洞庭望断雁南翔！

岳阳鲁肃墓

侍吴亲汉盛当时，此际草荒岂有知？
持较列朝兴废事，墓前应觉烛曹迟。

深圳行

雨中过荔枝公园
翠盖婷婷滴腻脂，湖波荡漾柳烟迷。
南疆丰韵饶别致，娇在橙黄荔艳时。

参观"锦锈中华"
五岳三江缩景雄，琼楼玉阙夺天工。
雾山阿里香江月，尽在神州一望中。

游香蜜湖度假村
嘻辙欢辕转碧埃，笑声漫载画船回。
湖名香蜜叨无愧，蜂蝶纷纷点水来。

登国贸大厦

旋转华厅百丈楼，特区风物一巡收。
悠然身似广寒客，怅望南疆最尽头。

中英街

根同叶异一街分，紧把严关未许通。
堪叹玉环敲作断，半沉江底半凌空！

三峡纪游

浩荡下江来，悠悠胸膈开。
廊长酣画卷，浪激涤诗怀。
涉险惊涛伏，吟风锦绣裁。
情同龙破壁，梦笔发新梅。

暮发渝州

歌罢大江飞棹东，回看白帝彩云中。
千姿山势疑奔马，一枕涛声起蛰龙。
无复惊猿啼岸树，饶多爽籁豁襟胸。
槎乘莫道桑榆晚，酹酒豪吟意罔穷。

畅游小蓬莱①

一

乾坤淑气注银湾，江拥蓬瀛山外山。
岚影一篙溪鸟散，滩流九派峡云闲。
纤夫岸上号声壮，游客船中诗思酣。
漫烂岩花红倒映，碧泓尽与泻斑斓。

二

凝碧江湾荡寂寥，棹歌歇处且逍遥。
过山云气沉林壑，带雨溪声下石礁。
竹径偶邀临涧月，山楼忽忆落梅箫。
渊涵更涤灵根净，引得诗情涌似潮。

三

转入壶中水路遥，上游云物更昭昭。
小分寒影看岚色，半带春欢卧石礁。
竹院安排尘客憩，茶香趁重楫人招。
殷勤不负观山眼，归桨依依过画桥。

雨中神女

翠滴褪脂痕，笼纱换旧装。
云裳飘淡袂，雾鬓怯浓妆。
屐齿方微露，眉愁又隐藏。
大王空蕴梦，何必赋高唐。

---

①[原注] 长江小三峡人称小蓬莱。

过葛洲坝

一

远眺巍堤高接天,游轮进闸胜游仙。
浮沉顷刻纶音降,万里扬帆越九渊。

二

改地换天胜概连,坝前夜景倍鲜妍。
明珰玉链珠簪绂,昂首腾龙更浩然。

刘锷

刘锷（1928—2018），原名刘泽鳌，福安东风街人。小学毕业，自学成才。民国时任临时参议会秘书，中华人民共和国成立后历任财粮科办事员、财政科科员、秘书室文印等职，后受聘省三都联合中学（福安一中前身）任雇员、职员、实习教师、教师、高级教师，并受到省级表彰。

悼亡友刘宗璜同志

少年浩气贯长虹，为拯黎元步马翁。
左翼文坛操匕首，敌顽营垒斗苍龙。
春风阵阵嘘桃李，木铎声声振聩聋。
松柏经霜留劲节，江河不废水流东。

咏　菊

千姿百态点秋光，溢彩流香满郭隍。
陶令东篱留绝唱，毛公战地赋重阳。
黄巢奋戟抒豪志，于老挥毫壮故乡。
朔气难摧铜骨蕾，凌寒独自播芬芳。

福安建市

富春花卉鹤山霞，茶酒香醇电器嘉。
明月清廉光社稷，谢翱耿介爱邦家。
燎原烈焰摧枯朽，改地狂飙震迩遐。
更喜苏区新建市，文明城郭锦添花。

纪念台湾光复节

一

闻道鲲瀛曾没落,归来眉眼艳于前。
刘郎眷顾今何在,渔父蹭蹬别有天。
苦海浮沉惊一梦,繁华日月醉千篇。
同舟且引江干路,莫把时光滥少年。

二

铜驼几度沦荆棘,往事沧桑展眼前。
风送延平驱外狄,兵穷黄海割南天。
全民抗战收疆土,宝岛回归载史篇。
祖业艰难同御侮,久安长治乐尧年。

郑作霖

郑作霖，1928年出生，福安沙坑人。退休干部。秋园诗社常务理事。

老年双节征诗

一

韶光逝水返无津，倏忽颜苍白发新。
何幸桑榆逢盛世，流霞万里沐阳春。

二

难将丝鬓换垂髫，揽镜徒怜岁月销。
唯有老龄佳会里，长教暮齿乐逍遥。

薛令之

月照盘中苜蓿沉，先生高洁感人心。
千年不尽廉溪水，清白悠悠鉴古今。

悼念陆承鼎师

韩城昨夜发惊雷，失一秋园老柱台。
社友涕零怀谅直，学生泪洒忆栽培。
传家笠泽诗风美，应手羲之笔法瑰。
当化痛悲为力量，传扬遗著慰英才。

哀悼黄介繁师

惊闻噩耗泪沾衣,学友亡师失所依。
德泽长存垂典范,才华顿灭失珠玑。
诗词当继金声振,书策难传铁画挥。
浩气如虹归霄汉,更于何处吊清徽。

叶荣泽

叶荣泽，1928年生，福安人。福建省诗词学会会员。

庆澳门回归

一

丧权辱国恨清廷，港澳沉沦为弭兵。
百载胡尘民泪尽，珠江长作不平鸣。

二

四百春秋话国仇，而今归璧赖鸿猷。
把将澎湃珠江浪，涤尽明清不世羞。

纪念薛令之先生

进士开闽众所尊，仕途空负志凌云。
清风明月徒来去，赢得廉名播古村。

登穆阳狮峰岩

平明觅径上狮峰，云海苍茫晓露浓。
坦道龙蟠翻绝顶，危亭鹤立挺高穹。
凭栏远眺东山日，背谷深闻北寺钟。
世外桃源留胜迹，葱茏险峻叠重重。

七绝二首

一

惊闻噩耗断牙弦，流水高山竟杳然。
几度屋梁悲落泪，思君有梦却无言。

二

立雪程门几度秋，人生短暂类蜉蝣。
如今永诀音容杳，诗社谁为领唱酬。

缅念陆承鼎先生

改换天地喜识荆，与君同是幕僚人。
劳劳压线公忘我，案上青灯彻夜明。

缪守为

缪守为（1929—1997），曹英庄之次子。福安三中退休教师。

放眼穆阳无限好

一

春风骀荡入千家，生意欣欣竞物华。
民气党风鱼得水，残污剩秽浪淘沙。
自家特色开生面，资氏自由扫泛渣。
放眼穆阳无限好，雷锋风格满园花。

二

春风骀荡入千家，生意欣欣物竞华。
安定工商荣百业，兴隆农牧迸繁花。
莘莘学子潜书海，恳恳园丁育壮芽。
放眼穆阳无限好，双文建设锦程赊。

三

狮山耸翠晴多丽，穆水环青雨更妍。
锦簇花团村落旺，人流物汇市廛阗。
谢翱岂复西台哭，中藻无甘雪洞眠。
放眼穆阳无限好，管教日月换新天。

四

地灵人杰我家园，革命翻腾建设妍。
火播当年先烈血，风扬此日后生鞭。
陈安法誉西洋外，萧子险探南极巅。
放眼穆阳无限好，雄关共越永朝前。

郭鹤年

　　郭鹤年（1929—2015），字清泉。一生为中医，溪潭乡卫生院特级中医师，著有《临症杂谈》《常用草药歌括》《常见病初治》。平时喜爱写诗，有诗作《富溪吟》问世。

读中医实用学

国医传统几千秋，实验医书似汗牛。
往古文言难理解，当今白话易回眸。
专心雕琢千头绪，有志成功一派流。
危症中西同下治，扶伤救死记心头。

睦　邻

千万买邻择卜居，温良敦厚两兼胥。
扶危济困休忘记，奕代孙曹有智谞。

谨　慎

蜘蛛网结屋边悬，不畏艰难敢向前。
莫道轻丝容易折，须防暗里再生弦。

崖　松

悬崖峭壁长孤松，瘦骨嶙峋月色融。
雨虐风欺浑不动，根基坚固老茏葱。

妻亡周年

焦桐失调断丝弦，吊影楼台整一年。
客岁畅谈身上事，今朝只剩梦中缘。
含幽倩影沉声去，无语孤灯寂寞燃。
莫道阴阳无感应，星河如水注人间。

陈祥基

陈祥基（1929—2022），福安下白石黄岐街人。历任下白石中学革委会副主任（主持工作）、书记，福安五中退休教师。

水乡随笔

黄岐水岸竖层楼，阵阵涛声引海鸥。
帆影千重观不尽，诗情画意占鳌头。

白马港风光

春光无限衬银河，白马迎来喜事多。
铁路跨江千载盛，大桥镇浪万年和。
长溪奏乐通航笛，两岸联欢富庶歌。
更喜闽洲繁似锦，尧天处处舞婆娑。

无　题

时轮辗转到初秋，盘菊蟹黄品质优。
止步观鱼鱼戏水，徘徊览月月含羞。
年逢不惑犹创业，运入中年爱善修。
珍重晚晴当自律，余生安度更何求。

灯下吟

年轮辗转换心田,病骨支离蓄意缠。
不尽摧残难入梦,开灯又结读书缘。

咏黄岐十景（选一）

南疆白马似腾飞,笔岫朝霞世上稀。
六印浮江江岛秀,鳌头钓月月天奇。
军山演武醒狮吼,点水蜈蚣古洞谜。
金蟹行踪寻浅穴,莲台翠屿玉瓶禧。

陆展章

陆展章（1930—2002），福安城关人。中华人民共和国成立前历任崇一小学教员、记者、编辑、《成功日报》驻闽东分社主任等职，中华人民共和国成立后任《福安电讯》（中共福安地委机关报）编校、小学教员。对文史颇有研究，曾在省级刊物《地名》上发表《关于南宋爱国诗人谢翱籍贯考》，针对"霞浦说"提出异议，最终"福安说"胜出。福安秋园诗社第一届常务理事。

满春森林公园探胜

一

园满春光醉意中，凌云古木郁葱葱。
一溪流水无垠碧，环绕畲山走玉龙。

二

一桥飞架坂中门，万木森森古色存。
若问仙家何处是，满春林下探桃源。

秋日抒怀

枫叶经霜叶更红，向阳秋色焕长空。
桑榆虽晚雄心在，只愿神州一统同。

悼 亡

病榻殷殷数问诗，谈经论史未忘时。
裁云镂月开新韵，痛失吟坛又一师。

薛令之先生

盘中苜蓿见清廉，明月冰辉丽碧天。
教得储君明圣道，千秋青史永称贤。

老年节放怀

又逢佳节举壶觞，秋满园林菊正香。
敬老声中讴德政，登高豪兴话重阳。

老年节登高感赋

重九登高雅兴添，白头胜会集山巅。
敬贤尊老新风树，余热犹思学少年。

七十寄怀

苜蓿青毡乐其中，白头未释雪萤功。
一生俯仰安无愧，半世浮沉善自融。
诗酒深耽添逸兴，利名淡泊沐清风。
欣看桃李纷争秀，聊慰初衷点点红。

祝贺社庆暨纪念诗人节

骚坛此日舞蹁跹，新韵新声入管弦。
自有清音歌盛世，宁无佳句纪诗笺。
阳春白雪堪联唱，大节灵均怨九天。
一代才华欣辈出，通今博古倍鲜妍。

詹其适

詹其适（1931—2004），福安穆阳人，詹其道之弟。曾任中共闽东工委穆阳支部书记，组织武装，建立游击队，1949年参加接管柘荣县，转公安机关工作，1992年离休。著有《枫林一路秋》《石山吟》《抱瓮集》。传见《秋园人物》。

与友人谈诗

吟哦皆有致，数落众人知。
顺手拈来句，随心检人诗。
无须分雅俗，何必定尊卑。
出口合声韵，琅琅不我欺。

寄语台湾执政当局

自古炎黄大道宽，民心重在息兵端。
岂容背祖千夫指，只许归言九鼎安。
两制已然兴港澳，三通宁不振台湾。
从来志士皆为国，未有英雄是汉奸。

《人到中年》看后

二十余年一梦间，楚辞读罢五更寒。
千秋多少英雄泪，洒遍南山又北山。

西湖舞厅

花魂月魄绕秋庭，歌馆楼台桂子馨。
灯影朦胧声杂沓，几人沉醉几人醒。

偶　句

暮读诗书朝挽弓，匡时自不学雕虫。
高才未必都高第，古往今来感慨同。

和南京陈雄《凉台观山》

晨对龟湖望紫金，远山近影共晴阴。
既从古澳收春讯，合向长江发浩吟。
今日已缘风气好，明朝定不凤鸾喑。
老当益壮重携手，自负人间赤子心。

纪念林则徐

黄龙积弱不腾云，竟被浓烟蔽六根。
双管横陈销浩气，一丸吞吐作游魂。
英雄奋发震沙角，海盗仓皇哭虎门。
无奈跳梁难殄灭，伊犁万里谢君恩。①

---

① [原注] 林有句："小丑跳梁谁殄灭""谪居正是君恩厚"。

咏　榕

临窗面对一株榕，四季常青若古松。
不上高山挤小径，却来闹市度寒冬。
无心避世求宁静，有意随缘任折冲。
今古谁堪真隐士，人间难得是从容。

诗词无雅俗

雅俗争何益，巴人有色香。
雕虫小技艺，掌勺大文章。
月出千山秀，萤飞寸草长。
为诗非嚼字，警句许传扬。

辛巳生日吟

今日生辰度，明朝春色回。
灶君朝玉帝，老伴献新醅。
得意千诗笔，无心万贯财。
年年吟几句，洗砚不留埃。

为啄三①山水画写意

雾锁群峰春意浓,远山如黛鬓云松。
疏林深处新亭立,笑问飞帆第几重。

羊年咏怀

白驹过隙度春时,笑骂声中作虎痴。
而立差三思鲁训,古稀又四悟萧规。
投荒不悔初投笔,学字终怜再学诗。
老去无为耽小技,平生有幸守红旗。

咏岳飞

直抵黄龙血战中,贺兰山上驾长风。
方期捷报迎双帝,忽地金牌绑总戎。
三字铸成亡国恨,千年响彻满江红。
明时有幸清奸佞,共庆神州唱大同。

---

①啄三:指高啄三,《闽东晚报》编辑,善画,与詹其适"有穆水芸窗共读之谊"。

小诗（四首录三）

一、捡破烂者

为担道义历艰辛，岂是红尘破烂人。
天下本该无弃物，谁云我辈不维新。

二、卖小菜者

咸辣酸甜色色全，小鱼干菜列君前。
虽非珍品千家爱，五味调和百味鲜。

三、环卫工人

为谁辛苦为谁忙，总为人民寿与康。
淘粪扫街君莫笑，君心不及我心香。

郑万生

郑万生（1931—2021），笔名荒穆，福安康厝人。毕业于福建省立师范学校。早年参加中共闽浙赣游击队福安工作队，1950年4月正式入伍，1958年转业开发北大荒，1982年调回家乡工作，历任福安县文化馆书记，福安市文联常务副主席、文学协会主席、文联主席，1996年离休后应聘于福安市政府咨询委员会。宁德地区作家协会会员，福建省民间文艺家协会会员，曾获国家文化部"三集成编纂先进工作者"称号。著有《荒寒岁月·文化相思地》。

垂　钓

冷月清风衣露湿，瑰红正是上钩时。
何当共续寒篝火，却话折竿酒后诗。

风雪笛声情未了

吟歌击拍蜡灯前，纳线抽针幕隙间。
换得兵哥情笃笃，赢来牧友意绵绵。
千声鼓曲传心谊，一枕霜花付梦甜。
忽报同行相聚会，遥将一泪寄霜天。

秋窗绿野

青坪无语送幽馨，绿野秋窗听籁声。
幸与根须相款曲，何人享此陋室铭？

溪塔葡萄沟

石上流泉绿液多，珍珠叶面掠清波。
氤氲十里迷人寨，何处传来畲女歌？

蟾溪问石

仙骨嶙峋横大器，云岚婉转助仙奇。
我来扣问千穴秀，谁解斧工万古谜？

白云佛光

美丽太多真像藏，天公节省出霓祥。
人生机遇难自定，半是游云半是阳。

廉水清风

官道铺陈明月锦，廉溪记述彦贤人。
袖风婉拒皇恩禄，笔底长存黎庶心。

央视《燕子的家我们的家》观后感

卿卿我我燕归来，面壁寻巢舞若霾。
工地留情机熄火，众民关爱燕生孩。
悬悬儿女嗷待哺，苦苦爹娘救幼胎。
沙燕惊风人物似，家园好比梦徘徊。

刘鼐发

刘鼐发（1932—2009），福安人。退休干部。

恭贺二〇〇〇年新禧

今贺新禧不等闲，公元进纪喜欢欢。
往来友好遍天下，合作邦交满宇寰。
华厦腾飞今半百，神州巨变数千般。
人才荟萃如花艳，科技明天更上攀。

咏薛令之

明月中天照碧波，流光祛暗耀山河。
盘中苜蓿高风在，赢得清名正气歌。

秋　遇

金秋露冷寂寒蝉，种菜浇花乐老年。
喜见彤云偎晓日，更看白鹭上青天。

纪念爱国历史名人刘中藻

存亡成败有恢宏，末世声名后世评。
屈膝偷生羞作贵，何妨殉节作殊荣。

流　庚

同龄相见笑流庚，各自悲伤老气生。
寿纪无乖凭序叠，干支频转听天更。
杨花叶落年年复，爆竹桃符岁岁增。
但愿太平称盛世，安然餐梦福心亨。

林寿松

　　林寿松，1932年12月生，笔名光庭，福安下白石人。中学高级教师。1949年参加张炯领导的第三支队为政治工作人员，在福安青年学习组学习，担任第一组组长，1950年毕业于福建师范大学中文系，历任抚顺市文化局文学顾问、抚顺市人民广播电台主编国内外新闻节目、抚顺市文工团创作组组长、东北工人政治大学文艺班戏剧组学习导演、抚顺露天煤矿文教部音乐指挥，1955年辞职回乡，历尽坎坷，1979年就教湾坞中学。著有《林寿松诗书画集》，张炯为其序。

第三支队解放黄岐

　　自古英雄出少年，黄岐缴械学先贤。
　　十三①俊杰胸如竹，廿载儒生语似弦。
　　八阵图中强画圣，空城计里赛诗仙。
　　夕阳回首峥嵘事，一梦南柯值万钱。

纪念刘中藻

　　洞山已绪文山志，说到精深史应扬。
　　虎帐诗坛皆国事，丹心一拼卫家乡。

---

①［原注］张炯时年十三岁。作者二十也。
［编者按］《林寿松诗书画集·作者简介》："1932年12月生。"

忆坦洋（四首选三）

一

负笈读书到坦洋，肩挑步涉进茶乡。
风吹绿浪迎来客，坑脚炉头当玉床。

二

茶行设校育新花，俭学勤工实可夸。
早读书声随日起，三年面壁报中华。

三

童军训练哨声鸣，旗语传音更合情。
学外师夷防日寇，披坚执锐逞精英。

七十抒情（三首选二）

一

人生七十古来稀，与世无争万事非。
力取退休常读易，但求养老日耕诗。
拙书未可归豪富，遗画情甘馈布衣。
奉献至今多血泪，青山雨湿却增辉。

二

少时了了老如何？灼见真知有几多。
幼日让梨思北海，稀年学画效东坡。
昆山美玉犹须琢，丽水良金亦待磨。
此事终身勤始到，晚成大器得天和。

石孟宗

石孟宗（1932—2005），福安下白石荷屿村人。

怀悼黄介繁先生

雄心学业赴扶桑，壮志鹏程万里航。
回首从戎图报国，献身抗日作安邦。
文坛翰墨称三绝，诗社才华遍八方。
耄耋遐龄骑鹤去，名垂青史永辉光。

庆祝国庆五十周年

四九天安挂国徽，共和肇基立丰碑。
冰山荡尽干戈息，云翳消除宇宙辉。
两制颁行归港澳，双文建设奠邦畿。
全民团结金瓯固，百业繁荣竞奋飞。

贺陈挺将军九十寿诞

一生矢志为人民，艰险征途勇奋身。
重任东闽游击战，坚持南皖斗争辛。
黄桥天目枪林突，淮海长江捷报频。
龙马精神犹矍烁，九旬寿晋健如春。

薛令之

棘围鏖战开闽一,雁塔题名及第先。
独赏孤芳餐苜蓿,自怜一介疾奸谗。
李杨深宠忠遭冷,泉石清幽老逸闲。
爱国不求恩俸厚,永垂青史镌三廉。

郑复赠

郑复赠（1935—2020），原名得全，号凤山人，祖籍寿宁。福安师范毕业。历任福安师范附小教导主任、福安实验小学校长、福安教育局副局长、教师进修学校校长。中学高级教师，福建省特级教师，中国书法教育专委会会员，中国硬笔书法协会会员，福建省书法家协会会员，福建省书法教研会理事，闽东印社会员，宁德市书法家协会副主席，福安市书法家协会主席。书法作品参加全国性大赛多次获奖。福安富春诗社理事。福安德艺双馨荣誉获得者。

杂 咏

一

贫病交加何坎坷，重任在肩志难磨。
只要我生存一息，不教半日付蹉跎。

二

携妻览胜届中秋，海北天南任我游。
一路行程空水陆，人生半百正风流。

三

莫道白云无寄踪，九龙洞壮气凌空。
长天飞瀑披虹彩，人在水帘第几重。

四

老年教学一枝花，播种耕耘映夕霞。
教研终生如醉酒，痴心换得众人夸。

哀悼黄荣老师

临危手札惊回首,赛水源源润物新。
亮节高风昭日月,师仪表范后来人。

祝书法顾问黄介繁先生八十寿辰

鹤发童颜品德高,书坛泰斗更诗豪。
诲人不倦堪崇敬,祝饮期颐益寿醪。

陈发松

> 陈发松（1935—2021），福安范坑范坑村人。享有"农民诗人"美誉。1966年当选为福安县第六届人大代表，此后连任11届福安县（市）、2届宁德市人大代表，任职达半个世纪，认真履职，不负群众重托，各级报刊均有报道其事迹，荣获宁德地区"优秀人大代表"等称号。富春诗社首届理事。著有《范坑锣鼓》《民间锣鼓》。

月　饼

而今超市蔚奇观，买椟还珠非笑谈。
盒雅饼差封闭密，其中谁识巧机关。

纪念南昌起义八一建军节六十周年

雪化方知松劲节，云开始见日通明。
红军八一山河动，破垒攻坚众志城。

我歌书记李转生

一

一歌书记李清官，福安得见艳阳天。
普施仁政风雷动，民惠其恩雨露鲜。

二

二歌书记李青天，勇立潮头逐浪尖。
心系民声天地阔，情牵百姓转坤乾。

三

三赞慈君李画坛，高瞻描绘白云山。
步移景换图图美，地阔天高色色妍。

四

四歌书记李贤官，五战①加鞭走在前。
纬地经天描美景，雕山刻水显奇观。

五

五歌书记李能官，百业齐兴向上攀。
红茗再登龙虎榜，电机船舶更扬帆。

六

六歌书记李堂官，引凤栽梧良港宽。
壮丽环三成配套，黄金海岸水深蓝。

七

七歌书记李甘棠，敢拼会赢奔小康。
经济腾飞民幸福，跨越超前圆梦香。

八

八歌书记李包公，关注民生济困穷。
改革带头明大局，倡廉反腐辨奸忠。

---

①五战：指福建省经济建设"五大战役"。

九

九歌书记李骚人,难舍福安①情感深。
业绩辉煌青史耀,功高盖世更沉吟。

十

十祈书记李升官,阔步鹏程记福安。
异地提携齐奋进,为民造福并争先。

歌赞黄烽将军

歌赞黄烽意气豪,文经武纬智谋高。
挥刀撑筏进芦荡,横扫狼烟百世标。

---

① 难舍福安:指李转生离开福安时诗作《难舍福安》,发表于《福安文艺》第 5 期。

刘文平

刘文平（1936—2016），原籍福安赛岐宝洋村。10岁丧父母，家兄送学（私塾）2年，13岁牧牛，16岁投身农业生产，38岁后在闽北一带打工，历尽坎坷，60岁移居赛岐，鬻字（包括修谱）为生。著有《石玉集》。

重九登高路上感作

登山历岭过千阶，伫立峰前抒思怀。
观海不能从浪涌，乘风乏力扒云开。
成谋尚缺汉升胆，处事无如孟德才。
华盖犯宫难展翅，伏槽老骥岂堪衰。

政和东峰戏院观电影夜景感作（花草句，十首选五）

一

莫道名花集洛阳，深山也有玉兰香。
芙蓉含露神如水，芍药笼烟态显光。
杨柳娇生标质蕙，梨云月映嫩肌霜。
绛珠投世非凡品，石草难俦抱恨长。

二

萍梗相逢风浪缘，桃晴杏雨想绵绵。
合欢爱托花眉语，豆蔻情推龙眼传。
黄檗苦心求素藕，紫苏何计得香橼。
昙花虽好时难久，连理枝头叫别天。

三

牡丹别去洛阳迁,打碎榴房酸泪潜。
橄榄恨生甜口核,荷花怨结苦心莲。
合欢味变断肠草,豆蔻诗更折藕篇。
流水落花随泽泻,柳丝难系顺风船。

四

当归一晚想情场,月夜花容浸入肠。
前景追思怀梦草,后尘无复夜来香。
寒梅瘦骨凝霜冷,秋柳衰肌感病黄。
别调枇杷弦已更,薜萝挂肚几翻伤。

五

更阑夜静念苁蓉,夜合香飘入梦融。
雪魄梅魂神似旧,风情柳态意犹浓。
钩陈菡萏言长诉,薏米密蒙话未终。
园内鸡冠花报晓,昙花无影月明中。

咏 菊

多情日月反无情,却恨时光去不停。
未向春风争谄媚,空随秋月守坚贞。
啼更寡雁惊闻众,哭夜孤孀怕搅宁。
果是黄巢东作主,黄花不至自悲鸣。

七十述怀

年登七十古稀台，未觉欢心笑靥开。
没享繁华奢侈乐，何曾懒惰好闲来。
全身瘦肉劳刀削，满脸绉纹愁剑裁。
自叹终生殊不幸，空将笔墨写其怀。

陈禄生

陈禄生（1937—2018），福安苏堤人。穆阳粮站职工。

水调歌头·纪念老年"双节"

双节佳期至，秃笔谱新词。卸却征鞍无虑，温饱乐明时。弄墨寻章索句，会友评茶话旧，弹唱又观棋。蔗境情无限，永念党恩熙。

生平事，何须说，寸衷知。老牛日暮犹奋，勇逐夕阳迟。最羡岩松岸竹，苍翠雪霜依旧，挺立岁寒姿。高唱升平乐，不改素心仪。

念奴娇·贺陈挺将军九十寿辰

一生戎马，历尽了，坎坷风尘岁月。革命征途真似铁，涉水攀山浴血。淮海围妖，渡江捉鳖，更显英雄骨。为民为国，敢将仇敌歼灭。

回忆当代雄豪，似君登耄耋，虚怀明哲。淡笑如常，尤显得，百姓情怀舒发。亮节高风，树丰功不傲，堪称人杰。微词恭贺，老来焕发蓬勃。

罗幼林

罗幼林（1943—2012），笔名旬文，住所号"可以居"，福安穆阳苏堤人。自学成才，多才多艺，擅于编剧、雕塑、画画。秋园诗社原理事兼秘书长。传见《秋园人物》。

老人节感赋

一

云淡苍穹碧，月华玉露浓。
珍时人不老，乐景兴无穷。

二

红叶斜阳染，黄花老圃浓。
嫣然迎岁月，抖擞舞秋风。

纪念薛令之先生

南窗徒励志，北阙叹难酬。
人去青云远，名随碧水流。

题 旧

别梦依稀三十年，梨园景色总相牵。
狂风作难花飞尽，憾事空余寄一笺。

往 事

琴弹离别曲，笔写恨情篇。
苦酒残花伴，愁云瑟瑟天。

苏幕遮·夜

月含怡，风带妩。爱到深时，反觉缄无语。静看牛郎牵织女，殿里长生，切切心相许。
景依旧，人已去。红豆相思，卅载君知否？最是无情贫字杵，打散鸳鸯，梦里尤呼汝。

园丁赞

细雨和风润百花，歌声琴韵冶英华。
呕心沥血栽培苦，种得蓝田璞不瑕。

山村教师

借月为灯风作扇，旧堂陋室炭驱寒。
讲台三尺耕耘苦，桃李花开带笑看。

期集清泉寺

补天无份落凡尘,还历沧桑筑雷音。
石室风凉生四谛,山泉水冷净痴嗔。

春日桃园行

绿海掀红浪,踏泥半是花。
寻春逢盛世,尽兴日西斜。

夏日乡村

金海扬波送谷香,碧荷滋露著新妆。
农忙美景无心赏,夜割晨犁午插秧。

农家四季歌之一

老我何须羡市朝,鸣莺溢翠好逍遥。
和风爽爽秧初种,细水泓浓乐灌浇。
发叶茶桑盈岗碧,绽花桃李满山娇。
农家乐趣四时有,舒畅情怀难尽描。

畲家丰收年

平川掀稻浪，长垄噪机声。
糯米今年贱，朋来酒溢觥。

采茶女

报晓鸡声断梦香，灶前执镜简疏妆。
声声笑语嬉群侣，阵阵情歌过九岗。

咏 柳

瘦骨支霜雪，逢时竞发萌。
枝枝扬淑气，叶叶报春情。

咏 荷

立足浊泥污不染，清风冷露自婆娑。
残霜败色冰心在，人比芙蕖品若何？

《履步留痕》后记

冷落群峰披铁甲，唯亲一石老苍颜。
独凭寒碧长明志，孰与干云伯仲间。

陈大华

陈大华（1943—2018），福安下白石下白石村人。退休干部。

庆祝建党九十周年

战乱贫穷苦难连，镰锤一展换新天。
元勋四代丰功绩，红色江山永固坚。
枕梦魂牵忆不眠，光辉党史九旬年。
为民造福惠天下，功载千秋日月光。
定国安邦党指航，分明路线放光芒。
开创尧天迎舜日，天下和谐奔小康。
前仆后继战贞坚，历尽沧桑造福甜。
伟业光辉传后裔，功勋浩瀚颂先贤。
弘扬我党宣言史，发展中华马列篇。
强国裕民施特色，神州新彩胜尧天。
光荣建党九旬年，赞颂元勋四代贤。
十大帅才齐上阵，三军统率铁锤镰。
战歌嘹亮日军败，赤帜飘扬蒋匪湮。
建立中华开国典，人民安乐舜尧天。
改革航程党指南，国门开放特色鲜。
黎民日子安康乐，别墅高楼遍布妍。
航宇飞船开首例，金牌奥运夺空前。
回归港澳雄威立，台陆三通血脉连。
焦聚三农免赋田，国家发展教为先。
和谐世界时如舜，黎庶安居活似仙。
慈母寿辰开九秩，子孙诗画万千篇。
党旗招展红霞艳，成就辉煌史册编。

游玩外宅·钟山景

笔岫云开醒美人,池潢月映水潾潾。
村前山坳苗芳绿,院后川坡竹翠阴。
江水卧牛观玉兔,钟山飞燕看仙神。
欣然胜地开风景,有份缘由再次临。

述 情

野麦油光一览娇,随风起伏嚓声飘。
谁云四月春时晚,绿到槐林雪渐消。

茶美人

侍茶淑女盘云发,秀目能言神色清。
脸带芙蓉羞碧月,眉描翠柳写黄庭。
姗姗莲步惊鸿雁,娓娓吴腔动玉铃。
技艺精娴曾百炼,巧挪工具煮香茗。

缪道生

缪道生（1945—2012），字弘正，祖籍福安穆阳，后迁居福安赛岐。福安市赛岐五金厂厂长，中国易经研究会、中华诗词学会、福建省诗词学会会员。秋园诗社理事。2002年创办赛江诗社，任社长。著有诗体小说《情天》、历史长篇小说《仰天长啸》、短篇小说集《比翼蓝天》，以及诗词集《黄尘什咏》等。

庆祝国庆五十周年

弹指光阴五十年，沧桑巨变史无前。
民生富裕蒸蒸上，国势峥嵘勃勃延。
科技腾飞惊世界，文明建设壮尧天。
中华民族大团结，四化征程倍奋鞭。

福安建市纪念

宋代当年锡福安，留龟放鹤筑城盘。
贤臣辈出人文盛，烈士芳流正气漫。
革命风云传火种，苏区旗帜卷波澜。
沧桑变革逢明世，四化征程奋勇攀。

喜迎澳门回归

清昏民腐累蒙羞，频缺金瓯亿众忧。
港澳如今终得复，炎黄吐气壮寰球。

挽董慧、潘汉年

离却豪门弃乐安，投身革命挽狂澜。
出生入死搜情报，弹雨枪林伴敌顽。
盼得九州迎旭日，换来三字戴南冠。
长期磨折含冤死，亦使苍天暗泪弹。

刘少奇同志百年祭

崇高抱负起宁乡，共产真诠播八方。
工运白区功显著，救亡戎幕智优良。
拯民水火身心瘁，树帜河山马列扬。
党性鲜明原则守，清廉美德日昭长。

读辽西毕女"和诗"次韵谨和

一

缓平脑海复翻腾，缘读红笺感不胜。
世事多违伤绮梦，人情易变震心灯。
寂寥书案寒光片，萧瑟霜篱倩影层。
月下抚弦谁察意，苍茫秋宇冷如冰。

二

四海纵横任以家，谁知失意困天涯。
纸纱浊世穷空箧，书籍寒窗富满车。
未学奴颜谀恶竹，长持傲骨咏黄花。
无为境界清闲度，静育黄庭炼道芽。

游连生

  游连生（1947—2013），福安柏柱洋山下村人。历任溪柄镇党委秘书、组织委员、纪委副书记等职，1987年兼溪柄镇经管站站长。热心文史。著有《柏柱洋民间传说》《柏柱洋览胜》。传见《秋园人物》。

劝　学

有志男儿抱负高，寸阴是竞莫辞劳。
才储八斗谁能敌，终把青衿换紫袍。

随　想

老将小少忆何堪，父殁饥寒母作男。
半世功名尘与土，一生书笔玩而耽。
顿添华发标清白，常把贪徒付笑谈。
写字长街随意卖，扪心无悔亦无惭。

无　题

百凤人终没野蒿，心犹欲榜后人艚。
劝君致力培清誉，泽及儿孙气自豪。

偶　题

六七稀龄薄暮天，身神又减在年前。
多因书蠹情商拙，幸未狼毫退老闲。

朋辈穷通皆爱敬，周遭生死互关怜。
但求邻里多康乐，便赴黄泉也晏眠。

纪念马立峰烈士一百诞辰

遍地哀鸿遍地愁，毅然投笔舞吴钩。
湖山破夜寻真理，绝域追风拼自由。
誓汲新泉浇赤地，力持楚炬化秦楼。
身家性命何须顾，未斩楼兰死不休。

坂边潭

一江绿水漾长湖，几栋仙居寓浣姑。
雾锁竹林筛细雨，荷丛野鸭戏潜鲈。

锦鸡岩

锦鸡一唱百祥生，读彻奇文白日暝。
壁立巉岩蝌蚪动，水弹洞罅佩环声。

秋旱雨后

沟渠溢满野盈盈，枯寂田园热闹生。
几户种薯犁半亩，多人耘稻起三更。
养猪少女歌嘹亮，踏雾茶姑赶早晴。
扑扑溪心群鸭逐，水花飞溅浣娘惊。

秋

秋天雨后日晴暄，万类争先正本元。
绿叶尽情留晚翠，黄花纵欲播芳魂。
蔗条挺脊流其蜜，稻穗垂头屈至尊。
海满山肥天下熟，学无新进愧难言。

雷　雨

浓云如絮舞团团，电火牵纱欲后弹。
霹雳一声弦索断，铺天锦被化波澜。

悼阮荣登吟长

文联聚会喜新瘥，街上蹒跚扶杖过。
半世癫狂夸七步，一生勤奋历千磨。
瞻韩乏日伤无已，学孔危时恨不多。
噩耗传来疑梦里，秋园洒泪早滂沱。

阮荣登

阮荣登（1953—2010），字昌彦，号溪趣斋主，网名古道西风瘦马，又名天凉好个秋，福安下白石斗门头村人。大专文化。经济师。曾就职于福安市口岸与海防委员会办公室，曾任福安市政协常委。秋园诗社副社长。著有《溪趣斋诗词选》《扣弦集》《溪趣斋杂谭》，传见《秋园人物》。

长城留照

昔望长城远，今来不费攀。
艳阳新塞北，烽火旧燕山。
万里犹秦月，千秋剩古关。
感时曾一瞬，倚堞我开颜。

客游道上口占

路迷青草外，村隐竹林中。
石乱一溪雨，风回万壑松。
山高云断壁，水阔浪排空。
毕竟江南好，无穷造化功。

答友人问一首

安贫我本举家清，未负流年只独醒。
但得诗囊皆锦绣，风声不望借人听。

题岩松

险壑危岗处处栽，风霜雨雪最宜怀。
云高千仞偏能傲，好借嶙岣上啸台。

题与友人合照

平生未有林泉约，合在清浑两处飞。
憔悴与君怜惜罢，愿留肝胆不相违。

戊辰年岁末寄上海梦湘

一别沉钩秋复秋，伊人系梦到书楼。
心依古柳伤离绪，泪下新词忆旧游。
军旅生涯形浪梗，书生意气壮风流。
难偿千里风尘债，且借新年一祝邮。

无 题

昨夜风声伴枕眠，少年心事拏云篇。
一天霜满迟行色，半卷书残费解诠。
苦我鲲身鳞甲在，谢他雁足锦书传。
片笺相寄偿思债，井外相如漫抚弦。

有感政府大院出土明代戒石铭而作

百载沉埋耐寂寥，问渠几复认前朝？
铭也警辟文也炼，石未吞声勒未销。
传古有心绳雀鼠，诒今无策继神尧？
我心犹望公廉在，戒石呈来日月昭。

游韶山滴水洞作

拾级而高上洞天，清幽滴水是龙渊。
山前废馆曾兴浪，路上新题压旧镌。
两手功成犹梦断，一人涉足岂钩连。
出山我亦闻啼鸟，只觉声声哭杜鹃。

岳麓山感怀

傲立巍巍气势雄，怀忠抱烈缅英风。
讨袁旗旆回滇下，张义电文震汉中。
莫道荒台侵古旧，真堪片诔哭孤忠。
长沙有此名山在，遂令千流尽向东。

自勉一首

喜报题名册上丹，回归颂罢又文翰。
心萦国是成高远，笔借神良遂浪漫。

大野空群过冀北，小诗宠世上忧端。
烟云入目催裁锦，破壁何时一鹗抟。

登东方明珠塔

遥望大珠复小珠，东方有塔匠心殊。
直能扪斗烟霞合，恍若登云吴楚浮。
浦水潮生犁巨艇，危楼笋出见名都。
沪城日日标新异，无限生机入画图。

观国庆五十周年庆典

盛典京华祝永昌，繁弦急管颂新章。
九千里路扬旗遍，十万人山列阵方。
最喜军威臻勇武，好凭科技比高强。
尧天丽日升平象，干戚归休舞凤凰。

拜谒林则徐纪念馆作

想见英仪百载孤，虎门一炬誓吞胡。
许身国难空生死，开眼欧风失将儒。
北听燕池无角鼓，西迁雪岭几头颅？
从来天地英雄事，浩气长存逼臆浮！

客次榕城席上答友人

十年劳燕我飘摇,再见君时君正骄。
范式情多鸡黍累,元龙酒好故人寥。
文章旧韵空如许,事业新声涨似潮。
我亦人间龙虎榜,弯弓有日射天雕!

读诗有感

床前一盏灯,卅年读书声。
襟抱锋芒在,时时壁上鸣。

缪品枚

缪品枚（1953—2018），福安人。大学本科。历任福安中学教师、福安市方志委编辑室主任、宁德地区方志委辅导室副主任、宁德市人大民侨台委秘书科科长、宁德市地方志编纂委员会副主任。主编《福安市志》（常务副主编、总纂）、《宁德诗文选》、《宁德史话》、《宁德风情》、《闽东畲族志》、《谢翱研究资料集》、《闽东茶业历史文化》等，著有《长溪钩沉》《醉月居诗存》。

戊戌中秋有感

西风瘦马出韩城，乍到惊听杜宇喧。
北郭寻梅思稚子，南园赏菊叹孤身。
碧梧连日雨频落，雏凤经年翼尚宽。
二十四轮秋夜月，今宵始作故乡圆。

忆及西山岁月呈恩师鼎栋

红雨榴花五月时，梦魂又逐玉田飞。
长空鹤唳风还劲，旷野鹿鸣草正肥。
忧尽汨罗因许国，梦回天姥不摧眉。
萦怀最是西山月，洒满天心万丈晖。

五月抒怀

一

北望休吟易水歌，馆娃一曲折吴戈。
惊雷夜逼催新笋，鼓浪风来许渡河？

二

挨星伴斗下天河，五月公车盛事多。
艳极榴花红胜火，池塘萍草幻新荷。

三

蟾宫始觉近恒娥，桂树枝繁斫更多。
今教翠屏湖畔去，一轮月镜待重磨。

四

俯瞰千峰草尚枯，蹈风驾雪复狂呼。
雏鹰纵折垂天翼，敢向青宵下战书。

江滨怀旧

愁红怨翠临江渚，柏魄蕉魂怅落晖。
去日图南夸羽翼，归时落北笑须眉。
三千弱水卿难渡，十万虚花我悟迟。
云梦既违龙女约，天台可许阮郎回？

塔山骋目

上善为不善，不空即为空。
是非求皆幻，天地本囚笼。

端午日近，忆及四十多年前班门弄斧之日，在政和七星溪畔，思粽子而不可得，与芝华、振文以新桃、乌枣、高粮酒于溪畔祭屈原事而作

碧梧滴翠幻芙蓉，红怯夭桃香更浓。
水涨星溪浮野鸭，风生铁岭啭鸣虫。
仰天愤极思磨剑，步月愁回欲挽弓。
竹笔抛诗随汨水，离骚应与屈原同。

秋　思

簪花折柳浑如梦，只剩新愁伴旧愁。
新雨残荷非复夏，银河正色已关秋。
子衿无渍矜青领，明月含羞愧白头。
天地林泉都有约，五湖何处系归舟。

寄佺华

浓云野雾冷青山，芳草梢头泪未干。
此去荒村闻鸡早，何当鹏鸟报图南。

赋得长剑宝刀与克平共勉

长　剑
紫电龙光耀雪峰，倚天横就一长虹，
冲霄直指斗牛折，端赖经年磨砺功。

宝　刀
扑面征尘云月高，三千云路见雄豪，
朱楼红粉虽颜色，输与征夫有战袍。

游　湖

西湖游罢等闲回，何事当年迷忘归？
应是十年人已老，心中自有百楼台。

读《滕王阁序》感赋

飘零书剑到洪州，借取长江写客愁。
一序铸成沧海妒，落霞孤鹜亘千秋。

榕城答友人问

红桃绿柳逐江波，欲赋新诗苦恨多。
幽梦一帘肠已断，潇湘枕上更如何？

周宁山行

熙微扑面逐芳踪，一路鹃花耀眼红。
铁马嘶来千嶂碧，溪山伴我画图中。

滴水岩

壁立群峰竞物华，蓬莱岛外是僧家。
禅经诵到玄妙处，顽石洞开天雨花。

菊花诗

一

闭门欲赏自家诗，冷雨敲窗酒醒时。
篱畔忽惊秋花影，一帘幽韵在琼枝。

二

冰清玉洁绝无尘，万里秋光集此身。
总为霜来添秀色，何曾肃杀减精神。

顾文浩

顾文浩（皓），中华人民共和国成立后，一度悬壶济世，"文革"后复职工校，供职福安市总工会。有《顾文皓诗词选集》若干集问世。生卒不详。

纪念薛令之先生

明月高悬澈四方，君珍诗赋永流芳。
开闽进士欣登第，入史先贤喜可彰。
爱国有心排疾苦，匡时无力护边疆。
官兼侍读东宫职，两袖清风后世昌。

青葱颂
——致赛岐镇缪墉生同志

沃土青葱绿又香，春光妩媚发其祥。
招徕贵客添风味，敢教名厨谱乐章。
莫道空心疑不齿，擅长郁馥值称扬。
白头根老芳难尽，载誉乾坤万古彰。

四季回文诗[①]

一

风和日丽艳阳天，绿野花飞蝶舞旋。
同苑驻春逢化雨，红桃白李共婵娟。

[①]此诗倒读亦成诗。

二

鸣雷化雨郁云开，发彩增辉煦日来。
平野绿苗长茁壮，耕农务喜夏莲栽。

三

金风朗爽菊花香，硕果纷呈喜气扬。
琴瑟共鸣歌乐事，吟诗祝贺献余粮。

四

霜天雪月蜡梅红，万众讴歌战朔风。
刚竹翠松青傲骨，康强国度遍英雄。

二、吟坛新章

刘起全

刘起全，1930年10月出生，福安下百石荷屿村人。中华诗词学会会员。

耕山野老

耕山野老步嫖姚，好趁春光景物娆。
远眺江潮来海峡，近聆鸟语伴松涛。
青尖昨夜才沾露，嫩绿今朝又放稍。
生态自然生意满，勤将汗水壮禾苗。

登山晨练

松涛习习朔风凉，破晓登山拾步忙。
欲面高穹舒积气，轻摹旧痛动愁肠。
风霜刻意添鬌鬓，岁月无情老柘桑。
也学健身蹁起舞，俚歌一曲作诗狂。

答步广东许占梅吟长辛巳献岁原韵

庾岭一枝新，春光不负人。
诗风扬国度，雅韵正时氛。
香绕李桃茂，名齐松竹邻。
南巡沾惠早，立马望昆仑。

辛巳岁喜事寄台北诸侄

离巢乳燕倦南飞，隔岸风光胜日怡。
申奥成功增国力，入关世贸展商机。
神舟射月攀魁榜，国足扬麾入战围。
勿论温馨融乳水，满园春色不关扉。

癸未春三月秋园诗社社长林毓华偕郭泽英等同仁电邀下半县诗友胜会甘棠薛为河府第

兰亭韵事暮春天，胜会甘棠步晋贤。
击钵联吟金谷酒，腾蛟邕舞薛涛笺。
主人高雅公余日，佳客优游逸趣天。
泼墨嘎金同抗手，新枝老干各争妍。

高级研讨班创作笔会作回归颂

香江此日展红旗，屹立东方一代碑。
辱忍百年徒发指，功成两制博心仪。

殖民空叹冰山溃，上国齐心紫塞岢。

还我河山圆我璧，台澎也应认归期。

鹧鸪天·甲午秋园诗社九十周年社庆

汐社文光一炬擎，春秋九十紧相承。园题于老①篇名世，诗唱方家笔作兵。

多佳色，玉金声，抗倭呐喊动山城。开来继往元音美，本色芬扬气宇宏。

纪念左联作家刘宗璜诞辰一百周年

百年辰诞颂何迟，禹甸尧封绿满枝。

纾难举旌催战鼓，救亡濡墨挞倭魑。

新人书屋频亮剑，南野芸编铸好诗。

正值中华圆国梦，韩阳秋圃共吟时。

步木白吟长，雨中梅开有题原玉

漫天风雨锁飞鸦，傲骨南枝已吐华。

素蕊未曾霜乍减，芳姿常待雪中夸。

香魂缥缈迷蝴蝶，疏影横斜映彩霞。

韵事频年怜契阔，欣邀丽藻玉无瑕。

---

①园题于老：国民党元老于右任为秋园题词，抗日战争时期秋园诗人组织抗日呐喊诗词活动。

吴培昆

吴培昆，字昆山，1934 年生，福安穆阳苏堤人。中华诗词学会，福建省作家协会会员。著有《填词初步》《古今常用词律》《昆山词选》《天云特影》《白马山传奇》等。

除夕瑞雪

鹅毛飘荡众山封，白马青鞍铺白绒。
今日普天成一色，他时大地发千红。
冰砖压冻万虫灭，雪水浇培五谷丰。
待看来年秋熟后，人间处处尽春风。①

大泽硝烟

深山何故起硝烟，万马奔驰大泽边。
横锁蛟龙穿卧虎，长驱碧水绘新天。
千年鬼谷春雷紧，百里狼窝战火连。
寂寞麒麟今可笑，愚公儿女有三千。

新居随笔

一片琼楼旁水悬，沿湖鸥鹭舞翩跹。
云浮山塔屏中照，灯闪虹桥车下连。
入梦风摇花绕树，凌晨月落雀鸣田。
衰翁千载渔舟火，今化皇皇不夜天。

---

①春风：意指度过灾荒，大地回春。

一九九九年春节赠东莞曾毓群贤侄贺年片

十年磨剑应天来,千里寒云竟日开。
莫问南疆晴与雨,全凭赤手创蓬莱。

五一别新友

一逢一别比云烟,十世修来一渡缘。
此去千山留一笑,明朝一月两边天。

晨练随笔

湖雨飘飘青草芽,湖塘水满又鸣蛙。
湖边慎把盘蛇踩,湖路须防野马车①。

夏日访山庄

门前千幅鸟虫鱼,酒后三盘炮马车。
十里烟花留故客,一轮明月伴诗书。

---

①野马车:指装填超载又超速行驶的无牌车。

龙湖①赞

一坝拦河水筑天,嶙峋化殿伴龙眠。
霓虹灯唤茶山女,迎舞诗廊飘若仙。

临江仙·《白马山传奇》序一词

击水天湖观白马,浪花溅热飞舟。人间逐鹿几千秋。江山依旧在,英杰问谁留?

渔樵爱说荣枯事,古今数尽风流!凤凰振翅显无俦。五洲凭闯荡,四海任遨游。

南乡子·《天云特影》序首词

今日看闽东,电锂飞花处处红。四海五湖英杰聚,隆隆,犹忆当年斗虎熊。

煮酒论英雄,莫忘先贤血火中。青石弹痕留印证,情浓,刻录人间风雪冬。

水调歌头·梦

除夕团圆夜,酩酊入儿时。爹娘肩列堂上,教读木兰诗。春日茶歌姐妹,秋夜龙灯伴侣,把手捉藏迷。竹马方传接,屋转子规啼。

---

①龙湖:安溪县城关人工湖。

山朦胧，水惝恍，月沉西。茫茫半纪驹逝，骨肉早仙离。寻觅神台踪迹，探听狮宫烟雨，枕冷泪沾衣。两耳垂霜鬓，不可唱黄鸡。

沁园春·时代之光

赤鉴①风光，华楼似锦，高车如流。看五湖四海，龙翔灵秀；九州十郡，凤泊金瓯。三万儿郎，三千日夜②，时代红轮震五洲。凭双手，造蓬莱乐国，远胜封侯。

先贤驾鹤东游，谁还把，峥嵘岁月留？笑闽东断带③，幡然填补；宁闺淑女，亮丽寰球。弯道超车，追欧赶美，天下英雄岂曹刘④？世易矣，唤轩辕儿女，重写春秋。

沁园春·白马名茶

谈茗说秋，千里梦回，白马寒坳。见群峦如剑，层林似锦；仙风习习，云浪滔滔。翠黛娥眉，凤冠霞帔，天赐神奇谁比高？钟灵地，为科研毓秀，尽塑新潮。

浓妆艳抹朝朝，休误作楚王宫细腰。立太阳灯美，蠡蛾皆毙；有机肥富，病害全消。绿色城池，健康文化，精品君临天下娇。添诗翼，令宁阳八骏，一展云霄。

---

①赤鉴：赤鉴湖，原西陂塘，作者公司驻地。
②三千日夜：八年，指 2011 年至 2019 年。
③20 世纪，由于闽东三都澳迟迟得不到开发，人们有"断裂带"和"养在深闺人未识"之说。
④岂曹刘：岂只曹、刘。对曹操之说，反其意用之。

沁园春·韩城重聚

匆别童颜,重逢霜发,如梦依稀。忆黎明海燕,娇声仍耳;秀兰歌曲,美笛犹吹。① 鸭绿江前,硝烟突起,慷慨从戎披战衣。风云里,怀满腔热血,历尽岖崎。

丹心一颗无移。终迎得,春山动地雷。惜寒梅轻落,不曾繁果;哀鸿早去,未沐晨曦。十亿神州,中兴尧舜,景秀花红芳草菲。杯频举,祝高松不老,再闪余晖。

巫山一段云·闲笔

忙里茶蔬果,闲来花鸟鱼。白云明月伴诗书,相爱莫踌躇。
屏影王侯将,棋盘马炮车。千年胜负又何如?荒草祖龙②居。

浪淘沙·春日踏青

衰草吐新芽,雨走寒鸦。湖塘水满又鸣蛙。燕舞莺歌堤岸绿,蝶戏篱笆。

清早唤锄耙,种豆栽瓜。嫂姑汗湿夕阳斜。长笛数声人尽醉,乐在农家。

---

①"忆黎明海燕"句:指中华人民共和国成立初期,农校流行的"年轻海燕"歌和对外公演的王秀兰剧。此诗作于2016年春节,原高农同学会。

②祖龙:秦始皇。

鹊桥仙·青梅路

　　太空天体，基因纳米，世纪工程无数。当今牛女竞登攀，怪不得，佳期常误。

　　投诗红叶，寄思红豆，玉露金风几度。他年驾箭入蟾宫，可还记，青梅旧路。

陈华

> 陈华，原名陈石德，福安阳头人。厦门大学法律系教授，硕士生导师。

敬老节有感

家国恩情深似海，春晖久报意难舒。
古稀休叹心犹壮，且把微辉付岁余。

纪念乡贤薛令之

岂贪鼎食羞尸位，只为群奸乱纪纲。
泾渭区分垂典范，从来廉洁世留香。

秋 兰

幽居空谷傍岩隈，移植南园不忍回。
剑叶青葱滋露茁，钗花玉洁带霜开。
香清远胜陶公种，色秀迥殊姚女①栽。
淡饰娥眉推雅首，一尘不染教人怀。

---

①姚女：指漳州最初种水仙的姚氏母女。

咏　竹

山居喜爱竹为邻，潇洒幽篁脱俗尘。
不与夭桃争艳丽，却同翠柏比精神。
龙孙破土刚而直，凤尾迎风屈复伸。
秉性坚贞为世重，剪裁枝叶尽成珍。

沁园春·纪念红军长征胜利六十周年

六十年前，雨骤风狂，势峻路漫。忆长汀壮举，旌旗猎猎；乌江强渡，鼓角喧喧。围剿刀光，反奸剑影，遵义红楼纠左偏。危机挽，正群龙得首，捷取娄山。

赤河四渡周旋，纵兵逼围追处泰然。向金沙江畔，拼冲激浪；泸桥天险，飞夺雄关。挺越岷山，横穿草地，过后三军绽笑颜。会宁打破金陵春梦，延水流丹。

秦楼月·月是故乡明

烽烟歇，东西两岸终须接。终须接，慈航普渡，阿弥陀佛。

三通呼唤群情热，相争鹬蚌谁心惬！谁心惬，离人魂系，故乡明月。

八声甘州·贺福安建市

正讴歌建市动韩城,彩虹丽湖山。忆苏区喷薄,狂飙起落,赤帜斑斓。是处风淳物博,赛江滚波澜。开放千帆竞,改革腾翻。

莫道三贤俱敛,有忠廉可鉴,新秀弹冠。汉畲相肝胆,能不解难关。敢登攀,创优名产。灼金章,美誉漫尘寰。抒鹏翼,越仙岫顶,一瞰怡颜。

咏　菊

一

金风飒飒又重阳,满圃盆栽溢冷香。
皎白融黄红复紫,柔倾偎倚俯还昂。
绒球蟠蟹珠帘卷,管瓣丛冠玉蕊藏。
挺立寒秋怜傲骨,繁英凋落独孤芳。

二

序属重阳感物华,鹅黄蟹紫总堪夸。
凌霜蕴秀倾春卉,抱蒂凝香傲野花。
共领芳情酬素节,平分秋色醉丹霞。
无穷雅趣东篱下,千古高风炙万家。

观华清池

华清池畔柳依依,涉想杨妃入浴时。
宠幸一身倾国色,霓裳舞曲谪仙诗。

扫 帚

束笫轻装五尺躯，持将劲节佐清姑。
身临浊境心无悔，横扫人间秽与污。

梅雪报春晖

蓓蕾枝头雪始融，冰肌玉骨舞东风。
磅岩卓立滋佳色，岁报春光第一功。

满春公园开园

满春佳色畅遨游，水碧林青胜概收。
月白风清渔唱晚，流连诗酒几时休。

寄语台湾俞光荣学兄

扬鞭慷慨裹征衣，百战身经两鬓稀。
莫恋他乡山水秀，长风万里泛舟归。

七十自嘲

七十无成转眼空，白头羞唱狗年终。
一生际遇艰危里，万里征途坎坷中。

手不沾污怡素志，身蒙冤垢鄙歪风。
迎新引吭吟清韵，长葆初心寸寸红。

鸳鸯溪胜概

鸳峰高出众岗巅，景物宜人别有天。
瀑布晴云连曲岸，仙桥晓日照深渊。
鸳鸯戏浪清溪跃，水獭潜波碧洞蜷。
胜概沉吟心独旷，山川如画我陶然。

仓潭倒影

山川远映碧漪漪，倒影随波两岸移。
雨过云收潭上影，骚人感咏画中诗。

仙桥步月

高悬崖岸架飞虹，激石淳泓荡晚风。
闲步桥头蟾窟近，波粼瀑溅浪花冲。

赏　菊

久慕柴桑处士家，只缘三径吐芳华。
自惭我乏丹青笔，难绘东篱五彩霞。

陆琪灿

陆琪灿，1939年5月生，原籍福安。柘荣县楮坪中心小学退休教师。著有《鸿爪雪泥留墨迹》。

捧读《秋园人物》

故乡历史近千年，各类人才代代绵。
高赞孝卿挥彩笔，深描名宿著宏篇。

次薛为河社长《六十述怀》原玉敬呈祝贺

赛江潮拜六旬秋，艺苑骚坛字迹留。
四海唐音弘旺盛，八方宋韵唱沉浮。
讴山讴水斐声响，研易研经消脑愁。
甲子华年才半数，欢圆国梦未曾休。

宋陵感怀

历代兴亡半瞬间，宋陵月冷夜风寒。
可怜称帝称王罢，只是青山一景观。

清明节祭祖

芳草萋萋燕舞空，满山簇簇杜鹃红。
清明时节怀先辈，一束鲜花献祖宗。

纪念台湾光复五十周年

国事蜩螗信可哀，狼烟扫尽盼春来。
殷勤共把蓝图绘，一曲升平六合开。

废除农业税赞

废除农税悦人民，颂党声声出众心。
历史千千年大事，种田无税只如今。

柘荣彭家山战斗碑

巍碑矫矫万山中，似诉当年战斗雄。
以少胜多惊敌胆，杀声疑尚隐松风。

八十抒怀

浮生已届杖朝年，非佛非仙非圣贤。
诸首俚诗扬宋韵，数条对语抒心田。
无情白发添今夕，有迹雪泥遗往前。
孝顺儿孙依膝乐，欣逢国梦见欢圆。

纪念爱妻胡兰珍辞世一周年

贤妻辞世一周年,日日怀思胸内牵。
远去遥遥无身影,回眸郁郁痛心田。
江山依旧人何在,岁月如流箭出弦。
节俭勤劳留物品,冬临大地我悲怜。

游乾陵

绵绵阴雨草青青,石兽无声守帝陵。
翁仲衣冠仍楚楚,无头众将冷清清。
当时王气知何在,今日皇威叹已停。
唯让游人怀旧事,唐宫御苑万年情。

兵马俑博物馆怀古

兵马阵存秦帝空,于今谁见始皇雄。
地宫依旧迷离杳,御殿悄然实际终。
将士坑中犹抖擞,游人栏上赞威风。
千秋万载唯遗叹,更替兴亡历代同。

杨贵妃沐浴池怀古

人去池干倩影空,于今难觅昔时崇。
长生殿里玄宗杳,马嵬坡中杨女终。

大地哪来连理树，遥天谁见并飞鸿？
千年旧事唯遗叹，唐帝何如民老翁！

登 高

菜绿稻黄枫叶丹，秋风瑟瑟显微寒。
鸣蝉树下声声唱，蟋蟀坪中阵阵弹。
云淡天晴空气爽，人高山矮夕阳残。
回头已见炊烟起，伫立峰尖兴未阑。

鹧鸪天·题丁汝昌像
——纪念中日甲午战争一百二十周年

怒目提毫视远边，艨艟已见起浓烟。海疆万里凭谁护？一片丹心可鉴天。

驱日寇，壮跟前，愿将热血体躯捐。人民永记英雄子，百二年来国恨绵。

林仙兴

林仙兴，1943年出生，福安人。福安阳头林仙兴中医诊所执业医师，中医主任医师。

福安柏柱洋现代设施高优农业示范园区（新韵）

果蔬挂壁绿葱茏，蒙古包圈造化功。
恰似徜徉梦乡里，犹如游逛画图中。
无非喷雾施肥水，何必背壶除害虫。
改变挖锄耕作苦，发明贡献盖神农。

四渡赤水（新韵）

纵横驰骋到河滨，遭遇围追堵要津。
旌旐蔽空敌憯懔，舳舻衔尾我欢欣。
穴船擢桨似流电，绋缏曳舟如卷云。
巧妙摆脱登彼岸，冯夷庆幸助红军。

彭家洋赏樱花（新韵）

梦魂萦绕皆惊醒，喜见芳容胜化妆。
凤翼翩翩云弁使，莺歌呖呖雪衣娘。
荧煌烛夜只消焰，艳冶迎春不在香。
梓里妍葩赢外域，何须迷醉往东洋！

纪念黄烽将军诞辰一百周年（新韵）

当地名绅万里程，书香门第巨龙腾。
黄沙偃月军人赞，紫塞横云百姓称。
气慑西零防戍角，威加北野守边烽。
数番血战田单术，九死一生飞将能。

美丽乡村——虎头村（新韵）

背靠青山如虎卧，清幽胜境在于斯。
玄都观里人欢笑，金谷园中蜂弄姿。
上苑珍材花满树，天厨仙果蕊压枝。
置身世外桃源地，迈向小康歌舞时。

中国历史文化名村——廉村（新韵）

田园秀色不须妆，草木葱茏百里芳。
官道码头明月井，照墙城堡古祠堂。
山环水带清廉地，世外桃源礼义邦。
生态景观藏史迹，获评最美更风光。

郭泽英

郭泽英，字邑草，1943年生，福安苏堤人。大学学历，从事教育工作至退休，中华诗词学会会员。福安秋园诗社执行理事长和顾问。

参观龙泉沈广隆剑铺①

剑艺千年赖继传，欧阳无憾起龙泉。
乾坤百转巨人手，展露锋芒别有天。

次韵和林毓华先生

羞涩诗囊门预关，新禧未敢问温寒。
学兄抛玉添春意，我仿梅枝报平安。

读孝卿吟友悼游君登娇有感次韵之一

非车非笠履痕频，笑唱渔歌任性人。
意笃神交无钓誉，长亭折柳柳成阴。

---

①广隆剑铺五代传人先后为国内外元首、世界名人制造龙泉乾坤、至尊玄武等名剑。

清明节感作

十六年前我有娘，弟兄相聚话家常。
而今只向荒坟哭，暗诉辛酸望故乡。

毛主席塑像拆封感作

原福安地委福安专区礼堂大门厅里有一尊高大的毛主席塑像。后塑像被用木板封闭，礼堂转作银河娱乐城。一晃四十年，今礼堂为福安工人文化宫，重修之际，毛主席塑像拆封重见天日。

浓浓迷雾欲遮阳，红日何曾少亮光。
温暖无声民自觉，春秋有笔史文彰。
纵然云乱难延夜，尤有霞蒸耀满岗。
喜见新时清玉宇，蓝天碧海导帆航。

初中毕业同学聚会感作

又逢庚子忆当年，不识闲愁共扣舷。
心比狮峰高三尺，情如穆水纳千泉。
聚离分道皆为客，成败转头同歇肩。
耄耋童心宜放眼，舒眉长享艳阳天。

壬辰岁六月初六三沙市建立感赋

自古三沙海有疆，神州故土岂荒凉。
帆行千里渔舟唱，剑拔长空豪气扬。
浮岛暗礁平恶浪，隐蛟凶鳄息嚣张。
永兴设治阳光灿，从此南风畅起航。

福安畲族桃花节

盼到春浓桃蕾开，四方郎子赏花来。
斑斓岚影车拥道，鼎沸人声歌赛台。
红雨风徐融古调，碧筠霞举醉香醅。
新村华盖同争艳，客不思归斜日催。

重阳节

又逢九九菊花黄，采菊南山作少狂。
捷足登峰风劝阻，侧身寻径草偏长。
回看山下人如蚁，醉卧芦丛地作床。
初日尚知怜我老，不寒不热畅心肠。

重上横坑

四十二年常梦过，依稀记得墨池鹅。
车旋峻岭天迎我，树隐华轩鸟献歌。

问讯旧童京广客,查寻小妹外村婆。
遥看轨道悬峰顶,输送果蔬云出窝。

韩阳八大桥·群益大桥

龟湖有景又添桥,人赞徐公政誉标。
十里长街连旧岛,千年水岸涌新潮。
安居鳞比城区阔,鹤墅参差闹市嚣。
从此阳头金不换,御批福地共勾描。

金沙花园

南野桑阴景换新,花园百亩四时春。
垂榕翠盖消嚣气,畲豹绿篱淘滓尘。
稍憩可邀深夜月,当歌无碍碧溪晨。
汀洲白鹭陪人舞,笑煞媪翁忘健身。

蜗 居

陋屋檐低栖老身,晨昏漫见扣门人。
角梅落瓣毋谁扫,丹桂余香可自匀。
耳悦黄鹂鸣动柳,神怡皎月入浮筠。
相知还有键盘在,点点无虞冬复春。

怀唐寅

才高运蹇叹蹉跎，花落诗成泪满河。
染翰能呼飞鸟住，举杯催醒蛰龙和。
宁蔫春日为残菊，不悔霜天作劲柯。
五百四年青史在，江南翘楚有谁么？

咏名贤先祖东山公

山寺鸡鸣催苦读，京华题榜桂花香。
殷勤步履与民近，卓绝才谋助国昌。
愿弃乌纱酬正义，愤弹奸佞护朝纲。
贬身换得清风袖，千载英名耀故乡。

岚口古洞

苦路崎岖叠万山，千寻峭壁壑生寒。
晴空一点云遮日，暗洞只身雾湿冠。
觅得遗踪人已杳，悟知真谛道原宽。
狮岩多少苎园客，矢志追随不解鞍。

满江红·三英①颂

风雨当年，奴戟举，茫茫夜黑。寻北斗，涵濡豪气，同仇忾敌。勇赴刀山摧旧垒，誓擎镰斧迎新日。蓝田动，创独立红师，苏区辟。

成与败，心共赤。家室舍，头何惜！纵因阶剐剧，巍昂身直。硬汉铁肝崎岖路，将军虎胆功勋册。誉闽东，桑梓志长承，英雄色。

贺新郎·次韵和张林华吟友

年少愁强说。亦曾经，登高望远，揽怀明月。六十年来晴与雨，赏品春风冻雪。才转首，青丝白发。悟了人间多少事，看嚣尘几度飞蛱蝶。人不再，听弹瑟。

汝今望岳天渊别。志拏云，遨观天下，壮心匡合。壁上龙泉堪虎吼，解断闲愁胶葛。神意在，亨衢难灭。有史宸山多志士，羡八斗才俊遗风骨。成与就，囊中物。

八十初度忆丁未岁

吟诵关雎遇好逑，牵衣意决共春秋。
家徒壁立无嫌陋，衣不时髦誓白头。
风雪为圆庠序梦，鹿车共挽稻粱谋。
岂堪撒手音容渺，户外厌听鸣鹁鸠。

---

①三英：指中共闽东特委代理书记詹如柏，中共福寿县委书记詹嫩弟，以及中国工农红军闽东独立师第四团团长，后为福建省军区副司令员的陈挺将军。他们都是福安后洋村人。后洋村今建"三英纪念馆"。

船经九江作

古渡余晖客异乡，云生春夜雨侵凉。
吟诗怕有香山泪，醉酒羞无太白狂。
风浪扣舷声细细，桅灯连岸影长长。
浔阳梦里似相识，尽把江流作诉肠。

罗承晋

罗承晋,福安苏堤人,1943年生。中学高级教师,历任福安六中、五中校长,三中副校长,福安市成人中专教务主任。福建省诗词学会会员。秋园诗社副社长。

苏堤下四景

南涧鹰群

荒野曾经胜武陵①,稻香瓜硕四时耕。

乔松密布浑沙坂,鸷鸟高巢尽隼鹰。

饥腹窝边雏不食②,健翎郊野鼬③消声。

椿梢欲雨如鸣笛④,弄影天边燕雀惊。

金蟹⑤瞰虾

烟树笼村碧水萦,家山入眼近虾形。

面前稻麦绿黄间,远处楼房昼夜增。

比屋面牵疑捣练,环寮蔗垒似连营。

仙源秀色春长驻,如展石溪⑥新画屏。

---

①胜武陵:黄晋鋈《步陈思化游南涧原韵》:"移家喜占武陵春,恍惚仙源眼一新。"缪汉《游南涧坂园》:"稻花翻雪白中瑕""呼童聊摘邵平瓜"。

②雏不食:雏,小鸡。据传南涧坂鹰群不习食王坑、南洋的小鸡。

③鼬:黄鼠狼。

④鸣笛:鹰的鸣叫声,据说发此鸣叫声则天将下雨。

⑤金蟹:金蟹岭。

⑥石溪:抗清失败后隐居山中,后为僧。其山水画师元四家,并兼收沈周、文征明、董其昌之长,借鉴米氏云山之气。曾作《仙源图》。

五显朝晖

蓬莱殿宇众心倾，人往人来趁晓晴。
刻意虔诚心笃切，满怀希望步轻盈。
朝阳辉映灵官像，晚照霞张五显庭。
最是迎神逢吉日，神舆锣鼓伴昇行。

节坊帆影

桅尾坊兜拂晓星，傲头①搬运不稍停。
顶风拨濑鲞艖重，顺水张帆菰笋轻。
麻岭崎岖频拄捊②，八蒲岜垒屡攀登。
村头回望老官路，深夜犹闻的笃③声。

齐天乐·庆祝中国共产党成立一百周年

列强侵扰神州乱，人寰几时清宴？古国新生，环飘赤帜，全赖南湖辉焰。狂澜力挽，领千万同胞，北征南战。各族相亲，喜山川万里红遍。

堪夸开放改革，有嫦娥天问，星月邀揽。沙漠良田，河清水北，万米蛟龙深探。田农赋免，喜小康争奔，脱贫全面。亿兆齐心，百年迎华诞。

---

①傲头：码头的方言称谓。
②捊：《玉篇》："杖指。"
③的笃：脚踩踏声。

登廉岭观烽火台遗址

廉岭山梁有烽火台遗址，石基座径一丈六尺、高四五尺。邑人多谓系抗倭遗址。廉岭即马山岭，从廉岭村至山梁古道、路亭尚完好。此烽台实乃清初迁界之产物，现存清代《福建海岸全图》可为证。

踏露跻攀廉岭巅，传闻山下曾缴捐。
无枝百尺何孤树？有石两寻尝举烟。
祸结东闽迁二界，兵连左海削三藩。
遗篇讳载当朝事，谁把烽台付笔端？

浴槽吟并序

福安灵岩寺旁有巨石槽，长六尺。左海古寺多此石槽。某博导调查认定系厨房贮水槽，并于罗源隐峰寺办宋石槽展。既系厨间贮水，何以宋后不复有此巨石槽？且闽地陶缸大且价廉，何必开山凿石花巨资而劳众（如隐峰寺绍圣三年石槽长一丈六尺余）？明史专家则大胆设想，以为系马槽。宁德漈山寺有十三口石马槽，则足够两百多匹战马饮用。结论"只能是建文帝的僧兵队伍"。安邑灵岩寺石槽大者长六尺，上刻"熙宁十年四月初五日"字样。慈云寺出土宋石槽，上刻"西隐禅院赐紫道延打造浴槽一口，入慈云寺资"字样。古田杉洋夏庄李氏祠旁有一废寺石槽，上刻文字有"浴佛"字样。宋孟元老《东京梦华录》云："四月八日佛生日，十大禅院各有浴佛斋会，煎香药糖水相遗，名'浴佛水'。"宋代寺院浴佛节即盛浴佛水于上述石槽中施赠信众，或称"浴槽"。宋后，寺院则按《敕修百丈清规》仪轨过浴佛节，故不再施赠浴佛水，浴槽亦无所用。故两宋之后不再出现巨型石槽。为正视听，今漫涂五十六字存照。

浴槽依寺卧深山，阔论诸君惜未谙。
设想专家超皕马，调查博导贮厨间。
元明凿石何难见，两宋开山为哪般？
历史原来如少女，所需各取任施丹。

重访六屿

判官创庙事微茫，旁午横舟六印江。
观察宾僚梦金甲，闽王功泽号甘棠。
清源子叔①刊载细，凤澳裔孙序述详。
今日教堂云树隐，谁知曾祀伍安王②？

寿宁西浦观缪蟾蜡像

双溪交汇水回环，踏步桥楼两岸牵。
只道驻颜伯山甫③，如今特奏忒轻年。

---

①子叔：泉州清源梁克家，字子叔，两任福州知州，著《三山志》。
②伍安王：伍子胥。宋政和七年（1117）刘世光《凤澳刘氏族谱》序言甘棠港梗舟巨石碎解，刘山甫创建吴安王庙于六屿。
③驻颜伯山甫：见《太平广记·神仙》。陈列馆介绍，缪蟾为特奏名第一。而宋史选举志记载，宋代由礼部将年老而屡次落第或落第十五次以上，且能坚持场场考完者，另立名册上奏而后参加附试，合格者，上报皇帝批准，称特奏名。特奏名进士，年龄至少五十以上而非少年。

油菜花开时节访彭家洋

仙岭顶端彭家洋，传有马仙五娘遗迹。或云五娘乃陈靖姑之徒，夫人宫三十六婆神之注生婆姐。

负笈经行日影长，煮茗孤妪守山梁。
五娘遗迹惟传说，仙岫晴岚空佛光。
客至穿林蓝鹊噪，朋来入眼菜花黄。
水云深处神仙府，应是朱公认此乡。

有 感

甘棠港琅岐说者云："从福州城下甘棠闸至琅岐岛这片水域均为甘棠港范围。"又云："《三山志》把甘棠闸明白无误地注在（福州）城下，缘何却把甘棠港注到三百多里外的山沟沟里？"

循名责实本寻常，对号孰知彭等殃。
郡治闸成新海港，罗家巷①是古罗江。

---

①罗家巷：罗江原名。民国26年恢复保甲制，对岸赛岐称"赛江保"，先祖从罗源罗川畔迁韩之罗氏族人，称罗家巷为"罗江保"。晋太康三年（282），晋安郡辖侯官、原丰、温麻、罗江等八县。罗江县位置，有罗源、瑞安、宁德三说。《历史地理》第24辑厦大林某言："该查地图，福安市罗江正处霍山之势，且位二郡之间，故疑罗江旧治在此。"而《福建历史地图集》则将此仅70多年历史之罗江与1730年前之罗江画上等号，将福安罗江标为古县。

三山太守掉银齿，凤澳判官遇瞽盲。
御史濠州求荐枕①，胡卢②神女楚襄王。

永遇乐·端午怀黄长裕同学

地北天南，山重水复，何日相晤？似箭光阴，桑榆岁月，坐等添迟暮。香江如画，异乡乐趣，岂忘旧山何处？老已至，几多俊彦，凭栏漫嗟虚度！

中天艾蒲，千古凭吊，香粽龙舟端午。忆昔征程，汨罗差近，五十春秋促。夫妻远送，涌泉③相别，网络留诗访故。天涯寄语同珍重，频传尺素！

石狮至泉州途中忽见罗山路牌忆郑明庭师

灌园旧县水寮边，结伴樵薪碧玉簪。
月夕同观八都界，日斜共饮姜家山。
金边已绝伤心路，曼谷方知创业艰。
车过罗山似闻笛，黄崎一别几多年？

---

①求荐枕：宋钱易《南部新书》云，安徽濠州近淮水有高唐馆，御史阎敬宿此题诗："借问襄王安在哉，山川此地胜阳台。今朝寓宿高唐馆，神女何曾入梦来。"轺轩来往，以为警绝，而它与宋玉所赋之高唐，相差万里。

②胡卢：笑貌。

③涌泉：鼓山涌泉寺。

怀卢远祯同学

同窗数载负芸编,万里征程备苦甘。
欢聚三番知鼎力,相援几度见披肝。
当时邂逅涌泉寺,他日无缘冠豸山。
睹物伤情难寄意,端阳跨鹤已经年!

次韵薛为河先生《六十述怀》

骑牛刈草几春秋,觟角悬书似影留。
袖里乾坤存日月,世间荣辱等沉浮。
烦劳但有推敲乐,安逸却无名利愁。
莫道清贫花甲子,吟哦染翰未曾休。

二中六十年校庆忆初中生活

六十春秋弹指间,相逢皤鬓忆当年。
镜前吐绶笑时啄,墙上格言解世艰。
觅草环山饲白兔,踏霜挑炭肿酸肩。
衰颜漫道浑难识,往事依稀是昨天。

题与连汝湘同学合影

恍回岁月卅三年,览胜匡庐五月天。
山寺桃花香艳尽,仙人洞窟雾岚旋。

绵绵春雨时时歇，皑皑飞流定定间。
作别韩城几十载，相逢无复识苍颜。

悼陈金杰师

斗室梁倾复壁捐，与君当户几多年。
马头①割稻逢炎序，牛尾②插秧达暮天。
无愧执鞭晨督早，有怀击水③夜争先。
共期校庆重相会，丁令惊闻已列仙。

题旧县赤山坪溪边与林炼、刘宗助合影

岁月依稀五十零，秋风茅屋赤山坪。
蹄涔曾见螺堆簇，饭饵常观鱼竞争。
重返堪嗟溪水墨，再登可叹膝髁疼。
翻寻旧影思无限，皤鬓苍颜对老翁！

---

①马头：范坑马头村。
②牛尾：上白石流尾村，因其谐音，当年吾侪以"牛尾"戏称。
③击水：是时，每逢公社晚上开会，都要中学老师凑数。夏夜，余与陈、许二师皆泅回八都界。

观北京冬奥会

五环圣火映燕京,万众葵倾盼视屏。
单板如飞疑鹊舞,雪车①似箭赛蛇腾。
交称坡面翊鸣②最,共赞跳台惟爱凌③。
应喜群央介携手,舒心拼比胜输赢。

①雪车:铁驾雪车。
②坡面翊鸣:苏翊鸣单板滑雪男子坡面障碍技巧获银牌,5转1800度,应冠军而亚军。
③跳台爱凌:谷爱凌单板滑雪大跳台比赛获金牌。

冯惠民

冯惠民，1943年9月生，籍贯福安。福安教育局退休干部。福安秋园诗社、福建省诗词学会会员。

祝贺秋园百诞

秋园佳色今犹在，未愧先贤热血浇。
百诞欣逢春烂漫，新花老树竞风娇。

南澳岛宋井

潮漫水常清，游人恣意行。
当年奇迹在，不见宋兵营。

安徽龙口水库①

拦河山作岛，绿水益农夫。
谁想当年事，挥锄动地呼。

---

①1958—1969年，历时11个春秋，20多万人参加拦河筑坝工程，此坝是当时世界上第一大人工土坝。

夜（新韵）

茵茵绿草坪，隐隐月昏明。
我我语声细，蝈蝈轻叫鸣。

赞瑞泉艺术馆主人

城山培俊士，艺苑细耘耕。
路远行将至，事难为可成。
不嫌涓滴水，能汇海涛声。
才气随风远，传扬到北京。

双峰记忆之竹林

村前有竹林，常攫稚童心。
才戏鹰鸡捉，又藏猫鼠擒。
春天一夜雨，新笋满头簪。
长者每吩咐，矜矜莫乱临。

浙江雁荡山大龙湫瀑布

慕名携侣行，曲径影斜横。
云起山峰色，谷鸣天籁声。
飞龙喷玉液，流水动银筝。
奇景僧先觉，雄姿令世惊。

游荆州

菊月赴荆州，风光纵我眸。
巡瞻关帝庙，留影古城楼。
我悟一鞭策，谁知屈子仇。
春秋曾有笔，不愧此番游。

北京恭王府

府第和珅建，缘何无宅名？
官贪民不齿，权滥罪彰盈。
史笔朝朝在，口碑历历明。
忙忙人世短，身后见输赢。

上泰山

鸟径连云道，诸仙岱顶迎。
雍熙恋游客，缥缈隐霓旌。
竹浪随风远，松涛近日鸣。
如今思孔杜，山小动骚情。

悼袁隆平院士

笃志禾田累始终，袁公筑梦德高崇。
为民果腹功昭世，奕代丰碑刻个中。

赞郑复赠校长

誉满杏坛桃李夸,力推三笔遍开花。
砚田一展耕耘艺,道道犁痕自一家。

越南下龙湾

乘舟览胜岛重重,满眼奇岩突兀峰。
堪谢天公涂御笔,丹青万卷墨宜浓。

湖北古琴台

高山流水觅知音,明月清辉照至今。
多少诗情与画意,难描失落伯牙心。

钓　鱼

秀水粼粼缠钓矶,稻花香落鲫鱼肥。
钓竿划破风云月,一线天空锦鲤飞。

盆景松

千姿百媚竞招徕,扭曲身躯实可哀。
本是深山梁柱树,缘何误入此中栽。

雷 雨

雷鸣天地适其时，只念苍生早与迟。
雨涤浮尘为净宇，风催枯树剪残枝。
蓝天霞蔚霓虹艳，碧野空清草木滋。
更喜林梢飞噪鸟，重温展翅使人知。

南歌子·观渡江纪念馆

大地风云骤，钟山弹雨狂。雄师百万过长江，千里江防无阻，敌逃亡。

日出东方亮，光风霁雨祥。民心所向是沧桑，正道红旗指处，起苍黄。

鹧鸪天·举弈

闲趣手谈和日中，茗茶落座各西东。双关欲越无行径，虎口横冲有劲风。

争胜势，竞多空，心随落子展棋功。幽兰潜室清香断，蛱蝶敲窗一点通。

吴石麟

吴石麟，1943年生，笔名石垒，福安下白石人。福安物委退休干部。著有诗集《石垒集》。

秋园颂
——纪念秋园诗社百年华诞

百载秋园百媚娇，千姿百态笔难描。
园丁撒汗花繁茂，耆老呕心苗壮娇。
国难当头诗作剑，新程奋进赋为桥。
紧随建党百年路，一路高歌彻九霄。

迎春四首（录一）
——步毓华先生拜岁诗原韵

春风送绿遍西东，战火燃烧苦难同。
世界安宁匡正义，和平梦想总相通。

读拜岁诗，呈毓华先生

先生廉洁令人钦，独酌村醇索句吟。
酒肉交朋非所愿，家风母训感铭心。

欢呼天宫二号发射成功

月正天心似镜圆,长征火箭灿云烟。
天宫二号神仙府,宇宙空间实验田。
筑梦航天抒壮志,探寻奥秘奋扬鞭。
嫦娥礼接娘家杰,愿驻华宫度晚年。

忆江南·难忘母校
——献给福安二中六十周年华诞

难忘也,母校育恩深。穆水溪边求学业,园丁培植倍温馨。小草沐甘霖。

难忘也,同学弟兄情。炼铁洗沙挑木炭,互相帮衬并肩行。谈笑路边亭。

难忘也,师德最堪崇。雪暴袭来遭委屈,坚持教学态从容。挺立待春风。

游永安桃源洞

桃源峭壁逼苍穹,堪叹神奇造化功。
缝隙观天唯一线,层峦叠翠隐千重。
通幽曲径藏遗迹,越涧清泉润玉容。
唧唧鸣蝉歌盛世,浮生一梦顿惺忪。

游永安鳞隐石林

搜奇览胜觅仙踪,怪石嶙峋耀眼中。
护笋黑熊呈憨态,别姬楚霸隐凄容。
拟人状物形惟肖,似幻如真意象通。
云海波涛闲自定,石林含笑沐春风。

游太湖

湖光秀色暗香浮,惹得游仙醉不休。
最是樱花飞艳雪,俊男靓女影纷留。

瞻泰伯庙

辞王三让别岐山,历尽艰辛万险难。
断发纹身臻教化,兴邦立国治荆蛮。
江南建业功勋著,梅里开基后裔繁。
至德丰碑昭日月,延绵惠泽润人间。

美丽乡村行
——甘棠镇过洋村采风吟

美丽乡村好过洋,群山环抱隐霓裳。
修篁翠竹层层绿,茶果松樟处处香。
山道小桥遗古韵,层楼公路展新章。
村容整洁怡人爽,更有娇姿待后彰。

台海吟

百年老店朔风催,魑魅闹腾黎庶衰。
叹息蓝营沉暮气,何堪绿阁布阴霾。
蚍蜉撼树黄粱梦,怒海惊涛震地雷。
且看金瓯圆阙日,明珠焕彩霁云开。

纪念刘宗璜先生诞辰一百周年

韩阳毓秀出英豪,秋野才华饮誉高。
反帝同盟投匕首,左联结社荟吟曹。
胸怀报国凌云志,手握救亡鸿笔刀。
市志标名垂史册,丹心留取世人褒。

纪念林则徐诞辰两百三十周年

闽中福地出贤臣,禁毒先躯第一人。
铁腕销烟惊恶寇,精忠报国护黎民。
兴修水利农耕稳,廉洁为官律法伸。
伟绩丰功垂史册,英雄典范耀寰尘。

抗战丰碑
——纪念抗战胜利七十周年

侵华日寇特疯残,戮我同胞惨绝寰。
血债如山何抵赖,冤仇似海岂容宽。
十年浴血驱狼遁,万里鏖兵奏凯还。
抗战丰碑昭日月,宜将史鉴志铭传。

纪念冯梦龙先生

千钧笔力贯三言,二拍齐名警世贤。
坐馆舌耕开益智,挥毫疗腐举文鞭。
莫言小说无稽话,当悟大师骇俗鲜。
立志安民臻教化,潜心著述集鸿篇。

观龙舟竞渡怀屈原

每逢端午竞龙舟,惜叹灵均愿不酬。
赋作怀沙遗古恨,情牵故土问天惆。
何堪宋玉悲情辩,犹感贾生衰涕流。
急棹飞花排浪涌,三闾俗盛祀千秋。

宋宝章

宋宝章，福安穆阳人，1944年生。中学退休教师。常写农村田园诗词，多篇诗作在《福建诗词》发表，其中两首收入《中华诗词库·福建诗词卷》。

春游登山遇雾

春游信步径蜿蜒，忽坠茫茫满壑烟。
岭侧轰鸣知瀑近，峰尖昏暗觉崖悬。
草丛窜雉频惊步，岩壁晃荆屡搭肩。
喜看彤阳浮幻境，山乡久沐彩霞天。

山村雨后

霞明风爽夕阳浮，峰秀林幽听雉鸠。
银蝶盘旋田埂上，金珠闪烁竹枝头。
披蓑姑嫂撑瓜架，放学孩童唤牯牛。
蕉底浅沟山水涨，蔬园小屋隔溪流。

山亭避雨

云涌群峰暗，荒亭且避藏。
雷声携雨烈，电闪带风长。
瘴气蒸林白，昏天映野黄。
狂洪咆狭谷，满岗雾飞扬。

公墓自寻坟址

年老知规律,林泉自点庐。
不争风水秀,只要莽榛疏。
莫怕登灵柩,从容对铁炉。
放开牵挂少,心健晚霞舒。

山村夏夜

数竿竹影拂庭前,北斗凝辉挂屋檐。
风气清凉呼吸畅,田园幽静睡眠甜。
一萤掠线穿窗舞,群蛤沿渠唤月圆。
忽听松间吹竹笛,政通农舍乐丰年。

体检发现心脏毛病

肢体还强健,阎罗笔已勾。
电图描散乱,血液发黏稠。
偶服疏通药,多开豁达眸。
带伤冲不止,分秒播丰收。

山村小居

绕墙掩翠绿,福字贴门红。
堂掠衔泥燕,檐归带粉蜂。

塘深生鲤鲫，园近种姜葱。
饷妇穿荒径，草烟袅远峰。

山村小屋避雷雨

小屋如舟晃，颠簸大浪中。
瓦穿飞蛋雨，窗破入狂风。
雷壮弧光亮，云低瘴气浓。
山乡天莫测，雾散夕阳红。

凌晨从海口赴三亚

初夏游椰岛，贪凉早发车。
整装揉睡眼，带梦赴天涯。
东海云先曙，南疆景渐佳。
潮头升旭日，碧浪涌红花。

冬过山村

顶寒山坳路，风剑入衣襟。
谷旷溪桥远，寨遥竹木深。
霜枫晕满岗，晴雪衬疏林。
何处丰收庆，隐闻戏鼓音。

山村深秋

羔犊翻梁下夕阳，垄田烧垛草烟长。
公婆旋柿烘新饼，姑嫂和糟泡嫩姜。
晓雾采蔬晨赶市，午风扬谷晚升仓。
山歌清脆云中出，梢露柴扉正向阳。

山村小居

屋顶松针积，草窗鸟语浓。
泉洼生鳝鲫，塘角长莲蓬。
陌歇耕田犊，篱穿带粉蜂。
林梢高线过，茂竹满山峰。

回家过年途中

车行高速雨丝斜，千里风尘满目沙。
隧道穿多知险路，桥梁过久觉危崖。
为操衣食常离土，每到年关特想家。
似箭奔驰除夕暮，家山远远隐烟霞。

小山村迎亲

红灯花轿下云端，唢呐声徊绝壁间。
一美登堂齐喝彩，双亲堆笑最开颜。

艳歌对唱房尤闹,喜烛交辉酒正酣。
纯朴山民同祝福,明朝耕织永相搀。

山村寻人不遇

抱册提琴叩竹扉,花繁院寂自芳菲。
漫观荷圃蛙纷窜,误触梨枝瓣乱飞。
寻到蔬园瓜豆茂,转回竹坳雨烟霏。
扭头怅望云深处,鸠雉声声送客归。

中秋夜同友登狮子岩

异乡逢节兴偏浓,邀友相携上险峰。
登岭清光初透树,到巅圆月正当空。
围篝谈笑分瓜饼,选曲欢歌唱紫红。
下界几多烦恼事,秋风扫在有无中。

山村月夜

凉爽山风入室馨,倚窗听蝈数流萤。
梯田当月坡披镜,岩竹迎风影落庭。
屋角映天蹲瓦兽,峰巅排树挂金星。
谁家督子诗书诵,夜景清幽似画屏。

山溪野渡

清溪穿险峡,渡浅浪花盈。
彩雉沿崖窜,金蝉附苇鸣。
风摇滩柳翠,水击臼潭澄。
竹筏无人守,解绳客自撑。

假日山村游

放下繁忙一岭攀,农居小住乐悠闲。
风凉每欲添衣出,泉洌常需带水还。
难得身心融绿境,好将烦恼付青山。
云端偶作逍遥客,不在浮沉得失间。

岁末重上白云山

苦觅仙翁对弈台,茅丛乱石长苍苔。
包围岔口千竿竹,点缀山门一簇槐。
冬雪未飘霜早结,春风欲到雨先来。
有缘身在诸峰上,坐待晨曦一线开。

吴玉泉

吴玉泉，1944年生。秋园诗社常务理事，福安市老年书画协会秘书长。著有《仙岫泉声》《百姓楹联》等。被福安市政府授予"德艺双馨文艺工作者"称号。

彭家洋民族团结大楼莺迁感赋

无锁蓬门云自渡，有声漏屋鼠嚣争。
春风一夜生仁爱，悲戚于今有笑声。
画栋琼楼多引凤，青山绿水每迁莺。
京城闹市偏嫌弃，情满山楼十二层①。

纪念中华人民共和国成立五十周年

沧桑五十年，镰斧德如天。
饱眼繁花绽，金瓯两制圆。

升平乐

自号老顽童，步轻行带跳。
能逢盛世生，梦语三更笑。

---

①十二层：彭家洋原来系贫困高山区、小村落，近十年来建起高楼12层，很多专家学者来村居住。

游白云山九龙洞

行吟嬉笑白云边，一路风光慢不前。
道子何时临僻壤，巴图底事上危巅。
天然壁画应神手，百态壶雕是艺仙。
欲解山河千古奥，九龙遗迹忆绵绵。

哀悼郑复赠师长

初闻噩耗乍懵然，恍惚阿谁瞎祸编。
几夜三更惊醒梦，一何每思益添惢。
难眠披服陪灯坐，斜倚翻书泪纸穿。
睹物如斯情脉脉，翻箱无奈忆绵绵。
文房指屈皆前赠，书幅诸如俱近缠。
半世师言余领教，十年吾句您题笺。
笑添白发何由悔，友挈名师果有缘。
痛惜阴阳追莫及，迟来可许近坟边。

唐多令·咏五福楼

紫霭彩琼楼，清风引我游。乐趣中，梦逐从头。功溯前朝桑梓事，情难禁，忆悠悠。

福祉孰为筹，郑公诗隐谋。得赐封，城筑歌讴。今仰楼新书五福，谁善策，是鸿猷。

沁园春·韩城升级

日朗风清,仙岫登临,极目万千。望韩城美景,天衢高速;立交盘架,绮翠绵延。万亩茶区,千家电器,一路升华史无前。无愁日,富民安居处,欢聚神仙。

回眸往事奇缘,忆郑寀,金阶呈锦笺。承御批恩锡,围龟放鹤;龙腾马跃,舞剑张弦。七百春秋甘辛拼博,俱逊当今三十年。真无愧,重负闽东担,一马当先。

意难忘·喜迎十九大

锦绣河山,正菊黄桂馥,气爽霞丹。长空排雁阵,环宇仰奇观。人意洽,国中坚,趁风又扬鞭。总前头,龙城气壮,党大声喧。

宜时击鼓悬幡,试看兴华计,胜事千般。繁花开遍野,致富再翻番。图远景,又冲关,国梦愿圆圆。信明日,斑斓异彩,更见非凡。

哀悼廖俊波英烈

皇天何事违人意,偏起凄风毁栋梁。
远播政声身忘我,唯余业绩世传芳。
闽山万叠鹃啼血,圣口长篇语吐香。
人去但留明镜美,荣光熠熠照仙乡。

飞雪满群山·黄峰将军赞

国难当头，金瓯将碎，暮鸦啼向寒烟。少年负志，心怀报国，枪林弹雨当先。黑山淮海畔，奖章屡，千钧负肩。死生无顾，忠心赤胆，松立泰山巅。

看此日，江山千里画，语笑危楼上，肉腻鱼鲜。空调窗甲，安眠难以，梦回赤地红天。念无私奉献，人间满，无词可篇。几多德泽，摧窗坐看流水涓。

郭老绍恩吟长期颐致庆

一介书生少负名，文林戎旅两兼行。
经途坎坷危崖路，与世艰难故国情。
浪迹浮萍还志士，孤灯雪案就精英。
太平振兴孚人愿，最是期颐不杖程。

周宁萌源仙岗度假感作

嗜山好水欲为家，岗上仙都景独华。
蟾魄游魂犹与共，云天雾海任豪奢。
常离故里缘奇境，频携知心爱彩霞。
琐事闲情随日淡，浮名虚誉看昙花。

英烈魂

死生早度外,血肉许河山。
汉鼎头颅铸,忠魂霄汉观。
亲经洗血事,直举胜旗丹。
国盛欣全愿,泉中不愧颜。

赵玉林吟长期颐之际后学戏作学寿言

学寿言颠君莫笑,十成难就就三成。
期颐谅必多奇巧,世俗无知但至诚。
恒一深藏佛子诀,宽胸满载长生经。
磨光明璧堪为镜,可照痴心万里程。

哀悼郭老绍恩吟长

昨夜凄风摧厦雨,今朝噩耗瘦鸦嘶。
连参寿诞三旬席,忆就樽前对句诗。
苍叶翻残师表语,遗容忍见梦魂悲。
西山晚照何难就,泉下平听付梓时。

游九龙洞

九龙牙爪迹犹新,臼井惊号发怪音。
疑隐深潭将急跃,谨防冷水泼浑身。

林耐秋

林耐秋，1947年生于福安。大专文化。小学高级教师。学区副校长，市教育督学。秋园诗社社员，福建省诗词学会会员，福建省行知书画院理事，福建省书法家协会会员，中国书法教育专业委员会会员。

春

千桃粉艳万园芳，布谷声催柳叶长。
细雨和时滋大地，东山男女采茶忙。

琴

柔弦颤动籁声清，十指轻弹喜怒情。
莫说骊宫常作客，应夸诸葛退千兵。

书

映雪悬梁毅力臻，黄金屋里窍推门。
有恒黑发晨霜伴，万卷迎来笔下神。

沙溪仙人筛米

潋滟清波左右来，烦劳日月动银筛。
不知仙女何方去，米白疑谜万古猜。

穆阳线面

素颜如玉舞丝缭,发结红绳未许人。
生诞寿筵亲奉侍,有缘相识马兜寻。

鼠

虽知府外乾坤大,静隐深宫练锯牙。
六十年轮从我始,一春子女发三家。

坦洋工夫红茶

桂岩春暖沁三春,蒙井泉清韵味醇。
凋捻酵焙精湛艺,茗中佳品醉英伦。

溪塔葡萄沟

金沟南国显荣殊,见底清泉脚下呼。
数里绿棚畲唱远,抬头猛撞蜜珍珠。

马

飞龙未必问金鞍,驰骋疆场绩不凡。
伏枥常怀千里志,功成身退放南山。

鸡

平生言语不轻开，一唱东边旭日来。
五德爱同三友近，无枝竹叶院中栽。

上海锦尊荷塘

花引蜻蜓舞碧空，半塘洁白半塘红。
绿圆伞下小蛙唱，难得晨间一放松。

江西宜春明月山

缆车索道上云途，万绿丛中百顷湖。
对影中秋成四月，狂欢歌舞荡天都。

新疆天山天池

松杉环抱入云间，明镜捧心照万颜。
王母邀仙曾盛会，风光神话越千年。

云南昆明

石林秀景展奇葩，多彩民风数道茶。
鸥乐滇池招客趣，春城扑面尽飞花。

富春公园

交叉小径曲通幽,桥护淙淙细水流。
绿竹让贤乔木旺,红花争艳嫩芽稠。
塔边刻字千年史,壁上题诗万里邮。
秀色天然传远迩,长溪佳境最堪游。

吴元生

吴元生，籍贯福安，1947年生。1988毕业于福建省广播电视大学。社口中心小学退休教师。

万松书院

雷峰相伴万松山，景色清幽客不还。
古木参天花似锦，石崖刻字迹犹鲜。
三名①书院称奇迹，四处人雕纪故贤。
更有悲欢梁祝曲，痴男怨女唱千年。

春　游

雨后风和日，春游好主张。
青山开笑脸，绿野换新装。
啼鸟催耕急，飞蜂课蕊忙。
人生稀百岁，切莫错时光。

春　茶

春风细雨润青山，唤醒茶林笑满园。
不与百花争艳丽，清明一品醉心田。

---

①三名：万松书院更了三次名。

新韩阳

韩阳景色更旖旎，带水已非昔日姿。
林立高楼连宝塔，湖环栈道接园池。
贯通隧洞城区扩，兴建桥梁百姓怡。
郑寀有知当斗酒，再从宋帝赋新诗。

山茶花

冬云压顶雪相随，吐蕊山茶送雁归。
香气袭人飘四野，花红叶绿胜寒梅。

献给福安籍黄烽将军

风云突变国危亡，热血书生意气刚。
宁沪挥戈倭胆丧，浙闽夺岛战旗扬。
诚心护友为公义，妙手挥毫著典章。
来去赤条真马列，将星璀璨耀家乡。

武侯祠感怀

茅庐未出便三分，说是凡夫又似神。
口舌斗儒多霸气，空城抚瑟更安矜。
七擒孟获仁为本，六出祁山泪满襟。
发展农桑民众乐，匡扶蜀汉最忠臣。

国庆七十周年

风雨兼程七十年，南疆北国换新颜。
银锄斩断贫穷草，汗水浇成富裕篇。
航母扬威巡碧海，神舟争气入玄天。
国门开放迎宾客，带路绵延四海欢。

冠豸山

红土客家冠豸山，武夷姐妹秀东南。
丹梯云栈连玄阙，巨石松亭赏杜鹃。
苍玉峡幽波荡漾，滴珠岩峭壁天然。
沾来仙气人长寿，来岁还登第一观。

天净沙·春景

桃红柳绿山青，莺歌燕舞蛙鸣。半露荷苞倒映。风和日丽，岸边鹈鲽深情。

水调歌头·过年

又见红梅笑，万户贴春联，千年民俗传统，欢乐过新年。游子驱车赶路，慈母穿梭闹市，采购不嫌烦。百姓一心愿，最喜大团圆。

东风拂，升紫气，尽开颜。缘来改革开放，华夏谱华篇。科技出神入化，大地日新月异，生活变甘甜。不忘前人树，吃水念源泉。

如梦令·新农村建设

才建休闲绿道,又喜裸房改造。政策惠乡民,古旧山村换貌。真好,真好。我要还童返老。

观光寿宁下党村后感

登临车岭上青天,书记翻山只等闲。
田野村头留倩影,廊桥民宅解忧难。
党风开启宏图路,汗水浇成富裕篇。
精准扶贫政策好,穷乡僻壤换新颜。

清平乐·重阳节登天马山

重阳节到,云淡天晴好。野地黄花春意闹,小鸟枝头欢叫。
一年一度登山,老翁兴致开颜。健步盘山绿道,人人抖擞昂轩。

郑碧城

郑碧城，1947年11月生，福安溪柄榕头人。中华诗词学会、中国楹联学会、福建省诗词学会、福建省楹联学会、福建省书法家协会会员。

梅兰竹菊

傲雪迎春仰面花，香肌玉性淡生涯。
虚心劲节低头叶，放彩陶篱醉晚霞。

中秋教师两节巧遇吟

欣逢两节巧相连，好教为师月正圆。
汗水浇开明媚景，秋风送爽乐尧天。

诗　缘

秋园扢雅乐词章，逸韵吟声醉故乡。
总是邯郸初学步，抛砖引玉畅诗肠。

寒　窗

伏读诗书总克勤，挥毫寄趣力耕耘。
凄风苦雨寻春梦，刺股寒窗不出群。

题福安三贤祠

薛公才德史流传，郑祖诛奸正气篇。
谢士西台昂义概，谁何不敬此三贤？

壬寅蕤宾淫雨

玉帝无能悖谬时，银河缺口却不知。
堪怜苦雨农夫怨，借问天公袒护谁。

听　雨

芭蕉逸韵听鸣雨，乱打梧桐奏乐台。
戮点荷池敲破鼓，寻诗触景兴头来。

夏雨（得磨字）

一

倾盆阵雨水盈科，风起飘香乱卷荷。
漫道青禾何得失，桑田泛滥苦磋磨。

二

狂雷闪电风云荡，雨洗山川水错磨。
霁后池蛙迎璧月，清泉散彩赏轻荷。

六一随感

昔日孩童今日翁,蹉跎岁月疾如风。
清怀总觉初心在,晚景唯求淑德隆。
盛世繁荣开笑口,虚名朗秀立枯松。
携孙共度时佳节,六一追思感慨浓。

讴歌福文化,喜迎二十大(嵌五福)

韩阳福水养韩阳,毓秀山川景福长。
天马横空腾福气,龟湖泛彩发祥光。
亲民造福开盛世,笨鸟飞天奔小康。
营创福安呈胜境,初心不忘志图强。

壬寅七夕

银河断渡盼今宵,但愿年年有鹊桥。
两岸分居愁岁岁,双星眷恋苦朝朝。
柔情似水幽期梦,蜜意如饴醉玉霄。
感叹奇缘天作弄,为何此爱总神聊。

均衡发展喜迎二十大

均衡发展复兴长,远瞩高瞻国祚昌。
使命担当抓实干,初心不忘创时康。

和谐社会民乐业,幸福家园景淑祥。
优化计生谋盛世,三胎惠政在图强。

壬寅小暑吟

盛夏炎炎六月天,烦人热浪苦当前。
金蝉在柳悲鸣唱,彩蝶寻花急熬煎。
劲竹招风不见爽,轻荷绽蕊独争妍。
热风电扇仍流汗,总借空调勉入眠。

"福建号"航母下水吟怀

兴邦励志在图强,不让群魔再犯狂。
导弹神舟为善守,辽宁福建护慈航。
雄狮已醒新天地,美日难圆旧梦乡。
誓保金瓯无破缺,凌云众志正昂扬。

教师节吟怀

一路清勤执教辛,黉门尽职舌耕人。
讲台倦目终无怨,粉笔题书总不尘。
桃李成林收硕果,春风化雨育贤仁。
欣然喜见时材出,不管其中苦与贫。

与中联诗钟社执行社长孙英老师视频

吾生直似景升牛，立雪程门以后修。
鹎鹠强言终见拙，邯郸学步总含羞。
诚交鲍叔时知遇，相识子期好匹俦。
聊借诗书娱老朽，抛砖引玉别无求。

自　吟

红枫放彩日偏斜，沐雨经霜泛晚霞。
斗韵敲钟常觅句，挥毫洒墨乱涂鸦。
寻诗寄趣何挣脱，借酒消愁更叹嗟。
后继岐黄曾逐胜，传承祖德总无暇。

> 郭孝卿
>
> 郭孝卿，1947 年出生。退休教师。秋园诗社副社长兼秘书长。

龙落湖头

谚曰："双龙落湖头，虾蟆把水口。"湖头指湖头洋，有湖有洋。湖系西溪流经社口村北入境处一段，溪流平缓，湖水清澈，河床平坦，是乡民游泳好去处，龙舟竞渡多在此举行。湖旁即洋，是社口居民最早迁徙地，因寇乱遭毁，村民跨朱坑涧向南移迁。双龙指上龙（垅）头（即一号山）、下龙（垅）头（即炮楼岗）。民国 24 年（1935），茶界泰斗张天福在湖头洋创办福建省建设厅福安茶业改良场，即今福建省茶科所的前身。

　　　　临凡玉佩落平湖，随驾双龙护碧珠。
　　　　戏浪泳人亲洁泽，低迟山影恋霞姝。
　　　　芦洲秋送温柔絮，鹅卵情陈景慕书。
　　　　丽媚含光能落雁，科研基地又开扶。

蟾拦水口

谚云"虾蟆把水口"，指有山冈形如虾蟆，蜿蜒直冲岩下村口。南流西溪于此折向东流。因虾蟆岗遮拦，从社口难窥西溪出水，故称。1995 年，黄兰溪水电站在溪西岸建厂房。

　　　　辞别姮娥下世凡，俯冲川口镇河湾。
　　　　日轮投影鱼吞日，山色垂帘水抱山。

垒坝成湖收景致，通渠引溉润农田。
招呼龙鲤穿长洞，共灿西溪不夜天。

古渡榕荫

　　社口旧有二座渡口，位于下街、中街和上街。下街渡口主渡行客；中街和上街渡口，停泊货船。渡口有数百年古榕林，遮天蔽日，连绵不断，蔚为景观。传说万历年间，西溪涨洪，水势汹涌，溪中漂来一段樟木，临中街渡口榕树旁旋回不去。村民捞樟木上岸，却是一尊神像。当晚，即有自称五显灵官长生大帝托梦村老。村民便筹资在樟木上岸处盖起大帝宫供奉神像。

虬干苍颜不记年，拦洪挡雨可遮天。
因留大帝祈祥庙，来泊行商起利船。
磴级废残怀咏扇，渡津弃置说更弦。
桠杈巢筑啼禽闹，仍唱荫浓未赋闲。

飞层茶韵

　　飞层山位于湖头洋东面，形呈椭圆半球，遍种茶树。春风吹拂，茶香醉人。满山翠绿欲滴，似青娥髻、织女梭。采摘季节，红裙花衣，点缀其间，万绿丛中点点红。山顶系省茶科所良种培植基地，四季春色满园。1982年，珠江电影制片厂拍摄《喜鹊岭茶歌》在此取外景。

谁盘发髻绾青螺，未许迎眸已送波。
胶片倾心频拍摄，游宾狎昵费摩挲。

撩情长袒春风面，凝虑停抛织女梭。
香溢灵芽堪醉客，层峦无日不茶歌。

松洞藏仙

松洞，位于社口后门山楼梯岭右侧，因洞旁遍种松树而得名。洞不深，仅容三五人，传说有仙人留迹。周遭岩石嶙峋，奇形怪状，如狮立，如虎蹲，如蟾卧。眺望处，白云山、锣鼓山、老鹰峰、甲峰顶等崇山尽收眼底，西溪沿岸风光一览无遗，足可玩赏娱情。民国初，社口郭灿坤（细妹）、郭朱宽（裕如）在松洞旁先后建守松堂、松涛洞、三观堂、如仙阁等四座道观。

蒿径攀缘隐雾封，茶枝薯蔓探仙踪。
狮岩壁立窥幽窟，虎石斜蹲扶赤松。
碧洞蜗居三五卧，丹经领诵万千通。
周遭青节圜围护，招引凡夫鱼化龙。

石人赴义

石人碛，位于社口冬瓜坪后门山。巨石巉岩，酷似人形，故名。传说余坑草寇造反，三箭射帝主不中，致老鹰峰留缺口称"老鹰缺"。帝主见箭，派兵围剿。赶来助阵神兵天将见草寇兵败遭戮，化成满山石人石马，遍布社口、余坑一带。

曾举义旗天地惊，漫山助阵降神兵。
颜衰化石仍昂首，心硬成钢懒发声。
磬响难萌骑鹤念，草封常激伐檀情。
高风不径流传远，三箭穿峰话老鹰。

鼎窟浮礁

西溪自湖头湖下分两流，一流自溪口直下，一流弯曲折行，奔社口上街渡口。渡旁一巨礁，状若玉兔，卧于西溪之中。礁旁旋涡，深不可测，人称"鼎窟"。

湍流到此转旋涡，鼎窟渊深接绛河。
兔卧浮礁宜钓月，榕垂枝翅可撩波。
渡津嬉戏浣纱女，蹬级音回放筏歌。
最喜更阑陪爱侣，银涟漾影话嫦娥。

朱坑垂瀑

朱坑瀑布位于朱坑涧源处，高达百丈。涧流自大洋岭直泻，流入朱坑。秋冬旱季，水流细小如丝。春夏雨季，瀑流汹涌，颇为壮观。

懒守青山隐世家，纵身百丈跃云崖。
冬流细细银丝面，夏涨飘飘白雪纱。
敢步庐峰垂碧落，更迎晨照映丹霞。
素珠不向朱坑恋，万里奔流作浪花。

瑞云梵响

瑞云禅寺原名"瑞云庵"，俗称"湖头庵"，位于飞层山东麓，始建于清中叶。据传，为某姓出家姑娘所建。民国年间，庵旁引植外国杨梅,因果粒大、酸甜适度、入口生津,俗称"番杨梅"。一到成熟季节,最能吸引童稚偷采。庵堂几度兴废,21世纪重建,规模恢宏。

掩遮面目卧山弯,几度沧桑换旧颜。
尼媪庵成和尚寺,杨梅坪改御茶园。
新楼焕彩宜参佛,碧殿排推好悟禅。
雄伟山门钟梵响,顺随高速遍瀛环。

广化兰馨

广化禅寺位于社口上洋路,背靠凤凰山,傍朱坑山涧,眺望锣鼓山,层峦叠嶂为屏,翠色迷人。殿宇巍峨,龙墀石柱,气派宏然。巨石雕刻"佛"字系住持释广品(俗名毛春贵)手笔。阶旁种植数百种兰花,千姿百态,高洁典雅,芳香扑鼻,足可玩赏。

凤凰山麓翠屏张,日夜丝桐涧奏长。
锦鲤绿池添静谧,龙墀青琐助堂皇。
一尊佛石雕鸿笔,百态兰馨透梵堂。
方丈也沾君子气,泥盆寸土播芳香。

玉岩香雾

玉岩位于社口后门山,巉岩兀突,险峻巍峨。登岩顶,西溪两岸风光尽收眸底。岩上旧有玉岩仙宫,一度废弃。进入21世纪,社口众人筹资重建,供奉马仙。

凸立巉岩已近天，顶头开殿惹云缠。
胸怀磊落西溪景，宫塑慈祥马氏仙。
叩首应能酬洽愿，护苗长见吐甘泉。
法螺响处弥香雾，旗彩车流堵岭巅。

绿道湍弦

　　社口绿道沿社溪东岸而建，连绵数里。石桥流水，亭台湖影，花草夹道，古树遮天，或磴级，或矴步，如绸带，似青龙，蜿蜒起伏，装点社溪秀色。晨霞铺彩，夕照镀金，结二三伴侣，信步闲游，赏湍花轻舞，听湍鸣抚琴，间或鸟雀啁啾助兴，真乃神仙乐事。

蜿蜒绿道傍溪河，月浴山沉美景罗。
亭阁临湖迷歇客，虹桥跨涧过游鹅。
湍弦平弄三登曲，树盖回鸣百鸟歌。
踏拍步闲抒感念，小康腔调颂安和。

闽东交通

便捷康衢四海通，五横三纵贯闽东。
劈开峻岭旁穿隧，降服江河直薄穹。
霞耀虹桥云稽首，灯明星彩马游龙。
笛声频送和谐曲，万里蓬莱一日功。

太姥仙都

素面神奇貌画图，乳峰黛壑世间孤。
朝天鲤髻金龟钏，拜月螭衾玉兔梳。
百媚娇痴生洞石，四时云雨想荆巫。
步移形换皆姿采，太姥原来是丽姝。

为《秋园人物》作传有感

稀龄深感岁残余，敢让光阴半寸虚？
垂问逸闻翻档案，搜寻史迹觅遗书。
三更惊醒还思虑，一传编成又理梳。
若得秋园传永古，不辞辛苦细耕锄。

痛悼游君登矫（八首选二）

游君20世纪70年代掌社口教育，擢用余于荒村教馆，遂成车笠知交。忆昔西溪，风雨沧桑，阅尽人生世态，方知患难情真，种种作为，历历在目。君仗义高风，清廉亮节，令人钦佩；关怀下属，呵护同仁，令余难忘。惊闻仙逝，草就俚言八绝，以表哀思于万一。

一

颖悟灵根比晦庵①，才锋小露便非凡。
太初②淳德遗风继，屈就西溪掌杏坛。

---

①晦庵：朱熹，字晦庵。
②太初：游朴，字太初。

二

屋纳岩泉格外清，夏炎如火自怀冰。
叮咚好利园丁便，唱出廉能是此声。

悼陈君发松（三首选一）

聪明有种不虚闻，五子登科出一门。
皓首穷诗平配仄，文盲著说俗含珍。
编修人物吾咨询，推举骚兵汝献勤。
百诞秋园难倚重，更于何处解疑云？

广州长隆野生动物园·大象

臃臃四柱步从容，青面獠牙露美功。
争抱篮球投百中，频施宾礼鞠三躬。
擎拳人立招呼昵，卷食狼吞饕餮雄。
谁信武夫颜柳手，鼻衔榜笔正书龙。

编辑《纪念左联作家刘宗璜百年华诞诗词选集》有感

后巷①弯深踏槛频，希图攀翼事师门。
板梯②拾级趋鹅步，陋室巢书动楚吟。
初见寡言生敬畏，共餐杯酒劝殷勤。
小谈已常青襟暖，谁信文儒是鬼神？

---

①后巷：时刘宗璜家所在，今属城南街道莲池社区。
②板梯：刘宗璜住在旧式木屋二楼，有板梯上楼。

李祖文

李祖文，1949年10月出生。籍贯福安。大专文化。原任福安市农机局局长，现任福安市农业农村局离退干部党支部书记。著有《诗说知青生涯》。福建省诗词学会会员。

棋

棋盘宁静起硝烟，黑白双方阵战酣。
凝目搜枯施将略，全神贯注暗周旋。
小飞扭杀无轻腼，大劫回苏别样天。
金角银边残烈战，三思落子霸王鞭。

书

门庭无草墨飘香，磨砚挥毫泼纸张。
笔走银蛇弯九曲，凤翔金雀舞三江。
横勾撇捺闲来奋，竖点斜挑老更狂。
堪悟楷行皆绝技，成功习作自留藏。

画

美丽山川着意装，清晨旭日作华章。
木桥河畔行船隐，石径松涛戏蝶徉。
秃笔能传千古韵，丹青留得四时芳。
人间难使春常在，唯有画图花永香。

学　诗

推敲平仄写新篇，喜爱诗歌已近癫。
朝赋别离悲又怨，暮吟相聚笑和怜。
观闻往事思生浪，情系家山句入联。
即使附庸竽昇滥，心怡国粹意尤专。

梅

雪朝怒放傲寒风，淡月流香雅意同。
铁骨冰枝涵瑞气，凌霜吐艳映天红。

国防强势

北京旭日赤旗飘，检阅三军动九霄。
铁甲新装添异彩，银鹰重试竞多娇。
昂昂导弹民堪庆，闪闪卫星谁可超。
航母成群将展现，神州圆梦是今朝。

陈挺将军颂

兰田暴动出英雄，报国丹心对党忠。
抗日沙场扬伟绩，鏖兵淮海立奇功。
一身虎气勋章挂，百战威风火阵冲。
瞻仰遗容长颂祭，流芳青史世人崇。

黄烽将军赞

穆水将军出，文韬武略高。
八年驱日寇，三载战魍魉。
征战威风重，空闲著作豪。
英灵何处唤，闽海涌新潮。

悼阮英平烈士

赛水多人杰，英平智勇全。
苏区歌鼓响，柏柱斧镰先。
土改分田地，铁拳战敌顽。
丰碑留塑像，万众拜前贤。

知青点

住屋临公路，门户对清溪。
燕子窝楼木，乌鸦入户啼。
稻禾房后绿，甘蔗磴前齐。
灯下读书古，未觉报晓鸡。

插　秧

初炎新雨后，夏种赶插田。
腰背腿难适，深泥步不坚。

秧株先竖对，脚印退为前。
皎月晨星摘，廪仓谷满沿。

女知青采茶

初日暖山崖，层层罩碧纱。
风来香气盛，茶女胜春花。

砍　柴

灶口壑难填，砍柴脚踏岩。
枪担横膀上，刀鞘系腰间。
日午柴双捆，人疲惧上肩。
咬牙当负载，满脸汗涟涟。

八一建军节（新韵）

南昌起义炮声鸣，革命工农始举旌。
万里长征播火种，十年抗战斩倭猩。
救灾抢险擎天柱，检阅巡边北府兵。
保卫主权无畏惧，和平劲旅守长城。

社会保障

翻番经济赶超前，吃住穿衣胜往年。
米袋盈盈钱包鼓，医疗养老福无边。

孙神银

> 孙神银,福安下白石人,1948年7月出生。福建省诗词学会会员,福州闽海诗钟会员,福安市秋园诗社理事,宁德市鹤鸣诗社会员。

庆祝福安市秋园诗社成立一百周年喜赋

福邑秋园继古贤,百春华诞续新妍。
群儒书画欣王圣,众俊风骚羡李仙。
璀璨文坛吟汉句,珠玑翰苑唱唐篇。
弘扬国粹诗词锦,崛起神州胜舜天。

庆祝中国共产党二十大胜利召开喜赋

燕京党大纛旍鲜,荟萃群儒献策坚。
禹甸蓝图欣眼界,河山锦绣喜心田。
神舟对话人豪杰,圣阁通言士志贤。
北斗球仪精准测,雄狮筑梦创新篇。

秋　韵

天高碧汉白云悠,楚雁传书海宇游。
玉桂轻风吹遍野,丹枫落叶已知秋。
黄蜂采蜜翩跹舞,锦鲤吹波吐沫浮。
且喜携朋尝菊酒,观光览景上诗楼。

忆当年黉门授课师生情

立志黉门授课情,鸿儒奋读起黎明。
磨穿铁砚经纶诵,笃励书斋尔雅铿。
翰苑朱宫挥圣笔,丹墀玉阁点元名。
荣宗耀祖家堂振,卓越文章博学成。

足吾所好,玩而老焉(绝句二首)

一

悬壶市井杏林遥,渡水穿山世庶邀。
岁月蹉跎行正道,浮生扁鹊似萍漂。

二

觉梦寒窗不寂寥,闲遐逛景任遥迢。
聆翫集句耕诗乐,琢玉求声愧座标。

若觉生活不快乐,常读丰子恺

浮世人生似紫霞,如棋一局理丝麻。
霓霞雨霁阳光灿,晚景闲遐品绿茶。

养 志

感悟禅林静养生,浮沉五浊且分清。
宜安放下宽心坐,法雨无涯磬有声。

为而不争

巢树鹧鹕宿露凝,阴霾雨霁景清澄。
由心悟道情缘结,岁届秋分息暑蒸。

可得永年

一

岁去年来又仲秋,身闲无挂且宜休。
永安盛世民欢乐,莫把浮沉脑海忧。

二

觉梦禅林了却愁,众生浮世似群鸥。
永年岁月风霜过,回首白头梵语留。

刘光白

刘光白，网名小狂子，1950年11月生，福安溪尾人。中华诗词学会会员，福建省诗词学会会员，赛江诗词学会会员，大中华诗词学会常务管理，香港诗词学会会员，望月文学特约作家，广东文社社员。

长亭折柳

世上多岔路，人生有合离。
长亭曾折柳，游子盼归期。
水洗羲之砚，文藏翰墨池。
天涯无尽极，杵臼莫相欺。

会　友

夜静花含露，星明月影沉。
端茶杯已满，敬酒主方斟。
畅叙从前事，长弹以后琴。
人生甘苦共，好梦世难寻。

西江月·魂断蓝桥（柳永体）

　　昔日蓝桥相遇，如今宫阙成仙。是谁邀我到湖边，柳拂随风扑面。

　　世事有成有败，月儿能缺能圆。瑶池梦里九重天，欲上昆仑一展。

西江月·深秋感怀

眺望窗前景色，恰逢雨后晴天。塘荷篱菊两相偏，丹桂香浓满苑。

世事一场秋梦，人生几度华年？夺名争利苦心田，到老千筹莫展。

唐多令·重阳

红叶染山乡，蒹葭笑渚洋。再旅时，两鬓盈霜。月缺未圆光尚渺，三五日，又重阳。

篱菊半成黄，塘荷枝叶伤。细思量，开谢难详。伏枥清闲心不老。杯满溢，舞歌狂。

唐多令·立秋吟

门外水长流，山中草木忧。碧蓝天，同旅闲游。月下看花谁不羡。思念切，又回眸。

别夏不堪留，行程上扁舟。水波粼，直送瀛洲。雁影每从南北过。梧叶落，已成秋。

萧史弄玉

悠扬丝竹奏秋风，一梦丹唇玉貌逢。
月下吹箫成伉俪，乘龙跨凤两腾空。

贺秋园诗社吟唱

一片箫声伴八弦，秋园拔萃写新篇。
群儒吟唱通天下，惊动云头太白仙。

巫山梦

一缕相思又一秋，奈何两岸隔中流。
行云布雨高唐赋，惹得巫山梦里游。

一行雁字写清秋（轱辘体）

一

一行雁字写清秋，暮想朝思怎肯休。
淑女未曾离外阁，谁人胆敢泛中流。

二

夜静更深醉不休，一行雁字写清秋。
湘江满纸相思句，潇女何时梦里游。

三

轻风冷月最堪忧，潇女何妨梦里游。
日暮巫山云雨会，一行雁字写清秋。

故乡吟

阔别家山几十秋，每思父老意悠悠。
重回故里萧条寂，偶见房前乱草稠。
村内青丝皆白发，田间黄稻变荒丘。
可怜一片凄凉景，盼望来人早建修。

咏蓝桥相会

香灯已冷夜更深，远处传闻婉转音。
寂寂听来离恨调，悠悠赓罢断肠琴。
蓝桥相会情牵重，碧水同埋命溺沉。
莫道无缘偏种爱，人生寄世不由心。

游螺壳栈道

栈道危行涤暑闲，宛如不在此尘寰。
临观巨浪兰舟险，忽觉神明黑影斑。
目闭不知分北壁，步移难辨定东关。
归回十日常萦梦，谁敢重游一次还？

赞秋园诗社

一

百载工夫苦用心，秋园诗社聚贤吟。
文坛德誉乾坤大，国学功名日月深。

身系程门歌美韵,网联搜索赋佳音。
群儒造诣从开启,独领风骚直到今。

二

层林似火染霞红,高照秋园院社中。
国粹传承今古贯,群儒荟萃迩遐通。
经年累月迷书耂,历日弥时伴乃翁。
百载诗词豪气迈,满庭金色胜东风。

炉山水库

炉山曲径到彭洋,胜似唐寅画一张。
畴昔王君寻帝邸,如今政府建泉仓。
龙腾雾吐乾坤大,虎啸风生日月长。①
水口罗星官富贵,清湖玉液济千乡。

---

①龙、虎谓山脉。

阮友松

阮友松，1952年生，福安下白石英平村人。务农。福建省诗词学会会员，秋园诗社社员。

磻溪金镜岩

岩同金镜傍祠开，先哲因之取象来。
拭涤长司风雨职，低昂不用鬼神推。
新仪晓揭云为盖，宝气晴辉石作台。
一自中原争逐鹿，无端惹得后人猜！

岳秀龟鼻岩

伸头适向会双溪，爱彼澄清不挟泥。
水过岩边参别响，风摇草末动孤栖。
痴情弗逐洪涛去，瑞相能招雅士题。
自被世人相识后，非常身价一山低。

财洪农民公园

豪亭古木里间东，坐遍榕阴兴未穷。
树富千枝娱鸟雀，池均四月证天公。
清溪荡竹深藏绿，曲径留春乱放红。
玩赏随心藜杖稳，宜人有哪不相同？

英山古炮楼

四面如窗不是窗，重檐轿顶古夯墙。
谁云风雨无情物，也为民生太息长！

初秋寓大荻廖祠

一

幽深旷僻漫为家，陋案孤灯两鬓华。
懒向人前知趣事，饥蒸粝米渴烹茶。

二

荔树葱茏柏树长，微澜动处绿生光。
凭它烁石流金日，末必经天带火行。

三

清晨辄爱独凭栏，纵目南天眼界宽。
胜上层楼无障物，珍涂万顷接烟峦。

四

壶中日月梦难成，暗笑常于夜静生。
谁识江东罗处士，如今滥得换鹅名。

五

箪瓢水郭又迎秋，岁月无情逐浪流。
一点初心消未得，残更犹忆旧汤头。

步林老《春笋》诗

初展凌云志,雷惊二月中。
指天将射日,掀石不摇风。
辄谓魂犹蛰,曾传种是龙。
徒知沙鼎好,造物尽无功。

咏　菊

一样立平畴,孤标秋气老。
澹然高士心,不媚春光好。

林少雄

林少雄，1952年7月生，福安城关人。曾任福安水产公司综合办主任。中国楹联学会、中联会诗钟社、福建省诗词学会、福州三山诗社、福安秋园诗社会员。

敬和世保师《祝贺〈闽海诗钟〉在香港开版》原韵

闽海钟声响，雄吟步太空。
文坛春欲动，诗国日初融。
盛世留佳韵，丰年有蕙风。
香江开版贺，赤县古音同。

步韵世保师《祝贺王善全社长父母钻石婚》原玉

三生修钻石，牵手历春秋。
不惧风犹雨，何尝苦与愁。
闲时常作赋，佳日唤同游。
更待期颐庆，诗歌尚满楼。

敬和世保师《过辛弃疾公园》原玉

闽都留政绩，客省塑英雄。
千古诗人气，平生学士风。
鹅湖成故地，左海叹无宫。
万载勋名在，讴歌响太空。

闽侯西乡诗社征诗"冬日赏梅"

孤山雪片飘，梅发月生潮。
冰蕊馨香溢，霜枝玉色娇。
春来诗入梦，日照画重描。
上苑夸花艳，吟观树影摇。

闽侯诗词学会征诗"绿肥红瘦时"

一

携友春山去，桃蹊暖日斜。
绿肥千片竹，红瘦满岩花。
水柳惊云色，风帘掩月华。
归时莺燕舞，雨过急还家。

二

韶阳草碧遍东郊，莺引云光上柳梢。
且看清溪犹似画，苍崖万丈隐山蛟。

游九都云气村

卢橘苍黄秀色齐，白云村路晚风低。
晨莺啭柳炊烟直，飞过桃源景欲迷。

西乡诗社题图诗"咏荷"

映日芙蕖出水红，晓枝翠鸟唤清风。
波翻叶动浮香散，步绕方塘夕照中。

闽侯诗词学会征诗"忆少年"

书堂学画少年时，世事无忧玩好奇。
已逝光阴难再复，留存童趣有余思。

秋　韵

风吹桂树又逢秋，一夜松声未肯休。
隔岸寒林丹叶落，横空野竹白云悠。
骚人菊径吟诗乐，墨客枫桥作赋游。
漫说陶公花下醉，何曾朔雁不回头。

抒　怀

彩笔题诗笑语间，风传雅句乐追攀。
庭中劝酒青尊满，堤上看花皓月闲。
胜友登台吟石壁，贤侯骑马返乡关。
骚人时忆江亭道，又见云连海外山。

游九都云气村

清溪一曲绕东流，夜话山村胜事幽。
果熟朱楼人远到，月明碧水客同游。
桃花万朵挥毫咏，荔子千株把酒讴。
惟有九都云气美，诗滩逸韵醉朋俦。

西乡诗社征诗"初冬"

郊野黄花雪未封，败荷倒尽见遗踪。
路边树瘦寒风起，城外山枯暮雨逢。
赋客豪吟诗句美，画工雅聚墨华浓。
遥知孟月关河冷，狂爱官梅翠影重。

步韵江南雨师《恭祝郭泽英词丈八十寿庆》原玉

簧学培才敢忘劳，青衿满座拜贤豪。
秋园慰志歌周礼，陋室怡情咏楚骚。
秀句惊人辞藻丽，清言待客道风高。
杖朝庆喜身强健，再祝期颐讲六韬。

壬寅春节步陆游同题诗韵

年夜开心乐世人，满城灯火醉吟身。
鸟传细语知新岁，花送清香已早春。

兴到学书诗有味，闲来题赋笔无尘。
门前江渚渔翁乐，旧识相逢倍觉亲。

咏连江青芝山

青岗生色隐仙姿，翠滴岩崖百洞奇。
瑞鸟啼花山更秀，祥鱼跃水月偏迟。
斜阳移树留霞彩，曲径牵风拂柳丝。
胜境公卿名刻石，来游此地最相宜。

闽侯诗词网征诗"好个秋"

清霜玉露浥枝头，碧水蓝天映小楼。
篱畔菊香吟笔动，棚前瓜熟酒杯浮。
金风拂座堪豪饮，白鹭横空独运游。
且赏师兄新作品，怡情逸韵醉清秋。

陈鸿

陈鸿，1953年10月生。高中毕业。1979年参加供销社工作，历任松罗、溪尾供销社主任、支部书记。福安秋园诗社会员，福建省诗词学会会员。

百年党庆畲乡到处唱新歌

鹊踏枝头喜事多，凤凰山下唱畲歌。
三农禹甸颁红利，万壑林园荡绿波。
致富有门沾雨露，种田无税启先河。
百年欢庆腾龙日，跟党新征卷袖罗。

夏日拾趣

夏至日长吹暖风，石榴花比艳阳红。
蝶沾蜂闹枝头上，是否此时香最浓？

乡村立秋吟

雨后立秋天，余清遍野田。
鸣琴龙水近，飞絮柳风前。
潭钓一弯月，岸喧几树蝉。
何方投宿燕，电线作床眠。

白　露

环村通坦道，引伴沐朝晖。
篱菊凝霜盛，芦柑带露肥。
水清鱼吐趣，露白稻盈菲。
秋晚知年景，风光迷四围。

老　屋

老态龙钟屋，浑身落满尘。
孩时欢乐地，梦里昨翻新。

霜　降

秋末莫言寒，乡村景万般。
野田香稻菊，丽日暖峰峦。
霜降芦花白，霞翻枫叶丹。
兹今开彩笔，绝胜百花坛。

中共十九届六中全会电视观感

盛会彩云舒，千山万水呼。
六中群彦策，两个百年模。
民唱南薰曲，星辉北斗图。
神州今崛起，新景万般殊。

咏辣椒（词林正韵）

生在菜园中，秋深笑天红。
性刚如火烈，气劲比情浓。
大有年添喜，小康味倍丰。
乡村光景好，随处挂灯笼。

初夏三首

一

莫愁春去芳菲尽，映日榴花艳岸陲。
喜得南风如意顾，枝头点笑欲招谁。

二

清和初夏景偏长，绿树浓阴钓夕阳。
习习暖风将振藻，山村野水自芳香。

三

初行夏令暖洋洋，向日葵花绽正黄。
只为当年忠字故，百花无色你风光。

重返渔村感赋

阔别溪邨四十春，今来喜见貌全新。
小区画栋云长近，坦道临山鸟自亲。
上岸定居如蔗境，脱贫致富有渔人。
船头钓起尧天日，铁树开花梦是真。

参加观里诗歌吟唱会有感

韵事兹逢小满天,榴花照眼似灯燃。
青丝白发情无限,寄与赛江诗一船。

题龙溪盛夏

蝉噪黄昏树,纳凉至水西。
风声喧翠竹,雁齿渡清溪。
鱼静荷香远,鹭闲日暮迟。
绿阴虽未减,偏爱梓乡题。

避暑山庄

莘野山庄避暑居,茂林修竹绿阴余。
红莲午睡清风梦,白鹭时窥浅水鱼。
挥扇月楼萤火乱,煮茶池榭客心舒。
溪声欢唱歌吹近,胜似仙家名不虚。

立　秋

细雨令初霁,村前竹引凉。
蝉鸣槐树碧,天挂月儿黄。
十里荷风馥,一蓑钓影长。
问秋玄鸟别,何处是家乡。

壬寅秋吟

久违秋雨金难买,解旱生凉酷暑消。
遍野稻禾添喜色,千家楼舍歇空调。
寒蝉高唱声犹怨,瘦柳低垂态且娇。
放鹤天边霞万里,二毛年岁逐新潮。

秋 怀

一

人闲菊又黄,时感笔将忙。
明月清风好,粗茶淡饭香。
梓乡寻旧梦,水槛钓斜阳。
秋识知心曲,吟来韵味长。

二

天高南雁征程远,人惜流年话更长。
胸臆万般抒直率,糟糠每日散清香。
应知得照桑榆暖,莫效随风柳絮狂。
吟罢层林枫尽染,归舟港里待斜阳。

陈文瑞

陈文瑞，笔名白马江人，福安人，1953年11月出生。文化中专。福安市下白石镇下岐卫生所医生。2013年加入福安市赛江诗社，2014年加入福安市秋园诗社，2015年6月加入福建省诗词学会，2021年12月加入中华诗词学会。

庆祝秋园百诞

荟萃群儒百岁筵，满园桃李竞争妍。
旧时韵律翻新句，今日情怀继古贤。
共识诗坛冬亦暖，相逢乐地月常圆。
弘扬国粹宏图展，策马长驱奋向前。

八一抒怀

赤子天涯亮剑忙，安邦定国志轩昂。
一身正气千钧弩，七尺英姿百炼钢。
背负征尘怀故里，肩担使命赴沙场。
雄心有愿酬华夏，誓保丹旗举世扬。

咏　松

根立青山削壁藏，擎天翠盖势轩昂。
高枝鹤梦烟霞丽，劲节龙鳞岁月长。
身健不曾愁夏暑，志坚犹可傲寒霜。
义交梅竹为三友，佳句文人笔底扬。

黄崎①之韵

古镇黄崎慰大观,半邻绿水半邻山。
云连树彩徘峦去,雨洒江声送舶还。
两岸风光千载秀,一帘空翠四时娴。
宜人岂是寻常色,浓淡丹青画意间。

故乡秋色(孤雁出群)

思绪徘徊上碧窗,萧萧秋气袭人凉。
东篱时见新枝蕊,南圃犹添晚节霜。
菊酒一壶陶氏醉,书楼千卷李仙忙。
宜将用意怀桑梓,丹桂何妨岁岁香。

立 春

阳生斗转月回寅,运应天时万物轮。
雪化鸟啼冬已满,云流日暖岁初新。
寻芳枝鹊无嫌忌,吐艳梅花不染尘。
自此山河添色彩,春雷待旦布甘津。

---

①黄崎:福安下白石古镇。

惊 蛰

春雷惊蛰雨如酥，彻动乾坤万物苏。
静听鸣蛰歌咏唱，时闻幽鸟语声呼。
山光逐水流真韵，野色含烟入画图。
农事勤耕关国本，丰年喜讯满皇都。

清 明

清明季节雨连绵，时见烟蓑雾霭天。
鸣鸟声声鸣更密，落英朵朵落仍妍。
梨花访古悲寒食，杜宇伤春泣墓田。
一自文公怜介子，民风祭扫继千年。

谷 雨

空濛烟雨湿蓑襟，红绿窥窗入梦深。
紫燕不归知季晚，莫伤春暮太痴心。

立 夏

东君一夜驾云归，岁序轮回夏日晞。
天上龙雷蒸霁色，湖边杨柳拂晴晖。
薰风有待红蕖出，爽气能留白鹭飞。
凋半繁英时正暖，如期唤我卸寒衣。

芒 种

又逢五月石榴芳，暑气初炎晓梦长。
杨柳阴中行客聚，子规声里事农忙。
凝眸林野千山翠，挥汗田园六谷香。
晴雨调和收且种，桑麻丰兆足余粮。

夏 至

夏至阴生永昼长，炎炎酷暑待风凉。
晴晖染出荷塘韵，醉钓芳菲一水香。

小 暑

入伏长天万里晴，炎炎赤日绮霞明。
松深避暑蝉声伴，山暗闻雷雨脚成。
一水荷香莲渐熟，满田稻色谷初盈。
农忙双抢人无怨，汗下禾头不了情。

大 暑

大暑炎炎未肯凉，日晖云影晓霞翔。
凭栏只待熏风便，吹动蔷薇满院香。

立 秋

祝融秩满去难留，余热将消爽气流。
万里晴明天在水，一帘云淡月登楼。
风吹丹桂清香发，露湿残荷冷艳收。
四序轮回期似约，忙中寻韵写三秋。

白 露

西风凉气到天涯，梧叶萧萧柳叶嗟。
唧唧寒蝉鸣赤树，盈盈白露湿黄花。
落英随水秋声寂，征雁衔云晓色华。
雨润田园禾出耳，晴催果熟富农家。

秋 分

露白风轻气爽凉，桂枝拂槛梦魂香。
平分昼夜均寒暑，问菊吟秋韵味长。

寒露（孤雁出群）

季晚金风卷碧窗，萧条草木半经霜。
蒹葭白透东西岸，枫叶红侵远近乡。
艳质芙蓉花气冷，高枝云树月华凉。
天将寒露催秋熟，果硕丰年稻谷香。

立 冬

昨夜钟声别晚秋，白云归雁去悠悠。
寒随雨意梅梢待，霜逐山容草色留。
争落孤花浮水外，怒开时菊傲枝头。
莫言冬日无光景，十月阳春任胜游。

小 寒

斗柄轮回建丑期，天然写景告君知。
风凋玉树摇疏影，雪压红梅放几枝。
冷艳空悬惊鸟梦，寒香浮动惹人诗。
隆冬始见春初发，绝胜群芳烂漫时。

林毓秀

林毓秀，1954年生，福安溪柄三村人。毕业于厦门大学。福安一中退休教师。中华诗词学会会员。现为福安秋园诗社社长。

蟾溪问石

深崖龙蛰历苍黄，初露峥嵘几度霜。
虬爪纵横千里岸，清江错落九霞觞。
谁佣冰斧镌顽石，地借长川作画廊。
造化钟情蟾水秀，故留人世问沧桑。

情人节随感

今夜是何夕，东风催寸心。
窗前吴语软，月下泪痕深。
芳卉随春萎，青松耐雪侵。
空知山海誓，谁解白头吟。

六十周岁感怀

甲子循环忆少年，坐看髦发满头鲜。
闲抛岁月伴簧宇，漫写沧桑寄蜀笺。
冰镜何曾怜我老，梅花依旧傲春前。
回眸往事清风客，检点生平可对天。

读《秋园人物》赠孝卿吟兄

逸散群珍似野苔，蒙君采集现荒垓。
丹青涂抹成红紫，翰墨纵横评盛衰。
璞石全凭雕玉手，琼篇更待鉴诗才。
等闲借得东风剪，裁出秋园春满台。

扆山①香樟古树

郁郁香樟树，曾遭烈火燃。
皮粗经雪冷，根丑入泥坚。
枝老如虬角，腹空成洞天。
沧桑来眼底，风雨扆山巅。

题九井坑瀑布

清泉一束自云端，曲曲弯弯过浅滩。
偶遇悬崖成瀑布，引来万众仰头看。

贺岁有感

莫信鲁阳挥日戈，谁能只手挽天河。
池塘处处蛙声急，玉鉴年年白发多。

---

①扆山：福安一中旧校区。

漫卷情仇随一笑，且抛成败付三呵。
秋霜冬雪等闲度，留得余生听雨荷。

宸山状元楼

四围绮树弄清阴，瓦栋砖墙高数寻。
熟读古今诸圣帙，静听天地百禽音。
此楼虽陋堪雕玉，斯地有灵可锻金。
多少韩阳词翰客，凭栏长啸化龙吟。

宸山砚池

双塘并蒂两襟开，中有墩桥客往来。
万缕垂榕消暑色，一庭芳草铺春台。
闲观绿水群鳞动，敢笑先贤濠上猜。
鱼跃砚池思入海，化龙唯待起惊雷。

游南漈公园

百亩名园无禁墙，四时风物自然妆。
一帘飞瀑来云汉，满岭垂阴湿夏阳。
次第池湖寒水秀，蹁跹蜂蝶绿茵芳。
流连最爱咏梅处，曾是放翁诗酒场。

游戚继光公园

离离翠竹送寒雰，圣像横戈映夕曛。
倭寇侵疆踪似魅，旌旗挥处气如云。
半生戎马留韬略，十万边氓成虎贲。
亭槛游人频指点，至今犹话戚家军。

贺秋园诗社交流群隆重成立

金蕊丛丛向晚开，喜迎骚客八方来。
欲还一世相思债，不上千金郭隗台。
同席但须诗数句，知音何必酒千杯。
秋园半亩含霜笑，付与西风恣意裁。

宸山枫恋

万木纷摇落，繁枝独向空。
秋来思烂漫，冬尽恋青葱。
朝送旧云去，暮依新月笼。
明年霜降日，满树为谁红。

咏南漈公园墙边梅花

不乞东君赐艳妆，隆冬独对诉衷肠。
商风吹瘦寒塘影，烟雪裁成绛缕裳。

尽洗铅华辞郁翠，尚留奇骨挽幽香。
冷观熙攘寻春客，只合清魂向北墙。

南漈公园陆游塑像

亘古男儿一放翁，悲欢却与世人同。
肝肠哀惨沈园泪，书剑飘零塞北风。
宋室旗垂如落日，中原梦断寄飞鸿。
蕉城有幸留尘迹，沽酒斟君翠柏中。

登天马山五福楼

凭栏独立意悠悠，百里韩阳眼底收。
万古松涛来涧壑，千层翠色染峰丘。
东风浩荡三廉地，紫气氤氲五福楼。
化像重重浑似梦，白云飘处一回眸。

悼金庸

欲把恩仇寄爟烽，无心立万自成宗。
群山虎啸鸣霜剑，亘古云奔涌笔锋。
逐鹿中原秋草劲，射雕大漠夕阳浓。
查郎去风烟渺，从此江湖少侠踪。

庑山桃花

楼边又见武陵红，怯立轻寒料峭中。
粉脸含羞微带雨，玉肌无力半悬空。
花开他日为谁艳，梦醒深宵向月朦。
前度刘郎虽有意，更于何处怨春风。

读《南唐李后主诗词全集》

改元末世数逢殃，凤阁回眸梦一场。
宋祖有心鞭宇内，苍天无意祸南唐。
入瞳尽是断肠句，掩卷难吟啼血章。
亡国君王多似鲫，唯卿青史姓名香。

赠厦大同窗

仰借东风聚鹭洲，芸窗攻读不言愁。
但云园圃花如锦，未解江湖雨满楼。
空有残生悲往事，绝无来世待从头。
故人零落知多少，一梦回眸五十秋。

郭天沅

郭天沅，字力畊，1954年8月生，祖籍福安，郭虚中之子。曾任福建师范大学古籍研究所副所长、研究员，兼东南亚及美国有关院校客座教授，中华易学研究中心专家委员。中华诗词学会会员。

登鼓山

插天岁剿白云浮，未越松关足不休。
一派江流身下过，三山景物眼中收。
古僧喝水①传奇绝，先士摩崖②览胜幽。
飒瑟谷风闻振响，敲铿石鼓荡高丘。

庐山上有感毛泽东题仙人洞诗意

纵览云飞处，苍茫独立松。
烟崖危插汉，气宇壮连胸。
景胜描仙洞，风光赞险峰。
匡庐谁唱绝，九夏奉诗宗。

---

①喝水：传说唐时神晏法师于岩上诵经，因涧水声喧而吆喝止流，故称"喝水岩"。鼓山喝水岩有宋蔡襄摩崖石刻。
②摩崖：鼓山灵源洞一带摩崖石刻遍布。

烟台蓬莱阁

久闻仙境界，今日上蓬莱。
拍岸涛声起，凭栏霁色开。
苏诗题海市，龚句①立云台。
最是流连处，沧溟眼底来。

黄山览胜

攀摩峻绝天低处，万仞山峤一望中。
松显奇姿凝霭涣，石藏异状进烟笼。
如梯岭路风波险，似壁岩崖气势雄。
脚力尽时情未已，凌云再看曙光红。

敦煌莫高窟

三危奇境有灵光，峭卓空崖辟梵堂。
经卷凿楹藏贵宝，佛仪绘壁著焜煌。
凤琶反手弹歌乐，风带飞身舞羽裳。
故郡河西多胜迹，沙州洞窟最名扬。

---

①龚句：指清代登州太守龚易图"海市蜃楼终幻影，忠臣孝子即神仙"联句刻碑立于阁上。

嘉峪关次六庵老人①原韵

危楼拔地入苍烟，气壮雄关要塞前。
戈壁黄沙融碧汉，祁连白雪映清泉。
边墙断续寻遗武，卧石②残存纪曩年。
更有诗翁心未老，登高亭放唱华篇。

《六庵诗选》刊世

昭代诗林传盛事，上庠儒硕梓华笺。
悬超圣哲三千弟，广布声歌五百篇。
兴引风骚抒赋笔，韵流云藻著吟鞭。
名章迥句欣闻诵，直比先贤左海③肩。

读六庵师《易学群书平议》

先儒圣学志恢张，贯览诸家细辨章。
扬榷是非成臬榷，判明得失作津梁。
问经阐究无歧路，提要诠疏不面墙。
庭训师承穷典奥，易坛渊表畏休光。

---

①六庵老人：黄寿祺先生号六庵，晚年自称"六庵老人"。
②卧石：指明代徐养量《嘉峪关漫纪》石碑横卧城楼下。
③左海：与本诗选作者黄寿祺同名之清代闽省大儒陈寿祺，左海为其号。

重览虞北山①先生赐墨感题

江城鹭屿习浮图，毕世耽研誉炳如。
泛涉典文精辨学，深通梵字擅佉卢。
法书雅脱宗弘一②，唯识渊玄受太虚③。
切究因明传著论，摛毫伏气独虞愚。

清代爱国诗人张际亮

声同四子驰，吟骨夙闻知。
三族无从宦，一生皆展诗。
骚人家国怨，志士宇霄思。
激宕狂歌放，风如李杜姿。

南宋江湖诗人戴复古

江湖戴式之，避仕满身诗。
不作终穷悔，能为逸韵痴。
遐宗工部法，迩奉放翁师。
清越抒襟素，郢声惊暗时。

---

①虞北山：为佛教因明学家、书家虞愚之号。
②弘一：指弘一法师。
③太虚：即释太虚，亦太虚法师。

华山纪咏

登寻西岳险，耸峭立彬斑。
老子犁开路，希夷①梦闭关。
危峰谁退屈，陡壁众追攀。
论剑多奇杰，云游壮此山。

敬忆启功先生

爱新家族觉罗氏，玉振金声赖管笺。
漱墨临池钟智永②，研朱缋竹缵苏仙③。
学承垣老④洽文史，诗得溥儒多雅篇。
味览宝章题画句，红楼⑤逸影逐当年。

夜夕游乌镇

灯宵映水村，暮色入乌墩。
放棹穿桥洞，题牌挂店门。
细夫谈掌故，太子⑥选文存。
晚籁传幽境，如寻世外源。

---

①希夷：指北宋陈抟，宋太宗赐其号"希夷先生"。
②智永：隋朝书法家。
③苏仙：苏东坡称号，其亦善画竹。
④垣老：启功恩师陈垣，学人以"垣老"敬称。
⑤红楼：指北京师范大学教授公寓小红楼。
⑥太子：即南朝梁昭明太子萧统，编撰《昭明文选》。

武夷大峡谷青龙瀑

故邑崇安，踏游高麓。
穷峡崭崖，澄岚膏沐。
拔密青丛，私春新绿。
山色幽邃，旷观延目。
云际水连，悬流涧谷。
落壁生烟，吐如珠玉。
迸溅解心，清湍遣欲。
遁迹林峦，克能跨俗。
浑忘世情，归兮抱朴。

青藏漫吟

西陲夐僻邈，古昔曾荒憬。
登跻日月山，俯览唐蕃境。
文成远下姻，赞普勋彪炳。
逻些构顷宫，举世何惊挺。
高骧雪岫寒，累捷米拉岭。
尼洋映媚秋，叹绝南乡景。
長矛直刺天，险畏琼峰影。
攀云拔海危，迭巇争巅顶。
雅江任急湍，沸泻如豪骋。
羊湖望郁蓝，湛澈尤渊靖。
讴吟达赖章，六代才情颖。
班禅爱国忱，十世精神永。

瀛寰屋脊崇，特耸为标领。
离尘净域行，逼汉心清迥。

永安桃源洞

栟榈山负武夷声，洞府桃源毗燕城。
危壁耸天开一线，邃林迷径问三衡①。
振之②逢处留踪辙，陶令忤时安隐耕。
灵境纵然川谷窈，但凡仙气在心清。

浣溪沙·秋遣

南国开秋雨未凉，迟风拂树过低墙，两三飘飒叶微黄。
依旧满枝多翠樾，思随溪涨渐瞑茫，俟闻期日桂浮香。

---

①三衡：古时掌山职官。
②振之：明代徐霞客字。

林生明

林生明,生于1954年12月,籍贯福安。工作单位宁德职业技术学院。福建省诗词学会会员,福建省书法家协会会员。诗词作品发表于《诗词报》《福建诗词》、中华诗词文库《福建诗词卷》《全国中华诗词2012年鉴》等。

梦里家山三首

一

凌霄古塔阅苍黄,半岭松涛醉夕阳。
远眺群山如翠嶂,回观一水话沧桑。
香泉饮马云将起,溪口落虹气欲长。
洗尽尘埃风雨过,红霞万朵作霓裳。

二

龟湖两岸耀明珠,山水画廊开眼殊。
一带烟波腾紫黛,三贤诗赋写新图。
画桥载月人初醉,鸥鹭翔云柳正苏。
借得王维神妙笔,罗山四面足欢娱。

三

水绿天青百鸟翔,群英济济谱华章。
高桥雄峙云山让,广厦巍峨气势昂。
写意韩阳疑梦境,繁华梓里胜天堂。
福钟阁上频频顾,爱我家山五福长。

重九寄怀

斜阳带影染霜花,聚散如烟处处家。
望海楼中闻雅韵,清音阁上看流霞。
吟边冷月含天籁,案上麻笺映墨华。
赢得韶光催白发,遣将秃笔再涂鸦。

红船颂

一

红船破晓启东方,百载沧桑未敢忘。
泽润神州春烂漫,龙腾华夏日辉煌。
芬芳大地繁花舞,锦绣山河赤帜扬。
红色江山红万代,中华儿女铸辉煌。

二

红船启碇振长风,破浪扬帆济世穷。
辟地开天天地转,为民立党党旗红。
百年奋斗标青史,盛世腾飞撼碧空。
伟业丰功铭万代,中华画卷气如虹。

次韵林世保兄五律

一、安徽天柱山

神石托云天,千峰试比肩。
灵泉清月色,幽洞隐狐仙。

柱立豪情壮，松奇意志坚。
烟岚穿树去，锦缎落前川。

二、清流七星岩
疑是七仙女，悄然下翠微。
清流唯所爱，风景独称稀，
秋色迷芳眼，奇岩映落晖。
人间情万缕，心共白云飞。

三、清流九龙湖
十里平湖静，九龙望太空。
水中浮绿岛，岛上迷洞宫。
不见仙人面，但迎林下风。
青天飞白鹭，江叟捋霜蓬。

四、武当山天柱峰
峰高星汉垂，甘露普天施。
擎柱人攀岳，登云山展眉。
仙风吹落雪，崇岭舞雄姿。
松古如龙卧，道心何以疑。

五、霞浦南太姥山
巍峨南太姥，云锁径难寻。
仙女遗针绣，青牛逛石林。
路迷山色暗，苔滑草花深。
急涧传流响，犹闻远古音。

望 月

皎皎一冰轮，今宵倍觉亲。
年年无限思，岁岁苦吟人。
明镜悬空际，清辉洒纹银。
高天如碧洗，满地露华新。

诸葛八卦村

诸葛龙图见，奇村八卦镶。
钟池延世泽，福水永绵长。
车闹转街巷，人喧拥市坊。
沧桑留圣迹，太极起祥光。

镜台山

一湖澄碧镜台清，石径横斜楼宇明。
巧扮山川新日月，松风流韵引诗情。

读立雪传人米茶翁游嘉瑞先生苦笋赋

砚底波光似月明，诗因立雪更多情。
银钩铁画倾心力，苦笋鸿篇负盛名。

白水洋

五老峰高白水奇，廊桥一梦醉瑶池。
跳珠溅玉鱼龙舞，踏浪漂流老少嬉。
百顷烟波成绝景，九天明镜起涟漪。
问君何以消烦暑，濯足清心深浅宜。

贺吴江先生散文集《惠风静影》出版发行

十年一剑铸精神，傲雪梅花颜色真。
笔下山川生灵气，风前老屋话艰辛。
惠风静影乡愁甚，雨巷幽怀客梦频。
穆水滔滔流不息，裁云织锦最堪珍。

恭祝郭泽英词丈八十寿庆

黉门教泽付贤劳，桃李春风意气豪。
倾力秋园渲草色，闲居陋室读离骚。
兰香入室虚怀静，竹雨敲诗劲节高。
今喜杖朝逢舜日，期颐赋曲听松涛。

缅怀父亲

立号东门事晓昏，胜昌药铺意真纯。
杏林继学求奇术，师道传薪归本源。

心正唯从医者善,业精深得世人尊。
济贫扶弱声名重,德雨仁风沐后昆。

怀念母亲

两隔阴阳空滴泪,思亲卅载梦昏昏。
娘累年年勤苦事,额留道道岁月痕。
灯花挑尽苍山老,游子难忘慈母恩。
母爱深深无所报,清明时节最伤魂。

薛为河

薛为河，1956年5月生，福安甘棠人。中国周易研究会、中华诗词学会、毛泽东诗词研究会、福建省诗词学会、秋园诗社会员。赛江诗社社长。著有《薛为河诗词楹联选集》三部等。

贺秋园诗社创立一百周年

一

骚坛拔帜启新航，携手同吟一脉纲。
文友深交扬正气，词人密切设诗场。
腾蛟起凤三春暖，操翰成章百世芳。
戛玉敲金迎社庆，清音远播振闽疆。

二

裁云修月饰韩阳，击钵催诗震四方。
文苑飞花腾万浪，词锋横剑赋千章。
唐风宋韵吟怀爽，赛水云山客兴狂。
不忘初心追梦远，悬旌漫捲荡飞扬。

闽台吉秋联欢晚会

中秋佳节仰婵娟，共沐清辉胜管弦。
欢饮举杯邀皓月，高吟把酒问青天。
三通海峡金桥架，两制神州玉镜圆。
谨盼陆台归一统，河清海晏乐无边。

三都澳风景区游感

轻舟踏浪三都澳，岭转屏开展画图。
北斗高悬呈紫气，瑶台长隐卧玄狐。
迷宫幽洞千般异，怪石灵岩百态殊。
螺壳传奇歌胜迹，天然景物妙清娱。

甘棠镇上塘村十景（选七）

龙塘怀古
寻幽探秘入龙塘，彭氏开基族远扬。
村野田园山水秀，溪湾石径竹松苍。
石桥津岸传弦韵，庭院门前展画廊。
尽处繁华舒万物，鸟声清脆稻花香。

鼠坑湍瀑
鼠涧流泉碧落悬，珠飞玉溅瀑生烟。
苍松峭壁银屏挂，幽径孤霞锦带牵。
活水萦蟠成太极，奇峰倒插向中天。
遥方映照千重影，遍地繁花气象妍。

锦鲤孤屿
耗子争盘突起端，当年锦鲤化青峦。
寻芳往事成佳话，访古遐踪览大观。
数岫犹龙朝圣地，一溪若镜照仙坛。
平畴漫绿山光秀，李树花开惹众欢。

猫亭传奇

社君寻衅欺神鲤，特设猫亭制子神。
往昔传奇多轶事，而今此地出名人。
青山染翠云霞彩，芳岸含烟古树春。
虽废津头遗史迹，彭祠金碧焕然新。

恩潭碧水

淅瑟微风树影纤，一潭镜水九旋渊。
恩宫芳岸清波滟，胜境龙塘远岫妍。
野旷莺声传晓韵，溪光山色映迷天。
红鸡岗下禅林静，李坂当年雪蕊鲜。

秀港新村

码头店铺留遗迹，秀港星墩抱月圆。
川色苍茫呈瑞彩，水光潋滟笼轻烟。
琼楼接地层层起，玉径牵人道道连。
改革新潮无限好，乡村建设著先鞭。

正威园区

大展宏图鼎正威，园区绚丽耸雄巍。
新程追梦初心壮，热土招商伟业辉。
畅盛交通堪发达，繁华建设可腾飞。
生机一片连云起，锦绣莲峰挺翠微。

贺陈遇春《青草药识别与应用图谱》出版

早入岐黄一路追，精勤不倦远奔驰。
攀山采药无寒暑，伏笔挑灯不夜时。

济世悬壶轻己利,著书立说益民夷。
檐边橘井三春暖,高杏成林郁馥奇。

览大留记忆馆

炎阳赤烈大留行,村上遐踪井庙茔。
考古千秋文物史,证今百代习风情。
残碑秘笈名闻宇,遗墨图书价重城。
满馆凝眸无俗韵,宜藏珍品鉴高评。

观里纪念园

苏区建树赤旗悬,染翠高坛浩气然。
革命捐躯垂竹帛,坚贞贯日震山川。
闽东珍爱千秋颂,安德流芳万世传。
放眼高歌声锐势,缅怀革命勇无前。

安德县遗址

当年革命正萌生,建立苏区统大兵。
安德园林呈锦绣,闽东谢豹吐鲜荣。
光辉伟绩垂青史,锐气豪情杀敌声。
组织工农成队伍,改天换地历前程。

传统古村落

开山胜境盛名扬,凝眺屯居老式房。
青瓦砖墙菲陋巷,花窗画栋巧轩廊。
溪边绿野泱茫渺,屋外烟峦旷莽苍。
传统古村呈特色,风光无限路康庄。

> **林庆枝**
>
> 林庆枝，福安人，1956年生。福安秋园诗社副社长。曾任福安市人民政府正处级调研员，2016年退休。现任福安市慈善总会会长，并被聘为福安市姓氏源流研究会执行会长。

十赋鹧鸪天

——余童年、少年、青年、中年直至退休之经历以这"十赋鹧鸪天"述之

一

岁月悠悠似梦牵，回眸一赋鹧鸪天。魂萦神往螟蛉地，荡漾情思忆少年。

斯陋室，读书欢，椿萱如视掌中丹。家贫十岁登庠序，成绩连年遥领先。

二

嫩水清清嫩水湍，回眸二赋鹧鸪天。凄凄荒草无边际，飒飒秋风庆割欢。

云雀叫，百灵旋，鸭鹅嬉戏闹溪湾。也曾河汊排钩阵，钓点官鱼桌上餐。

三

绿色茫茫入眼看，回眸三赋鹧鸪天。初中毕业离黉宇，干活回村历辛艰。

春种地，夏锄田，金秋三抢汗难干。隆冬踏雪耙番薯，不惧风霜不惧寒。

四

沃野平畴展绿颜，回眸四赋鹧鸪天。缘来久旱逢甘雨，负笈攻关上庑山。

不怕苦，莫言难，珍朝惜暮把书翻。辛勤汗水融芳墨，心血燃成火一团。

五

夜色朦胧新月弯，回眸五赋鹧鸪天。艺成离校谋新职，又伴蓝天返故山。

记工分，勘长宽，太逢公路四周年。漫山遍野留踪迹，乐在其中把曲弹。

六

万里长空云似冠，回眸六赋鹧鸪天。择优录考圆新梦，闽电营生整四年。

勤探索，苦专研，水工勘量我当先。充盈理论胸怀大，丰富才知视野宽。

七

岁月如歌响耳边，回眸七赋鹧鸪天。调回乡镇图宏志，四载提升乡副担。

经世面，历风寒，基层深入三农间。涓涓汗水凝生土，浇旺农家几亩田。

八

心底情潮卷巨澜，回眸八赋鹧鸪天。韩城任职农工部，主管黄兰走在前。

难啃骨，进程艰，施工单位已空闲。即时优化工程计，四载工期三岁完。

九

夜里沉思难入眠，回眸九赋鹧鸪天。黄兰离任争高速，力挺交通文件颁。

当岁内，赛开迁，遵时守点坐机关。春秋八稔年虚度，看破官场心底宽。

十

往事难挥浮眼前，回眸十赋鹧鸪天。有司令调衙门吏，尽智为民一十年。

修大道，拓城宽，邑城面积乂新翻。悲欢苦乐藏深院，致仕还乡好种田。

入秋第一场大雨

狂飙骤雨荡凡尘，郭外秋山分外新。
拂袖清风驱燥热，吟歌旷野爽精神。
野花灿烂明山麓，荒草婆娑舞水滨。
鸟立枝头闲絮语，虫鸣欲跃近行人。

旅游途中

年来结伴出游多，造物无穷探几何？
涉水畅游识卜岸，登山欢跃早爬坡。
丛林莽莽观奇石，寺院深深看佛陀。
口号从来惭协律，未曾雕琢已高歌。

登大觉山

群山莽莽露苍穹,释道兼修理可通。
峰似观音悲俗子,岩如觉者悯愚公。
天街有路谁嫌陡,涧水无言我乐穷。
大汗淋漓尘垢涤,因缘亭上沐禅风。

携孙郊游有感

稚气童声耳畔喧,唤爷郊野踏丘园。
频摹蝶影迷花径,数效蛙形跃土垣。
脚裹泥尘追吠犬,身披草棘出篱根。
伴孙游玩心怡悦,洞敞儿时记忆门。

赞一年蓬

默默无闻站路旁,小家碧玉暗涵香。
他朝若被人相中,化作凉茶护体康。

有感秋园诗社聚会

篱菊香寒诗韵事,秋园半亩古城滨。
素心最喜商风日,笔底斜阳别有春。

慈善事业

少壮追贤思济世,解龟始得契初衷。
江头摆渡血饴炭,愿化人间一点红。

周宁江源瀑布游

江源一涧藏嵾蹉,山谷听泉似梦歌。
旅客流连金扇瀑,嫦娥踏月挂银河。

阮曙

阮曙,福安下白石人,1957年生。务农。

长乐情侣礁

伴侣意何年,钟情若海天。
同床谁约束,相处自机缘。
浪沐身干净,风临表挂牵。
乾坤生异石,骚客咏礁前。

端阳节抒怀

欣逢端午赛龙舟,纪念先贤自古流。
楚国忠魂昭日月,离骚一曲颂千秋。

牛

体力虽强命苦工,运粮腹大草无穷。
耕耘不惧风霜日,只望农田岁岁丰。

兔

人称捣药总舒眉,跳跃前程竞足奇。
身出毫毛珍翰苑,长为学子发真知。

猴

林深果熟四时优，悦活群山恣意游。
独有水帘悬胜地，风花岁月乐悠悠。

鸡

壳破司晨出鸟形，谁家羡食认谁情。
三更起舞雄歌唱，早报人间晓日明。

黄桂寿

黄桂寿，1957年9月生，福安潭头枢洋村人。潭头学区退休教师。福安秋园诗社社员，宁德市诗词协会会员。

骡马运输队

桂西骡马驻闽间，觅食谋生历簸颠。
餐佐水泥和砾石，夜眠野岭与荒山。
狂凡烈日驮冬夏，泡面清泉度月年。
背上婴儿啼哭紧，夫妻拭泪更加鞭！

瞻仰遵义会所

长征路上屡艰难，只怨左倾统帅蛮。
遵义城头飘赤帜，润之掌舵挽狂澜！

献给改革开放总设计师

闭关自锁囊羞涩，开放寻经国复苏。
刻意南行开胜局，兼容西化创良途。
增强实力明思路，捍卫金瓯守版图。
经济腾飞毋忘邓，黎民富裕尽欢呼！

游白云山九龙洞

遥看洞口并无妍，入内深知妙趣连。
继踵人流盈旷穴，逶迤栈道抵云天。
如坛似瓮神工臼，类雾成霓壮瀑帘。
太白先观蟾水景，迟吟绝唱望庐篇！

游贵阳黔灵山麒麟洞——张学良囚禁处（新韵）

麒麟据说本呈祥，绝壁阴森助蒋忙。
抗日明呼蒙庶众，杀心暗露害忠良。
舍身取义国家计，虎口拔牙忍者行。
纵使半生罹禁闭，赢来万载美名扬！

重阳霞浦大京游

教坛老将沐春风，重九驱车赴大京。
古堡巍峨铭胜迹，里街宽绰志繁荣。
沙滩戏浪孩童状，吕峡听涛道圣情。
但愿诸君长健乐，舒心漫步夕阳程。

游武夷山

武夷奇秀甲东南，览罢深知不滥传。
玉女婷婷迎贵客，大王凛凛媲奇男。
天游万仞飘仙韵，悬柩千年骇俗凡。

九曲泛槎多惬意,情钟妙境倍流连!

易校随感

为师半世历沧桑,老雁孤飞落秀庄。
背倚青山听鸟语,面临碧野赏花香。
偶观白鹭叼鱼过,常伴溪声入梦乡。
骐骥撒蹄安择野,委身僻校有何妨?

读史有感

庖丁善婉辞,不见入时宜。
难效魏征谏,易沦鹏举痍。
东坡常有谪,子美屡无机。
纵蹈卞和辙,难驱矢志移!

咏枢洋后生

乡野后生未自卑,岂甘落溷困阡围?
弄潮商海淘金径,纵马文坛夺甲魁。
美满姻缘糕作聘,投缘旅伴志同帏。
小康捷足堪如意,潇洒风流俱展眉!

当代保尔张海迪

身残心不灰,巾帼胜须眉。

志钻岐黄术,心匡百姓危。
镜光通四语,轮椅著丰碑。
试问安康者,名扬世界谁?

枢洋赞歌

层峦叠嶂好家山,古木高榕构画栏。
三面青山开雀扇,一泓锦鲤跃龙潭。
蛋糕团队充淮北,食品雄军遍岭南。
凯捷集团驰国际,锋芒毕露市嘉环。

陈泗庄

陈泗庄，1957年生，福安溪柄柏柱洋三村人（陈贻翰长子）。自幼随父习诗，晚业刻石，制墓道碑，通医道。

济南怀父

一抔黄土寄山林，未识青山知我心。
患难家庭深可叹，无辜父子最消沉。
同舟共济唯伊我，为命相依似杵砧。
三十多年狼与狈，黄泉一别泪难禁。

龙口答友人毓华电

少小相将数十年，也曾奋志学先贤。
前途每羡攀高桂，后路谁知入种田。
回首韶华如梦幻，伤心岁月已云烟。
今朝喜得传音到，愿托儿孩望赐怜。

高坂收款未就年关难归

终日卧场里，思乡意未除。
林遮松色暗，雾锁竹风舒。
难以排繁虑，岂甘对寡居。
家山虽只咫，欲步又踌躇。

怀故友张伏佑二首

一

鹤飞几十载，长忆旧音容。
老迈思良友，青春记遗踪。
通宵言不倦，彻夜意尤浓。
今世诚难见，只求梦里逢。

二

遗像今犹在，君何作雪鸿。
不思人世界，返入碧清宫。
友谊生间断，人情死未终。
时常望好梦，往往一场空。

喜　老

少壮真艰苦，老来好笑眉。
无聊寻弟饮，有兴对朋棋。
子女明仁孝，儿孙特憨嬉。
开心观后辈，个个总神奇。

选谢聚金村民主任

一纸本微价，村民意万金。
选君多寄托，振社重推寻。
乐毅兴燕盛，刘禅祸汉深。
海容五洲水，滴滴助浮沉。

王光铃

王光铃，1958年4月出生，福安人。曾是福安五中、甘棠学区教师，湾坞镇政府退休干部。中国楹联学会诗钟社社员，福安市秋园诗社社员。

开笔礼

师德令人崇，耕耘立懋功。
谦恭开笔礼，桃李盛时红。

农家乐

犁耙肩扛路赶牛，青山倒影鸟啾啾。
夫妻作伴犬跟脚，和睦农家苦亦悠。

郑长信

郑长信，籍贯福安甘棠，1958年8月出生。退伍军人，海船轮机长。中华诗词学会、福安市秋园诗社会员。

中元节有感

中元贯古今，烧纸泪淋淋。
早趁椿萱茂，常怀报孝心。

孟夏即景

逸仙鏖诗，避题字，得稍字。

槐月风光醉四郊，呢喃燕语溢新巢。
山川河野犹春色，芳草繁花绿柳梢。

雨夜思

狂风呼啸疾，一夜雨滂沱。
街口汹洪水，江中涌浪波。
承平天下美，感慨世间多。
游子飘摇路，何时奏凯歌。

昨夜又梦光明山

梦里光明顶，闻鸡苦练功。
扑腾尤猛虎，奔袭赛青骢。
林樾两行绿，军装三点红。
零星些小事，历历在心中。

小 暑

炙日炎风六月天，滔滔热浪涌门前。
金蝉避暑寻墙角，白鹭乘凉歇水边。
展翅雄鹰寰宇傲，垂枝翠柳陌阡绵。
莲开并蒂蜻蜓睐，雷雨常临灌稻田。

大 寒

极寒萧瑟冬将尽，岁月如流白发催。
雪漫玄天辞腊去，冰封大地盼春来。
庭前丹桂依稀舞，岭上红梅次第开。
街市欢腾年节近，除尘扫屋拭窗台。

月夜航海

碧海苍穹四宇清，当空皓月溢多情。
季风有信推波涌，潮汛如期逐浪声。

一叶扁舟追潋滟，三千弱水荡轻盈。
人间世事浮云过，今夜蟾光分外明。

过零丁洋有感

零丁洋上费搓磨，史海钓沉感叹多。
往昔宋宗终帝祚，当年文相作诗歌。
千帆过尽烟云散，万舸飞来日月梭。
世事沧桑空念远，人生易老莫蹉跎。

玉楼春·珠江秋暮

暮色苍苍侵两岸，炫彩霓虹辉璀璨。望江堤柳色缠绵，观海面波光浩瀚。

渔妇倚门多顾盼，回港渔舟同唱晚。薰风暖意醉游人，商贾如云歌委婉。

林毓华

林毓华，1958年生，福安溪柄柏柱洋三村人。原秋园诗社社长。中华诗词学会会员。先习教，后从政，先后在福安市人民政府办公室、福安市政协委员会工作，2018年10月退休。

贺胞姐七十寿

人生七十古稀期，我姊稀年正盛时。
健似晋夫能搏虎，矫如汉婕敢挡罴。
枣分邻曲鸡延客，机断灯前案举眉。
莫道春秋容易老，采茶日日上山坡。

乙亥春与黄国庆、柳一章诸友游狮峰寺即兴应作

凡胎未可证菩提，今日重来梦尚迷。
早识笼纱我无份，当年窃喜未留题。

学书有感

兰亭是我磨刀石，西峡诚如课馆师。
老去为书犹胆怯，眼前无帖畏临池。

席上读苏丽萱女史自书诗作即兴题赠

三塘人物自无伦，尺幅淋漓满眼春。
人道诗称苏小妹，我言墨妙卫夫人。

听陈石鉴乐师女棣演笛

娉婷哪有十三余，豆蔻枝头萼未舒。
铁笛惊龙今又见，唐宫女乐总无如。

答小杨惠酒

一盏斟来满室香，杏花村里几时藏？
匪言彤管多珍异，贻酒佳人本姓杨。

梦郭旻师

余自八十年代初即投先生门下，其间受先生之陶冶煦育凡二十余年，今值哲人其萎亦复二十余年矣。昨夜忽梦与先生语，恍若平生，醒后难寐，遂吟成四句。

昔时庭院昔时人，一觉方知梦里身。
去后子云谁继武？尚留奇字任蒙尘。

答客问

客有问及家父评书之事者，因其早岁已殁，余感而志句以赠。

尽将世事付壶觞，古柳残场对夕阳。
老父已成泉下骨，唯留一钹颂梅香。

挽游连生君

　　余与游君连生俱柏柱人氏，为总角交。时硕儒贻翰公尚健，尝同随其杖履，效前贤作曲水游。其后各为五斗供职于他乡，遂睽离日旷矣。又其后公仙逝，今复逢游君病殁，仅余予茕茕一身。今春重回柏柱，叹山川依旧，人事已非，不禁怆怀。因吟成六绝，痛哭知交，以志哀思。

一

四十年前琴剑身，同随贻翰履芳尘。
伤心今日北邙上，夫子坟边马鬣新。

二

王孙别去鸟悲啼，柏柱年年春草萋。
君遣游魂作归计，我尤肠断白云西。

三

并世何人论古今，不聆山水已知音。
尔来总畏清宵寂，落月弥梁不可寻。

四

依旧家山碧草连，今朝永别奈何天。
春回依旧人何在？云锁环洋泣杜鹃。

五

总期会聚总无缘，别后何人可并肩？
忆昔同游君怯夜，教谁伴驾到西天？

六

采薇有约契先焚，梓里重回不见君。
处处亭台认题句，我为柏柱哭斯文。

题贻翰公墓道碑一绝

梨雨棠云岁岁频，荒郊麦饭又清明。
廿年游遍马融帐，何处犹堪听广陵？

步阮荣登诗兄《问病》原韵

诗成夺锦烛盈余，屡探骊珠胆气粗。
踏雪未尝庚韵后，燃须空许枕疴初。
天垂太白花生笔，命压昌黎马困途。
何日春蚕当破茧？桑荫陌上问罗敷。

挽袁隆平院士

迩来懒散久无诗，今日缘君作挽词。
雾满西空云黯黯，风吹南亩草离离。
春能化物蒙玄造，民以为天感国耆。
回首哪堪悲往事，当年举世半啼饥。

夏日江村（三首选一）

堪怜夏日雨初晴，野外黄昏景色清。
落日衔山如泣血，流霞挂塔似飘旌。
石桥牛背浮蓑笠，山舍炊烟没晦明。
最是月华初映水，田畴黛处起蛙声。

调寄《长相思》，仿五代李煜《一重山》词意，题曰《咏白莲山佳茗》

一重山，二重山。雾锁重重叠叠山，天风夏日寒。

白莲山，莲花山。隔断红尘州岛间，仙茗满玉峦。

穆阳赏桃花过黄峰将军宅

层楼四顾尽春风，两扇柴扉间巷中。
身世百年成雪爪，勋名九鼎纪元戎。
遊人陌上吟摧护，野老村头说子龙。
穆水悠悠云物换，桃花依旧昔时红。

郭燕兴

郭燕兴，1958年生，福安溪柄港里人。回乡知青，曾长期担任该行政村领导职务。后耽诗，习作颇丰。

寄　北

遥遥音讯无，雁断楚山孤。
白发寒冬夜，诗香酒一壶。

吟　鹤

南浦秋风客，淤泥印爪痕。
晨光清影渡，夜月碧空喧。
尚义皆尘净，通灵亦性尊。
翩翩郊野白，来往任乾坤。

处世难忘父母亲

岁月难忘父母亲，时光流逝记犹新。
平生劳累无言苦，满腹辛酸不说贫。
心血染红家昨夜，鬓丝铺白梦青春。
奔波终日为儿女，烟雨苍茫过一身。

柴门耕读

柴门耕读不知穷,身在尘纷伴鸟虫。
独坐禅前思面壁,闲吟月下对苍空。
静心送走泉林水,陋室迎来岭外风。
春暮乡村啼杜宇,雷声隐隐雾蒙蒙。

桂花吟

秋风吹拂着篱边,簇簇花开纷斗妍。
淅淅鸣蛩吟户外,轻轻摇影动阶前。
门庭隐隐飘香气,夜幕苍苍浸月天。
只见清辉斜照朗,何来佳酿酒中仙。

柿子红了

秋晚烟村缥缈中,耳闻户外唱西风。
断吟衰草寒天冷,守望斜阳柿子红。
隐隐青山开酒宴,纷纷绿野挂灯笼。
今朝今夜祥云驾,嫁女仙家喜庆浓。

竹

授命青山映翠微,严冬岭上梦依稀。
低头月下霜天啸,傲骨风中雪水飞。

宁肯弯腰留玉节，不思跪地问芳菲。
君心有苦无人晓，待到来春岁暖归。

菊

淡泊人间秋落叶，身心疲惫梦依稀。
疏枝洁骨寒风伴，绽蕊清香霜影围。
草野萧疏蜂隐匿，篱边寂寞蝶惊飞。
陶公还好来尘世，共卧南山携酒归。

春夜闲吟

清明故里晚风馨，一路行来一路停。
月下踏蹊空缥缈，林边坐石叹零丁。
可怜花落无人问，惟见虫吟有客听。
野草盈盈时笑我，何方老汉数星星。

尘烟过客

肉眼红尘何处家，云天缥缈近天涯。
晚村薄暮炊烟袅，远岫他乡落日斜。
闻见晴香迷舞蝶，等闲翠影漫飞花。
青山脚下农夫梦，一派生机气自华。

秋山访旧

闲云抱岭探幽深,竹影斜阳鸟入林。
秋落红枫闻叶舞,水流碧涧听风吟。
长空望断关山远,故地怀思旧梦寻。
白首天涯人已去,再无雁语寄来音。

遣 怀

斯人笔下话辛酸,瞩目沧桑夙愿难。
书海徜徉朝暮共,诗田耕作腹心安。
炎凉世日迎风雨,苦涩时光过暑寒。
雾水蝉音声俱老,家翁笑步逛吟坛。

林鉴章

　　林鉴章，1958年生，福安隆坪人。历任穆云中心小学教员、穆云学区副教导主任。

纪念八一建军节六十周年

建军八一树红旌，北伐南征立大名。
开辟井冈传火种，远征草地创奇兵。
驱顽逐寇称无敌，镇霸安良铲不平。
保卫中华兴改革，九州一统厥功荣。

英平同志永垂不朽

英名莫道亦流芳，平易忠贞照汗青。
同与人民忧国难，志为革命献余生。
永怀先烈悲声痛，垂念兴邦悼字诚。
不是君行同奋起，朽墟怎得日峥嵘。

> **陈泽法**
>
> 陈泽法,福安人,1958年生。网名云客,自媒体视频号"白云山客"。福安市教育管理信息中心原主任。爱好摄影、诗歌。福安秋园诗社会员。

韩城景色

名都处处风光好,县治韩城胜境殊。
揽翠春江千古秀,摩霄仙岫隐时无。
香泉汨汨遗琴韵,天马巍巍展远图。
难怪前贤呈御览,龙颜大悦即批朱。

沁园春·柘荣东狮山

旖旎风光,霍童竞秀,太姥齐巍。看青峰耸峙,轩昂骏骥;白云舒卷,飘逸岚霏。谷语泉音,鸟鸣猿啸,天际迷漫昼卷帷。迷人处,问八闽胜境,几处同垂?

仙姑古洞偷窥,青云寺,香烟竹树围。仰马仙神像,听传古远;朝暾佳色,沐浴如归。圣地忘机,暗香涌动,竟欲先贤学探梅。须晴日,履步云端尽,且梦牵回。

福安秋园诗社第二次会员大会有感

秋山流水日方长,园种新篁再赋章。
吾欲诗庭掂墨染,入园尽睹笔花香。

纪念"左联"作家刘宗璜诞辰一百周年

一

秋野丹青壮气豪，笔端波浪纵横刀，
九天国难身躯赴，一地文风烈火烧。
轨迹星光划夜幕，左联月浪绿江涛。
诗歌曲赋讴华诞，细雨春风育李桃。

二

骚坛文气尽山河，犀利刀锋抵恶魔。
下笔犹知行万里，落花与敢绽清波。
一刊轨迹传今古，百诞依林赋曲歌。
欲问左联谁几许，战随鲁迅入同科。

十里竹漂杨家溪

十里竹漂近水低，忽闻岸上小莺啼。
枫林五月陶然醉，落影杨溪月色迷。

闽东西双版纳·陈峭

山峦叠嶂峻山中，陡峭岩峰不与同。
鬼斧天工殊境造，闽东版纳笑春红。

咏　荷

水色山光映露中，秀峰村外醉霞红。
田塘莲叶无穷碧，蜓立荷花笑意浓。

康厝梧溪油菜

百亩庭前碧玉裁，东风一夜菜花开。
游人墨客归何处，更喜梧溪踏绿来。

缪恒彬

缪恒彬，1959年3月生。福安市民族职业中学教师（退休）。福建省诗词学会会员，福安市秋园诗社会员。

农民工

淡饭粗茶苦打工，风霜陋室闷如笼。
薄薪拖欠多难讨，汗洒经年竟落空。

赞红梅

新枝傲骨敢称雄，劫后余生怒放红。
疏影幽香添景色，落花含笑更葱茏。

喜观咸福村

梯田曲垄觅无踪，崛起新楼翠谷中。
风物醉心千感慨，山村瑞彩日臻红。

王顺德

王顺德，1959年生，福安下白石白马街人。文化程度初中。职业机械修配工。

纪念秋园诗社百诞

诗词格律鼎韩阳，翰墨秋园桂菊香。
百载宏图为社稷，千篇著作录沧桑。
悠悠岁月经风雨，浅浅时光显栋梁。
文苑弘扬骚客展，先贤后继永留芳。

陈肖南

陈肖南，1960年生，福安城关上杭人。原福安广播电视大学退休教师。福建省诗词学会会员。

贺秋园诗社成立一百周年

秋园诗社纪先贤，百载传薪著祖鞭。
国难当头曾呐喊，民忧蒿目几吟牵。
撷来盛世峥嵘景，化作骚坛锦绣篇。
华夏今时春灿烂，新花老树竞争妍。

年齐甲子泊行舟（辘轳体）

一

年齐甲子泊行舟，应信桑榆尚有收。
桃李三春犹在梦，梧桐一叶已惊秋。
红尘不染双吟鬓，白首还凝万里眸。
可喜中华开盛世，余生得此复何求。

二

欲海茫茫莫浪游，年齐甲子泊行舟。
半生草草轻消日，两鬓萧萧易感秋。
业力已随诗共退，尘心仍与世相留。
壮无意得安言志，老借余光勉自修。

三

韶光弃我疾如流，弹指耕耘卅八秋。
岁晚风霜欺病骨，年齐甲子泊行舟。
悲欢离合浑无定，穷达乘除自有由。
守得人生真性在，闲将冷眼看沉浮。

四

感物兴怀漫自愁，饱餐甘寝莫他求。
常惊雪后梅花发，不见窗前桂影投。
夕照山川垂晚景，年齐甲子泊行舟。
世间得失能多少，过眼韶华水一沤。

五

寸心已系夕阳楼，却恨云烟不肯收。
落尽梨花荷又老，凋残枫叶柳同愁。
青山有约当朱户，绛帐无功枉白头。
笑领真风消负累，年齐甲子泊行舟。

庚子年重九登天马山

枫叶初红九月天，满山芳物弄秋妍。
人声鸟语相交互，竹影溪光共接连。
清景尚能娱老眼，旷怀无复似当年。
不堪尘土登须鬓，往事回思叹渺然。

庚子年冬末感怀

节序轮回向大寒,棱棱瘦骨觉衣宽。
心伤岁晚愁犹在,目断平生梦已残。
总把黄昏天际送,更将白发镜中看。
闲居纵有悠然乐,却恨终无少日欢。

新 居

广厦千间梦未曾,穷庐虽小却宜称。
蝉吟树杪尘氛减,花满窗前爽气增。
无事漫消茶一盏,有钱多籴米三升。
长衢灯火纷无数,月照楼台又几层。

赞袁隆平院士

非关禾下可乘凉,尽世潜研上种秧。
纵使平生无富贵,何堪大地见饥荒。
百年未了中华梦,一饭常怀故国伤。
当代如公能有几,定知青史永流芳。

痛悼袁隆平院士

专注田畴半世长,袁公德誉九州扬。
人间得饱终非梦,禾下乘凉岂是狂。

佛土无尘莲叶净，天堂有路稻花香。
丰碑刻在民心上，一曲哀歌泪几行。

夏至夜即事

节过端阳暑气腾，夜来时雨洗炎蒸。
风轻曲岸依依柳，人静长街眩眩灯。
红袖飘香朝北去，素娥息影未东升。
一年只此今宵短，好梦焉知少几层。

仲秋偶书

随缘度日守齑盐，自笑闲居好养恬。
南野霏微秋色绚，西风萧瑟鬓华添。
如流岁月增犹减，似梦人生苦亦甜。
老去身谋惟淡泊，静观世态变凉炎。

辛丑年重九日登天马山

层林漠漠晓风凉，空翠浓阴露草香。
环郭群山笼雨气，凌霄一塔点秋光。
眼看落叶凭谁语，手抚寒花暗自伤。
应笑年年重九日，登高人欲问苍苍。

高阳台·暮秋

　　丹桂香飘，黄芦叶乱，堪怜枫叶飘零。花谢花开，不知天道何凭。无由却对西风恼，怕西风，唤起伶俜。暗消凝，水自东流，日自西倾。

　　游丝不系年光住，恨繁华过眼，摇落伤情。往事回眸，是非都已曾经。闲愁拟托寒蝉诉，奈寒蝉，又被人惊。望茫茫，万点霜红，一抹山青。

赞北京冬奥会自由式滑雪女子大跳台冠军谷爱凌（新韵）

高台电跃向长空，笑踏浮云霸气雄。
天际飞来疑画鹞，镜头展尽是惊鸿。
身旋数转须凭势，技压群芳足见功。
一跳翩然摘桂冠，五星旗映玉颜红。

暮春即景

春水盈盈涨一溪，溪边景色令人迷。
和风暖入花犹醉，丽日寒消鸟恣啼。
尽敛尘心舒远目，独开诗意向新题。
多情不用悲摇落，竹秀晴川绿满堤。

贺福安栖云大桥正式通车

雄梁横卧富春溪,夕照长流望欲迷。
双塔插天分左右,层楼拔地各东西。
家山时喜开图画,景物谁能尽品题。
此日游人行络绎,如何不见有云栖。

寅年抗疫

寅年病毒恣纵横,多省遭瘟举国惊。
万户惶惶无客到,九衢寂寂少人行。
匡时不负苍生意,抗疫还须赤子情。
尽扫阴霾终有日,神州度厄得安平。

马培华

马培华，福安溪柄立峰村人，1961年10月出生。曾任福安市委党校副校长，福安市政府办公室副主任，福安市经研中心主任，福安市安监局局长。

纪念闽东工农红军游击第一支队成立九十周年

兰田月夜枪声起，烽火连天映战旗。
名冠雄师呼劲旅，功标华夏话神奇。

黄烽将军

穆阳溪畔书香盛，报国从戎志满胸。
芦荡进军传火种，长天拱卫建奇功。

三进下党

饭甑岩边修竹水，三槐堂里客来回。
鸾峰桥上苍生计，习习春风暖翠微。

二月廉村

石矶津渡繁花岸，官道迂回进士家。
明月祠中宾客满，清风吹过漫天霞。

访宁德支提寺

莲样层峦次第开，画般图景叠铺来。
华严寺上红旗展，猎猎军威满壮怀。

霍童桃花溪村行（新韵）

红军驻地瓦屋青，旗舞旌扬练武营。
北上杀敌军号响，桃花溪谷起奇兵。

三月松山[①]（新韵）

晴风竹里春梢长，翠落谷仓织彩绸。
八井村头凝望处，北山红树满江头。

[①]松山：即罗源县松山镇，其所辖八井、竹里、北山，是著名的畲族村落，也是闽东革命时期畲族红色政权的发源地。

陈松龄

陈松龄，1962年生，福安溪柄柏柱洋三村人（陈贻翰次子）。自幼随父习诗，修家乘。

无　题

寒潮突袭霰纷飞，二十年来少见知。
佛国三千银世界，韩阳四面玉琉璃。
寻梅煮酒添佳趣，赋雪吟诗正及时。
预卜全民行泰运，田园六畜总丰肥。

游白云山

闻有佛光映晓岚，寻奇结伴白云山。
满溪遍嵌珠玑珏，一石中存洞瀑潭。
红豆紫鲵亲领略，宋厅唐刹任盘桓。
池莲偏喜午时放，造化天工壮大观。

敬和郑碧城牛年思怀

六畜辛劳最是牛，几多欢笑几多忧。
三杯浊酒阿谁醉，一碗粗茶速客留。
看罢唐碑思汉简，裁成警句唤良俦。
耆年还有读书乐，史海钩沉莫强求。

同学聚会四十年见旧照片有感

凝眸旧照认依稀，四十年来各自知。
昔日娇娃添雪鬓，当年小子见庞眉。
欣逢此日齐欢聚，且喜吾侪共泛卮。
微信平台多点指，天天同学梦相期。

刘招仁

刘招仁，1963年2月生，籍贯福安。福建省高速集团公司宁德管理分公司收费部主任。高级经济师。业余诗词爱好者。

韩阳十景·马屿香泉

一骑绝尘圣旨传，韩阳敷赐五福安。
思源桑梓香泉屿，沏煮茶香四海欢。

诗意东侨

轻纱柔曼东湖美，仙境人间宫阙随。
白鹭伴飞舟一叶，相思明月两依偎。

刘茂金

刘茂金,笔名飞雨,1964年11月生,福安赛岐人。赛岐中心小学教师。福安秋园诗社、福安赛江诗社会员。

登鳌峰

登上鳌峰顶,居高气凌天。
群山连秀水,一望渺无边。

纪念五四运动一百周年喜赋

春雷华夏响,五四震惊天。
觉醒全民族,青年创伟篇!

咏桃花

丽月荡和风,桃花灼灼红。
清香飘遍野,画卷映瞳中。

端午节悼屈原

满腹兴邦策,恨王听佞音。
悲闻城欲破,以死表忠心!

游太姥山

太姥风光势自然，纷呈奇异现人前。
宛如胜境蓬莱美，游览逍遥亦似仙。

春游樱花谷

樱花谷内春游览，斗艳群芳吐馥菲。
流水小桥闲适态，仙园漫步忘回归。

咏　松

寒来暑往立山冈，劲节龙盘任雨狂。
雪压霜欺犹挺直，豪情傲骨显威强。

庆祝中国共产党建党九十周年

弹指光阴九十春，峥嵘岁月历艰辛。
南湖举帜风云涌，遵义端航策略臻。
震世长征开大局，蠡城抗战集全民。
驱倭打蒋辉煌胜，共捍红旗主义真！

李铃泉

李铃泉,福安人,1965年5月生。福安市秋园诗社会员。中学高级教师。

立 春

疏疏密密挂窗前,未碍东风入大千。
旧岁花光梅殿后,新年春色柳当先。
数声解语娇莺叫,几处承欢稚子牵。
辞却迎来和送往,赢来不老共山川。

雨 水

时节当春雨水时,柳条麦草亦离离。
销魂入梦如酥软,转眼抽丝似鬼奇。
误却游春人赏景,便宜筑垒燕衔泥。
云花顶露犹鲜野,雾隐城山力未疲。

惊 蛰

春雷乍动蛰虫惊,万象从头又起程。
玄鸟归来携细雨,仓庚啼唤促农耕。
鼠蛇蠢动偷偷乐,莺雀喧嘈卖卖萌。
雾蘸群山铺底色,红桃绿柳更分明。

清 明

清明时节少闲人，天色熹微恨夕晨。
雨布秧苗晴筑埂，风生草笠汗沾巾。
红莓争入儿童眼，真叶无辞老妪身。
非独匆匆泥燕子，犁牛驮轭去来频。

立 夏

春深夏浅道旁家，偶向梧桐听落花。
广叶淡香承不住，青阴素色岂能遮？
晨曦早见催眠鸟，暮霭难收枉噪鸦。
高铸辉煌低积玉，芳菲国里竞豪奢。

小 满

响彻蛙声一片洋，时逢小满稻花香。
鼓心促促三更紧，琴意凄凄十里长。
虫蚁难求方寸地，神仙无觅五云乡。
痴人喜做黄粱梦，犹笑蛤蟆空自殇。

芒 种

适时芒种不加忙，难见当年小麦黄。
南北山头归野草，东西田地付房商。

从今何用黄梅雨，往后无愁鳞甲秧。
节气循环人未觉，梦中天下是粮仓。

夏 至

时逢夏至日长长，勤快农家早下床。
此屋妻言先刈麦，那家夫说要栽秧。
定睛近午竿无影，转瞬迎头雨有香。
不必忧愁嚣暑气，妙方养胃嚼生姜。

小 暑

小暑来时闯一关，招降头伏貌闲闲。
缘溪小子多光腚，下水畲娘少怖颜。
或泳或游心澹漾，时嬉时戏性憨顽。
何愁炎夏怎么过，鱼乐悠悠不忍还。

大 暑

大暑来时太认真，晒开顽石试之人。
水滋黍稷浆盈腹，叶庇葡萄紫透身。
腐草流萤同性命，噪蝉羽客作芳邻。
暖寒冷热原相薄，不怨仙家不怨神。

立 秋

时序跫音答答钟，秋容未至国南东。
暮蝉岸柳前时噪，丹藕泥塘旧日红。
三伏偷延邪暑盛，四维焙烤暗炉烘。
遥思仙女飘飘袂，原是凉风在九重。

处 暑

难作炎炎处暑题，秋声未赋自南西。
街深人萎尘嚣起，岸阔溪干柳叶低。
晚熟葡萄皮已破，迟开菡萏梗先齑。
今年谁改天伦乐，风可为儿雨可妻。

白 露

橙攒黛敛玉凝珠，笔起金风作画图。
零落岂堪悲旧叶，思归不讳脍新鲈。
家山香薯芋尤糯，岩洞云奇雨亦酥。
才看秋边鸿雁过，去来玄鸟又交输。

秋 分

炎炎长夏又如何，毕竟秋风起睡魔。
岭上丹枫依旧绿，鬓边霜发应无多。

夜长权作舟行逆,昼短浑成水逐波。
闲看高天云隐处,且携岁月共消磨。

寒　露

今逢寒露始微寒,枫叶青黄未见丹。
菊有黄华鸿有讯,溪无活水岸无端。
煎熬一夏茶新出,憔悴三秋日早阑。
勠力农人仓廪实,尚余岁月作闲观。

霜　降

杪秋霜重水流迟,昼夜温差最甚时。
破帽向头应有恋,老天于物本无欺。
红凝枝上疑仙子,黄绽丛中是菊儿。
高处唱寒云影远,西风渐歇北风随。

立　冬

为赋冬词强说寒,温壶老酒与谁干?
丹枫有序酡颜醉,芦荻无由白首欢。
好景三秋容易逝,小春连月等闲看。
来年离此无多日,梅雪商量执卷端。

小　雪

我身长寄在洪炉，小雪无霜雪更无。
一夜入冬虚伎俩，夹层纳袄费工夫。
绿蚁红泥期天冷，鸣泉建盏不日殊。
岁月何曾遂君意，眼开眼合任荣枯。

小　寒

大雁思归北首时，小寒吩咐我吟诗。
初生阳气冯虚起，垂尽严风扑面吹。
引伴黄鹂犹有讯，筑巢喜鹊已先知。
心随物象年华换，今日从容看喜悲。

大　寒

一九初凉三九霜，金装迥脱换银装。
天边白雪镶颜色，墙角寒梅送暗香。
年味渐浓人渐懒，乡心犹近脚犹忙。
任他朔气相催逼，小大寒中有暖阳。

缪尘侠

缪尘侠，1965年7月生，福安人。经营茶叶40多年，现为新南方佳木茶叶公司负责人。

明日大雪

风疏月隐夜空凉，水过街亭雨漫长。
更晚灯昏人易倦，晓明觉醒梦无常。
谁言天意层层漏，我报晴晖寸寸光。
待到春生情有愿，邀来梅雪话新装。

春 乐

新雷震空林，旷野引天音。
涧水无留意，山风可有心。
春花羞二月，佳节值千金。
借问君何乐，闲居弄故琴。

山亭柳

暮时寒泄，晚秋何奈。叶枯残，花不再。苍野迷离，渡头横，雁行九派。烟尘漫天空卷，日堕千山外。

夜来问，更敲太快，曾经光景梦中败。忆其中，空自爱。应是前情，乱心怀，一时难耐。今宵可有寄托，月影影，人何在。

苏幕遮·将心掰两半

又黄昏，枯渐满。庭外流云，云里离人唤。无奈秋风吹空愿。何处追寻，暮色斜阳晚。

夜垂垂，更漫漫。醉酒何方，梦醒还生乱。谁可将心掰两半。月淡天高，沦落人肠断。

错 界

前时旧径入幽深，不见斯人夜下琴。
暮鼓曾经难为约，晨钟最是易空吟。
从来寂寞多悲楚，那得欢愉少素音。
本应云山方外客，无端错界笑如今。

茶者，南方嘉木

霜风弄月寒，晓雨洗冬残。
岭曲藏千树，山尖起万峦。
南方春有意，嘉木水交欢。
何怨君无伴，余生吾不单。

临江仙·栖云桥处网红多

午梦催人空醒，窗前春影迷离。花莲微颤叶轻移。日斜生暮色，风过柳千丝。

江岸晚来灯灿，栖云桥上多姿。网红生计夜迟迟。谁怜拍者苦，只有路相知。

秋　心

秋心不可言，过岭避尘喧。
枫染石阶赤，云遮垅上昏。
飞花无落意，涧水有通源。
世势何知晓，山家米酒浑。

林奶旺

林奶旺，又名林乃旺，笔名韵农，1965年8月生，福安甘棠人。中华诗词学会会员，福建省诗词学会会员，福安市赛江诗社会员。

步陈文瑞先生原玉

韵律为餐翰墨筵，秋园桂菊展娇妍。
百年阆苑弘诗赋，一脉风骚引圣贤。
雅意凝心情必至，吟音入骨梦重圆。
韩城自古人文盛，郑氏①华章空史前。

忆江南·月满神州

星光美，好月不沉西。皓镜悬天歌盛世，清风拂水柳垂堤。秋色令人迷。

柳长春·秋夜逢雨

树影娇娆，湖光潋滟，良宵恰巧逢羞月。天成美景亦成诗，风情只是尘寰物。

灯火阑珊，秋林掩屑，乍来彩雨如霓泄。轻衫也奈重寒流，倚窗甚感西风烈。

---

①郑氏：即郑寀（1187—1249），宋代名臣，长溪县穆阳十五都福苑利湾（今属穆云畲族乡）人氏，因其呈诗圣上极力推韩阳坂为县，理宗便批"敷赐五福，以安一县"。其作堪为福安建县第一诗。

浪淘沙·纪念闽东苏区成立八十周年

　　四处起硝烟，义满心田，腥风血雨手常牵。畲汉共仇同敌忾，壮写雄篇。

　　岁岁又年年，巨树参天，扎根红土志强坚。冬尽春来芽又发，叶茂枝连。

纪念民族英雄林则徐

圣地神游步履坚，虎门遗址迹依然。
销烟池里断洋梦，镌石碑间写壮篇。
回醒瘾君知大德，归行正道感青天。
林公禁毒千秋颂，绝世英名百代传。

贺薛为河诗词楹联集（三）出版

自小习诗居运乾，犁牛伴读白云边。
殊才幸遇青莲化，璞玉还当邱祖镌。
句有奇思钧雅韵，词常巧构比儒贤。
笔耕卅载成三巷，美若珠玑万古篇。

元宵节游清泉洞

凤翔喜雨漫林边，一缕轻风半岭烟。
巨石横生归紫府，细流暗涌造清泉。

山间翠竹犹开悟，雾里羞花也向禅。
欲别喧嚣何处去，拾阶而上问云天。

纪念中国共产党成立一百周年

泱泱禹域旧残垣，辛酉河山启纪元。
黄浦江潮方涌浪，红船星火又燎原。
初心不变行天道，使命长担铸国魂。
拯救苍生于水火，百年圆梦盛乾坤。

重阳节登高

昨夜繁星近祭坛，今晨紫气乱山岚。
烟波过处现澄碧，云絮将天抹湛蓝。
我自登峰非造极，时常入梦是攀南①。
赵颜添寿重生日，变幻人生堪美谈。

雨水节郊游

桫椤巧布密林中，秀美瓜溪乱石丛。
濡瀑一帘天落物，雄崖百丈水生风。
方惊僻径无人迹，更恐深山冒虎虫。
世处桃源吾是主，天然吸氧感神功。

---

①南：南屏峰，为宁德赤溪一带最高峰，海拔1200多米。

端午吊屈原

米粽雄黄榴月五，香囊菖蒲午时分。
荒原艾草驱邪气，白马江风散密云。
缅怀正则寻天问，懋赏离骚忆古魂。
壮志雄心随水逝，楚王愚昧不知君！

七七纪念日

皓月如银洒玉楼，当年也且照卢沟。
雄师奋勇魂悲壮，烈血横飞化水流。

风

拂柳影翩跹，纤纤玉叶连。
轻轻堤上过，醉了一塘莲。

暮春丽景

谷雨入文峰，群川气势雄。
和风穿寂静，轻雾锁朦胧。
露重晶莹透，花娇雅艳浓。
海山呈画卷，景象丽无穷。

悼刘文平先生

赛江传噩耗,诗苑损贤才。
雨夜秋风冷,翰林泪叶哀。
天公招韵客,雅梦入莲台。
绝世吟音远,凄凄动九垓。

莲山秋夜

夜幕降莲峰,萤光划晚空。
金风穿阒寂,羞月隐朦胧。
释院传天籁,梵音透宇穹。
三塘千户火,源起美和公。

祝贺郭绍恩先生百岁寿辰

骚海百年龙①,腾游盛世中。
期颐当咏颂,日月与君同。

秋 趣

彩霭舒瑞日,遥海映长天。
瀤水拖青练,丝林泛紫烟。

---

①龙:郭绍恩先生属龙,2015 年百岁。

蝉音方阒寂,人步自悠然。
寻趣秋山里,欢心逸事连。

张树春
张树春，1966年生，福安赛岐大留村人。

千年古村

好地大留村，青山万树春。
溪流庄稼润，秀丽古风淳。

禅

饮酒道仙神，诗书论古今。
江山多秀锦，细雨润禅心。

刘章弟

刘章弟，1966年生，福安下白石人。个体营业户。

咏孔明

初出茅庐天下知，先生乱世不逢时。
精忠汉室酬三顾，千古秋风五丈悲。

游平兴寺感想

平兴圣地育禅才，持戒坛门觉悟开。
高尚界诠明大法，菩提无树镜非台。

咏飞燕牡丹

百卉称王飞燕妆，倾城国色赛群芳。
贫寒傲骨回春妙，话说当年武媚娘。

芒种晨景观屏赋诗

夏树岚烟石道幽，笠蓑农庶伴行牛。
山村若隐箫声咽，芒种清晨鸟语啾。

盛夏即景

炎炎盛夏日当空，苋菜枯蔫气煖烘。
行犬呼哧流热唾，游鹅潜项扇凉风。
山中石径炎焰烫，岭上茶园燥土蓬。
渴望甘泉寒水饮，栀化香溢醉樵翁。

春游太姥山

何人垒石耸云边？鬼斧神工大自然。
万壑群峰观不尽，春风一线道通天。

秋　风

梧黄叶落舞秋风，楚雁南飞万里程。
色彩缤纷林尽染，寒蝉凄切寄苍松。

忆登高

九九茱萸节，登高白鹤山。
夕阳辉暖岭，洞水透寒川。
枫赤层林染，梧黄落叶残。
星沉镰月夜，梦醒在云间。

咏春雪

早起茫茫野望遥，逢春瑞雪罩岩峣。
霜花玉朵随风绽，轻似鹅绒棉絮飘。

春山游

春日清风入涧寒，梨花带雨悦心欢。
峰华绿野游人醉，疑到蓬莱咫尺间。

连家船民上岸

颂党扶贫志向坚，船家上岸喜乔迁。
飘蓬江海终归宿，感谢苍天造福田。

迎春感悟

每逢除夕喜交悲，看换桃符新旧时。
日月如梭人易老，无常世事梦依稀。

屏山行

当年铁马越屏山，冰坠悬崖千丈寒。
天降玉龙三百万，飓风彻骨路行艰。

咏岩竹

身高直节立岩中，拨翠新篁心性空。
蕃秀夏来春渐去，箫声似剑别东风。

晨泳即景

卯初侧泳览青蓝，澈见湖光月影寒。
遇两鹨鹨游乐戏，人禽自在水云间。

纪念秋园诗社百诞

李杜传承翰墨香，秋园百载证沧桑。
珠玑韵律文华灿，锦绣丹青溢彩光。
伊迩人生天道远，恢弘国粹路途长。
群英荟萃韩城里，盛绽诗花两岸昌。

郑小芳

郑小芳，福鼎人，1971年生。福安市康厝中心小学教师。秋园诗社成员，宁德诗词学会会员，福建省诗词协会会员。

诉衷情·格桑

东风新剪绿罗裳，乘兴觅初芳。娇颜怯怯含笑，沙地试红妆。风细细，水长长，间疏黄。远山披黛，溪岸菌菌，蝶戏斜阳。

诉衷情·桃花

轻寒侧侧粉枝摇，灿灿锦霞天。谁人剪落云彩，山野任逍遥。花不语，客频招，但相邀。桃源岁短，一笑嫣然，趁此春朝。

王祖康

王祖康，1971年10月生。中华诗词学会会员，福建省书法家协会会员，宁德市政协画院画师，福安市书法家协会副主席兼秘书长。

庆祝中共二十大胜利召开

菊黄时节瑞祯祥，国泰民安当自强。
党会盛开新世界，同心圆梦共飞扬。

题曹琴诗书

曹家无弱女，琴瑟共鸣音。
诗写梅花韵，书藏二圣心。

过武夷山天心寺有感

天心古寺钟声远，佳木醇香梦梵音。
雨竹萧萧酬寂寞，无缘僧客入禅林。

观张达书法展有感

张钟笔翰古今传，达意文心媲米癫。
书事陶情金石寿，展观佳作著新篇。

贺江苏宜兴同窗陈震书法展

一笔云烟起，震威泣鬼神。
书山高万丈，展纸写天真。

穆阳古镇

穆水悠悠争上流，阳花遍地证春秋。
古风新貌百年唱，镇日尧天任尔游。

《诗书画印》有感

诗仙斗酒始通神，书圣风流性率真。
画袭文心唐宋韵，印宗秦汉古今人。

贺《得车楼谭艺》出版

左国三篇眼底收，立身黉舍叙情由。
诗书合璧题椽笔，得失开心安故畴。
车马长龙人易索，楼兰片纸世难求。
谭言灼见真知性，艺业辉腾自苦修。

贺莲城诗书画展有感

莲开胜地荐高香,城阙古风岁月长。
诗绍宋唐情朴厚,书承魏晋韵悠扬。
画屏走笔藏真率,展卷行云怀素狂。
有象无形成大道,感言祈待焕荣光。

缪晋写松

缪师放笔夺神功,晋韵风流谁与同?
写罢虬龙堪作赋,松涛阵阵月盈中。

缪晋墨梅

缪氏毫端通造化,晋唐遗韵见清姿。
墨花尤荐春消息,梅绽韩城第一枝。

陈曼山

> 陈曼山，1972年9月生，福安人。漳州师范学院中文系毕业。福安一中教师。福建省作家协会会员，福安市秋园诗社社员。

归去来·立春

凫鸭知春应到，嬉戏烟江晓。微雨东风江边草，轻摇落，几声噪。

新燕飞来早，轩檐下，啄泥相闹。人家院里花枝好，迎新岁，欲开了。

眼儿媚

不禁风冷小庭幽，新月正如钩。几枝落叶，三分寒色，一点萧飕。

古今幽恨知多少，何必上眉头。多情也是，无情也是，都付东流。

归去来·除夕

帘外春风应好，春雨来时悄。帘里丝弦知春到，声声啭，伴春闹。

纵酒倾怀抱。逢除夕，共春欢笑。今宵酒醒连春晓，应还有，梦年少。

点绛唇

清晓莺声,枝头婉转东风送。雨敲窗动,昨夜分明梦。
应是无眠,心绪如云重。恁翻涌,竟无人懂,春色和谁共?

蝶恋花

谁把深秋添慨叹?芦苇萧萧,漫漫和云卷。日色应知天气短,离思犹怕黄昏晚。
原是世间多聚散,造化无心,何必情深浅。岁月从来分冷暖,霜风尽处枝头满。

点绛唇·秋分

又是秋分,黄昏还遇纷纷雨。车声一路,淹没行人语。
应道天凉,节气无情处。风断续,有如情绪,胡乱安排去。

忆王孙

问君何事暗愁生,披帙无心笔自横。辗转无端睡不成。下阶庭,细雨梧桐几点声。

蝶恋花·立秋

自古秋来皆慨叹。叶落西风，日暮寒蝉乱。心事随他千百转，无端也做愁肠断。

何事须将残叶算。造化多情，不独春风面。秋气来时秋水岸，长天霞落如罗缎。

画堂春·与友人登社口七号山

从来谁是最悠闲，游云鸣雀山泉。好风相逐闹林间，各自争妍。摘得几枝茶绿，寻来好水堪怜。清谈闲饮对青山，不厌相看。

画堂春·母亲节有怀

当年窗下补衣灯，绕床嬉闹童声。佯嗔无赖竞相生，巧笑盈盈。弹指春花秋月，江流荣宠功名。人生但愿久长情，不厌叮咛。

忆王孙·谷雨

些儿凉雨滴阶前，几个残花犹自怜。时节匆匆百事迁。莫凭栏，柳絮纷纷谷雨天。

浣溪沙·坂中与友人饮茶

林畔有风到小楼，寒溪声远石间流。栏杆日影鸟啁啾。野竹几枝依远近，清茶数盏说春秋。无端却是思悠悠。

浣溪沙·雨水

时节当春雨水知，随风嘱咐做纱衣，娇花软草好相依。楼外垂杨摇碧色，檐中双燕筑春泥，且将新酒作新词。

浣溪沙

些子月华漏宿云，几声风拂动凝尘，鸣蛙断续一时新。天地从来多寂寞，世间长是苦漂沦，悲欢不论古今人。

浣溪沙

数盏茶香酒醒时，卷帘秋意落花枝，犹沾昨夜雨如丝。一宿当初年少梦，几声残叶暗蝉啼，不知何处寄相思。

浣溪沙

一夜敲窗雨点声，凉侵衾被睡难成，些儿情绪起还平。哪个当初非过往，几何今日不浮生？不如将酒做频倾。

蝶恋花·过富春溪畔

不料富春溪独好。水映云天，闲伴青青草。竹密林深幽径小，野花各各相争俏。

闲坐溪亭思渺渺。流水悠悠，去去何轻悄。何不纷纷皆放了，折来瘦竹垂溪钓。

蝶恋花

记得当初多少梦。万卷诗书，扬手风云动。也拟周郎千万宠，庭前信步繁花重。

秋月春风空与共。流水无情，休说堪何用。且就心情倾酒瓮，再来横笛吹三弄。

蝶恋花

自古欢悲何所似？嫩柳西风，聚散寻常事。谁把琵琶弹妩媚，谁将岁月添憔悴？

数盏清樽来取醉。往事曾经，去去何言悔。荣宠转头东逝水，更何言说相思泪。

郑尧光

郑尧光，1973 年 5 月出生。大学学历。中国实学研究会会员，中华诗词学会会员，福建省书法家协会会员。现任福安市政协党组成员、秘书长、机关党组书记、办公室主任。

穆阳桃花

二月虎头去看花，桃花红灿漫天涯。
满山美媚夭夭影，争与桃花比少华。

远　行

此去当知花尽发，经年心血一时间。
人生既似此花暂，何意折腾年又年。

写　字

做事老来不正经，涂鸦日日忘生营。
家中油米将难续，依旧涂鸦不作声。

戊戌秋登黄鹤楼

一

黄鹤楼前鹦鹉洲，崔君唱绝古今愁。
此番我是闲游客，只道汉阳好个秋。

二

千古名楼黄鹤楼，游人登处欲寻愁。
晴川草树今依昔，江汉烟波没水流。

醉　别

一

今宵把酒今宵醉，醉里看人人最清。
莫问同窗情重否，同窗情谊与君同。

二

今宵把酒今宵醉，醉里看花花正开。
莫问花开心动否，沁人花气动心扉。

三

今宵把酒今宵醉，醉里看情情逾浓。
莫问情人今在否，情人自在我心中。

屏南龙潭村访友

我到龙潭欲觅龙，满溪游客与嬉童。
黄墙黑瓦寻常陌，龙在深潭第几泓。

长相思·长沙作别

来匆匆，去匆匆。此去长沙西又东，黄岗日正红。
见匆匆，别匆匆。挥手无言泪满睛，何时能再逢？

山花子·家乡

每对故园不忍看,村头村尾尽残垣。四十年来兴与败,欲何言。郁郁虎冈春意满,谁人念取旧家山。料是此身长作客,怎能堪。

郭耀华

郭耀华，1974年生，福安人。福建师范大学汉语言文学本科毕业。现任福安市商务局副局长。

觅 秋

出门抛冗事，入野觅秋风。
古道遗苔绿，新添落叶红。

仲夏赏荷

满野徐风吹叶绿，一池碧水映荷红。
寻花未必花繁好，仲夏萍开景不同。

霜降所见

霜降风凉景不同，雨来珠坠入山空。
杆斜苇荡飘绒絮，叶落枝头挂柿红。

登山观感

旗顶山头多彩叶，七层塔下一青溪。
观光岂在楼巅处？步上岚峰万厦低。

重游留洋有感

青春岁月敞心扉，夙愿经年可与违？
野旷风清仍物是，纹添貌改已人非。

月夜思

清秋一片月，洒作万江银。
心事随流水，非诚莫问津。

再至梧溪

初来满野浮萍绿，再至梧溪挂柿红。
水秀终年鱼不弃，山青换季鸟随同。

赏 荷

花开粉艳天，叶败问闲田。
菡萏寻常卉，周公独爱莲。

母亲节悼母

鲜花作信笺，雨露把词填。
念母情思意，由风寄上天。

> **王志强**
> 　　王志强，1977年3月出生于福安。现任福安市第九中学支部书记、校长。

秋分夜有感

三杯两盏秋风后，兴尽寒衣步跹跚。
最是欢颜留不住，夜深窗外雨潺潺。

青玉案·人生如逆旅

西风萧瑟添寒雨，满城叶，苍山雾，两岸枯黄银杏树。逆江而上，道长且阻，不辨来时路。

茫然回首频频顾，静好时光莫相负。纵使乾坤如逆旅，千般艰险，万般愁苦，总在行人处。

中秋咏怀（新韵）
——壬寅中秋应朱建华兄之邀而作

院前数点格桑花，淡雅静幽朱友家。
绿树岭中镶冷月，清泉盏上品红茶。
高谈修绠而汲古，笑论操舟以渡涯。
一缕秋风萧瑟起，几声鸡犬应晨鸦。

刘星贵

刘星贵，福安溪柄楼下村人，1978年2月出生。现任福安市甘棠镇党委书记。

任职溪潭时，受邀到市技术学院作薛明月先贤事迹讲座

首登新院府，初出赐廉堂。
我本乡间客，也沾明月光。

自溪潭赴甘棠任

廉水悠悠逝未央，鸢飞鱼跃下三塘。
微衷岂顾鬓成雪，召伯芳尘路正长。

甘棠街改造有感

昔日违章街作市，今朝复序路还城。
行于大道人民意，存以甘棠百姓声。

改造西门兜

新桥飞架古城根，旧堡重修擢秀门。
直待水清河畅日，既生芹藻亦栽荪。

郑毅

郑毅，1979年5月生，福安人。福建师范大学中文系毕业。中华诗词学会会员，福安市秋园诗社副社长。

无 题

一

未度青春已白头，一生恩怨几时休？
煽情何必真刍狗，出世焉知假铁牛！
岂是林泉堪养老，只因烟柳不经秋。
作诗我本聊消遣，谁道诗成句句愁？

二

欲倚高楼且上楼，阑干拍遍忆悠悠。
舞低团扇遗春梦，歌尽浦云惹暮愁。
半壁斜阳今古在，一江流水几时休？
人生最是痴狂处，纵是狂生也白头！

长歌行

长歌行，思孔丘。思孔丘，不能休。
孔丘皎皎如明月，光芒映我肠内热。
热风复起人彷徨，诗书压床万卷香。
我今在世何所为？不如一洗世故变疏狂！
朝八晚六为哪般？且须纵情山水趁风光。
看水看山入诗眼，不觉岁月已苍苍。
流俗羁绊何所惧，不可摧眉为稻粱。
山老丈，农姑娘，快些捧出葡萄觞。

殷勤最属农家乐，小调一曲诉衷肠！
诉衷肠，歌短长，身在乡村忘故乡。
十年江湖枕书睡，梦随孤云落天堂。
才拙不可补天裂，世人弃我天一方。
亦知狂歌城郊头，日暖风和蝶双双。
谁将神斧赠吴刚，斫得寒光照孤宿。
照孤宿，在空谷。栽幽兰，树青竹。
人生一世无千古，何妨天贫守白屋？
古人已恨愁无穷，却遣今人愁相续。
我不见古人白发闲愁三万丈，
但只见城郊岭外花相亲，云相逐！
思孔丘，思孔丘。诵关雎，在之洲。
我欲把酒酹长空，还听野老作狂语。
千古风流数渊明，东篱霜菊今如许。
脊梁不为五斗折，开荒只在三径土。
后有狂客来中原，自号谪仙人争睹！
一饮百斗诗一斛，叉手顿足笑王孙。
贤者历来多落拓，千金曾不名一文。
从来雅志在名山，红颜岂为人间老？
为君持酒劝痴人，莫负南山青青草！

水调歌头·白云山重游

星汉下平野，天马对西风。倚空千嶂雄起，冰魄正当中。为问楚狂何事？坐看华年虚度，一笑与君同。莫恨白云晚，山雨点梧桐。

顾清影，念杵臼，问天公。遥知飞瀑横断，重到九龙宫。初探金龟腾雾，不似美人装束，为我舞长空。谈笑多佳友，垂钓有蓑翁。

次韵和林公毓秀旧作《答客问》诗，所谓人生一世，夫复何求？诗中冷暖，亦唯自知。言不达意，岂效玉溪生之悲喜乎

春江潋滟影成诗，何以癫狂故作痴？
橹叟动摇侵客梦，山僧指点起佳思。
行观沧海愁知己，共折朝花怨别时。
物色可怜君莫恨，此生独往复谁知？

次韵和林公毓秀《学诗杂吟》，昨夜梦游武夷山，故醒来以武夷入诗

多情却似无情客，不逐青云不见花。
山近武夷飞暮雨，江连闽越起朝霞。
目随鸿雁穷苍翠，心寄春溪任海涯。
回首知音君与我，何时一唱石门斜？

减字木兰花·微雨

风中咸味，无定飘柔人欲睡。将罢难休，草色黄昏若着油。
迷踪何处？云雾半山遮去路。乳燕低飞，哪怕追来认得伊！

再读李白《把酒问月》

我读青莲问月诗，乃知白也太心痴！
月明在上君居下，人影飘东尔向西。

玉兔捣空情不绝，嫦娥舞尽欲思谁？
若能古月随君意，何用年年问月时？

浪淘沙·故友重逢

举手拍栏杆，对面真难！此时大笑太随缘。一饮千杯都不醉，忘了何言？

行路古来艰！流水休弹。半生挫折误儒冠！走马当时人与事，云外春山。

赠陈鸿先生

先生笔墨响琳琅，见说厅堂句满筐。
与我相邻多臭味，遭君陪伴别肝肠。
胸中块垒谁能已，碗里佳茗客劝尝。
野水青桐幽鸟弄，犹当阮籍啸龙荒！

永遇乐·次韵和张林华先生再读《赤壁赋》思东坡居士

何物多情？照人唯有，山间明月！百转柔肠，千般懊恼，费尽珠峰雪。坡仙词在，洞箫声起，催得美人白发。看今朝，登高触景，羞如嫠妇幽咽！

茫然万顷，一苇横江，试问天涯双蝶？屠狗雕龙，青衫碧水，且待才思竭。东来紫气，南飞乌鹊，睥睨酒旗烈烈。君记取，桃红柳绿，春芳未歇！

悼阮大维先生逝世

噩耗无声带暑催,万般悲慨付斜晖!
系舟南岸黄云重,沽酒西溪白雨霏。
顿觉红颜年又速,焉知华发老难回?
书生我欲添双翼,待挽天边北斗归!

叶嘉莹先生其人

壮怀摧折老天真,非为浮名系此身。
妙鸟好音传万卷,柔蚕噬简解千辛。
琴逢瑶瑟无须怨,诗遇离骚一弱人。
终向畏途无所畏,遍栽桃李笑今春。

韩阳女儿竹枝词

一

与君别后月纤纤,瓜未开瓤果未甜。
瓜果而今俱熟透,秋风吹过两眉间。

二

莫赊月色莫能闲?不见秋霜不倚阑。
已是风中飘落叶,更从水里看青山。

三

病中心境如霜降,岂记当年影像双?
深夜至深浑不睡,任听细雨打前窗。

四
冷酷容妆一笑开,犹如暖日照徘徊。
何当共挽青青鬓,篝火重围说未来。

江南诸绝句

看 山
漠漠烟山一树横,四时风景爱兰亭。
绿苔疏竹人归后,曲径幽花似老僧。

赌 玉
斑斓柔润浸清魂,黄绿磋磨彻晓昏。
是璞无瑕终作石,卞和已死玉难论!

壬寅雪后
俗世无才误岁华,其间蹀步至僧家。
西风许我栖云榻,淡扫围炉煮雪花。

张林华

张林华，1985年5月生，福安人。就教于福安市第一中学。秋园诗社会员。

杂 诗

经年事靡盬，轻与故乡别。
别意许多时，思归情更切。
归来瞻衡宇，衡宇倾欲绝。
环顾复颓垣，苔痕生断裂。
亲单日趋老，白发愁已结。
殷勤一杯酒，曰归心又怯。
父子相对言，待我远如客。
天伦能几何？迫然生计虐。
怅怅登前程，郁郁何由彻。
独立看中秋，皎皎天上月。

饮 酒

皎皎梧桐花，山中玉无瑕。
有鸟来栖止，常思天与涯。
振翮欲高飞，恐乃哀繁华。
衰荣自定数，万物归尘沙。
聊复樽前醉，乘化得吾家。

重读《道教徒的诗人李白及其痛苦》

再读是书已十年，曾随文理见诗仙。
崚嶒高山不可仰，斗酒十千到眼前。
洒落风神空尘望，钟鼓馔玉九天上。
长安随分酒家眠，大鹏击破沧溟浪。
斥鷃闻之朱颜凋，九万里风恁扶摇。
飞扬跋扈恒殊论，长安不见日边遥。
独与名高皆欲杀，从来文章憎命达。
一身明月向三峡，猿听三声清泪下。
下泪醉煞洞庭秋，举杯捶碎黄鹤楼。
楚狂白发三千丈，倜傥笑尔孔丘愁。
神仙富贵已相失，小谢文章尚可及。
寂寞无聊千载名，人间一去无踪迹。

登宸山枫韵台

九月听清籁，独登枫韵台。
天高开眼界，风迥入襟怀。
地暖枝犹绿，蝉寒唱未衰。
偶然秋意起，于此放歌哉。

为武汉抗疫奉作

黄鹤楼前江水东，当春抗疫渐春空。
千重白甲思乡雨，万里逆行赴国风。

沧海横流知壮志，江山板荡见豪雄。
明年春色还人好，共沐樱花别样红。

咏　怀

十年走马任驱驰，四十行藏两惑之。
错识东篱修菊意，那堪北阙折腰姿。
思归沧海情犹早，欲入深山恨已迟。
闲梦草堂春睡起，卧龙岗上雨丝丝。

过上金贝思建文事漫成一首

竹外野人三四家，青峰独立著袈裟。
江山万里浑如梦，世事千年尽似花。
已定金戈驱鞑虏，肯将铁马踏京华。
古今黩闇知谁在，牢落深山听暮鸦。

西江月·题陆放翁、唐婉《钗头凤》

相见犹疑是梦，别来不敢叮咛。黄藤美酒为谁倾，肠断锦书空冷。

岂料当年错事，无端负了深情。一溪风月泪盈盈，惊起孤鸿旧影。

蝶恋花

惆怅人间如梦见。梦醒飘零，何事深深念。真个人儿堪缱绻，天涯地角寻思遍。

为问销魂何处遣。一晌凭栏，愁恨增还减。若道情深容易浅，争如不见当初面。

凤栖梧

帘里西风帘外暮。好梦吹残，数点黄昏雨。往事凄凉黄叶路，相思人倚相思树。

寂寞梧桐谁与诉？半死清霜，总是飘零误。欲挽流光留不住，月痕已到深深处。

鹧鸪天·雾

天马来从万壑中，江山驰骋势称雄。霸王纵剑征西楚，黄帝横戈战北风。

挥羽扇，笑江东，闲收雨箭自从容。晴云更作承平事，随意拂衣倚碧松。

浣溪沙·甲午二月廿日，骤雨思虎头桃花

粉面红尘陌上回，因怜昨夜雨相摧，刘郎旧恨已成灰。
公事奔忙游兴减，私心相许又相违，梦魂相对泪空垂。

菩萨蛮·三月初五

人生愁恨无重数，朱颜辞镜花辞树。举酒对残花，残花满地斜。故人疏尺素，鱼雁频传误。明日是清明，还家空复情。

南乡子·清明

何处可招魂，芳草萋萋绕旧坟。陌上行人相遇否？纷纷，点点残灰上鬓根。

哀怨几人闻，愁断人间梦也沦。不到黄泉终不见，昏昏，翳我空无怯近村。

南歌子

蜗角争何事，大椿复几围？悠然蝶梦自相违。今是昨非彼此是耶非？

云散青山瘦，雨晴绿水肥。萧萧黄叶满山晖，明月一川送我入荆扉。

临江仙

客里年年容易过，东风又遍天涯。乱山深处夕阳斜。羡他飞燕子，归去是吾家。

试上高楼何所见，清明几点寒鸦。谁怜惆怅卧窗纱。空庭今夜冷，明月照梨花。

永遇乐·再读《赤壁赋》思东坡

斗酒良宵,莫辜负了,无边风月。模样江山,匆匆不识,鸿雁飞残雪。匏樽空冷,先生何在,愁被三千华发。记当时,玉箫声动,谁知嫠妇呜咽。

此身长恨,蜗角蝇营,屯抹庄周梦蝶。我愿全真,恰如苦李,应解甘泉竭。闲人归去,乘风万里,算汝平生功烈。吾衰也,望亭危杪,不妨熟歇。

永遇乐·桂花

粟粟金风,漫轻缀了,三秋绿路。好梦相寻,人间望断,却又凄凉雨。玉颗惊坠,暗香断续,依旧天涯孤旅。恨当初,瑶池来下,而今幽独如许。

天寒日暮,翠袖谁来,倚竹佳人何处。三十六宫,乘风归去,烟锁重楼住。那堪回首,雕栏玉砌,只有珠尘黯舞。念携手,何时再是,神仙眷侣。

金缕曲

匆匆十年,料想昔日与旧游指点江山,情怀非复,兹可痛也!作诗曰:"风雨事蹉跎,十年一梦俄。无人知我意,慷慨听凤歌。"以为不能尽意,再作之云。

我本狂人也。怅平生,知音稀落,独歌骚雅。醉向中宵怜剑舞,寂寞难听呕哑。重回首,雄图羞画。一觉十年魂已断,剩黄粱,落日浮云下。分若个，是真假。

壮怀易失休惊讶。问人间，才高福厚，古今何者？不羡蝇营名利客，一任野人推骂。看功业，断碑残瓦。伯乐不知千里马，倩西风，吹冷长安驾。谁与我，共闲话。

贺新郎

青史何人说。但渔樵，斜阳几度，酒中风月。将相王侯谁是种，不过飞鸿残雪。看富贵，浮云催发。三万六千无消歇，到头来，醒了庄周蝶。残梦里，竟萧瑟。

此心久与功名别。唤渊明，东篱醉卧，话头深合。白眼风流多少意，柳下锻工瓜葛。笑腐鼠，鹓鶵明灭。我自周旋还作我，剩悠然，妩媚南山骨。身后事，盏中物。

蔡惠英

蔡惠英，1990年出生，福安人，自署"静兰轩主人"。福建省美术家协会会员，福建省诗词学会会员，福建省政协画院画师兼副秘书长，福安市职工书画协会理事，福安市秋园诗社编委，福安公安文体联顾问，福安美术家协会常务理事。

鹧鸪天·为君再赋鹧鸪天（十首选五，新韵）

信到佛前展素笺，为君六赋鹧鸪天。莲尘妙步三生殿，凤羽翩翩影顾怜。

莺艳艳，柳芊芊，谷英初妒蓠秋涟。裁绫七尺为谁练，杜宇凄凄不忍眠。

杜宇凄凄不忍眠，为君七赋鹧鸪天。暖芦苔照鸳鸯水，一泻君情沐翠烟。

十阙骨，葬经年，嗔痴爱恋寸心兼。兰襟缕缕终无悔，半世春纤写涅盘。

半世春纤写涅盘，为君八赋鹧鸪天。江城陌上风荷苑，折柳依依举案前。

铜雀老，赋谁添，美人画骨眷恋篇。星桥遗梦关关语，执手涓涓两亿年。

执手涓涓两亿年，为君九赋鹧鸪天。络音九曲红河咽，了落缁尘鹤唳兼。

老凤客，枯灯前，喃喃孑影计无言。鹧鸪何解冰蝉怨，重调萧郎酿凤鹣。

重调萧郎酿夙鹣，为君十赋鹧鸪天。仓庚只证菩提泪，未雨相逢鸾凤眠。

谁可说，断魂篇，化身桥古绘兰笺。人间天上登仙羽，取向酆都怎顾言。

念重慈

墓草萋萋寒色暝，一杯黄酒祭清明。
重慈化鹤犹言在，翠柏含悲带泪迎。
春去山头余血色，秋来荒冢伴青荆。
我心已似江南雨，岭上杜鹃莫再鸣。

三、名家赐作

刘能英

　　刘能英,中国作家协会会员,中国自然资源作家协会驻会签约作家、诗联委员会主任,中国地质大学(北京)特聘驻校作家,鲁迅文学院第二十二届高研班学员,中华诗词学会培训部高研班导师、青年工作委员会委员,《云帆诗鉴》特约诗评家,《诗词日历》《当代诗词十二家》主编。著有诗词选集《长安行》《大都行》《上苑行》,合集《行行重行行》,诗词联赋为多地勒石刻碑,作品入选《21世纪新锐吟家》(第三辑)、《好诗词》(第一季)。

秋园诗社建社一百年

千叠祥云荫福安,百年诞日聚秋园。
长诗待贺逢端午,不尽风骚借屈原。

坦洋茶场采茶

半天同采摘,再见问年期。
待练生花笔,来吟小武夷。

富春溪凉轩所见

柳线垂丝织翠帏，风来帘动蝶纷飞。
青天折叠波纹漾，白鸟穿巡塔影违。
竹笋丛生人隐约，油茶饵钓蟹鲜肥。
福安自是神仙窟，何必蓬莱扣禁扉。

溪塔刺葡萄沟

葡藤交织覆溪沟，易听水声难见流。
隔岸村姑持凤竹，沿途闽调逐斑鸠。
几番入洞人迷路，一不当心果碰头。
十里桥亭开豁口，悠悠撑出木兰舟。

游福安湿地公园

榕下荫浓藤蔓长，桫椤叶绿草莓香。
蚊蝇坐化蜘蛛网，蝼蚁躺平苔藓床。
石漱清泉声听海，枝横碧涧影韬光。
富春溪上轻舟泛，沉醉竟然差事忘。

福建白云山国家地质公园

闽峤仙山四季春，丹霞石臼育畲民。
黄兰道气有玄妙，古刹佛光无了因。

莲吐午时呈特色,茶谈子夜倍明神。
九龙洞府乾坤大,唤取三千掘宝人。

自福安归寄秋园诗友

别离情绪总难禁,况复连番暑雨淫。
十里蝉声嘶柳叶,一池荷气漫桐阴。
风掀帘幕天将暗,月照栏杆影渐沉。
此际相思何以解,七言律句福安吟。

联·题坦洋工夫茶

艳压白云山,香分丹桂树,蒙井泉滋,鲜醇味淡清甘续;
久而誉中夏,远以销异邦,坦洋茗品,世事洞明心地宽。

联·题青拓集团

咬定青山,尽全力研磨太姥非凡石;
拓开碧浪,向环球奉献福安不锈钢。

联·题福安市穆云畲族乡桂林村文艺创作交流基地

启元祠里,谁弹名曲,婉兮扬兮,文气氤氲人驻足;
吊古碑前,我祭先贤,崇矣敬矣,诗情喷薄笔生花。

四、百年回眸

百载秋园梅菊香
—— 秋园诗社百年回眸

一、应时立社，声名鹊起

"五四"新文化运动使新诗成为主流，但相当部分的知识分子对中华传统诗词的热爱并没有降温。1923年，福安的宋延祚、郭梓雨等人以福安籍南宋爱国诗人谢翱在浙江创办"汐社"为榜样，发起创办了闽东颇有影响的传承中华传统诗词的民间文化团体——福安秋园诗社。

（一）秋园诗社创建诗楼

福安秋园诗社是民国时期福建省内较早创办的县级诗社。2014年，98岁的老诗人郭绍恩对当年的秋园诗社做了如下的回忆：当时社址设在城关后垄李石斋先生的降乩仙坛里。仙坛为砖木结构的楼房，被当时的上流文人宋延祚、郭梓雨、郭岳友、李贻云、李雪樵、陈吟九、王静孙、刘福愚等人作为吟诗作赋的场所。次年，他们筹建诗楼。在仙坛大楼前面开辟地基约2000平方米（深约100米、宽约20米）并筑有围墙。诗楼的具体位置是：出原福安城北门，行五六十米，左侧有间郭木树的饼店，隔一小胡同，有座大宅院，背西面东，人称"万新厝"。主人姓陈，该大宅对面便是秋园大门，在郭木树饼店斜对面。诗楼两层，坐北向南。从大门进入五六米，建拱桥一座，桥下鱼池；进六七米建八角亭；再进是诗楼前的台阶，阶两旁有石叠假山、砖砌花架，排列数百盆香菊等花卉。秋日香气袭人，遂取名"秋园"。郭绍恩先生的回忆得到当时的福安知识界老前辈林秀明、黄植、郑万生等人的认可。

秋园诗楼的落成，名传省内外，获得跟随孙中山的国民党元老、时任上海大学校长的于右任先生题写园名，并书赠楹联："秋菊有佳色，园林无俗情"（集陶渊明诗句）。2003年12月，年近80岁的郭旻先生在《福安报》发表《回忆秋园》文章。他说："秋园坐东向西，背山面村，是一座长方形的三层的园林。四周围以土墙。靠墙遍植芭蕉、杨柳、松、竹等杂树。大门门楼正中横额上，有榜书'秋园'二字，为著名书法家于右任先生所题，大门对联'秋菊有佳色，园林无俗情'也是于先生的墨宝。进入大门，走过一条不长的甬道，便是一口月形的鱼池，有条单孔桥跨驾其上。池中养有许多鲤鱼。池两侧，或为花坛，或为草地。再外侧，左右各一浇花池。过桥，便见醉月亭。亭为六角，有靠背连椅，供人歇坐。惜年长月久，亭上联对，都不复记忆。走过亭子，迎面是十来级台阶。阶之两侧有宽米余、长十来米的花台，遍植各种花卉。花台上有用三合土构筑的栏杆，每个方形栏柱上均置花盆。花卉四时不谢。登上台阶，就到了园林的第二层广场。场正中耸立着一幢西式两层楼房，面广三间，进深两间，玄瓦白墙，赭色百叶窗。这里就是当年的秋园诗楼。楼左十数米远，有一小屋，掩映于芭蕉丛中，是膳食房和管理者的住宅。楼右侧为小门……诗楼后方，左右有台阶二道，上为第三层广场。花台、栏杆与二层相似。上有一座宫殿式建筑物，它便是吕祖庙，中祀仙师吕洞宾。秋园诗社诗事活动结束后，这里又成为善男信女祷求福祉的地方，因而秋园又有一个别名，叫作'仙坛'。"

（二）秋园诗社的诗事活动

秋园诗楼落成并得于右任先生的题词，名声大噪。旧时的举人、秀才、民国新政权的县长及一般的文人墨客等都成为秋园诗社的座上客。经过多年的发展，诗社诗员除城关外，遍及穆阳（如陈西园、缪晋、苏明德、缪振鹏、缪邵光、陈桂寿），苏堤（如黄宰南、黄葆芳、黄介繁、黄宝珊），桂林（如王松龄、王正），苏坂（如林卓午、林尧人），下白石（如林伯琴、刘旭初、刘浑生、李伯圆），柏柱洋（如刘福愚、刘琢园、刘渭玉、刘昌星），赛岐（如张雪堂）。诗社还有几位女性，如城关的李怡云、穆阳的曹英庄、苏堤的黄双惠、化蛟的卓月庄等。诗社早期就创办诗刊，石印印刷，不定期出版各诗家的传统诗词，秋园诗社因此闻名省内外。

现可见的秋园诗社开展诗事活动的作品，比较早的诗作有秋园诗楼落成当年李贻云所作《秋园落成》：

落成我喜献新诗，久慕群君善扶持。
麓映朝曦夸舞凤，园栽晚节美胡狮。
鱼肥蟹美堪同醉，酒热花香信可嬉。
墨客骚人修禊地，联吟俚句贺东篱。

还有李翰青先生的《秋园诗社修葺落成喜赋》：

背郭山光胜，天教辟此园。
高秋集吟侣，好月伴开樽。
移竹栽幽径，添松护短垣。
俗尘飞不到，还我健诗魂。

李翰青先生还有一首《题秋园诗社壁》：

击钵声沉六百年，海滨谁更以诗传。
风尘憔悴惊晞发，賸有吟情托月泉。

此诗是1927年3月前的作品。另有时年18岁的刘浑生所作的《鸽子》（限豪韵），系1931年福安秋园诗社即席联吟之作：

饮啄相随意气豪，翩翩傲骨胜儿曹。

他年声闻于天去，也算吾家一凤毛。

诗社除平时吟唱诗词交流外，一年一度还开展折枝诗竞赛评比活动。初次征诗以"鸣秋"一唱为题，诗作现大都不存，口传仅记得"鼎甲状元"那首的句子："鸣鹃有恨伤中主，秋蝉何心斗半闲。"以后陆续进行折枝诗竞赛，先后有"小别""冬雪""明远""枕山"第一唱，"石门"第二唱，"寄怀""落成""公路""离愁"第六唱，"竹僧"第七唱等等，其中佳句不少。现尚有人记得有"寄怀"第六唱的佚名遗作："英雄失足长怀恨，儿女牵肠常寄诗。""家山亲老因怀橘，客路邮疏只寄梅。""公路"第六唱佚名遗作："青山意与王公忤，寒水声随道路哀。""踏月吟诗徘路左，看山约伴俟公余。"诗社评诗开奖的会场很隆重也很热闹。一般有16位正捐取词宗依次登台，16张桌子上堆满奖品。开奖时，词宗按评审的结果依殿、元、眼、花、胪、录、监、斗八等录取的诗作进行高声吟诵，被录取的诗作者即上台领奖，在场者也即鼓掌致贺，会场气氛很浓烈。郭旻先生在《回忆秋园》中也写道："依稀记得，有一年的中秋节晚，天上朗月当空，园中彩灯辉煌。诗楼前广场上，有好几位诗人坐此，长腔短调，此唱彼承地吟诵录取的折枝诗句。惜那时的我，还是'小鬼'，不懂诗，只顾在万头攒动的人群中，钻来钻去，凑凑热闹而已。唱诗后，还观看了五彩缤纷的焰火。有一枚花炮射上天空后，还出现了一幅'天官赐福'的图像，从天徐徐而落，至今记忆犹新。"

1935年，有"乱余"一唱折枝诗赛，得诗500多人首，分九门捐取、两门正取。捐取第一门沈子松、第二门苏步泉、第三门方辉珍、第四门王景纪、第五门刘鹭沉、第六门张子英、第七门王少璜、第八门吴牧轩、第九门孟康孙。正取第一门陈西园、第二门陈襄侯。

1936年11月8日，诗社名流廖宜西、李章甫、林仲琴、刘福愚、张雪堂、江青苹、林尧人、林幼琴、刘旭初、吴焕文等参加赛岐商界名流高而山为父亲安葬、母亲高寿在赛江旭楼（平时高而山宴集宾客之楼）举办的折枝诗吟唱会，折枝吟眼字为"先君安吉穴，高寿喜南山"，以"先高""君寿""安喜""吉南""穴山"分别作一、二、四、六、七唱，又作"梨园"第一唱，得诗数百首，轰动赛江两岸及韩城四周。

秋园诗事活动在闽东有较大影响的是1938年"战生"第一唱折枝征诗赛。各县计有1000多位诗人来诗2000多首，分二十四门捐取。其中十七门为独自捐取，他们是：陈肇英、陈培锟、林景润（农校教师）、李树棠、孙义甫、刘成灿（福安韩阳人）、柯呦苹、林炳康、高诚学（时任县长）、程星龄（高诚学前任县长）、陈庭桢、范中天、孙丕英（三都中学校长）、陈吟九（凤林人，时住阳头横街头）、郭梓雨、郭毓麟（福安上杭人）、徐松龄。四门为两人合作捐取，他们是：庄晚芳与童衣云、陈建镛与郭茂奏、卢芦庐与吴泽民、刘天诚与林尧人。一门为三人合作捐取：江中砥、王景纪及龚新义。另有遗珠门有九人：薛廷模、林昉、张辅翼、刘传谋、李道魁、范则尧、倪耿光、陈津焕、张天福。捐取公托游通儒评选。

此外，还有1940年（或稍前）以"一初"为眼字的折枝第六唱诗赛，得诗数百首，由九门捐取，他们分别是：吴味雪、林丛秋、郭慕璜、陈吟九、林尧人、郭剑池、李蔚南与陆眠琴、陈笃初、郭梓雨。

（三）秋园诗社的几位著名诗人

秋园诗社创办至1949年间，前辈诗人近百人，但作品能流传至今的不多。第一代诗人的后人编辑其先辈的诗作，目前仅见到林尧人、刘浑生两人，其中也少有民国时期的作品。2004年为纪念秋园诗社创办八十周年曾编辑社员诗作集，其中民国时期的诗人遗漏不少，即使入编的老一辈诗人，收录其民国时期作品也极少。现今只补录下面几位诗人的作品：

1. 宋延祚（湘孙、襄孙），秋园诗社创始人之一，福安城关鹿斗（现莲池社区）人，生于光绪七年（1881），卒于民国16年（1927）。宋延祚于1921年为福安县同善社组织天恩社成员。首届天恩社长林近珠（康厝苏坂人）翌年农历九月二十九日坐禅时被洪水冲走，继而由宋延祚等人在湖山设立佛堂，后来取号"三教堂"，后改"恩善坛"，以宋延祚为善长。因此秋园诗社创办时由宋延祚出面借用后垄李石斋的降乩仙坛为当时文人修禊地并作吟诗作赋的场所成为可能。"降乩"是古代文人盛行的文化活动习俗，也是古代福安文人呼朋唤友聚会的一种特殊形式。因而利用祀仙之名，募集资金，才得以购地围园，建筑亭台楼阁。当年的"降乩"诗作并没有留存下来，宋延祚的诗，至今只在《雪樵诗钞》中见到四首连环诗作：

　　雪意浓于墨，寒风剪似刀。
　　清癯梅是伴，相对学禅逃。

　　冰心莹过玉，雪意浓于墨。
　　对雪写风怀，清欢曷有极。

　　逐他穷鬼去，迎我可人来。
　　雪意浓于墨，梅花带笑开。

　　笑我苦怀人，辗转频反侧。
　　开门望远山，雪意浓于墨。

　　近见一手抄本诗集，从中发现宋延祚与福安郭季陶、李雪樵及柏柱洋福愚、心相、莲石、夏廷、新泉、渭玉、隽俟与彤廷过往甚密，有联句与诗作留世；外地诗人庐初璜作《榕城春兴六首》，宋延祚也作和诗六首；又作有《十二月相思·剪剪花曲》十二首等；足见宋延祚在当时诗坛是有一定影响力的人物。

　　2. 郭梓雨，秋园诗社重要创始人之一，又名曾嘉，福安后垄人，1894年生。族中人称其青少年时聪明过人，以韩城第一名考取大学，后为福安县图书馆馆长。他于1940年为福安籍宋时武举、京湖制置司干办公事赵万年的《裨幄集·襄阳守城录》题识与补识，1941年又编辑福安籍明朝进士东阁大学士兼兵部尚书刘中藻的《葛衣集》并作跋，皆标示"识于福安县立图书馆"，其字里行间充满民族感情与正义之气。郭氏著作有《面城精舍书谈》，后又编辑《福宁先哲遗书存目》，又校刊《昆玉山房诗选》。1938年，其曾为"战生"折枝诗赛捐取词宗，收藏《战生诗刊》《甘棠乱余诗刊》《旭楼征诗吟稿》《萍社一初诗刊》等折枝诗赛集。在这些诗刊上，皆留有他的"岁庚辰梓雨承乏馆务时征藏"钤印。1943年，在穆阳小学当过教员且有盛名的宁德云淡人林开琮父母双寿，郭梓雨、陈文翰、刘宗彝等人亦与宁德有名之士发起征诗祝贺，得诗百余首。但现今流传郭梓雨的诗作极少，至今仅见到他的四首"一初"六唱折枝诗，如"春□□舒成一雨，坐幽有托赏初晴""仁爱充怀□一错，哀矜在念怨初非""隔绝声闻贞一士，屏除华饰古初人"。从李雪樵的和诗中可知他曾作《感怀》《感事》等诗篇。

3. 李翰青（1877—1927），字叔樵，又字雪樵，福安阳头人，当年知名诗人，曾为福安公益会会长、福安教育会会长、福安农商会会长。其生前付梓《雪樵诗钞》《松城杂咏》皆散佚。1930年宁德霍童郑宗霖（字侪骥，号守堪、少甘）复从李翰青的丛稿中挑选百余篇，1936年福安李春华等人又抉选六十四题七十二首取名《雪樵诗选》付梓，为石印本，在少数人中流传至今。当年侯官人伯修先生读后"把玩不释手，诗中有至味，胜饮屠苏酒"。

4. 林硕卿，1941年卒，享年60多岁。至今流传他在1935年前后创作的绝句一首：

此行端不负游杭，觅得新诗仔一囊。
只有西湖携不得，尽教摄影付归装。

另有一首七律残句：

君回乌鹿珍珠算，我席青毡砚剑单。
床联一室灯前梦，酒后千杯醉后看。
同领春风飘化雨，为培桃李接□□。

他还有一首"一初"折枝诗："籍菊弥缝秋一段，为灯位置日初昏。"一首"乱余"折枝诗："余市雨喧沽酒屐，乱滩秋碎捣衣砧。"

5. 李绖文，生于1878年，中华人民共和国成立初期离世，字章甫，清末举人。其曾为郭绍恩先生（2016年百岁而卒）的国文老师。他的诗作流传不多，《秋园诗社成立八十周年》只录其诗作一首《湾坞乡溪边村即景》：

鸡峰西峙嶂溪边，夕照横空倒影悬。
谷口云迷星洞外，岭头霞落此山前。
沧桑丁姓惊无地，蓑笠田墩别有天。
斜日送来邻旧燕，王家梁上着先鞭。

该诗也已入编《福安市志》，尚有其其他折枝诗作散见于当时付印的诗刊。

6. 李怡云（1861—1931），《秋园》诗刊创刊号中曾引用其《秋园落成》诗作，但在《福安市志》中引用同一首诗作时却署名"李贻云"。因此"李怡云"与"李贻云"可能为同一个人。根据《市教育志》记载，李怡云是一位女性，与李雪樵一样于1915年被英国传教士创办的陶清女子小学聘为国文教师，曾为福安才女曹英庄的老师。《秋园诗社八十周年》中录有李贻云的诗作四首。《秋园落成》诗可证其最早参与秋园诗社活动，《乌江怀古》与《虞妃一绝》可见作者对英雄抱恨的同情与慨叹，《望鱼诗》则是作者暮年对弟兄的怀念。其作品的情调都比较婉约，情感也较细腻。

7. 林尧人（1902—1952），福安苏坂人，秋园诗社早期诗人中的佼佼者。其后人为其编辑的遗作《尧人诗句余稿》中录其民国时期的诗作三十五首。其中写于20世纪20年代的《无题》六首、《兰闺纪事》十首，记述他恋爱及初婚时"一度相逢一度愁""人影团圞月满窗"的甜蜜日子；写于30年代的咏古诗五首、《夜宿三都澳》、《龙舟竞赛》则表现他"自怜身世""极目前途百感生"的感慨。1946年11月，林尧人在福州《民主报》副刊发表《续新长恨歌》七十八句，咏叹抗日战争胜利后"物价日高薪俸薄""山穷水尽生难驭"的城市贫民与底层公职人员的不幸。同年12月，他又在《民主报》发表《自题小影》二十句，慨叹"忽忽四十五""剩此清白躯""蹉跎复蹉跎"的平生际遇。他还有没有录入余稿的折枝诗，散见于当时付印的诗刊。

他不仅是秋园诗社早期诗人，也是秋园诗社停止活动后较早逝世而有作品留世的诗人。民国时期，他曾在福建省财政厅任职，1949年8月福州解放，他两个月后被人民政府遣散回乡，1950年冬（或1951年初）被逮捕入狱，被判七年有期徒刑，1951年冬，其爱妻不堪家庭变故自尽而亡，林尧人作《悼亡词》等诗作怀念。作为诗人的林尧人，面对时局的变化，曾为衣食而发愁，后来又失去人身自由成为囚犯，竟然诗心不泯，在监狱内的一年半成为他抒发情感的机会。他书写诗作，后来能流传下来的达五十七首。他的《无题·集花木为句》是遗作中的最佳作品。这八首组诗，他在六十四句中写了六十余种花木，总结了自己可恋可叹的一生。林尧人因囚而留下的悼亡感怀诗作，不仅是情感的流露达到淋漓尽致，而在创作艺术上也是福安诗界的翘楚，成为福安秋园诗社这一时期的一方碑石。

8.郭毓麟（1913—1996），福安岩湖人，毕业于协和大学文学院中文系。在校时，他就组织寿香诗社，颇具诗名。1937年福安秋园诗社开展"战生"第二唱折枝诗赛，郭毓麟担任第十九门词宗。其录入《战生诗刊》的作品颇多，如"和战策无庸辈误，死生理可达人齐""和战策岐须熟审，死生理一可齐观"等可见一斑。他曾任教福州英华中学、晋江中学，1946年出任福安赛山中学校长，1948年任福建协和大学讲师，1949年任福州师范学校教员。后来他成为著名语言学家、厦门大学名宿。1975年开始编写的《汉语大词典》由山东、江苏、安徽、浙江、福建、上海五省一市的1000多名专家学者参与编写，郭毓麟任编委。其曾作《参加汉语大词典审稿会议感赋》："一年两度鹭江游，前值春分后值秋。黄叶声中山不老，白云影外水长流。质疑问难循先导，刮垢磨光仗众谋。编纂辞书原大业，滥竽自愧附文俦。"从诗作可看出他的谦逊与低调、谨慎与友善，对生活的乐观与平稳。1986年4月，其受聘为福建省文史研究馆馆员。他一生诗作颇丰，著有《蛰庐诗稿》。

9. 刘浑生（1914—1992），字勖中，福安湾坞半屿人。他出生书香门第，10岁便能吟诗作赋。其20世纪90年代出版的《勖中吟草》诗集第一首作品《鹤子》："饮啄相随意气豪，翩翩傲骨胜儿曹。他年声闻于天去，也算吾家一凤毛。"其题跋曰："1931年福安秋园诗社即席联吟之作。"又见他的《答福安旧雨》序云："1934年，我逃出福安，化名考入警官学校，乡人不知余踪，讹传已死，或下狱。遂成一律寄乡中某友。"由此，可见他早期就参加秋园诗社。中华人民共和国成立后，他在福建省军区对外联络处工作，任民革厦门市副主任主委。其一生吟咏不辍，诗词不下千首。他在《自笑》中曾说："诗魂愿化春泥去，化作春泥更护花。"其一生确花费相当精力培养诗才。如他警校的同学宋子芩参加工作后深感学识浅薄，立志向刘浑生学诗词，刘浑生则倾心教授，使宋子芩后来成为高雄市诗社社长。1972年，刘浑生回乡见外甥阮荣登对诗词有兴趣，就着手写《诗词入门》，一章一章写，一封一封地寄，使阮荣登诗学大有进步，后来成为福安诗词学会副理事长、《福安诗讯》主要审稿人，著有《溪趣斋诗词选》《扣舷集》《溪趣斋杂谭》。又如下白石白招村回乡青年郑伟，有志气，刘浑生得知即给回诗"诗声真已起渔樵，灵秀仍钟白马礁。代有贤能传雅绪，喜看雏凤又凌霄"。此诗郑伟看后大受鼓舞，立志读书学字，成为书法家，被中国科学院文化艺术部授予"世界铜奖艺术家"。刘浑生晚年又出版有诗词《勖中遗玉集》。

10. 刘福愚（1880—1950），福安柏柱洋人，民国地方乡绅。没有见到他的律诗或绝句,从其留下的"战生"折枝诗,也可见其爱国情怀与抗战决心,如"一生富贵全场梦,百战山河半局棋""放生遑恤全家饿,胜战能苏一国忧""半生负病卧薪似,一战歼仇登第如""半生热血如潮涌,一战勋名与日高""百战功名为史最,半生岁月以诗亲"。

此外,还有几位不知履历的有名诗人。如郭岳友有遗作"诗僧"三唱折枝诗:"纵为僧去愁仍在,学得诗工债更多";"一初"六唱折枝诗"白屋耐贫非一口,青山留位本初心"。陈少良遗作"公路"六唱折枝诗:"临去一言回路嘱,此行书意为公陈"。陈吟九遗作"一初"折枝诗:"雨露不教遗一卉,斧斤何忍及初条";"乱余"折枝诗:"余菊在店垂晚意,乱枫如烧着秋痕"。以及吴大椿现只流传的绝句一联:"逢人若说尘生甑,好似宏钟扣草莖"。

秋园诗社民国时期还有4位县长留有诗作。一位是1929年与1932年两度到福安任职的叶长青,有一绝句:

一官再度到韩阳,前有张徐后有章。
两字敢忘贤太守,登亭非复旧风光。

另一首绝句只余一联:"独立凉亭日已西,田园负郭绿萋萋。"

另一位县长是1934年到福安任职的林黄胄,有七绝二首:

十年未尽读兵书,湖海豪情一气舒。
怎奈风云闽局变,相将底事慰奚如?

征尘甫定一官除,莅正韩阳半载余。
愧无慈云荫草野,闻鸡时叹此行虚。

第三位程星龄,1938年3月离福安时题联赠李葆锜同学存念:"涛来若万里,树古疑一心。"

第四位胡邦宪，1945年10月离福安时有赠其秘书杨永泉诗作：

尘海蹭蹬历劫身，折腰无奈岂因贫。
眼前人世成何世，墙角荼蘼不算春。
已误名场居俗吏，且应初眼作闲人。
多君义气全终始，淡水交情见素心。

程星龄的秘书朱少希，湖南湘潭人，新旧文学都有一定素养，尤工诗词，离开福安时，正值50大寿，胡邦宪赠诗一律，有句云："任他黄土埋余急，我欲蹒跚再一程。"

(四) 秋园诗社的几本诗集

据老辈诗人回忆，秋园诗社创办后曾出版《福安诗刊》，但至今没有见到。现只在福安市图书馆寻找到4本民国时期刊印的诗集，见到当年社员的诗作，分别说明如下：

1.《战生诗刊》。1937年福安举办"战生"第二唱折枝诗赛活动获奖诗作的结集。时任福建省立福安农业职业学校校长张天福题写书名，由该校安农报社发行，福安小小商店（店主郭育刚，店址在现七圣宫对面，时为福安第一家印刷厂）铅印排版印刷，入编闽东作者百多人。其中福安林尧人先生的诗作"全生谋切重裘辈，主战情殷短褐人""半生已负心犹热，百战曾经胆未寒"被多门评为第一名。福安郭毓麟的"和战策岐须熟审，死生理一可齐观""百战声威喧海外，一生情趣乐山中"，及刘旭初的"髯生士有伤时感，舌战人多逆理争"亦是被推崇的佳作。

2.《甘棠乱余诗刊》。1936年铅印出版的折枝诗集，由当时有名诗人李痴僧（荫南）题写书名。定价"壹角五分"。在各门评选出前十名的佳作中，出现频率较高的诗人依次是林尧人十六门次，李痴僧十三门次，郭乃凡十一门次，李弼棠八门次，刘子材六门次，林伯琴四门次，李章甫四门次，陈吟九九门次，周伯承三门次，林硕卿两门次，郭家骥两门次，王景纪两门次，张干堂、林仲琴、黄宰南、黄纯斋各一门次。李痴僧的"乱象巷苔无客迹，余炎官烛有民脂"对时弊与世情的刻画入木三分，是集中最佳之作。

3.《旭楼征诗吟稿》。1936年铅印出版的折枝诗集。书的扉页有"旭楼征诗小启"，王继祥题签，前清举人李经文（章甫）作跋。集中元、殿、眼、花、胪最高等级中，林尧人与刘福愚各得四十三门次为最佳；其次为李章甫、刘旭初、林仲琴，分别为三十九、三十二、三十一门次；再次为张雪堂、吴焕文、廖宜西、林幼琴、江青萍，分别为二十五、二十四、二十二、十八、十二门次。林尧人的"穴山""梨园"折枝"官如可猎遑栖穴，道已难行赘出山""梨子莲心原异趣，园丁国手有同功"立意与技巧确属上乘。

4.《萍社一初诗刊》。该刊为蜡纸刻印本，有郭梓雨的"岁庚辰梓雨承乏馆务时征藏"钤印，大概出版于1940年或略前。其中的诗作者标注不多，有标注的都是福安人，其他作者不能判定是外地的还是福安的。有名作者中，除担任评选人外，还有郭乃凡、刘福愚、陈吟九、周迁九、黄慕陶、林硕卿、黄香驿、郭岳友、黄润生、黄仰庄、陆慕平、刘月樵、李弼棠、刘子材等人。郭乃凡的"高林似欲私初日，微月犹能霸一江"也不愧为一佳作。

（五）秋园诗社在抗战中更露峥嵘

民国时期秋园诗社的诗词作品（含折枝）以"七七卢沟桥事变"为分界，分为两个阶段。之前的诗词，大都是抒发个人情怀、风花雪月的作品，而后，福安文人与全国同胞一样，对日本帝国主义的侵华行径，气愤填膺，同仇敌忾，诗词创作也着重表现这种心情。随着日寇侵华的深入，地处偏僻的福安也难避日本侵略军的蹂躏。福安城关遭日本飞机轰炸三次，下白石与湾坞还受日军骚扰，日军烧杀掳奸，无恶不作。秋园诗社的诗人拍案而起，以笔为枪投入战斗。为了宣传全民奋起抗战，抵御外侮，不当亡国奴，诗社组织举办"战生"二唱折枝诗，向福宁五县（霞浦、宁德、福安、福鼎、寿宁）广泛征集作品。诗刊征稿启事发出后，闽东各县人士踊跃投稿，并得各县饱学之士分二十四门捐取，特别是当年福安县县长高诚学也以词宗的身份参加评选活动。《战生诗刊》后来陆续出版，卢鸿有《题福安〈战生诗刊〉》可证："破碎山河七尺身，聊将孤愤笔头伸。遥知秦越幽并地，不少含啼待援人。"

2016年，寿已98岁的郭绍恩先生还记得"战生"折枝诗唱中魏子敏的一首"捐生士有吟柴市，助战民无哭石壕"，徐丝纶一首"教战未应遗粉黛，养生聊亦效缁黄"，还有佚名的几首：魏子敏的"但战遑论今日局，犹生敢负九泉人"；魏子敏的"犹战人心兵后柝，惭生我手病余琴"；黄广庵"论战无如曹剑妙，治生莫若计然工"；魏子敏的"好战哗常由鼠雀，治生道本属牛羊"；卢芦庐"胆战记曾宵说鬼，髀生无意早登鞍"。而江克宽先生的"不战除非身死日，舍生莫待国亡时"，及张衍庭先生的"一战不成还再战，此生未遂卜他生"，更受时人的赞许，对后来人深有影响。据宁德蕉城政协文史资料载，当时宁德的鹤场吟社社员亦参加投稿，参加人数、投稿数量已无从查考。现存的有三首：张之钝"门生百辈知名几，巷战孤军死力多""不战亦危今日局，所生无忝此时身"，及黄以褒"纪战丰碑垂赑屃，写生妙笔映罘罳"。至今尚被人记得的还有寿宁斜滩的卢芦庐先生的一首绝句：

  战生二字义分明，不战于何可得生。
  好似壮夫逢猛虎，毋须作一乞哀声。

《战生诗刊》转登的还有厦门集美学校国文教员温伯夏的两首闺情诗：

  高跟鞋子从今弃，短袖旗袍不再量。
  试向沙场远处立，寒风吹送血花香。

  从今莫叹吾侪弱，千古木兰亦女儿。
  孰道战场少粉黛，不妨敌血作胭脂。

它们在当时反响很大，也被人们传诵至今。

《战生诗刊》虽是一本小册子，但这是1000多名诗人心血绞出来的精华，是从2000多首佳作中撷取出来的精品。诗社出版小册子"希望里面慷慨激昂的句子能够像《义勇军进行曲》给爱好诗的诗人永久地吟着""希望作这诗的诗人能从用笔杆杀敌的精神生出用枪杆杀敌的勇气""希望这本小册子能够在这角落里替这次光荣伟大的民族抗战留个纪念"。（见诗刊吴航游通儒序文）其影响不仅在闽东，还波及全省。

二、时局变化，诗声仍在

秋园诗社创办经过兴盛时期，因为时事的变化，走向式微。其原因：社址在1939年被征作福建省保安处第三十八无线电台，1940年被征作祭祀福安县抗日阵亡将士的忠烈祠，1946至1947年间被征作闽东日报社，1947年7月又被征作福安县立医院。后来因为内战的发生、1949年政权的更替、人员的流散，诗社的社址全部被无偿征用为部队的驻扎营地。诗社从此失去了社员聚会场所，诗社的公开活动因此而停止。但诗人的创作欲望不因平台的消失而停止，诗情旺盛的秋园诗人仍然以手中的笔续写时代的风云与个人丰富多彩的情感，诗情仍在书案上、在诗人间涌动。

（一）迎接新时代，激情付笔端

1949年，中国发生了惊天动地的变化，中国共产党领导的中国人民推翻了盘踞中国的封建主义、帝国主义与官僚资本主义，中国人民从此站起来，新的时代从此来临。从旧社会走出来的中国有良心的文人墨客，跟着时代的步伐，如著名诗歌评论家杨匡满所说的"一颗心似火，三寸笔如枪"，迎接新时代，投入了全新的创作。

被称为闽东才女的曹英庄，欣逢中华人民共和国成立，她高兴地吟唱：

> 建国兴邦仗俊才，卅年破壁听惊雷。
> 江山锦绣花如海，万树繁花到处开。

其喜悦之情溢于言表。"她感到新社会给她带来了青春的活力，自豪地写道：

> 暂停锄锸庆良辰，穿上新衣恰称身。
> 喜溢眉梢心自语，爹娘未老我青春。

这是从旧社会走过来年近半百，子女从事新社会工作的知识分子的心声。

即使在旧社会谋职于国民政府的林尧人，他作"解放"第一唱折枝诗时也开朗地写道："放怀歌扇鸡声阔，解体降幡马色惭。"诗作以新政权成立、人民欢欣鼓舞与国民政府失败退出大陆历史舞台相对照，表达了诗人的喜悦心情以及对新政权的热爱与期望。更难得的是，1951年的国庆，林尧人已身陷囹圄，仍作《国庆》一绝：

> 箫鼓喧阗不夜天，隔墙人在彩云边。
> 共欣国运同朝旭，好把穷愁一例捐。

作者写这首诗不是公开发表，也不是思想汇报，而是自娱自乐，发自内心对新时代的信任与向往。

詹其适早年参加革命工作，曾参加解放柘荣县并接管柘荣县，后来在福安专区公安处工作虽然被组织上"误会"犯错误，但他仍"春去冬来我心舒，万劫难销马列书""精神污染排除尽，一路清风颂圣时"。他迎接了新社会，始终相信新社会，相信共产党，相信共产党信仰的马列主义。他的诗作是坚定的革命者的代表作品。

1958年任福建师范学院教授的郭虚中在省的"神仙会"上作《神仙会上今昔感赋寄荫亭之六》除说旧社会的"惊魂未定，人前怯语"，对新社会大加赞赏：

> 瑶池胜会神仙聚。渐东风吹软，蓬莱春煦。细霖轻烟才过后，姹紫嫣红无数。
> 旧燕呢喃，新燕婉转，争把芳杯倾诉。美人间春色尤多，遍地红旗飘舞。

他还有一首《恭读毛主席诗词》，抒发了他内心对领袖的热爱：

> 雄文四卷发灵光，犹托声歌启八荒。
> 独有心胸开万世，不关辞采轶三唐。
> 眼中事物多奇迹，腕底江山尽胜场。
> 一怒风雷天下服，九州生气荡诗肠。

林达正是福安解放前夕为迎接解放军南下而成立的闽浙赣人民游击队二纵三支队领导人之一。革命胜利后的1953年他得病住进南平疗养院，作诗曰：

> 四年革命走封尘，熟料今朝病已沉。
> 杨子直言成永憾，周郎匡国岂初心。
> 放怀有慕青云志，拙学仍图玉器成。
> 战马虽伤鞭策在，芝栏暂卧等长征。

他借杨朱在十字路口哭泣流泪，担心他人误入歧途而感伤忧虑，而"鞭策"自己迎接新时代，继续长征。

中华人民共和国成立后的30多年里，特别要提及一位"但知烂漫写天真，添得河山一段春""风雨阴晴曾变化，高怀磊落见精神"的王卉先生。20世纪60年代初他来到福安，就职于福安师范与福安四中至退休。其诗作豁达乐观，对新中国充满无限热爱。其作品以现实生活为题材，既富有传统韵味，又具有强烈的时代气息。如他的一首《霜晨》：

  肩挑旭日金铺道，锄落梯田鸟绕林。
  啼醒山枫霜后梦，酡颜醉染一溪明。

如此明丽美妙的诗作，体现了农村欢乐的新面貌。他的《畲村春雨听山歌》更是以清新的笔调反映闽东畲村蒸蒸向荣、人民生活美满幸福的情景。又如他的《新春题红梅图》：

  横斜如海雪成堆，端喜东风大地回。
  自力更生强不息，珊瑚处处溢春开。

20世纪60年代初期，王卉在福安师范任教时，将随南下工作团进入福建后的诗作编印成集曰《南征诗草》，分赠亲友。这是中华人民共和国成立后福安的第一本诗集。

  （二）盼望迎统一，两岸思亲人

  由于政治原因，1949年后两岸断绝了来往。1979年元旦，全国人大常委会发表《告台湾同胞书》，提出和平统一的方针，并首倡两岸"双方尽快实现通邮、通航""发展贸易，互通有无，进行经济交流"，两岸的"三通"由此创生。1979年2月，大陆邮电部门率先开办经第三地对台电报业务，3月又开办了对台长途电话业务，5月、6月先后开始受理寄往台湾的平信和挂号信函业务，均经香港邮局转寄。两岸的通邮，开辟了两岸亲人与诗人交流信息的通道。曹英庄是年第一次与在台湾的侄婿陈特荣通信，即赋诗相寄：

  远离乡国卅年余，白发慈亲日倚闾。
  记你当时花烛夜，绮窗章句介君书。

无方缩地路迢迢，曾是师生念未消。
垂老宁甘悭一面，碧天极目盼归桡。

诗中字里行间无不透露思念与盼望两岸统一的心情。

中华人民共和国成立后秋园诗社刘浑生在福建省军区对外联络处工作，曾被派往香港搞统战。因此他的诗作中，颇多寄怀台湾旧友，盼望祖国统一的。他的《在陆军三二五师起义三十五年纪念座谈会上，回想起国民党三二五师副师长陈言廉率部在晋江安海龙山寺起义，怀留台旧雨·其二》有云：

三十五年旧将台，龙山寺外阵云开。
陈侯英气今犹在，蒋氏朝廷去不回。
堪笑田横甘自缚，应知张翰是真才。
血浓于水君知否？无负炎黄一脉来。

王卉先生闻讯有关单位要举办怀台书画展，不仅挥毫作画，又作《忆江南·为东南三省怀台书画展作》一首"风浪涌，隔海望瀛洲。日月潭边青霭静，王峰天外白云浮，情绕打渔舟"，表达了牵挂宝岛人民的真挚情感。

两岸情怀既在西端也在东端。东端的旅台诗人更有日夜怀念祖国的乡愁。正如台湾著名诗人余光中的诗《乡愁》中所写："而现在，乡愁是一弯浅浅的海峡，我在这头，大陆在那头。"自50年代以来风靡于台湾的、在台湾与大陆隔离的生活环境中所形成的一种独特的文学——"乡愁文学"，表现了当时台湾诗人回归祖国的"归属感"、思归不得的"幻灭感"和对祖国母亲可望而不可及的"遗弃感"，反映了诗人们强烈的渴望祖国统一、两岸团圆的情感。"一代诗人尽望乡。"由于历史与现实的原因，乡愁成了当代华文文学最华丽最壮美的一个母题。秋园诗社的旅台诗人，无一不写乡愁诗。现略举几位如下：

曾任国民政府福安专区行署专员的陈佩玉赴台后，曾作《乡居》，其思情绪跃然纸上：

老来壮志已消磨，廿载闲中岁月过。
避地岂求住处美，寡交端为阅人多。

曾任国民政府山溪乡乡长的陆绍椿赴台后，十分想念家乡，其作《客心无日不怀乡》前两首曰：

江湖老去尚投荒，悔恨思齐愿未偿。
卅载飘零双鬓白，客心无日不怀乡。

长溪水色泛微茫，烟雨湖山客思长。
欲借天南一勺水，寄将离恨到韩阳。

台湾光复后1945年首批赴台的陈特荣1982年为恩师曹英庄《觉尘诗草》作序的诗写道：

穆水狮山记忆新，高堂衰迈莫相亲。
望中返哺还巢鸟，我负春晖一罪人。

其并作《敬步林秀明兄原玉四绝》，其中两首云：

莫道人间是与非，任由篱菊自菲菲。
韩阳景物长萦梦，倦鸟逢春岂不归。

浪迹天涯几度春，已忘岁序旧和新。
亲朋屈指多凋谢，欲觅知音何处寻。

俞光荣亦是旅台诗家,其作《步秀明兄〈咏怀旅台故友〉韵》:

敦睦侨胞统一天,故人佳讯喜听鹃。
英年教育成才计,两岸交流隔海穿。
信手吟笺传妙策,归心似箭看扬鞭。
闽东台属欣联系,团结乡情亦有缘。

两岸分隔30年,东西两端的亲人断绝了音讯,其痛苦难以累述。1979年后,两岸"三通",台湾同胞回乡探亲,陆台亲人百感交集,短时间的相聚,长时间的分离,更使亲人欲哭无泪。秋园诗社诗人林达正寄在台兄弟的诗作充分表达了这种纠结。他的《除夕思亲》一诗写道:

倚遍江楼望断鸿,剧怜人老别离中。
每于佳宴留空座,常向秋风念断蓬!

他写有四首《捣练子》,其中两首写道:

君记否,富溪头,榕树丛中小院楼。父母当年思念泪,如今犹湿梨花丘。

山寂寂,水悠悠,梦觅虹霓灯下俦。莫叹他乡人已老,望夫石上待归舟!

1982年秋,林达正首次收到其兄林达明从台湾的来信,迫不及待作《望海》一诗表达他的感受:

忽传佳讯泪先渝,生死悠悠卅四零。
去燕犹怀桑梓梦,旧家长忍别离心。

门前残杏三春蕊，巷口斜阳几代人。
为报故乡明月在，彩云何日递归音？

这种思念不仅见于大陆亲人，在台亲人尤甚。林达明收到其弟的诗作，即于1983年3月作的《依韵和正弟〈望海〉》：

写罢家书两泪涔，那堪老夫尚飘零。
流离久断家园梦，欢乐难忘故国心。
摒弃妻儿成罪叟，远抛乡井作劳人。
弟兄四散云山阻，鸿雁何时递好音？

数年后林达宽、林达明回到阔别多年的故乡，兄弟见面激动不已。他们回台后，林达明即作《中秋感怀七绝五首》寄其弟，其中云："妻儿离散难团聚，那比嫦娥缺复圆。""搔首且将明月问，家人何日庆团圆？"林达正也作《明兄寄〈中秋感怀〉七绝五首依韵奉和》："我对蟾光题素怨，为何不使永团圆？""但愿天长人共久，瓯完璧合庆团圆。"

林达正在《两岸情怀》的引言中写道："家兄达明、达宽为谋生计于1946年赴台。嗣因两岸分隔，长达三十四年音讯断绝……如此两岸骨肉情怀，实非笔墨所能言喻也。多亏三中全会拨正航向，开放改革后两岸始逐渐恢复通讯。明兄善诗，我们常在往来书信中以诗词唱和寄托离情。然日月不居人已老。恢复通讯不久，两兄相继病逝。可怜他俩长作离恨之鬼！茫茫海峡在我们这一代人心中留下的悲痛疮疤是永远难以磨灭的。"

林达正兄弟的情怀就是至今两岸亲人诗作主题的纽结与加深来往的扭矩。

（三）介绍几位诗人

1949年至1983年的34年间，秋园诗社虽然停止组织公开的活动，但从以上所介绍诗作中，可见诗人并未放下手中笔，他们的秋园意念并未消失，依然在继续创作。现介绍几位诗人的概况如下：

1. 曹英庄（1904—1988），福安韩阳人，婚后长住穆阳，是福安最早毕业于福州女子师范的三才女之一。其善诗词，有"闽东四才女之一"的美誉。她17岁开始写诗，直至暮年。20世纪80年代在台湾出版《觉尘诗草》。该诗集出版后，在岛内和海外引起强烈反映。在台国民党中央常务何其武称赞说："词意清新，读之令人有怅念家山之感，堪称佳作。"1983年曹英庄八十寿，福安诗词家黄秉炘撰书法家黄介繁写的祝贺寿幛对曹英庄的评价甚为贴切："先生之德，皎月朗星。先生之资，冰雪聪明。先生之性，慷慨和平。先生之品，高尚坚贞。先生之学，咀华含英。先生之诗，伯乐知音。先生之名，女史光荣。"

2. 郭宣愉（1910—1987），福安凤山人，字大沂，号凤山老人，毕业于福建省立高级理工学校，先后在湖山小学、三都中学任教。1951年至1958年在福安一中担任工会主席，曾在福安专区干部业余学校（地直红专学校）的教学，1963年得到福建省教育厅的嘉奖。他一生笃志书法与诗词，其诗词作品有250余首写在日历本上留世。他是郭旻先生的启蒙老师。他临终前将诗稿交郭旻，嘱咐其整理。先生逝世若干年后，秋园诗社因撰写《秋园人物》需要，在郭旻先生处找到了郭宣愉先生《凤山集》。该作品由郭旻先生整理并用硬笔字正楷书写的，现由郭宣愉后人收藏。

3. 黄秉炘（1910—1991），福安阳头黄厝巷人，入学湖山小学，毕业岚山中学，1930年考进福建省立乌石山师范，不久辍学回乡，先后担任小学教员、教导主任、中心校校长及副镇长，1944年任县参议院事务员，1947年任省立三都中学文书，1949年任福安首创火电厂管理员，1954年后靠为人刻蜡板、写报告，或到政协办墙报、打杂谋生。他的诗词造诣很深，且执义执言，1974年作长诗五十四韵七百五十六字为落魄的刘宗璜祝寿。他的为人正如他的诗所写："生平强项不腰弯，历尽辛酸只等闲。投止望门希老李，笑谈扪虱邈阿桓。"他与福安诗家刘宗璜、陈平斋交往甚笃，被省内诗词名家吴瑞升、严格等人所推崇。1984年,他被福安县政府聘为《福安县志》修志办公室负责人之一。

4. 郭虚中(1912—1971),福安坦洋人,1929年18岁毕业于福建学院附中,继而到上海东亚大学国文专修科,第二年再到上海中国公学大学部文史系深造,1934年东渡日本留学,为东京帝国大学大学院研究生。其学成回国,正值抗日战争,写有大量抗日诗词,1941年计划出版《而立集》未成,改版《展怀诗词残稿》刊行。其曾在上海持志大学国文系任教,后为商务印书馆编辑,国立暨南大学文学院、英士大学文理学院教授。在上海大展宏图时,其数次回福安服务家乡教育,回到设在坦洋的省立三都中学授课,后又到福安师范、福安联合中学任教,1950年被聘为福建师院中文系教授,1952年为福州大学历史系教授及系主任,后担任福建省人大代表、省政协文史委副主任等职务。"文革"中遭遇冲击,在拟调往厦门大学任教授前在福州病逝。他著作等身。为纪念郭虚中诞辰一百周年,中华书局据其生前手批稿,于2011年12月影印出版《展怀史通批校》线装一函五册。他业余的诗词创作既有歌颂共产党、歌颂毛主席的,也有表现知识分子在各种政治运动中的心情与感触的。

5. 刘宗璜(1915—1983),福安磻溪人,后迁居福安县城,乳名瑞生,笔名刘依林、白蓬、丁秋野,1933年在上海加入中国左翼作家联盟,同年参加中国共产党,1935年回福安,与当年中共福安县委书记郭文焕取得联系,先后在几个学校任教,秘密从事抗日活动。1944年6月,福安县长(原中共山东省委书记调任)胡邦宪推荐刘宗璜为三青团福安分团干事长。1949年福安解放前夕,刘宗璜遵循解放军指示组建福安治安协会,当选主任。是年7月解放军进驻福安,治安协会立时向刚成立的县人民政府办理了移交手续,刘宗璜则被任命为财粮科长、县人大常委。1950年福安专署令刘宗璜为火电厂厂长,1951年调专署建设科,后安排到地区医药公司工作,1962年调赛岐医药站工作。1967年屡遭批斗,1980年平反,同年12月年出任县政协委员。他一生喜好诗词,诗作不计其数,即使在百病缠身的垂危之际,仍然作诗"阑夜残灯独不眠，相看已觉逾华颠。痴顽谁识当年意，蹉跎或缘少日癫。放眼炎凉堪笑置，到头恩怨费猜寻。幸留老眼看明世，好把深樽细酌斟"，11天后离世。

6. 陆承鼎（1915—1996），福安东门人，从小聪颖，人号"小春风"。但其父早亡，"身后萧条"，留下一家六口人，谋生的重担落在仅19岁的陆承鼎身上。他于宸山初中毕业，不再升学，参军赚薪水维持家庭，后转地方担任联联保处主任、乡长及县政府科员，后又遭解聘，1949年任上白石、穆阳区秘书、财粮、民政等职。1957年回乡后从事手工自食其力。由于他幼年"束发灯前学朗吟，清音悦耳胜弹琴"为后来的诗词创作打下了坚实的基础。1975年其有一首《题退休小像初照》："菱花何必太传神，霜雪头颅旦暮身。莫怪皱纹添几许，且从深浅记酸辛。"可看出他的人生遭遇与深入浅出的创作功底。

7. 陈贻翰（1920—1991），福安柏柱三村人，少时读几年私塾，自学成才，十七八岁后就可与人设馆授学，并有诗作与友人来往，1949年后曾任乡政府财粮，1958年后改作村医及修族谱谋生。但其诗词创作不停手，如写日记般记录他的一生。其诗多用俗语，平白易懂，使用典故亦不晦涩，表达了他随缘达观的情怀。他的《自慰》可证："沧桑易变究成因，天道循环旧转新。白帽遮颜欣洁己，蓝衫蔽体笑迎人。家余铜臭休夸富，案有书香莫虑贫。洞识世情知故事，何如守分乐天真。"

8. 王卉（1923—2016），浙江平阳人，1949年南下入闽，曾在福建日报社担任美术编辑，20世纪70年代中期到福安师范校任美术教师，90年代初调福安第四中学任美术教师。

王卉先生集诗、书、画三绝于一身。他的诗词有一个明显特色就是具有浓郁的诗情画意。当年，在传统诗词被忽视的大背景下，王卉先生的诗词创作仍然以旧体为主。如《荷塘月色》："影醉朦胧意，波心几点明。夜深花未睡，香露滴无声。"正如评论者所说："'诗中有画'的特点发挥得淋漓尽致了。"他的诗不单纯为写景而创作，而是以小见大，借景抒情，表达世间哲理，如《题蕉荫小鸡图》："蕉心舒卷东风暖,雏影玲珑毛色新。不学机谋争势利,但知烂漫写天真。"这写得何等精妙。

他的诗里有画,而他的画里常配诗句,让静态的画动起来。如他画的红荷只有一片墨叶、半朵荷花、几根芦草,画角配一词"仙子醉,两颊泛轻红。翠袖初飏娇无力,云鬟低坠意偏慵。梳理任熏风",而使画面活过来,如荷仙在舞、历历在目。

王卉先生性格豪爽,天生狷介不羁,好游览山水。据其好友介绍,他独上云贵高原,三游桂林,远走兰州,深入敦煌,四游新疆,直至西部昭苏草原、古道与边关,经西安,上华山,游嵩山少林寺,住北京,登长城,南下庐山与黄山。走遍大千世界,不仅增其恢弘气度更使其作品富有豪迈之气。当其过大漠时,吟成"飞骑惊人漠,落日壮边城"的壮丽诗句,得到海内外艺界的普遍好评。

他的闲情逸趣区别于他人。他酷爱野藤,平时跋山涉水寻找悬于洞口的古藤。他观赏附岩而上的盘曲老藤,不仅画藤,还配上诗句添加神妙的感觉。他曾七次到武夷山桃源洞观看洞口的那株老藤,还写了《武夷藤歌》寄托情思。据画家赵兴宽先生介绍,1976年,他听说福安湖口村有一棵合抱粗的巨藤盘绕在一棵直径约两米的老樟树上,便不畏酷暑,从福州赶到那里。见藤樟交错掩映、拔地而起、壮气凌霄,王卉诗情奔放如潮似涌,遂作《山藤古风歌》:

湖口山藤干如斗,草颠气壮龙蛇走。
梳风沐雨绕高枝,拔地凌霄昂其首。
古木槎丫掩映深,流水铮淙石色黝。
山魈目眩混流萤,愁云惨雾凝尘垢。
无猜细语宿幽禽,岂曾相识话野叟。
数百年来林泉老,如此藤翁难常有。
敬而护之未可轻,春风绿酒为君寿。
几度徘徊不忍归,天机造化良师友。
兴浓遣入丈绡中,留待他年评奇偶。

古往今来写藤作不少，但能如王卉先生这样写出藤的精神内涵的不多，尤其不见写有如此长的古风，可见先生对古藤情有独钟。他在晚年，直接取号名"藤翁"以表心境。

王卉先生豪放不拘小节，畅游世界而无居所，至1983年尚孤身一人。

9. 缪播青（1923—2011），福安穆阳人。其先祖家境殷实，但因其父亲早逝一落千丈。他在母亲五位子女中排行最末，从小聪明而性情执拗，16岁因小事被师范校教官关禁闭，在墙壁题写反抗诗后即逃学。1944年，他报名参军赴缅甸抗日，随远征军到赣南，沿途国土沦陷，部队又停止前进待命，只好回乡。1945年，他赴台湾谋生，实难坚持，次年即返家乡。1947年，他再赴台湾，辗转各地担任过中学教员，亦不适，于1949年4月离台，赴济南报考华东大学学政治。他1950年到华东警备第一旅任政治部报社记者与编辑，1953年转任部队教官，在福建军区干部文化学校任教员，1955年10月复员回乡后，失业、贫穷便困扰着他，随妻子辗转各地。长时间的贫苦中，他撰写了不少诗作反映艰难生活与精神孤寂。正如他1962年所作《步胞兄赠诗原韵》那样："旅雁江天外，飘蓬不得还。朝朝怀故里，暮暮想慈颜。鹤唳惊尘梦，风声颤客衫。世情多变幻，生计太辛艰。"1983年后他得到离休待遇，子女有成就，家道振兴。此是后话。

10. 詹其适（1931—2004），福安穆阳人。他于中华人民共和国成立前在福安师范读书时参加共产党，任中共闽东工委穆阳支部书记，建立游击队，1949年柘荣解放时参加接管工作，后转业福安专区公安机关，1955年受肃反运动影响，1981年11月获得平反，在宁德地区公安处任职，1982年9月恢复党籍。

詹其适从小喜爱诗歌。他的人生丰富多彩、起伏跌宕。但他诗心未改，仍是"苦海刀丛觅小诗"，狱中27年不知创作多少，在平反后整理为《南冠漫唱》七十六首，其中《斗室吟》十四首、《大陂吟》四十首、《坪山吟》二十二首。这些诗作区别于一般文人坐在温室中的吟咏，而是作者因白天繁重的劳作筋疲力尽后，夜不能寐时，以泪水凝聚的。正如当年的地下党员朋友，后为南京师范大学教授的陈雄所作《读〈南冠漫唱〉二首》所云："……不防人世险，冤狱虎狼凶。有诗皆血痕，无故两蒙冤。赤胆人民献，忠心暗狱吞。恨邪馋陷害，感正本清源。读罢清衿湿，愿君晚岁暄。"确如陈雄所言，詹其适的晚年更加投入诗词的创作，又有《枫林一路秋》《题糕吟》《抱瓮集》及一些诗评出版，仍然诗如投枪匕首。

11. 陆绍椿（1914—2000），字伟孙，福安人，霞浦初中暨义教班毕业。他早年喜爱诗词，曾作《韩阳十景》诗。民国时期，他当过小学校长、上白石乡长，后因事被官府捉拿归案处以重刑，经多方斡旋并付出银圆4000元上下打点，才致不死释放。不久，他被福安县长胡邦宪任命为山溪乡乡长。1945年10月胡邦宪调离福安后赴台湾，陆绍椿亦随其至台湾。他怀念大陆，曾作《客心无日不怀乡》抒发他的思恋。

12. 陈特荣（1917—1996），字勒钟，穆阳人。民国时期，他任东昆、社牛、隆坪国民学校校长，1945年抗日胜利后首批赴台湾，在台北负责接待大陆赴台人员。两岸直至1979年通邮后，其将小学老师曹英庄的诗作整理成《觉尘诗草》在台湾出版。该书赠送在台诗友，引起他们对故乡的思念，乡愁之情成为旅台同胞的共鸣。时在台的国民党中常委何宜武接到《觉尘诗草》就给他回信说："顷承惠赐曹英庄大作《觉尘诗草》一册，词意清新读之令人有怀念家山之感，堪称佳作，谨函致谢"，表达了两岸同胞热爱中国的真挚情感。陈特荣为两岸的交通亦尽自己所能。

三、逢时复兴，重振风骚

（一）秋园诗事活动的承继

诗歌领域一度推崇白话诗，中华传统诗词被边缘化。改革开放后，传统诗词得到了复苏。在这大好形势下，福安的老辈诗人自然迸发了创作传统诗词的热情。他们秉承秋园诗社的传统，立即汇聚在一起，进行传统诗词创作。

1982年，政协福安县委、福安县文化馆为响应叶剑英委员长的谈话（"叶九条"）精神，联合举办"望归"第一唱征诗活动，评选结果于1月27日（正月初三）开唱发奖，并结集。这是中华人民共和国成立后福安诗词界的首次公开活动。是年，端午诗人节，举行"正风"第二唱；中秋节举行"同欢"第三唱征诗活动。

1984年，原秋园诗人郭绍恩与林秀明、黄介繁等人发起组建诗社活动，在福安市政协及县党政领导、文化部门的指导下，在当年的端午节，诗社宣告成立，取名"富春诗社"。"富春"不仅指富春溪的地名含义，更有秋园诗社衰微之后迎来诗词创作春天的含义，以及这些大都年近花甲的诗人们再次富有青春活力的含义。富春诗社选出了诗社理事会：名誉理事长蔡天初（县委宣传部长），理事长林秀明（县政协副主席），副理事长章汉民，社长黄介繁，副社长阮松基，常务理事郭绍恩、黄秉炘、陈松青，其他理事还有，王卉、蓝兴发、陈发松、李斯寿、郑复赠、郭宣愉、郭旻、杨树荣、缪择容。

富春诗社依托福安市政协，社址寄在政协大楼内。1984年12月出版《富春诗集》，次年创办《富春诗刊》。虽然诗社同仁慨叹"福安诗事，荒废已久。曩昔诗人，寥若晨星。古典诗词，早已湮没。今虽恢宏古韵，已非昔日诗风。"（《富春诗刊·周年专辑·刊头语》）但诗人们仍笔耕不缀，出版了八辑诗刊。诗人们紧跟形势，讴歌改革开放。诗稿不仅来自本邑，八闽各地诗友皆来稿祝贺或表达心声，福安的诗词创作开始走向繁荣。

1985年春节，诗社发起"智胜"蝉联折枝诗比赛，市政协，县委统战部、党史办、老区办、县老干局、农业局、宗教局、县老教协、个协捐资选取佳作，分别由黄介繁、林秀明、陈松青、曹英庄、陈瑞宝、黄秉炘、郭旻、阮玉灿、郭绍恩等担任评选人，评出甲等五首、乙等十首、丙等十五首、丁等三十首。其中黄介繁评出陆承鼎两首、陈桂寿两首、郭绍恩一首为甲等；林秀明评出陈桂寿两首、林达裕一首、黄介繁一首、郭旻一首为甲等；陈松青评出黄秉炘三首、黄介繁一首、郭祖宪一首为甲等；陈瑞宝评出陆承鼎两首、陈桂寿一首、黄介繁一首、黄宝珊一首为甲等；曹英庄评出陈桂寿三首、黄介繁一首、陆承鼎一首为甲等；黄秉炘评出林路、陈桂寿、黄介繁、黄璋、陆展章各一首为甲等；郭旻评出缪德奇三首、郭宣愉一首、李葆锜一首为甲等；阮玉灿评出郭绍恩、黄介繁、陈桂寿、黄宝珊、郭旻各一首为甲等；郭绍恩评出陈桂寿两首，黄介繁、郭毓麟、李葆锜各一首为甲等。发奖那天，九位评选人当场宣布评选结果，九个捐资单位的领导在主席台颁奖，获奖者鱼贯上台领奖，台下一片掌声，很是热闹。其场面不亚于当年秋园诗社诗赛发奖之时。这些老诗人重新找到了年轻时所见秋园诗社开展诗事活动的感觉。

1985年6月，政协福安富春诗社成立周年征诗结集。9月10日，全国第一个教师节，政协福安富春诗社以"尊师"第一唱、"桃李春风灿古城"为题，与福安县教育局联合征诗，收到律、绝、词、折枝、新诗达400余首，并分别评选编印成册。

1985年的国庆，富寿诗社发起以"世献"为字眼的第七唱折枝诗比赛，收到县内外来诗490多首。

1987年，为纪念八一南昌起义六十周年，福安发起"八一"第一唱折枝征诗，计征得全省各地投送的折枝诗1500多首。除了福安有40位诗人投稿外，还有福州三山诗社、福州鼓山诗社、福清融光诗社、尤溪紫阳诗社、闽清梅声诗社、永泰长征诗社、罗源凤山诗社、屏南屏山诗社、宁德红旗诗社、霞浦长溪诗社、周宁初晴诗社等兄弟诗词组织的87位诗人投稿。由此可见福安的诗事活动得到各地诗人的热烈响应与积极参与。

"诗因鸣盛声才雅，士遇知音意最怡。"正如尤溪紫阳诗社副社长陈蓝青先生所说的"三载富春扬雅韵，三年此日飞笺，接班培育出新贤"，秋园诗社的诗事活动后继有人，富春诗社因以产生，聚集文士，福安的诗词创作则因以能在秋园诗社停止活动34年后，重新在八闽露出头角。

（二）重扬秋园旗帜，恢复秋园诗社

承继秋园诗事活动的富春诗社老辈诗人林秀明等人认为，秋园诗社之名历史悠久，且诗社之名得到文化名流于右任先生的题写，应该重扬秋园旗帜，恢复秋园诗社之名。此举经福安县精神文明建设领导小组研究决定，由县退休老人协会主办。诗社仍依托福安市政协，社址设政协大楼政协之友联谊会大厅。1988年4月1日，在福安市政协会议厅举行了秋园诗社创建六十五周年暨重新成立大会。县老人协会副主席商建芝（原市武装部政委）在大会上做了主题讲话。他说："当前我们重整秋园诗社，是为了继先贤未了事业，繁荣韵事，使故乡老人'爱我福安，建我福安'发挥余热，使诗坛在改革开放的新潮流中别开生面。""诗社恢复成立之后，定能对发展诗词创作，继承源远流长的中华诗词传统，促进和深化社会主义精神文明建设发挥其应有作用。"福安县委副书记黄家增送来了贺信，贺信说："秋园诗社创建至今已整整六十五周年。它以自己独特的个性，在福安的文艺史上留下了足迹，为丰富人民群众的文化生活做出了应有的成绩。正因为这样，今天恢复诗社的意义已远远超过恢复诗社本身所具有的意义。更重要的是，它的恢复体现了我们伟大的祖国已经开始且正在走向兴旺和发达。"黄家增副书记在贺信中还说："诗，作为文学艺术的骄子，以独特的声情韵律，影响着人们的精神世界。它应该是真理的声音、时代的号角、历史前进的足音。因此，在这里，我作为一个普通的诗歌爱好者，向秋园诗社的同志们今后从事诗的创作寄以三点希望：一要真实地反映生活，抒真情，说真话；二要关心改革开放，捍卫人民的利益，发出正义的声音；三要体现美感的力量，具有美的撼动力，为群众创造出更多更好的精神食粮。"中共福安县委文明办、福安县科学技术协会、福安县文化馆、福安十中以及富春溪文学社在当天也都送来了贺信，一致表示热烈的祝贺，希望秋园诗人"操觚濡笔，吟成掷地金声之辞；把酒当歌，唱出绕梁余音之句"。

秋园诗社恢复之后，选举产生了第一届理事会，由王廷藩、陈松青、陈禹傅、陆展章、林秀明、林毓棠、罗彦青、郑兆基、郭旻、钱日贤、黄秉炘、黄宝珊、缪守诺（以上按姓氏笔画为序）等13人为理事组成，并选出常务理事5人：林秀明、陈松青、陆展章、郭旻、郑兆基，由林秀明任社长，陈松青任副社长兼秘书长。诗社还聘请曹英庄、赵以平、黄介繁为顾问，聘请黄葆芳、苏明德、张白山、黄元起为名誉顾问。

恢复后的秋园诗社，当年还制订了《福安秋园诗社章程（初稿）》十三条，全文如下：

第一条　本社定名为福安秋园诗社。

第二条　本社由县老人协会主办，为诗词爱好者自愿结合的群众性文艺团体。

第三条　本社在中国共产党的领导下，坚持四项基本原则，贯彻文艺为人民服务、为社会主义服务的方向。

第四条　继承和发扬祖国诗词创作优良传统，依据"百花齐放，百家争鸣"的方针，发挥老作者余热，培养新生力量，繁荣诗词创作，为"爱我福安，建我福安"，为社会主义精神文明建设，为实现祖国统一事业而共同努力。

第五条　鼓励社员加强学习，提高思想艺术水平，深入生活，反映现实。有条件时出版诗讯交流心得。同时，加强与省内外和海外诗词界的联系交流活动。

第六条　凡赞同本社章程的老人会会员、离退休干部及年青的格律诗词爱好者均可提出申请，填写社员登记表，经社员两人介绍，并由本社常务理事会审核批准，即为本社社员。

第七条　社员有选举权和被选举权，以及参加本社组织的各项活动权利。

第八条　有退出本社的自由。须由本人书面提出，经理事会同意，并交回社员证。

第九条　社员有执行本社章程和决议的义务。应积极参加本社活动，缴纳社员费。

第十条　社员如有触犯国家法律或严重违反本章程的行为，经常务理事会研究通过，取消其社员资格。

第十一条　本社最高权力机构为社员大会，每年召开一次，必须时理事会可根据具体情况提前或推迟召开。理事会由社员大会选举产生，常务理事由理事会选举产生。社长、副社长、秘书长由常务理事互选之。上述成员任期二年，连选连任。本社聘请名誉社长、顾问若干人。常务理事会根据工作需要进行分工，负责研究、创作、编辑、联络、财务等工作。

第十二条　本社经费来源主要依靠县老人协会提供，外加社员费、有关部门资助、社会捐赠及社务活动等收入。

第十三条　本章程经社员大会通过施行。如有未尽事宜，可经理事会讨论修改之。

秋园诗社恢复成立，与富春诗社并列。两社理事会人员互相交叉，诗人投稿也出现一稿两投现象。秋园诗社创办《秋园》社刊，重大诗事活动则与富春诗社联合举办，共同出版过《栖凤窗唱酬集》等。后来两社联合共同创办刊物《福安诗词》。

1991年，民政局对民间社团进行登记，对福安同时存在的两个中华诗词组织，建议进行合并，只作一个社团登记。两个诗社进行合并不成问题，但两诗社皆依托市政协，而名称保留哪个难以取舍。林秀明先生力主保留秋园之名。先生曾为市政协副主席，时为福安市政协之友联席会会长，其意见得到市政协主席刘骞的赞同与支持。经过一段时间的酝酿与商量，刘骞主席也做了大量工作，才使秋园诗社以福安的唯一中华传统诗词组织之名进行社团登记，富春诗社则不复存在。

1994年，已进行社团登记的秋园诗社理事会进行换届，选出理事14人：阮义顺、陈桂寿、陈茅、陆承豫、陆展章、林秀明、林毓棠、罗宝畴、罗彦青、罗幼林、郑作霖、郭绍恩、郭旻、缪播青（按姓氏笔划为序）。名誉社长刘骞（市政协主席），社长林秀明，副社长郭绍恩、陈桂寿，秘书长郭旻，副秘书长陈茅，常务理事阮义顺、陆展章、陆承豫、郑作霖，聘请黄介繁、章汉民、王廷藩、黄宝珊为诗社顾问。诗社继续创办《秋园》社刊，1998年改办《福安诗讯》报刊，由黄介繁先生题写刊头。

(三) 复社初期的重要诗事活动

秋园诗社复社的1988年正是诗社创建六十五周年，又是福安籍的闽东烈士阮英平遇难四十周年，诗社即发起两个纪念活动，向全省征集纪念诗词。此举得到福安及福州、晋江、崇安、尤溪、福清、长乐、罗源、福鼎、宁德、霞浦、古田、屏南、寿宁、周宁等地诗友的热烈响应，编辑诗词315首，在是年7月创刊的《秋园》发表。

1990年，福安撤县建市，福安建市筹建委员会委托秋园诗社与富春诗社征诗出版纪念集。此举得到当年为解放福安、建设福安做过贡献的老领导、老同志，在外地工作、旅居海外的乡亲，以及各地兄弟诗社同仁的热情支持。活动共收到238位作者的诗作500多首。其中有福建省政协副主席、1949年7月19日解放福安的31军93师副师长蒋学道，福建省政协副主席、原闽浙赣人民游击队纵队司令员左丰美，原福州军区副政委、1949年7月19日解放福安的31军93师278团政委颜红，轻工部副部长、原中共福安地委第一任书记王毅之，福建师范大学原副校长、福建诗词学会会长黄寿祺，原西南政法学院党委书记苏明德，原某部后勤部长顾锦川，中国国民党革命委员会福州市委主委郭正学，以及旅台同乡俞光荣、陈特荣等人热情洋溢的贺诗祝词。活动来稿遍及福州、泉州、三明、南平、永安、邵武、闽侯、晋江、永春、仙游、福清、沙县、尤溪、闽清、连城、罗源、长乐、明溪、霞浦、宁德、福鼎、寿宁、屏南、古田等地。纪念集还搜集宋、明、清时期在福安留有名气的本籍与外籍的官员与士人吟咏福安的诗篇。

1991年，秋园诗社为在福安举行的首届中国闽东茶文化交流会，为在福安举办的闽东菊花展，为纪念中国共产党诞生七十周年、辛亥革命八十周年开展征诗活动，同样得到市内外诗友的支持，得诗数百首，编辑成《秋园》诗集，由福安市美术印刷厂承印出版。

1993年举办"小康"一唱折枝诗赛，由詹其道正取，评出黄宝珊的"小丑妄图台独立，康衢岂让霸横行"为元等诗作。由林秀明、郭绍恩捐取，评出陆承豫的"小成未解登峰志，康了难湮折桂心"、黄宝珊的"小耕三日元无馁，康济千方计更艰"为元等诗作。

1994年举办"声气"六唱折枝诗赛，由黄介繁、林秀明正取评出黄宝珊的"邪正从违明气节，廉贪取舍系声名""道义勇肩豪气沛，清廉恒守正声扬"为元等诗作，又由黄宝珊正取评出陆承豫的"用兵贵在先声夺，问道何妨下气求"为元等诗作。由郭绍恩、陈瑞宝捐取评出林秀明的"大展雄风扬气势，长驱铁马壮声威"、阮义顺的"风和海峡涛声沉，日暖神州雾气消"为元等诗作。

1995年举办"三贤"（破锦格）折枝诗赛，由王廷藩、郭旻、阮义顺正取林水山（秀明）的"三月春风吹学苑，八闽宝地育贤才""三胞一德宗华夏，两岸同心敬圣贤"及陈茅（福清人）的"贤吏恩敷春万里，离人魂断月三更"为元等诗作。由陈桂寿、林阿庸捐取评出陆承豫的"良才胸蕴三江水，贤哲心澄一井泉""壮士锄奸三尺剑，贤臣罹难万言书"为元等诗作。

1996年举办"酒骚"六唱折枝诗赛，由黄介繁正取，评出薛为河的"只缘赏月邀骚客，正为看山上酒楼"为元等诗作。由郑作霖、吴进昌捐取评出陈瞻琪的"香江璧返吟骚庆，宝岛珠还纵酒欢"、薛为河的"黄花吐艳催骚笔，丹桂飘香入酒卮"为元等诗作。

1997年举办"七一"一唱折枝诗赛，由林达正正取评出阮义顺的"七鲲越海瓯圆日，一鹗回天璧合时"为元等诗作，由郑作霖、罗幼林捐取评出陆承豫的"一朝必遂三通愿，七月初收两制功"、郑作霖的"七彩南湖升旭日，一声遵义动春雷"为元等诗作。

1998年举办"颂党·吟菊"分咏折枝诗赛。据当年参与活动的郭绍恩先生回忆，正取李葆琦的"漫展□□兴故国，独迎霜雪放新蕾"为元等诗作。此外还捐取了郭绍恩、郑作霖的诗为元等。

从上述可看出，秋园诗社复社的的诗事活动，主要是结合福安当时的重大时事，或结合历史上的大事件进行的，体现了诗社"为'爱我福安，建我福安'，为社会主义精神文明建设，为实现祖国统一事业而共同努力"的办社宗旨。诗社的诗词创作活动因具有福安的地方特色，也为闽东甚至全省所瞩目。正如福建省诗词学会为福安撤县建市时所给的题词那样"昌期今许兴新市，懋勤悬知倍胜前"。

截至 1999 年，诗社有社员 55 人，创作诗词作品 1430 多首，参加不同层次的诗词竞赛近 20 人获奖，出版《爱国名人刘中藻》《纪念地方人大常委会成立二十周年》《福安诗词》等纪念册，得到中华诗词学会的首肯，2000 年《中华诗词通讯》第 2 期做了报道。

(四) 迎接 21 世纪，出现新面貌

2000 年，为迎接千禧之年，福安建钟楼于天马山，是年除夕，鸣钟志庆，秋园诗社吟友纷纷在《福安诗讯》发表诗作纪念。阮荣登作《千年福钟铭》24 句 96 字，林毓华亦作同题 22 句 88 字志庆，深得市内外诗家称赞。阮荣登还作《诉衷情·千年福钟开钟》词 1 首、林毓华作对联 6 幅，其中"福安"二字镶字联"远播九霄频招福祉，长鸣万世永兆安宁"一对被选中制成楹联，由市书法协会主席郑复赠先生题写，悬挂在富春公园迎春亭内"千年福钟"两侧，为福钟"宏鸣万世""强我韩阳"增华添彩。

是年夏天，林秀明社长等 11 人在福安京九酒店进行"京九即席联咏"活动，以"一东"韵的"逢""风"为韵脚联吟绝句。林毓华以"去岁三春曾宴聚，今年九夏又重逢。韩阳风月谁高咏，旭日长昭苜蓿风"作起首吟，阮荣登、陆承豫、李葆锜、林秀明、郭绍恩、罗宝畴、陈澹淇、罗幼林、郭旻、吴玉泉依次和韵。阮荣登续作《席上赠毓华君》，林毓华即作《席上酬荣登君》答谢。林毓华余兴未尽，又作《席上以郭、陆二老名号"承豫""晋玑"合嵌一联》："玉树庭前八叉句就堪承豫；骚坛席上七步诗成仰晋玑。"活动在一片赞誉声中结束。

2001 年，秋园诗社为庆祝中国共产党成立八十周年，向省内外发起征诗活动。省内各地诗友积极响应，踊跃投稿。《福安诗讯》以 6 版刊发选用 70 首作品，其中福安 28 首、永泰 13 首、罗源 9 首、宁德 7 首、福鼎 2 首、古田 2 首、长乐 2 首、寿宁 1 首。选用的作品中赋 1

首、古诗 1 首、绝句 11 首、词 14 阕、律诗 43 首。永泰邹史青的《红日东升赋》以 680 多字的赋文展现党的丰功伟绩，气势恢宏，为所选作品之最。诗人陈茅先生为诗社印发本期诗讯提供了 300 元。

2001 年正值为秋园诗社复社做出极大贡献的林秀明社长八十寿诞，省内各诗人寄诗词及折枝诗 1230 多首。福建省诗词学会会长吴修秉邮寄墨宝"笑抚沧桑，淬磨晚节"。霞浦政协长溪诗社亦寄贺诗：

苦雨凄风忆昔时，先生立志举红旗。
驱魔敢把头颅掷，革命何惊道理歧。
数十年来长奋进，诸多业绩勇奔驰。
八旬大庆应无憾，三径黄花晚节持。

福建省著名诗人严格寄赞：

早岁心红秉赤旗，闽东解放立功丕。
高翁八十身犹壮，诸务肩承乐不疲。

郭道鉴来诗云：

八旬岁月不寻常，节操平生久益彰。
革命幸存经血火，狂风横扫陷贤良。
宏才再展丹忱矢，素志无移两鬓霜。
仰念高风申一祝，夕阳逾丽满山明。

福安诗人（按刊发顺序）有詹其适、林达正、郭旻、阮荣登、缪播青、罗幼林、王希聪、林寿松、钱日贤、陆其灿、石孟宗、薛为河、缪道生、陈圣谦、郭泽英、郑毅、罗彦青、阮友松、刘文瑞、刘鼐发、刘启泉、林毓棠、吴玉泉、郑作霖、陈筠、陈瞻淇、郭祖宪、李葆锜、黄宝珊、刘宗桢、罗宝畴、黄璋、宋豫华、鄢行辉、王日叟、林华春、林铁肩、陈尊光亦作诗致贺。

此外，诗社还以林秀明字"山水"为字眼进行折枝诗二唱评选活动。评诗分四门，每门评出元、鼎、眼、花、胪各一人，录、监、斗若干人。第一门词宗为寿星林秀明，评出福安陆承豫为元、福州张绍良为鼎、长乐陈香龙为眼、古田陈贵乡为花、霞浦一鸣为胪。第二门词宗诗社副社长阮荣登，评出福州郭道鉴为元、永泰郑瑞藩为殿、长乐甘鼎藩为眼、福安阮友松为花、闽侯陈励贤为胪。第三门词宗诗社副秘书长陈茅评出长乐甘鼎藩为元、福安陆承豫为殿、福安缪道生为眼、福安乐滨为花、长乐王琼为胪。第四门词宗霞浦长溪诗社社长张景骞评出霞浦王成贤为元、古田陈祖泽为殿、福安陆正生为眼、霞浦许荔生为花、福安罗幼林为胪。

2002年5月，诗社副社长阮荣登得重病痊愈后以"余""粗""初""途""敷"为韵脚作《答谢骚坛诸老及亲朋问病一首》，诗社为表示慰问，号召诗人积极和诗。福州三山诗社社长郭道鉴闻讯即作《敬步荣登词长答谢问病原玉》言其"涅槃祥凤更生日，摩汉雄鹰解縶初"。宁德鹤鸣诗社社长阮大维老先生亦次韵一首寄厚望"异日题名仍抗手，到时高论又通途"。福安秋园诗社社长林秀明及其他诗家林达正、詹其适、王寿麟、陈坦、王少陵、钟建民、黄澍、吴培昆、黄宝丹、郭绍恩、阮承豫、罗彦青、陈瞻淇、郭旻、林毓华、吴玉泉、吴进昌、缪播青、罗幼林、郑毅、郑作霖等步其韵和作。

2003年秋，秋园诗社已创办八十周年，早期诗人已作古，复社诗家尚在者也年事已高，常有"老朽踉跄踽踽游，老妻随找到街头"的状况。但他们仍然笔耕不辍。如郭绍恩87岁、罗彦青84岁、罗宝畴83岁、陈立言83岁、林秀明81岁，人老心未老，坚持写作吟咏。这正如穆阳王宜声先生所作《清平乐·老来发奋》那样："年登将耄，学海勤舟棹。妻讽鸡寻垃圾宝，无事自求烦恼。年来两耳艰难，仗残诸事无关。发奋嗜书如蜜，诗成亦有余欢。"

四、新班承继，气象一新

（一）班子的交替与时下的工作

2004年2月，由于秋园诗社原社长林秀明先生年老体衰无法继任，时在福安市政府办任职的林毓华先生被推选为继任社长。副社长阮荣登、郭泽英，代理秘书长罗幼林，副秘书长吴玉泉、王梓坤，常务理事林毓华、阮荣登、郭泽英、罗幼林、吴玉泉、王梓坤、郑尧光，理事游连生、郑毅、宋宝章、阮友松、刘五音（女），诗词编辑组负责人郭泽英、吴玉泉，书画创作室负责人郑尧光、王梓坤。聘林秀明为名誉会长，郭绍恩、郭旻为顾问。进行新老领导班子换届后，福安市秋园诗社召开第一次全体社员会议，当时参会会员多达60余人。新班子主持诗社工作以来，诗家吟友欢聚一堂，共商福安诗词创作事业，以促进文化繁荣，承继中华诗词传统为宗旨，作真理的声音、时代的号角、历史前进的足音，为读者创造美好的精神食粮。

2012年4月，由于人事变迁，秋园诗社调整理事会，聘林秀明、郭绍恩为顾问。理事（按姓氏笔画为序）王梓坤、孙成银、吴玉泉、宋宝章、林生明、林仙兴、林毓华、林毓秀、罗承晋、郑毅、郑小芳、郑尧光、陈大华、郭孝卿、郭泽英、游连生、黄桂寿、缪恒彬、薛为河。常务理事（按姓氏笔画为序）王梓坤、吴玉泉、宋宝章、林生明、林毓华、林毓秀、罗承晋、郑毅、郭孝卿、郭泽英、游连生、薛为河。理事长林毓华，执行理事长郭泽英，副执行理事长郭孝卿，副理事长林毓秀、罗承晋、游连生、郑毅，秘书长郭孝卿（兼），副秘书长吴玉泉、王梓坤。

（二）期刊的更名与在外的影响

秋园诗社的诗刊在换届前原名《福安诗讯》。2004年，在原《福安诗讯》已出版13期的基础上，更名为《秋园诗讯》，出版了26期。到了2011年3月，经理事会讨论决定再次更名为《福安诗词》，改为彩色排印，至2015年底，已出版30期。

在这个时期，由于新老社员更替，血液新鲜，园地新辟，大大激发了诗作者的创作热情，同时也大大提高创作的水平，为福安诗词的发展做出了努力，受到读者的欢迎。如福鼎杨华先生来信说："《秋园诗讯》一览喜也，阅高手之诗，顿开茅塞，大长见识，不禁为秋园叫好。"又如河北唐山苗可夫老先生来信说："收读贵社'秋园'诗稿，很受激励"，还赋诗一首，其中曰"燕人无别好，独爱楚中诗""试问江南友，临风可有思"，表达了对诗社的嘉许。《秋园诗讯》曾刊发诗友祝贺蔡厚示先生八十寿的诗作。蔡先生即来信表示"感激无已"，还说："仆平生不为自己做寿，亦无长物馈诸君子，但自策勉，愿随诸君子后，共振风骚耳。"在本届新班子组建的12年来，诗刊共出版56期，发表诗词、文章难以计算。仅2015年就出版10期，发表诗词886首和3篇文章，应该说，是福安诗词创作的最高峰。

在这里，特别要提及的是，12年来，《秋园诗讯》《福安诗词》诗刊的编辑们的工作不但是无偿的，连电话费都自己掏腰包，从审稿、选稿、编排、校对，直至写信封、贴邮票、邮寄都亲力亲为。有时为了节约经费，经常亲自上门投递。虽只是薄薄的一张诗刊，但是花费了编辑同志的不少时间和心血。

1. 服从大局

诗社结合国家重大事件或重要纪念日组织社员创作作品。如"中华人民共和国成立六十五周年""庆祝中国共产党建党九十周年""抗日战争胜利七十周年""福安纪念闽东苏区创建七十周年"等，诗社都发动社员创作庆祝、纪念诗词，诗刊辟专期登载。又如"全国人大成立六十周年暨人大常委会设立三十五周年""十二届政协会议"等重大纪念活动，诗社均组织征诗活动。

诗刊除收到本社社员创作的大量作品外，还收到当年参加过抗日战争的老同志，如原南京大学教授陈雄同志，原福州军区郭西一同志、高琢三同志的诗作。陈雄教授还寄来甲骨文绝句诗：

寇临钟埠山无色，尸咽长江水断流。
哀悼冤魂三十万，国殇殷鉴纪千秋。

2. 围绕大事

当国内外发生重大事件时，诗社结合时事，组织社员创作作品，记录时代的足迹。如 2005 年，党中央提出建设和谐社会的构想。诗社积极响应，举办有奖折枝诗唱比赛，以"和谐"为字眼创作，向全省征诗。此举得到福州、长乐、闽侯、宁德、福鼎、霞浦、古田、周宁、寿宁、屏南、柘荣等县市诗词界的赞许，福建省诗词学会有关领导也大力支持，撰稿投寄。活动有近 200 位诗友踊跃投稿，共征得 1042 首。我们聘请福州三山诗社社长郭道鉴先生、宁德市诗词协会主席阮大维先生、霞浦长溪诗社社长张景骞先生及本社顾问郭绍恩先生为词宗，进行评审，获奖人数 92 人。2006 年，诗友以"荣耻"为字眼，创作折枝诗，在该年诗讯第 3 期发表，出现了不少佳作。同年，诗社以"爱民"二唱征诗，许多作品都表达时代的声音。又如 2008 年汶川地震，编辑部赶时间编辑社员哀悼死难者、赞颂抗震英雄的诗作，以醒目标示"以我丹心，祭我国殇"的通栏标题出版诗讯。应福安市侨联及市政协侨台办相约，每年中秋节前后，社员创作怀念台胞的作品，《秋园诗讯》专辟"月照故乡"专版刊发。如 2004 年林毓华、林毓秀兄弟还联吟《中秋寄台胞六绝》，其中两首云：

故园秋色正当时，未识岛乡秋早迟。
愿采霜枫红一片，临风题写归雁诗。

海角天涯云路长，莫凭带水忘乡邦。
江南尽是相思树，半写欢欣半断肠。

这些都是很感人的作品。市侨联还将社员的这类作品在有关网站发表，与台湾有关部门互相交流。2005 年，中共中央总书记胡锦涛与台湾国民党荣誉主席连战、新党主席宋楚瑜举行了历史性握手，诗社即于是年诗讯第 6 期开辟"两岸乡音"专栏，刊发有关的诗作。专栏除有大陆诗人的作品，还有台胞寄来的作品。如台湾著名新闻界人物朱复良先生有次来稿竟达10首，表达了旅外台胞"前人也叹分离苦，一夜乡心五处同"（《又见中秋》）的思念祖国的感情。诗社有编辑诗集时，也尽力搜集海内外的福安籍诗人作品，如《纪念秋园诗社创建八十周年》诗集中就有台胞朱复良、陈荣特、连士豪及旅居新加坡的黄葆芳等人的诗作。

3. 立足福安

为了歌颂福安改革开放后的新风貌，诗社开辟"家山风貌"专栏，举办"福安十景""福安建市二十周年"等征诗活动。做到两个"优先"：优先发表本社社员作品，优先发表歌颂福安发展的诗作。还热心搜集福安诗界前辈的诗作、事迹，发表在"先辈遗玉""地方文史""耆旧遗音"等专栏。专栏就刊登过福安知县刘玉璋，前辈诗人陈世理、林尧人、施惠畴、李经文等人的诗作。"福安诗话""史料勾征"等专栏，发表了温直卿的作品，《长鞭一策岂回头——读马立峰诗三首有感》《民主斗士周祖颐的诗》《龟龄陈家老宅门墙题诗》等文章，介绍前辈诗人的诗作、事迹，同时提高刊物的趣味性、可读性。

4. 服务诗友

诗刊开辟了"诗艺切磋""诗词病改""作者与读者""关爱之友""来函照登""秋园论坛"等栏目，开展诗词评论，通过争鸣，提高诗友的写作水平。如郭绍恩、阮荣登、阮友松、王希聪等诗家真诚地发表了许多颇有见地的诗论。

（三）开展活动，活跃队伍，开拓源泉

诗社经常开展下乡采风活动。2005年5月，诗社组织到甘棠，与下半区赛江诗社的诗友共同磋商诗艺，即席赋诗，并进行联句吟咏活动，表现了"寒儒明素志，只续诗债旧缘"（游连生先生句）与"才雄夺锦问谁先"（林毓华先生句）的气氛浓烈的场面。是年10月，诗社部分社员又到穆阳苏堤采风。苏堤村干部热情接待，把社员引到风景区的一座古刹中座谈。然后诗友即席出对续联。如苏堤籍的诗社社员郭泽英出句"锦山叠翠穆水流金古邑地灵人杰",当地83岁老叟黄璋先生即以"秀邑舒浓桂林坐石新村巷阔街宽"为对,其他诗友也应答如流。特别是社长林毓华先生借采风地"苏堤"之名又巧出句"西湖风月苏堤半",郭泽英应答"穆水春光桂林同"也很贴切。当年市书法协会主席郑复赠诗友还自撰嵌字联"春风苏万物,柳色映长堤"很得好评。2012年5月,诗社组织部分社员赴福安五中采风,听取介绍刘延东视察该校的情形。6月,诗社组织部分社员赴晓阳采风,参观白云山九龙洞景区、太后公厅、谢翱故里、鸭母娘娘故居遗址和晓阳小学。2015年,诗社组织部分社员赴彭家山采风,参加晓阳第二届晚熟葡萄节,游览首洋革命遗址、千年古刹锁泉寺、溪塔"南国葡萄沟"等。

为了尽量扩大秋园诗社的知名度,让市内外的文化媒体知道福安这个悠久历史的诗社,《福安诗讯》《秋园诗讯》向市内外诗词团体寄发。诗刊专门开设"名家惠稿"专栏。经本社副社长阮荣登先生联系,中华诗词学会副会长张福有、中华诗词学会理事吉林省诗词协会副社长刘庆霖、中华诗词学会理事海南省诗词学会副会长包德珍女士给《秋园诗讯》投稿。本社副社长郭泽英还邀请著名诗人、中华诗词学会顾问蔡厚示先生为《秋园诗讯》投稿人。蔡厚示老先生在一次全省诗词创作交流会上特别提到福安的秋园诗社,并说自己是该诗社的顾问。另外,诗社还通过折枝诗竞赛及为老诗人庆寿活动,向省内外征诗,扩大诗社的知名度,获得了他们的好评。2015年5月1日,诗社组织部分社员参加霞浦长溪诗社"善·政"吟唱会,社长林毓华先生等诗友即席吟诗以贺。

(四)加强队伍建设,培养后备人才

2004年,为响应中华诗词协会号召,诗社副社长阮荣登先生率先与福安师范联系,为该校的文学社学生举行了两场中华诗词常识讲座。2007年,诗社副社长郭泽英与福安四中联系,该校谢北星校长极力支持,由政教处牵头作为向学生进行素质教育陶冶思想情操的活动,安排初二、高一对诗词有兴趣的学生100多人,编班上课,每周一节一个小时，连续上了10节课。同年，郭泽英又到福安十中，为高中部学生进行一场诗词常识讲座，林毓华社长、王梓坤副秘书长也到场指导，闻讯来参加讲座的还有一位阳头的社会青年。社员、市民族职业中学教师缪恒彬在学校的支持下，开设了诗词选修课，鼓励学生"读千古美文，做少年君子"，初见成效，学生能掌握一些初步的诗词知识，能写些他们描绘熟悉生活的七言绝句。作品虽然很幼稚，但见诗教成效的端倪。《秋园诗讯》《福安诗词》均选登了这些新苗的作品。

除了在学生中培养诗词新苗外，诗社还努力培养诗词爱好者，扩大诗词的影响力。近年来，林毓秀、林毓华、郭泽英还给福安市老年大学学员讲授诗词课。2015年，林毓华两次到市实验小学给老师们介绍诗词知识，均受到好评，如今实验小学诗词创作氛围甚浓。诗社同时积极发展新成员，壮大秋园队伍，2004年以来，共吸收新社员24人，占诗社人员的近一半，许多新社员还在诗社中发挥了骨干作用。

前辈诗家是秋园诗社的宝贵财富，在秋园诗社九十周年编写《秋园人物》一书之前，诗社就已开辟了"秋园耆宿"专栏，尽力宣传秋园老一辈诗家，对一些诗坛耆老进行专题介绍，当时已介绍的有林秀明、郭绍恩、罗彦青、陈立言等。2015年是前辈诗人、左联作家刘宗璜诞生一百周年，诗社发起"白蓬"诗唱征诗活动，受到诗友的热烈响应，达到积极向外推介福安，提高福安诗词界的知名度的目的。

每年春节期间，诗社都组织人员，到前辈诗家慰问，如林秀明、罗宝畴、郭绍恩等，还借首洋采风机会，慰问陈立言。诗社积极发挥这些秋园耆老的影响。郭绍恩百岁诞辰之时，举办征诗活动，共征得各地诗词80多首。林秀明、郭绍恩、游连生逝世，我社均组织社员前往吊唁，同时开展征诗活动，寄托哀思。阮荣登副社长逝世，诗社组织力量专题编辑纪念诗集《情殇溪趣》。

（五）筹集资金，出版秋园诗集和纪念集

诗社创办以来，2011年前，活动经费主要靠社员缴纳会员费，每年每人20元，一年的收入尚不足出版4期社刊。为了解决活动经费的困难，部分社员慷慨解囊。继2004年林达正先生捐资1000元之后，林秀明、郭绍恩、罗幼林、吴玉泉、陈立言各捐300元，陈茅邮寄300元，刘鼐发、罗彦青、赵亦金、郑作霖、刘起全、林生明各捐100元，捐资在百元以下的难以计算，市文联副主席郑万生先生也义捐500元，已逝世社员阮义顺先生儿子义捐100元。诗社还申请经费，市政协3000元，市宣传部2000元，市文体局、计生局、司法局、环保局、广电局、文化馆、阳头办事处、福安四中、潭头中学、民族职业中学等500—1000元不等，以上共得到经费12000多元，另有部分办公物品。2006年开展有奖折枝诗竞赛活动时，诗社找到福安永隆电机集团公司出资共同举办诗赛。2008年，福建省易和船舶有限责任公司向诗社捐赠2000元。为纪念秋园诗社成立八十五周年，2009年编辑出版当时诗社社员诗集《秋园拾萃》一书经费由林毓华社长联系得到企业赞助。

五、芳华满目，硕果盈枝

（一）三部诗集相继完成

由于2003年是秋园诗社成立八十周年，诗社在1年前就已着手编纂《纪念秋园诗社创办八十周年》一书。该书于2004年结集出版，这是新班子成立以来，在新老班子交替间出版的一本诗集，也是秋园诗社自创办以来第一次出版全体社员专集。时隔80年，第一代诗人大多作古，收集他们的诗词很是困难。难得年少时曾参加诗社活动的郭绍恩、罗彦青、林秀明等诗家回忆搜集，当年的李怡云、李经文、刘浑生等人的作品才得以入编。该书的出版过程，吴玉泉做了大量的努力，付出了很大的精力。此书出版后，受到福安市内外知识界、文学界的重视。福安籍闽南老干部林友苍（笔名苏枫）著的《我心坦然》一书，及福安籍旅居台湾的资深记者朱复良先生的《我这一生》与《老调重弹》都提到这本诗集。该书的最大贡献是及时收集了已故民国时期老诗人的作品，虽有遗珠之叹，但已是金玉满盆了。由于其意义重大，当年被福安市政协列为文史资料第十四辑。

2009年，为纪念诗社成立八十五周年，出版了《秋园拾萃》，入编2004年至2008年间61位社员创作的515首作品。诗集由中国现代文学研究所副所长张炯先生作序并题签。《秋园拾萃》体现了诗社出现了新老交替的骨干群体，如阮荣登、缪品枚、郭孝卿、林毓秀、林毓华、林生明、罗承晋、阮友松、宋宝章、郭泽英、吴玉泉、郑毅、郑小芳等。

2013年，为纪念福安秋园诗社成立九十周年，诗社组织力量提前着手编撰《秋园人物》，四处搜集史料，求证索引，历经3年，数易其稿，可谓用尽功夫。该书的出版得到福安市档案馆密切配合，又得到福安市文联、福安市文体局等单位的支持，经费问题得以解决，终于2014年9月顺利出版。《秋园人物》全书20多万字，入编诗家44人，顺带介绍福安前辈诗家不下40人，其他牵连人物更是难以统计。该书文字严谨，记述客观。在全书的编写过程中，副社长郭孝卿先生可谓功不可没。他以其典雅的史家文笔，撰写了多位早期诗人的传记，得到了中国文坛泰斗级人物张炯先生的赞许，并欣然为该书作序。《秋园人物》可以说是一部不可多得的福安地方史料。此外，在该书编辑期间，郭泽英、林毓秀、罗承晋、林毓华、吴玉泉等班子核心人员都付出了辛勤的劳动。福安市政协将此书作为文史资料分发政协委员。

(二) 社员参与社会活动日见活跃

为了让社员更多地参与社会活动，诗社积极向《福安报》《福安文艺》《乡音》等刊物推荐社员作品。这些地方刊物经常发表秋园诗社社员的诗作。如《福安文艺》还专辟《十月枫火，秋园折枝》专版刊登社员郭绍恩、罗宝畴、罗彦青、郭西一、黄宝珊、郭旻、陈瞻淇、罗幼林、吴玉泉等人的诗词。2007年，中共福安市委宣传部主办的《美化家园》报刊，开辟"秋园诗颂"专栏，社员积极投稿，连续刊发好几期诗词作品。如社员参加中共福安市委宣传部、福安市文联举办的庆祝中国共产党创建九十周年征文活动，陈大华的诗作获三等奖、郭泽英获优秀奖，诗作就在《福安文艺》发表。《福安文艺》

举办的"爱我福安"征文,薛为河、郭泽英的诗作获一、二等奖,陈立言、郭孝卿获三等奖。2015年,为纪念抗日战争胜利七十周年,参加福安市老年诗书画展,郭泽英、吴玉泉、薛为河、吴石麟等诗作获奖。

  社员写作水平不断提高,频频在省内外获奖。在由中国报纸副刊研究会、中国大众文学会举办的"纪念抗日战争胜利六十周年——胜利之歌"征文中,吴玉泉的作品获三等奖。由福建诗词学会主编的《中国寿山石诗集》,缪播青、郭旻、罗彦青、陆琪灿、林生明、吴进昌、郭泽英等诗作入编,并获赠寿山石印章一枚。在由中华诗词学会主办的"纪念纪晓岚逝世两百周年诗词大赛""纪念谭嗣同诞生一百四十周年诗词大赛"中,郭泽英获优秀奖与嘉作奖。写作水平提高还体现在出版专集。据初步了解,2004年以来,个人出版诗集的有王卉《天趣园诗词》,郭绍恩《苍叶余韵》,阮荣登《扣舷集》《溪趣斋杂谭》,郭泽英《流沙集》《抟沙集》,陈祥基《君明吟草》,吴玉泉《仙岫泉声》,罗彦青《晚霞余韵》,林毓棠的《炳烛庐诗集》,《薛河何诗词楹联选集(二)》,在诗社帮助下出版的有杨坤松《旅游闲聊随笔》,出版文集的有郭旻《小鱼集(续集)》,缪道生《情天》,游连生《柏柱洋民间传说》《柏柱洋览胜》等。诗友们创作的楹联、诗词装点各地显要建筑,如门楼、祠堂、亭桥楼阁、寺庙道观等公众场所,其数量难以胜计。比较突出的有林毓华、林毓秀、郭泽英、薛为河、吴玉泉、游连生等。如2011年,福安市建设局、市文联组织"富春公园"楹联征诗,共评出四副,其中三副系社员吴玉泉的"阁上清音融富春逸韵,亭边妙舞步仙岫流云""垂柳多情借月仗风亲倩影,芳花无赖存心夺胜占新园"和游连生的"耸树飞花流水人潮千载画,鸣琴喧鸟吟风笑浪四时歌"。林毓秀先生撰写的《富春公园重修记》在同一时期被铭刻在富春公园内的石壁之上。

  12年来,秋园诗社取得长足发展,毫不夸张地说,是闽东诗词界的一面旗帜,这些成绩无一不凝结着广大诗友的努力和心血,他们为福安文化繁荣尽到一份责任。

六、传承诗脉，另辟蹊径

由林毓华社长在 2004 年组建的秋园诗社复社后的第二届班子，至 2016 年为下一届新班子所接替。根据规定，科级以上的在职干部不能兼任社会团体领导职务，时任社长林毓华身为市政协科室负责人，不能继续担任社长工作。2016 年的 7 月 1 日，正是中国共产党建党九十五周年的这一天，秋园诗社新一届理事会隆重诞生。之所以选择这一天，就是要提醒全体社员，牢记自己是一名站在中国共产党旗帜下的时代诗人。新一届理事会由林毓秀、罗承晋、郭孝卿、林德发、张林华、郑毅、孙成银、林仙兴、吴玉泉等组成。在福安市文联的部署下，通过酝酿选举，林毓秀被推选为第三届秋园诗社社长，推选罗承晋、郭孝卿为副社长，郭孝卿任秘书长（兼），吴玉泉任副秘书长。此后陆续增补徐向华为理事，林仙兴、林庆枝为副社长。

新一届理事会聘请林毓华担任名誉社长、郭泽英担任顾问。林毓华、郭泽英均作辞职感言，并即席吟诗。林毓华《秋园诗社社员大会即兴》诗曰：

九十余年屈指过，秋园往事未消磨。
今朝又见兰亭会，雏凤清声已更多。

郭泽英《秋园诗社换届选举感赋》诗曰：

春风十载沐园林，秋果人歌金玉音。
无憾扶筇诗思减，蕲然新竹绿成荫。

市文联主席缪建勋对秋园诗社 12 年来的工作做了充分肯定，特别是在创办刊物、诗词创作、活动开展、接待采风、对外联络等方面成绩突出，同时对今后工作提出希望和要求。

新班子上任之时，恰逢出生于 1915 年的福安籍著名的左联作家刘宗璜和出生于1916年的福安籍共和国开国将军黄烽的百年华诞，这两人堪称福安近代一文一武的杰出代表人物。为了纪念他们的百年华诞，秋园诗社广泛收集社员的作品，分别出版了纪念刘宗璜、黄烽的诗词选集。

除了出版纪念诗词集之外，面对新形势，新的班子提出了新的发展思路。这一届的班子有一个突出的特点，11人中有3位的身份是中学语文教师。社长林毓秀退休前多年从事福安一中高三毕业班的教学工作，对古典诗词在当今社会和年轻的学生中的地位有着较为清晰的了解。尽管现在复兴传统文化的口号喊得极为响亮，但在快节奏而且充满竞争的当今社会，作为传统文化代表的古典诗词与人们的现实生活逐渐脱节，渐行渐远。高考虽然将古代诗词的鉴赏作为语文高考的考点，但学生仅是将其视作应付高考的敲门砖。许多语文高才生，能创作古体诗的凤毛麟角。虽然许多地方和电视台经常举办诗词大赛，但展示的也是死记硬背的能力，而不是古典诗词的创作能力。表面上看，几乎每个县市都有诗词协会，但都是靠一些老同志在勉强撑场面，其实后继乏人。古典诗词前景堪忧。要弘扬传统文化，首先要扩大人们对古典诗词的兴趣。鉴于此，新届班子对诗社的发展图景进行了一些大胆的改革：

（一）改革诗刊传播载体

尽管过去诗社每一个月出一期月刊，但仅是一张8开的单张纸，虽然内容容量都较为可观，但不利于收藏，读者往往随看随扔，很难起到传播的作用。改革后的刊物约半年出一集，定名为"秋园诗词"，平均每集150页左右，纸质上乘，印刷清晰，装潢精美，读者喜爱，如同一本小册子，便于收藏和交流阅读。林毓秀社长在《秋园诗词》第1期的《〈福安诗词〉改版更名寄语》中明确指出："为使读者易于区分识记，突显秋园诗社刊物特色，经秋园诗社理事会慎重研究，决定更改刊名为《秋园诗词》，以于右任题赠'秋园'二字为封面标识。同时为了便于读者的收藏，改单页月刊为册编半年刊。"至此，秋园诗社终于拥有了定期的册编诗刊。由于管理要求，6年来，诗社实际只出了8期诗刊。第1期100页，第2期160页，第3期128页，第4期168页，第5期164页，第6期142页，第7期152页，第8期228页，共计1242页。诗刊分为"远朋赐稿"和"秋园酬唱"两个基本部分；"秋园酬唱"刊登本社社员的作品，"远朋赐稿"主要刊登异地诗友的诗作；另附设"秋园论坛"专栏，根据投稿的情况，刊登社员的诗论或有关研究秋园前辈的文章；又根据需要，临时开设增辑，如第2期增设"十九大讴歌"专辑，第7期增设"抗疫歌讴"专辑，第8期增设歌颂中国共产党建党一百年的"百年辉煌"专辑，充分发挥诗歌美刺功能，配合时代的足音。由于《秋园诗词》装潢精美、内容丰富，面世之后就深受社员的喜爱，无形中增大了阅读量。诗社不收会员费，做到为每一位社员无偿邮寄诗刊。多位厦门诗友一直在《秋园诗刊》上发表作品，并将《秋园诗刊》在厦门市的诗友中传阅。他们曾向《秋园诗刊》编辑部转达了厦门诗友对诗刊的高度评价和推崇。这一改革，对促进诗社社员的创作欲和扩大秋园诗社的知名度无疑起了推动的作用。

（二）为复兴传统文化创建诗词氛围

秋园诗社社员，不仅在《秋园诗刊》这块园地辛勤劳作，创作了许多的优秀作品，更是将诗词的足音送向福安市的每一个角落和领域。随着经济的发展，福安市这几年的旅游事业方兴未艾，诞生了许多的景点和网红打卡点。可以毫不夸张地说，无论是韩阳天马山的楼台亭阁，还是富春公园的门楼石墙，甚至到较为有名的桥梁、隧道，都有秋园诗社诗友留下的楹联、碑刻的墨宝；又如边远的白云山景区、溪潭的桫椤公园、穆云的桂林森林公园等地方同样都有他们的作品；而福安境内那些大族望姓的宗祠中，秋园诗社社员撰写的楹联更是数不胜数。秋园诗社班子的成员更是起了表率的作用。如原社长林毓华为楼下村郑虎臣墓道亭题写的"似道原来贾似道，虎臣才是郑虎臣"一联可谓工巧，受读者喜爱。特别要提到的是现任社长林毓秀先生应一中文艺晚会撰写的《福安一中新赋》，由于文采盎然、音韵琅琅，一经传阅，即被众口传诵；又因一中海外校友圈的传介，越传越远。因此，在福安一中百二年庆典之际，被校方以《福安一中赞》之名（为了避免与张炯先生的《福安一中赋》同名）制作成石雕作品放置于一中图书馆的大厅。还有副社长罗承晋为其母校福安二中撰写的《福安二中赋》，也被福安二中制作成石雕作品放置在学校显眼的地方。他们的赋对福安的中学生产生了深远的影响。在福安退休协会及中小学举办的诗词大赛中，秋园诗社的罗承晋、林毓秀、林毓华，都是所有赛事的当然评委。社长林毓秀、理事张林华更是身体力行，为福安老人大学讲授诗词鉴赏知识达整整一学年，深受学员欢迎，为传承古典诗词做出了自己的贡献。林毓秀社长还亲自到赛江诗社举办诗词讲座，促进诗社之间的相互交流。

（三）著书立说，弘扬古典诗词

为了弘扬古典诗词，诗社在创作诗词普及读物方面也进行了很大的努力，如已被福安市政协当作福安文史资料的《闽东才女曹英庄》和《福安历代诗选注》这两本书。百年来，秋园诗社社员出版了多少本诗集，没有精确的数据，但敢于肯定说的是，为福安前辈诗人作品系统地进行注释和鉴赏评析，在诗社的历史上却绝对是前无古人，而这两本书，恰好在秋园诗社百年华诞的前夕，填补了这方面的空白。

《闽东才女曹英庄》一书的主编是秋园诗社副社长兼秘书长的郭孝卿。该书由曹英庄过去的学生、中国社会科学院文学研究所原所长、学部委员、中国作协副主席张炯先生作总序。书的第一部分是郭孝卿与缪小宁合作撰写的传略《一代才女世纪芳华》；第二部分是曹英庄的诗集《竹窗吟稿》全书，收录曹氏生前所写的五七言诗共252首，由林毓秀撰写《〈竹窗吟稿〉序》，由郭孝卿为每一首诗撰写注释和评析；第三部分是缅怀，收录了七篇缅怀曹英庄女士的文章。曹英庄女士被誉为民国时期闽东四才女之一。"四才女"各有所长，而曹英庄是凭借深厚的诗词造诣而闻名。直至20世纪的90年代，她仍然活跃在秋园诗社的诗坛上，在福安有着长久的影响力。此书的面世，对人们了解和认识秋园诗社及秋园诗社的诗人有着极大的作用，因此被列为《福安文史资料·第二十六辑》。

另一部是现任社长林毓秀编撰的《福安历代诗选注》，全书21万字，由中国人民政治协商会议福安市委员会撰写《前言》，秋园诗社副会长罗承晋撰写以《七闽山水多才俊，字字清新句句奇》为题的序言，共收入民国以前福安籍作者76人的诗作303首，始于开闽进士薛令之，又收入与福安的人或事有关的历代外籍作者52人的诗作85首。由林毓秀以一己之力完成全书的注释和说明的撰写。这些作品绝大部分来自《福安县志》或福安望族宗祠的谱牒，作者的生平和创作背景，除了个别名人可以查找到少量的资料之外，其他诗人无从稽考。为了赶在政协年度大会之前将此书面世，撰写此书的艰难，林毓秀在《后记》中有所描述："资料的匮乏、知识的欠缺、时间的紧迫，给撰写带来极大的困难。在撰写初稿的7个月里，几乎每天凌晨5点起床，深夜12点休息……有时为了查证一个地名或一个典故，只能从浩如烟海的古人诗词中寻找蛛丝马迹，以期得到启示。"由于编者林毓秀长期从事高中毕业班语文教学，对高考的诗歌鉴赏题颇有研究，因此写起说明文字驾轻就熟，解说深浅有度，鉴赏术语规范，不但适合对古典诗词稍有涉猎的读者阅读，更是对提高高中生的古典诗词鉴赏力有所帮助。虽然福安以诗立县，福安人也以此为荣，但福安人，即使是福安的文化人，对福安民国以前的诗人也是知之甚少。仅就这一点而言，《福安历代诗选注》一书对研究福安地方诗歌的意义还是不容忽视的。正如罗承晋在序言中所说的一样："今林毓秀先生不负众望，探究前贤表达之情感，推敲诗句的出典及含义，数易其稿，深入浅出地给予诠释说明，使读者学有所得，实属难得之善举，必受读者之欢迎喜爱。"因此，此书被列为《福安文史资料·第二十五辑》。这两本书的问世，可以看作献给秋园诗社百年华诞的贵重的贺礼！

有必要特别指出的是，这一届班子履新未久，即逢新冠疫情，秋园诗社的诗事活动只能在秋园诗社交流群的平台上进行。

七、展望未来，任重道远

为了诗社成立百年大典，秋园的主要班子成员，从2022年的9

月开始，就紧锣密鼓地着手进行《百年秋园》一书的编辑工作。先是动员全体社员（仅限福安籍的秋园诗社社员）选择自己的得意诗作（除了《秋园诗社八十周年纪念集》和《秋园拾萃》这两本书已经收编的作品）30首投稿供选，由诗社班子成员林毓秀、林毓华、罗承晋、郭泽英、张林华组成评选小组进行评选，入选的作品必须拥有半数以上的得票。在这前提下，一人最多入选20首，最少必须保证要有1首入选。截至2023年4月底，计有62人的作品入选，由社长林毓秀亲自负责审稿，定诗集名称为《吟坛新章》。另一部《先辈遗响》收集诗社先辈遗作入编由郭孝卿负责审阅。另外，由郭泽英、林毓华两人负责合撰秋园百年概况一文。

　　政协的关怀，使秋园诗社的未来充满了希望，同时也让诗社成员清醒地认识到，秋园诗社必须义不容辞地承担起振兴传统文化的重担，绝不辜负福安人民对我们的厚望。"路漫漫其修远兮，吾将上下而求索。"这将成为历史赋予秋园诗社每一个社员的重担！

"园林无俗情"考

林毓秀

在1923年秋园诗社诗楼落成时，时任上海大学校长的国民党元老于右任先生为秋园诗社题写了"秋园"园名，还赠送了手书的"秋菊有佳色，园林无俗情"楹联一副。楹联以嵌头的手法点明了"秋园"二字，同时以"有佳色""无俗情"表达了作者对秋园诗社的祈望和嘉许。百年来，这副楹联成了秋园诗社社员的座右铭。根据老一辈秋园诗社社员相传的说法，"秋菊有佳色"出自陶渊明的《饮酒其七》，"园林无俗情"是出自陶渊明的《辛丑岁七月赴假还江陵夜行涂口》一诗，这几乎是秋园诗社百年来的共识。但是随着互联网的高度普及，有人用百度搜索"园林无俗情"诗句，结果所有的答案都是归结到孟浩然的《李氏园林卧疾》一诗。其诗如下："我爱陶家趣，园林无俗情。春雷百卉坼，寒食四邻清。伏枕嗟公干，归山羡子平。年年白社客，空滞洛阳城。"此事关系到秋园诗社的一段历史和掌故，有必要做一番的考证。

创作的实践经验告诉我们，运用百度进行搜索很方便，但是从做学问的角度看，百度的说法往往是仅供参考而已，仍须做进一步的考证。如果我们再进一步使用目前互联网专用于诗词搜索的功能最强的"搜韵"进行搜索，结果，除了孟浩然《李氏园林卧疾》这首诗以外，不但可以搜到南宋韩淲的《偶成其四》"重午是一节，芒种又一气。何因至怡悦，底事苦欷歔。园林无俗情，琴书有真味。贫者自为贫，贵者自为贵"，还可以搜到明代成化进士、广东番禺人江源的《闲居咏怀集陶二首其一》"穷居三十载，弊庐何必广。依依墟里烟，孟夏草木长。园林无俗情，虚室绝尘想。开径望三益，奇文共以赏。抚己有深怀，洙泗辍微响。有酒不肯饮，零落同草莽"，可是就是偏偏没有搜到大家默认的陶渊明。难道百年来，秋园诗社代代相传的掌故一直是以讹传讹？还是有未知的原因？

众所周知，古人的作品都是凭借手抄而流传，因而往往导致出现不同的版本。例如陶渊明的《辛丑岁七月赴假还江陵夜行涂口》一诗中的"园林无俗情"这一句，据笔者所知，就有几个不同的版本。如万卷出版公司出版的《陶渊明集》一书，和上海辞书出版社1992年9月版《汉魏六朝诗鉴赏辞典》一书，都是将此句写作"林园无世情"。但在中华书局1983年9月版由逯钦立辑较的《先秦汉魏晋南北朝诗》一书中，却将此句写作"林园无俗情"，并且在"林园"的后面加了注"和陶本作园林。类聚同"，在"俗"字后加注"文选作世。六臣本注云。五臣作俗。曾本云。一作世"。从上文的注解，可以看出至少流传有这样几种版本：即一二两字有"园林"或"林园"、第四个字有"世"或"俗"的版本，总之，其中就包含有"园林无俗情"的版本。

明代江源的《闲居咏怀集陶二首其一》是最有说服力的证据。此诗的标题就开宗明义地标明这是一首集合陶渊明诗句的集句诗，可见作者所见并被采用的陶诗句就是来自"园林无俗情"的版本。

孟浩然的《李氏园林卧疾》一诗，笔者目前虽然找不到这首诗的有关资料，但以诗论诗，还是可以得到一些有用的信息。从题目来看，这首诗是诗人在李姓人家的园林里养病之时创作的作品。诗的首联直接抒写诗人对李氏园林的喜爱，上句开门见山将李氏园林比作陶渊明（陶家）的园林，下句承上以"园林无俗情"来描写园林。从行文的逻辑来看，此句既可以理解为是引用陶渊明的诗句来描写"陶家趣"，也可以理解为是孟浩然用自己的语言来描写李氏园林的"趣"。由于古代没有标点符号，这种语境最容易造成歧义，正如我们说某位小鲜肉"像贾宝玉一样面若中秋之月"，假如"面若中秋之月"不用单引号标明，那么，这一句到底是引用曹雪芹的诗句，还是说者自己的语言，读者就很难弄清。孟诗既然将李氏园林比作陶家的园林，那么引用陶渊明的诗句来突显两者的相似，也是水到渠成一样的自然。从鉴赏的角度来看，没有第二句的描写，第一句的"陶家趣"就有语意中断之嫌，所以笔者更偏向认为第二句多多少少与陶渊明有关。只是由于没有标点符号，导致百度将这诗句误标在孟浩然名下，而忽略了陶渊明诗句的存在，也就不足为奇了。

其实引用他人的诗句在古诗词创作中是允许的，孟浩然的诗中出现陶渊明的诗句，正如出自李贺《金铜仙人辞汉歌》中的"天若有情天亦老"诗句，出现在毛泽东的《人民解放军占领南京》一诗中的情形一样，作者都是运用了引用的修辞手法。至于南宋韩淲的《偶成其四》一诗中的"园林无俗情"一句，可能是引用陶渊明的诗句，也有可能是因为在创作时潜意识里受了这诗句的影响，不知不觉地写出了雷同的诗句，我们在创作古诗词时也会有似曾相识的情形。不过，不管哪种情形，与我们今天讨论的主旨无关，可以忽略不计，因为"园林无俗情"的最早发明权，或者是陶渊明，或者是孟浩然，都与南宋时期的韩淲不沾边。

最后还是要归结到于右任先生的集句联到底集谁诗句的老问题上。所谓集句联，就是采用前人的诗句、诗文，运用旧瓶装新酒的形式，形成新的意境或者意趣，来表达对联作者的思想感情的一种对联。虽然"园林无俗情"这句诗句有不同的版本，但我以为，于先生在创作时，想到的是陶渊明。从于先生的角度说，两句都是采用同一个人的诗句，加大了集句（也是一种创作）的难度，更能体现对联作者的创作水平。还有一个原因，虽然陶渊明、孟浩然都是田园山水诗的一代宗师，但是，陶渊明是主动跳出尘网（官场）回归自然的诗人，在经历了大彻大悟的洗礼之后，他的诗句已经完全脱离了尘俗之气，反观孟浩然是在仕途绝望之后，才不得不潜迹泉林，纵然徜徉于山水之间，却无法抹去骨子里的功名富贵的阴影，这就决定了两个人境界的不同。于右任选用"园林无俗情"作为集句，体现了他对陶渊明的推崇和对秋园诗社的定位：经霜耐寒的菊花是秋天当然的主角，淡雅清新的品格是园林的天然的基色。秋园诗社的社员要像陶渊明一样，跳出利禄浮名的尘网，创作出充溢山岚水汽的清新的作品。这也许才是于右任先生赠送楹联的真意吧！

秋园诗社拾零

郭孝卿

关于秋园诗社的历史，郭泽英在《福安秋园诗社创办初况试探》中有较详细的记述，本文就其未涉及的问题做几点补充，为存史料。

一、秋园诗社的吟咏形式

秋园诗社仿福州林琴南（纾）等折枝游戏诗唱，主要以折枝诗赛为主，先后有"鸣秋""江云""小别""冬雪""明远""枕山"第一唱，"石门"第二唱，"寄怀""落成""酒家""战愁""公路""离愁"第六唱，"竹僧"第七唱等，根据资料显示，还有其他形式。

（一）现场作诗吟唱

《闽东英烈传》载，革命先烈陈铁民（1903—1935），从小发愤自学，博览群书，尤其刻苦钻研《左文笔法百篇》，深得作文要领，终于写得一手好诗文，在县城知识界中小有名气。每年一度的仙坛（秋园）诗唱，他总会被邀请到场作诗吟唱。

（二）限韵诗赛

1931年，时年18岁的刘浑生所作的《鸽子（限豪韵）》，系秋园诗社限韵诗赛即席联吟之作。

（三）拈题诗赛

比赛方法是在一盒内安放写着"春""夏""秋""冬"等节令名，另一盒中安放"燕""雁""莺""鹊"等鸟名的纸片，参与者于两盒中各拈一纸片，作咏物诗。传诵至今的20世纪30年代某年诗赛，李道融拈得"秋""莺"两字，当场作七绝，获得冠军。

二、民国时期福安的其他诗社

由于秋园诗唱举办时间比较固定，逢元宵、中秋等传统节日举行,这呆板的时间无法满足众多诗人的要求,因此衍生许多小诗社,目前所知的有萍社、逸社、群社、岜山社、湖山社等。

(一) 萍社

从《萍社一初诗刊》可知,此次征诗取"一初"眼字,说明这是萍社成立后的首次征诗,其中有郭剑池(1912—1971)担任词宗。郭剑池即郭虚中,其于1930年上海东亚大学和1933年中国公学毕业后,均回乡任教于福安岜山中学,因此推断萍社成立于20世纪30年代。书名由"剑狂"题签。"剑狂"即郭梁,卒于1936年1月24日农历初一半夜,可推断萍社成立于1936年之前,进而可知萍社应成立于1930年至1935年之间。活动征诗数百首,由九门词宗评选。其中七门捐取词宗分别为吴昧雪(1908—1995,福州人,自幼学画书法,尤擅行书,工折枝)、林丛秋(字之桂,福安城关上杭人,任福安财务委员会委员长)、郭慕璜、陈吟九(绍经)、林尧人、郭剑池(虚中)、李蔚南(痴僧)与陆眠琴,二门正取词宗为陈笃初(1878—1938,福州人,以名医工诗,尤长折枝)、郭梓雨(曾嘉)。捐取词宗一般指有出钱捐助诗事活动的,而正取词宗一般是活动组织者,可推知萍社是以郭梓雨、吴昧雪、林丛秋、陈吟九等为首组织的。聘福州陈笃初这位折枝长辈为正取词宗,亦见福安秋园诗人与福州诗人联系密切。

下附《萍社一初诗刊》评为元、眼、花、胪、殿的作品。以下乃按①吴昧雪、②林丛秋、③郭慕璜、④陈吟九、⑤林尧人、⑥郭剑池、⑦李蔚南与陆眠琴、⑧陈笃初、⑨郭梓雨表示评取词宗。括号内为作者姓名。

(1) 元

①妇半勃谿从一少,客皆掉磬有初难。(郭梓雨)
②愿将宇宙归初岁,错把诗书误一生。(未署名)
③病叶何能争一雨,晚花原不怨初春。(未署名)
④隔绝声闻贞一士,屏除华饰古初人。(郭梓雨)
⑤春风穷碛争初绿,寒雨荒江想一晴。(郭乃凡)

⑥画里看山青一世，海边望月大初时。（林尧人）
⑦往事经心疑一梦，遗言在耳记初盟。（黄香驿）
⑧独为风骚延一脉，谁能祸患弭初胎。（吴味雪）
⑨人情若纸防初识，世路无金碍一行。（刘月樵）
（2）眼
①道统危微传一脉，祸根险恶种初胎。（未署名）
②书从秦火无初本，文羡韩潮自一家。（未署名）
③愈形花好经初雨，欲话山闲在一灯。（周迁九）
④风平江阔声初定，秋老山堂气一严。（未署名）
⑤雨露不教遗一卉，斧斤何忍及初条。（陈吟九）
⑥独夜诗声专一雨，微晴山意俭初花。（郭乃凡）
⑦白屋耐贫非一口，青山留位本初心。（郭岳友）
⑧人间成败看初着，身后悲欢算一勾。（吴味雪）
⑨待泽枯荄苏一雨，恶寒冻雀爽初晴。（李弼唐）
（3）花
①潮落寒江沙一片，烟迷长薄日初斜。（未署名）
②春抱所舒成一雨，幽居有托赏初晴。（郭梓雨）
③风平江阔声初定，秋老山堂气一严。（未署名）
④吾侪气节存初服，儿辈工夫在一灯。（未署名）
⑤破浪功偏推一苇，凌云志已孕初篁。（黄慕陶）
⑥浓云不雨辜初意，浅潦能冰在一心。（林尧人）
⑦剑容侠客酬初志，江许贫渔过一生。（黄润生）
⑧残阳自丽忘初夕，寒萼无馨怨一春。（陆慕平）
⑨雨成秒蔓偏初绿，日薄寒花有一妍。（郭乃凡）
（4）胪
①□□□□□□□，前世冤亲聚一家。（未署名）
②檐溜敢私余一滴，江流犹是润初交。（林尧人）
③鸟外钟声收一枕，马前山色壮初程。（刘福愚）
④仁爱充怀宽一错，哀矜在念恕初非。（郭梓雨）

⑤藕菊弥缝秋一段，为灯位置日初昏。（林硕卿）
⑥高林似欲私初日，微月犹能霸一江。（郭乃凡）
⑦乱时冠履宁初服，劫后河山剩一碑。（黄仰莊）
⑧已忧氾滥方初雨，遂怅飘零更一风。（吴味雪）
⑨余日迫人亲一杖，故山劝我遂初衣。（刘子材）

（5）殿
⑥春风有价抬初绿，穷谷无由乞一青。（郭乃凡）

（二）逸社

《松筠诗稿》中有《消夏·逸社题》《兰花·逸社题》《秋雁·逸社题》等诗题，说明逸社曾开展"消夏""兰花""秋雁"等为题的诗唱。《松筠诗稿》的作者刘松筠与秋园诗社负责人郭梓雨（曾嘉）过从甚密，集中有《和郭梓雨老友〈吊楚屈原〉原韵》《和郭梓雨兄〈白菊〉元韵》《郭梓雨再招吟集作此答之》等。由此可推知逸社社员除刘松筠外，当有郭梓雨。

（三）群社

群社是以卢芦庐（红迦）为首组织的。闽侯张幼珊在《红迦杂著·红迦生传》中称："（红迦）于故乡斜滩结龙江诗社，福安结群社，古田结剑鸣社，闽清结梅溪诗社。"卢芦庐（1918—2009），即卢红伽，芦庐为其号，卢少洲之子，卢雁秋之孙，寿宁斜滩人，"以诗鸣"，很受陈文翰的器重，陈文翰称之为"闽东四才子"之一。他在"福安结群社"，为活跃福安诗词做过贡献，在福安住过不短的时间，抗战期间任福安区专卖分局课长、三都中学高中部讲师。

（四）庡山社、湖山社

郭曾嘉《面城精舍书谈》称："……有庡山、湖山二社。庡山为林琮如少校主持，湖山则吾友林尧人所手创者。二社社友各盛，诗钟而外，每一来复例阄五七言律绝一首，天吴紫凤，众作缤纷。余因辑《庡山联吟集》（李师章甫有序）及《秋园庡山湖山社友诗录》（兼采及各人平日所作）囊括之。"

这些小诗社，或临时，或长期，都由福安（或在福安工作）诗人组成，这些诗人都曾参加秋园诗社的活动。可以这么说，这些诗社与秋园脱不开关系，秋园诗社仍是当时福安诗词界的领头羊，最具影响力。

三、留存至今的民国时期诗人诗集

（一）《雪樵诗钞》《雪樵诗选》

《雪樵诗钞》系手抄本，毛笔誊写，目前存福安市图书馆。1915年，李雪樵的学生陶永康搜集雪樵诗作200余首"为之刊刷"，名《雪樵诗钞》。李书铭为其序，称"清新俊逸，脍炙人口，为士林传颂"，陶永康作跋。原版已散佚，手抄本系1965年无名氏抄录。集中载《李雪樵先生传略》，录古体诗24首、五律32首、七律57首、五绝25首、七绝125首，及他人诗作，陶慕唐（汝霖）5首、宋湘孙4首、郭甄殷1首。

《雪樵诗选》系石印本，目前存福安市图书馆。1930年宁德霍童郑宗霖（字侪骥，号守堪、少甘）复从李的丛稿中挑选百余篇（实64题72首），1936年福安李春华、陈绍经、陈大均、陈绍龄、郭曾嘉等谋付梓。省府委员陈培锟为其封面题签。宁德郑宗霖在集首题诗2首，云"赢得锦囊佳句在，玉楼天上自峥嵘"。江古怀（伯修）为之题词，极力赞誉其"把玩不释手，诗中有至味，胜饮屠苏酒"，"君诗最古淡，神韵风前柳"。

（二）《浮游吟草》手抄本

《浮游吟草》手抄本为林枝春所著，毛笔誊写，录诗170多首，绝大部分作品是民国时期的，是民国福安诗人保留至今最为完整的诗集之一。李经文为其集题词："咏物精刻仿陆王，寄怀旷达宗庄老。"原稿目前存福安市档案馆。1995年，其孙林翰荣"录印数本"《浮游吟草录正》分发给其亲属，"仅供兄弟敬阅留念"。

（三）"古韩阳卯金子渭玉"手抄本

该手抄本抄录宋湘孙、陈西园、周祖颐等福安诗人及作者本人的作品，毛笔誊写。封面题"卯金子渭玉"，当系指刘渭玉。手抄本中亦见其《踏青行》《竹枝词》《来了，昨夜有约君知否》《初十夜》《无题》《如约候君已久，本遇元宵，意与诸君会同唱和，奈与友辈约于今宵宴会；今以诸君多情，各赠诗一首，因以诸君台甫冠首》等作。刘渭玉（1885—1946），即刘汉瑛，福安柏柱洋楼下村人，福州师范毕业。1910年与刘际唐等创办柏洋乡养正初等小学堂（后为柏柱初级小学）任教员，1915年任校长。垂30年历任教员、校长及委员校长，为乡村教育做出贡献。

（四）《松筠诗稿》（上册）手抄本

《松筠诗稿》（上册）手抄本系毛笔誊写，录诗130多首，都是民国时期作品，很有研究价值。作者刘子才（1893—1962），亦称子材，字松筠，福安东门人，毕业于福建师范学校。其幼年好学，青中年时，当任过教师，任城厢镇经济干事等职，喜好作诗，一生创作诗歌1000多首，辑有《松筠诗稿》上、下两册，现仅余上册。

（五）《零羽集》手抄本

《零羽集》手抄本系毛笔誊写，录诗93首，是民国时期女诗人诗集。作者黄双惠（1909—1989），郭宣愉之妻，毕业于福建省女子职业中学，创办福安县妇女工读学校，一生服务教育，任教师、校长。传见《秋园人物》。诗集原稿系黄双惠于1940年手订，现存闽东革命纪念馆。

四、《战生诗刊》词宗、作者

（一）词宗

《战生诗刊》分二十二门，捐取词宗分别是：

第一门，陈肇英（1888—1977），字雄夫，浙江浦江人，时任福建省抗敌后援会主任委员。

第二门，陈培锟（1877—1964），字韵珊，闽县人，时任福建省政府顾问。

第三门，林景润（1897—1946），字琴雨，莆田县人，时任福建协和大学校长。

第四门，李树棠，时任福建保安第二旅旅长，负责闽东防务，司令部驻宁德。

第五门，孙义甫，生平待考。

第六门，刘成灿，生平待考。

第七门，柯呦苹，生平待考。

第八门，林炳康，福州人，后赴台。

第九门，高诚学，时任福安县长。

第十门，程星龄，前任福安县长（其间秋园诗社发起"战生"二唱征诗）。

第十一门，陈庭桢，其时，从寿宁县县长调任福鼎县县长。

第十二门，范中天，生平待考。

第十三门，孙丕英，三都中学校长。

第十四门，庄晚芳，惠安人，中央大学毕业，福建省建设厅福安茶业改良场（今福建省茶科所前身，场址设社口）技士。

第十四门，童衣云，福建省建设厅福安茶业改良场技士。

第十五门，陈连镛，生平待考。

第十五门，郭茂奏，生平待考。

第十六门，陈吟九，名绍经，字吟九，祖籍福安凤林，时住福安阳头横街头，秋园诗社创始人。

第十七门，郭梓雨，字曾嘉，秋园诗社创始人。

第十八门，陈慕彭（1901—1944），名绍龄，字慕彭，祖籍福安凤林，县立湖山小学毕业，走工业救国之路，办有炼油厂、肥皂厂、火柴厂等，开有布庄、钱庄，曾任福安县商会主席等职。

第十九门，郭毓麟，秋园诗人。

第二十门，徐松龄，生平待考。

第二十一门，卢芦庐，福安区专卖分局课长。

第二十一门，吴泽民，生平待考。

第二十二门，刘天诚，福安县政府经征处主任。

第二十二门，林尧人，福安县财务委员会委员，秋园诗人。

第二十二门，江中砥，生平待考。

第二十二门，王景纪，别名剑屺，霞浦人，福安农职校教师。

第二十二门，龚新义，生平待考。

遗珠门捐赠奖品者：薛廷模、林昉、张辅翼（福安国民党党部书记长兼抗敌会主委）、刘传谋、李道魁、范则尧、倪耿光、陈聿焕、张天福（福建省建设厅福安茶业改良场主任），捐取公托游通儒评选。

游通儒，长乐洞头人，故称"吴航"，福建协和大学大专毕业生，历福安农职校教师、闽东茶叶运输处兼主任等职，与郭虚中友善。郭虚中有《金缕曲·游通儒约游太姥山不能赴词以寄之》《念奴娇·寄赠游通儒》等诗词相赠。

(二) 著名作者简介

1. 卢雁秋，名卢鸿，字雁秋、雁洲，寿宁斜滩人，光绪二十八年（1902）壬寅科举人，民国元年（1912）任长乐县知事，翌年因病辞职，福建省议会议员。《战生诗刊》录其作："久战王离秦属楚，再生勾践越吞吴""堪战百虚唯一实，能生万有是三无""征战古来回有几，死生度外置何妨""百战威名寒敌胆，一生心事托梅花""空战弹从天上降，甘生炮向日边开""不战宁甘亡国待，虚生何乐有家为""寒战梅梢魂亦冷，花生笔底句皆香"等。其《题福安〈战生诗刊〉》（二绝）云："破碎山河七尺身，聊将孤愤笔头伸。遥知秦越幽并地，不少含啼待援人。""霜风扫漠角声寒，眼底河山片片残。世正需才嗟我老，头颅时向镜中看。"可见其曾寄寓福安，与福安诗缘不浅。

2. 卢芦庐（1918—2009），即卢红迦，字莲欣，号芦庐，寿宁斜滩人，卢雁秋之孙。《战生诗刊》录其作："有生誓扫扶桑丑，一战行伸橘李仇""枉生尘海宁高蹈，殉战沙场算令终""托生东岛嗤徐福，转战南塘想戚公""百战伏波犹矍铄，三生杜牧本清狂""怯战更无天可问，赘生宁有地能容""一生孤零寒梅称，百战艰难老马知"等。

3. 黄其荣（1890—1964），字以褒，号一皤，宁德霍童人，清光绪三十年（1904）福宁府试第十九名，庠生。入民国，其以蒙馆、卖字为生,设"培英斋"办学育人,桃李满蕉城。中华人民共和国成立后,任福建文史馆馆员。《战生诗刊》录其作:"纪战丰碑垂赑屃,写生妙笔映罘罳""舍生早作无家想,奋战终收不世功""一战河山还我有,更生骨肉赖君全""无生已悟空王法,非战犹传墨子篇""写生殿上无供奉,教战宫中有美人"。

4. 张福生,名之钝,字仁山,宁德县城人。《战生诗刊》录其作:"门生百辈知名几,巷战孤军死力多""不战亦危今日局,所生毋忝此时身""临战民焉逃堕劫,杀生佛不戒诛倭"。

5. 陈吟九,名绍经,字吟九,秋园诗社创办人之一,原籍福安溪潭凤林,移徙察阳,经营粮食,殷实之户,人极诚笃。《战生诗刊》录其作:"好生非但依施惠,善战从知在伐谋"。

6. 林尧人(1903—1952),又名赞唐,笔名韩人,福安穆阳苏坂村人。传见《秋园人物》。《战生诗刊》录其作:"全生谋切重裘辈,主战情殷短褐人""又战沙场征客梦,不生尘世谪官诗""半生已负心犹热,百战曾经胆未寒""决战孤城抬槊日,全生瘴海赐环年""未战死应犹有憾,纵生归来太无聊""虚生衾枕犹惭色,鏖战河山有血痕"等。

7. 郭毓麟(1913—1996),字浴菱,福安岩湖人。传见《秋园人物》。《战生诗刊》录其作:"决战已无和可议,贪生转是死之媒""和战策岐须热审,死生理一可齐观""抗战功堪垂竹帛,养生术不藉丹铅""教战勿妨田亩事,治生渐习市廛风""非战空言宁可践,无生妙谛孰能参"。

8. 郭剑池(1912—1971),名虚中,字展怀,号剑池,福安坦洋人,历任商务印书馆编辑,国立暨南大学、英士大学等校教授,"以史学著",誉称"闽东才子"。传见《秋园人物》。《战生诗刊》录其作:"若生无用何殊死,惟战能存不恤危""得生枯草叨微润,堪战寒风羡晚芳""存生以道穷通好,寓战于农治乱宜""书生乱世真无用,农战清时始见功""心战位高多难日,祸生才小好功人""善战不骄真上士,穷生能达便高才"。

9.刘福愚（1880—1950），字承祉，福安楼下村人，邑庠生，全闽师范毕业，曾任赛山两等小学教员、校长以及第四区第六团民团团总、第一区柏洋保联主任等职，福安著名诗人，参加旭楼征诗。《战生诗刊》录其作："百战功名为史最，半生岁月以诗亲""半生负病卧薪似，一战歼仇登第如""久战人如经炼铁，初生儿似正开花""放生遑恤全家饿，胜战能苏一国忧""吊生恐触残年泪，抗战偏逢闰月饥"。

10.林伯琴（？—1939），福安下白石人，获福建乡试（福宁府学政案）第一名，附贡，选用江苏府经历升翰林院待诏，福安县自治议员，黄崎镇农会长，号称诗酒神仙。《福安历代诗选注》录其《白马门黄岐十景》诗，《战生诗刊》录其作："百战负创犹杀贼，一生抗节不和戎""一战便平犹好世，群生得幸只青春"。

11.刘松筠（1893—1962），名子材，字松筠，福安东门人，著存《松筠诗稿》（上册）。《战生诗刊》录其作："怯战旌旗惭色大，舍生门第吉光多""偷生里巷高年枉，抗战疆场死日荣""喜生议论文人笔，愿战疆场壮士歌""抗战庭闱应许我，偷生史册定书奸""怯战便为良马笑，偷生无解故琴疑""一生事少还浮白，百战功成始泛湖""不战恐能生敌胆，此生幸未玷官声""潮生已具吞江意，蚁战犹存扫穴心"。《甘棠乱余诗刊》录其作："乱草过腰诗尚欠，余曛在眼意无聊""乱峰凌汉无凡想，余萼过春有怨思""乱时大厦先无幸，余日孤筇独有功""余年亲故多凋谢，乱日英雄半钓屠""余梦破于窗外鸟，乱愁束入壁间琴"。

12.刘渭玉（1885—1946），又名汉瑛、昌谦，字师良，号翼汉，柏柱洋楼下村人，福州师范毕业。他1910年与刘际唐等创办柏洋乡养正初等小学堂（后为柏柱初级小学）任教员，1915年任校长。其垂30年历任教员、校长及委员校长，为乡村教育做出贡献。《战生诗刊》录其作："舍生志切无关命，抗战仇深不共天""一战也能歼狡虏，再生或不作愁人""大战难赊鸡犬泰，微生只欠米盐忙"。

13.刘琢园（1898—1943），名石龙，号琢园，福安柏柱洋楼下村人，为柏柱洋首富，光绪举人，连山绥瑶直隶厅知州黄晋铭之婿。传见《秋园人物》。《战生诗刊》录其作："急战遑酬风雅事，迟生恨隔太平年""几生修到无愁福，百战争回大地春""舍生肯怕前途险，作战全凭后盾多"。

14.刘旭初，名刘昭，字旭初，福安下白石麻屿人，同盟会员，福安著名诗人，参加旭楼征诗。《战生诗刊》录其作："尘生破甑诗犹健，叶战空山燕已归""髀生士有伤时感，舌战人多逆理争""不生拼同仇同尽，耐战争将胆共尝""文战俨同身对敌，书生勿再纸谈兵""长生殿里君王泪，古战场边戍客魂""抖战号寒兵后俘，轻生抗节劫中姝"等。

15.张雪堂，福安三江廉太保人，经商，任福安县自治促进会职员，福安著名诗人，参加旭楼征诗。《战生诗刊》录其作："若生乐土贫何害，未战强胡死不甘""姆战当筵声色厉，孪生在抱笑啼同"。

16.黄仰庄，1907年出生，福安阳头人，福建省立旧制第三中学暨省政干团毕业，历任福安县政府建设科科员、经济干事、溪缠乡乡长、第二区晓阳乡乡长等职。《战生诗刊》录其作："再战定能收失地，此生誓不监降旛""有生肯作笼中鸟，不战终为釜底鱼""百战纵横凭尺剑，一生漂泊等浮萍""兰生幽谷香无碍，菊战严霜傲自如""浮生无补空壶击，参战殊殷快剑磨""霞生卿颊娇谁及，雪战吾头老可知""虫生便具忧时诉，蚁战仍为御侮谋"。

17.郭慕丹，名金泉，字慕丹、慕聃，福安社口坦洋人，郭剑池（虚中）之父。《战生诗刊》录"应战务偿消耗策，求生莫作屈降人""速战急功原左计，轻生重利是庸流"，疑为其作。

18.刘少玉，名益谦，字少玉，福安城关长寿路人，历任溪东乡乡长、社口镇镇长等职。《战生诗刊》所载作者为"少玉"的"白战有功持铁柱，苍生无补出山空""风战塔铃惊宿鸟，潮生湖镜怕游鸥"，疑为其作。

(三) 署名作品（部分）

除此之外，《战生诗刊》尚有署名作者180人，现录其一二作品如下（排序不分先后），期待作者后人及知情友好提供线索资料。

徐丝纶：教战未应遗粉黛，养生聊亦效缁黄（殿）；舍生义大镌肤志，誓战文哀啮指书（殿）；捐生士有吟柴市，助战民无哭石壕（殿）；三生缘在师能说，百战功成将始归（殿）。

魏子敏：微生大造权穷达，一战中原系盛衰（殿）；犹战人心兵后柝，渐生我手病余琴（殿）；一战声威恢远服，平生忠爱见遗诗（元）；慎战圣功从可致，舍生臣节乃能完（元）。

林竹泉：及战漫言公道在，有生先替自家哀（殿）；未战殆难消杀气，有生终不断愁根（殿）；未生万物天犹晦，能战群魔道亦尊（元）；风战莽苍将化雪，云生俄顷便为霖（花）。

李一唐：养生四海先宽赋，教战诸州首重农（殿）；善战机殳非不武，好生刑简欲无为；大战行看群丑尽，平生动念万家寒。

潘适丞：不战肯将天共戴，有生宁与日偕亡（殿）；受生身愿还天地，拼战心堪示国人（元）。

江浩（戎马书生）：百战惟余三尺剑，半生只剩一戎衣（殿）。

郭潮：偷生大府宁无愧，殉战高堂反不伤（殿）；松生已有凌霄骨，叶战全无坠地心。

林寿民：出战仍嫌投笔晚，偷生深悔坠盆非（殿）。

谢焕宇：一生慎独无多悔，百战骄亡有后讥（殿）。

江克宽：不战除非身死日，舍生莫待国亡时（殿）；百战功勋留竹帛，一生事业等虫沙。

邓巽图（又名邓运招，"福海关"司书，福州人）：舍生义大宁车裂，抗战仇深莫瓦全（殿）。

巧英：捐生义不甘降敌，慰战妻常强作书（殿）。

江浩：百战山河资保障，一生裘带话雍容（元）；一生无畏强哉矫，百战不挠死也荣（花）；义战应为天所佑，苍生欲与日偕亡。

黄培秋：论战不输曹刿壮，偷生终笑李陵降；一生勋业留铜柱，百战英名震玉门（元）；助战穷黎犹解橐，放生老衲亦谈兵（花）。

邓心渔：能战而和方不辱，既生又灭有何仁（元）；苦战相持云亦惨,残生自笑雨同寒(眼)。

尹涤仇:舍生万代衣冠祀,屈战千秋史册讥(元)。

缪白:众生病已心为偎,百战功成骨作山(元)。

张景丹(景山,疑为霞浦人):死生例一庄何达,和战权分岳乃冤(元)。

李秀英:捐生早击吞胡楫,罢战犹张射日弓(元)。

叶如:既战义难宽后死,有生份应作前驱(元)。

张衍庭:一战不平还再战,此生未遂卜他生(元)。

李若蝶:既战不如惟一贯,非生即死亦千秋(元)。

黄一痴:更生忏尽从前过,一战争回最后功(眼)。

黄广庵:论战无如曹刿妙,治生莫若计然工(眼)。

徐少云:治生园艺凭躬作,助战家书祝骨还(眼)。

周伯丞:抗战中原犹净土,偷生华屋等高坟(眼)。

龙巽霞:浮生我已知庄梦,剧战人同抱杞忧(眼)。

林逊斋:我生转磨嗟胡底,此战沉舟示不还(眼);再战已拼孤注掷,余生真作赘旒看(胪)。

黄以朱:百战山河收马上,半生髭鬓老兵间(眼);吟战不妨诗作垒,醉生直以酒为邱。

黄醒凡:守战皆非吾计拙,死生如一万缘空(眼);残生落日伤同尽,大战荒年苦并临。

刘梦尘(卢):义战春秋无一二,劳生宇宙亦寻常(花)。

林藩侯:捐生早许城同共,沈战终争国可存(花)。

叶东暄:雪战六花人庆瑞,风生两袖我安寒(花);气战冠中毛共愤,声生匣里剑同仇。

张啸青:决战尸将存马革,轻生命莫等鸿毛(花)。

李崇山:百战雄姿倾卫霍,平生侠气动幽燕(花)。

张则涵:棋战未残柯已烂,月生欲晕鼓谁挝(胪);教战术同明耻异,舍生事易得仁难。

生春:久战士疲如马色,侧生儿隽亦龙文(胪);叶战栏杆吟屋静，苔生杻械讼庭闲。

林煦民：风生庭竹有秋意，雪战江梅添夜痕（胪）。

苏步泉：百战事功彰以史，半生心血付于诗（胪）。

张英：反战敌多怕死士，捐生我富救亡人（胪）。

未是生：蚁战示人歼敌紧，蛀生诏我纳交疏（胪）。

蔡海秋：久战马能知将略，长生鹤自有仙缘（胪）。

李梦庚：无战不存驱敌志，有生终是复仇天（胪）。

郭少泉：宁战沙场还马革，不生尘世老羊裘。

龚明彝：求生笛韵流吴吹，助战歌声破楚闻。

黄祖贤：舌战有功归相印，髀生无意上征鞍。

李友樵：偷生深恐青山笑，闻战先为故里忧。

叶球（述）：习战绸缪阴雨日，拼生板荡疾风时。

蔡碧琴（岑）：潜生砌下蜗何稳，沉战阶前蚁亦豪。

周瑞嶷：浪生大海归帆险，风战长空落日寒。

卢虞臣：哀生泣血曾横剑，闻战卧薪久枕戈。

林幼英：巷战交绥徒肉搏，门生无服只心丧。

刘雪渔：临战阵如棋局布，写生诗作画图看。

余敏禧：一战风云迥禹域，再生雨露出尧天。

陈滋园：虽生涸澈枯鱼窘，犹战荒原困兽顽。

黄冑：久战奇功从败得，老生佳句为愁工。

刘了生：转战不知明日我，捐生还有后方人。

冯伯琛：自生幽谷兰何秀，为战西风菊有芳。

黄旭初：恋战应虞前路伏，贪生终虑后人评。

陈逸侯：偷生何若求全瓦，应战能存不恤危。

陈激云：征战帐前荣马革，死生牖下渺鸿毛。

冯霞村：更生不洒新亭泪，抗战当歼淝水兵。

老松：筹战州司储黍粟，资生江叟靠鱼虾。

陈荣（庸）：教战一过张掖郡，擒生两出贺兰山。

周铭：力战一身疑是胆，捐生余气尽成虹。

张仲芳：舍战万难危局挽，谋生一任故山违。
郭振基：决战贻书犹训子，舍生遗简尚锄奸。
杨霭堂：霜战黄花秋满地，阶生白雪月三更。
郭习达（远）：偷生史笔无旁贷，请战铅刀欲自媒。
林大榕：抗战虽难和不可，轻生无误死何尤。
陈可材：治生苟简收明效，怯战因循败远谋。
吴玉怀：一生耻作谀人语，百战磨成卫国功。
经霜：息战干戈祈并化，资生风雨望均调。
梓材（疑为刘松筠）：不战仇宁天共戴，有生予欲日偕亡。
梦潇：决战并除来日患，劳生又益闰年忧。
克明：后生转眼头成雪，一战收场骨积山。
鲁根：策战河津传将校，纪生山薮问虞衡。
锡康：射生高手良家子，迎战先头宿卫军。
伯乐：言战病来犹激切，治生老去亦糊涂。
步云：死生肯负夷门诺，和战徒纷汉室谋。
品成：谋生事每英雄拙，教战功曾粉黛能。
海居：舍生毕竟完高节，抗战终期复大仇。
叔明：龙战或能开泰运，蠖生转可兆丰年。
适臣：拼战终宵惟有酒，托生再世愿如花。
琴舟：面生异地逢人日，胆战孤城受敌时。
林彬：齐战同为吾所慎，死生愿学圣元时。
允谋：百战锻身成铁汉，一生缄口学金人。
爽庐：百战徒肥功狗辈，半生犹缚病蚕身。
叔源：助战毁家宁左计，偷生误国竟高居。
章玉：百战场中枯万骨，一生牖下负初衷。
南园：久战早谋埋骨地，初生多是种忧人。
子熙：鏖战文场排笔阵，寄生酒国筑糟丘。
达三：晴战窗尘纷抗日，春生园卉竟兴华。
梧亭：贪生国破身安托？抗战心坚义必伸。

龚良：初生早铸坠盘错，久战徐翻失地羞。
荫轩：舍生壮士饥犹勇，抗战哀兵死亦豪。
滋园：一生论定盖棺日，百战功成归马时。
文庆：商战财雄摧敌易，儒生道直事人难。
蔚松：不战便亡宁一抗，非生即死誓同仇。
中诚：转战棋盘终局胜，回生蔗境倒尝甘。
爱莲：捐生志已沉舟决，奋战歌还拔剑撞。
醒九：平生远志鹏思举，百战高功狗忍烹。
更生：作战蚁犹疆土重，谋生雁为稻粱忙。
文牧：长生不必求奇药，短战毋须裹凤粮。
少卿：尚战武汤非圣者，伤生莽操亦怜之。
曹庭：巷战矢穷犹杀贼，门生贽厚不除官。
木灿：虚生乱世甘投笔，助战前方愿毁家。
其德：百战河山悲混沌，半生书剑感飘零。
善斋：超生佛免轮回苦，抗战民逾壁垒坚。
龚俭：出战南蛮龙见蜀，诞生西伯凤鸣岐。
玉山：牳战当筵分敌国，孪生同室竟仇人。
黄度：迎战一门拼报国，逃生万众苦投荒。
凤锵：手战乍持醒后笔，眼生难记梦中人。
允谋：智战火牛功必克，神生流马用斯行。
旭丹：决战还存真面目，贪生焉置臭皮囊。
冯成：为战愁城心力瘁，已生疑窦笑啼难。
亦棠：长生殿上双星夜，古战场中孤月秋。
浮萍：百战纵横凭尺剑，一生漂泊等浮萍。
李珖：风生柳絮掀天舞，雪战梅花扑地香。
刘慕云（疑为宁德人）：拼战预为吞炭客，偷生犹作卧薪人。
张淑贞（芝）：抗战出师声势壮，舍生为国姓名香。
金莲：书生投笔从戎去，血战成功奏凯还。
晋基：久战不嫌髀肉瘦，虚生总觉面颜羞。

蕴玉：诸生击楫渡江去，一战弯弓射日还。
溟霞：沪战至今增痛史，书生毋自尚清谈。
玉树：浮生岁月消磨易，大战风云变幻多。
源春：如战滩声泉激石，忽生竹影月交檐。
小白：论战每钦恩伯勇，贪生常笑孝青愚。
云坡：鏖战不知身属我，浮生常事耻依人。
一丹：屡战愈难挥剑胆，再生独感赐环恩。
弼臣：胎生灵昧分人畜，血战雌雄泣鬼神。
青云：赴战忠忱昭日月，捐生义忾凛风霜。
立中：死生举国关休戚，和战群臣异主张。
裕康：舍生气节昭千古，抗战声威服四夷。
庚生：池战水风萍聚散，绿生郊野草高低。
一康：饷战壶浆迎马首，资生箪食托犁头。
鼎祺：决战已成弦上矢，更生原是死中身。
剑萍：舍生取义身何惜，抗战成仁骨亦香。
张雄：转战莫因前线馁，更生端赖后方坚。
涵川：求生莫效秦庭泣，死战甘为易水魂。
振斌：不战岂能降敌国，有生孰愿作仇奴？
桂友：抗战岂忧吾战死，舍生原为众生存。
常民：马战沙场寻血饮，梅生岭上耐霜开。
槐亭：空战曾邀怜国誉，侨生窃望祖邦强。
牧潜：抗战猿虫宁共化，求生燕雀莫偷安。
春闱：出战高堂容或许，偷生青史殆难饶。
希天：激战孤忠昭日月，舍生正气贯山河。
润梅：转战近收东海郡，捉生新获左贤王。
利书：百战功名归阙马，一生经历逆流舟。
雨霖：治生末路穷文士，教战深宫及美人。
允中：百战关心劳计划，一生强项未消磨。
忍庭：云生远寺僧踪杳，雨战寒窗客梦赊。

维翰：古战场中哀肃杀，长生殿里忆温柔。
奉璋：笔战病余初习帖，指生废久复操琴。
秀菊：一战已寒强敌胆，再生定卜出人头。
明尹：决战缘惩巢上燕，偷生务鉴釜中鱼。
妙庭：不战那堪亡后惨，要生须向死中求。
植仙：凯战勋猷千骨换，苍生忧患一肩担。
林达：力战身为天下雨，捐生命当眼前花。
痴仙：抗战岂容仇两立，舍生惟愿国长存。
景文：不战而降吾岂敢？有生以往尔何如？
明焜：持战终偿三矢告，舍生不负一言呼。
独香：师战不仁流杵立，国生多难化机兴。
运亨：一生才弗犹人异，百战身轻摧敌雄。
绍基（疑为杨绍基）：转生淝水三军壮，和战临安一错成。
树声：更生兴国凭民力，一战亡胡赖众功。
一亨：决战焚舟终克晋，余生尝胆卒吞吴。
守业：恶战已基和狄日，祸生早朕入宫时。
登前：善战多谋摧敌易，贪生怕死复仇难。
宗英：百战文章看日贵，一生心事问花知。
龚让：写生试看台前戏，作战休谈纸上兵。
别成：愿生擒贼迟枭示，期战裹尸附马还。
止祥：凉生逆旅难圆梦，酣战沙场欲载功。
恫民：死战沙场留碧血，偷生宇内愧黄花。
陈韬：叶战南园秋有讯，烟生东海日无光。
文祥：血战卫疆云变色，捐生报国气吞胡。
寄庐：策战山河归掌握，治生身世托躬耕。
秀珠：决战健儿带创赴，贪生丑虏倒戈求。
式秬：余生一息犹诛敌，苦战千场不苟降。
哲民：决战全躯终死节，拼生一念亦成仁。

（四）未署名作品

偷生早料心先死，败战应惭胆未尝。
久战马能知将略，长生鹤自有仙缘。
白战劳殊轻寸铁，苍生望竟属斯人。
一战能寒边贼胆，几生修作国殇魂。
死战预留身后死，捐生肯计眼前功。
余生张许成归宿，百战江淮正合围。
射生枝亦推神异，殉战魂应谥鬼雄。
低生芦橘雨枝重，闻战芭蕉风叶凉。
苔生新雨还为渴，叶战西风直不疲。
风生极浦寒潮咽，叶战荒林破屋衰。
鹏生已具冲霄志，蚁战犹知保种谋。
罢战戎衣呼婢理，残生诗稿待儿刊。

五、20世纪40年代的诗人活动

秋园诗社创办经过兴盛时期，因为时事的变化，走向式微。社址在1939年被征作福建省保安处第三十八无线电台，1940年被征作祭祀福安县抗日阵亡将士的忠烈祠，1946至1947年间被征作闽东日报社，1947年7月又被征作福安县立医院（详见2016年9月《福安诗词》第8期第4版郭孝卿"秋园觅踪"）。其间，诗社虽然没有发现举行大型的诗事活动，但诗人的活动并未停止，已知的有以下几次。

1941年，福鼎卓剑舟编辑《太姥山全志》，发出《征题太姥山全志诗文小启》，福安秋园诗人有多人响应。秋园创始人郭曾嘉为其作跋。李经文《奉题卓剑舟君〈太姥山全志〉》，陈少良《太姥吟》，陈鸣銮（佩玉）《乙酉秋日，与李华卿、卓剑舟二学长同登太姥》《宿摩霄诗》，李翰藩《太姥山吟》等诗作入录。

1943年，在穆阳小学当过教员且有盛名的宁德云淡人林开琮（继郭曾嘉任福安图书馆馆长）父母双寿，郭曾嘉（梓雨）、陈文翰、刘宗彝等人亦与宁德有名之士发起征诗祝贺，得诗百余首。

1946年9月，左联作家、秋园诗人刘宗璜为首组织"南野文艺社"，每周在《新闽东日报》上出版一期综合性文艺作品集"南野周刊"，由刘宗璜主编，也刊发诗作，如《十不全诗抄》（十首），今录其一《驼背》：

> 伛腰屈背太拘牵，可笑逢人便拜年。
> 拜煞年来徒自苦，看谁还礼在君前。

《闽东新闻》亦开辟专栏，刊载诗作。福安诗人林仰康过兴庆寺，正遇"盆兰盛会"，寺内女尼达20多人，见此情景，"爰吟八章，以志其事"，刊载于1947年9月25日版。

诗社虽然没有公开活动，但诗人经常三三两两结伴玩游吟咏，至于诗人之间的唱和更是难以尽述。如1942年，陈文翰与郭虚中结伴游穆阳清泉洞，陈文翰作《清泉留咏》，郭虚中亦有《和西园先生咏清泉洞》。

1947年，曹英庄丈夫缪邦桢逝世，林尧人作《赠曹英庄》四首以慰，曹英庄作《步和兰姊夫妇（林尧人夫妇）赠诗原韵》四首以谢。

1947年，秋园诗社创始人之一李经文（章甫）七秩寿辰之际，以《虚度古稀饱看世变》八字冠首作诗。福安诗人和者不寡，如林枝春作《章甫先生七秩以"虚度古稀饱看世变"八字冠首，谨步奉和》《又效李章甫先生七十以"虚度古稀饱看世变"冠首》，刘子才（松筠）和作《八字冠首》。

诸如等等，难以尽举。

六、秋园诗话几则

1. 李馥园，名肯綮，福安察阳李厝巷人，光绪十一年（1884）拔贡，硕德饱学，尤邃于《易》，设帐授徒，数十年足不履市廛。民国十二年（1923年），粤军入闽，摊派福安公债四十余万，李馥园亦被摊派，乃上诗当局云：

平生家计欠绸缪，留恋丹铅暮复朝。
薄产已愁租税重，微资曾被嫁婚销。
眼前丁口难为给，囊里参苓不自饶。
年老古稀犹未歇，况兼水患室飘摇。

沉灾方退叹无依，劫后犹遭卜子悲。
早晚薄饘和泪咽，平安二字素心违。
穷愁终日凭谁白，避债无台何所归。
唯愿慈仁开密网，免从孤竹老餐薇。

当局见了此诗，就免了李馥园的公债。

2. 清末闽督学秦绶章（佩鹤）为林缵六撰《墓志铭》称："闽林缵六先生，余门生端之父，俭朴纯良，好读书，溷迹市尘，手不释卷，举笔每正楷，地理、医学究于己，不求人知，遇野老与话桑麻，不辍陶径邵园，日涉成趣。"其中"门生端"即秋园诗人林伯琴，名端，福安下白石人。

相传，林伯琴下笔成文，其应试文章，百发百中，但家境清贫，专靠鬻秀才为生，有连续卖掉三个秀才之说。一夕，其寝梦一老头赏授七层糕，嘱"不再有"。林伯琴醒后，奇之，想"此次考试或是'不再有'，这名秀才不能卖了。"参加秀才考试，果真是秦绶章主考，也是最后一次考秀才了，故有人称之为白石司"末班秀才"。

3. 林仲琴，又名林琛，福安第四区下白石街人，伯琴之弟，同盟会员。民国22年（1933）移居赛岐，商读为业，住赛岐里街，尝被高而山聘为塾师。民国25年（1936）十月初五，与子幼琴受高而山邀，参加旭楼吟唱。仲琴与萨镇冰、陈赞勋均是诗侣。据《周墩区志》载，陈赞勋《黄崎镇林仲琴与萨上将镇冰酬唱，仲琴寄诗索和，赋此寄萨》云：

不倚光辉仗钺风,形骸肯与上官通。
望尘拾弹江城白,对客投壶蜡炬红。
寸抱于人无不爱,同寮问世孰能公?
闻公一读英雄传,已把功名付碧空。

4. 郭梁,字剑狂,幼承家训,刻苦攻读,喜爱诗文,在紫阳高等小学任教期间,与同僚诗伯李雪樵来往密切,不乏吟风弄月。郭梁赴福州卖画谋生后,两人经常诗筒来往,雪樵有《人日寄郭友剑狂》云:

人日诗成寄剑狂,知君今日应酬忙。
探梅画竹题诗句,又饮人家玉井香。

李雪樵大郭梁17岁,两人结成忘年交。"题诗句"指郭梁在画上题诗。

"题诗句"还衍生一个故事。据王真《道真室集》卷三载,民国20年(1931)至民国21年(1932)之间,福州说诗社宴集陈西园(文翰)家。酒喝得尽兴时,郭梁对着诗客挥毫疾如风雨,为王真作梅一枝,一经完成,下笔题款书"耐香"二字。王真立即说:"我号'耐轩',是'轩榭'的'轩',不是'耐香'。"郭梁随即在"耐香"上加上一"不"字,续作诗句云"不耐香风吹酒醒,一庭明月发寒枝",非常贴切咏梅。其才思的敏捷为众人所惊服。

5. 刘子旭,福安城内关庙巷人,林硕卿前辈之高徒,诗思如泉,感情充沛。民国30年(1941),林硕卿逝世,子旭从京师驰归,书一挽联云:"十年恩重三生感,万里人归一见难。"一字一泪,跃然纸上。惜其诗稿散佚,今无存者。

6. 折枝诗唱原滥觞于福州,约于民国初始在福安流行。当时福安文人虽屡屡发起征诗录取,但均无固定组织。此后,好事者才首集资于后垅北坛附近(即今军分区所在地)辟一园林,构筑亭榭,凿池养鱼，杂植花卉，名为"秋园"，中祀乩油仙师，方创设"秋园诗社"，折枝诗风遂极盛一时。佳作有："鸣鹃有恨伤中主，秋蟀何心斗半闲"（鸣秋一唱）；"江海已无弹铗梦，云山犹有著书年""云气激成今日雨，江光散作满山秋""江到林隈浮残绿，云于山缺补些青"（江云一唱）；"小园易主花仍好，别馆怀人柳又青""小賸甕头留客满，别开篱角避人花"（小别一唱）；"明律本来贫有罪，远功何以马无论""明楼月上花移坞，远岫云封树作峰""明缸光妒穿襦月，远笛声喑隔岸风""明月依稀山吐出，远村仿佛瓦堆成"（明远一唱）；"一春霖雨千家足，万劫河山斗酒消"（酒家六唱）；"诗称故老闲愁集，文抑门生野战才""蛮触国曾停战否，蓬莱仙亦有愁无"（战愁六唱）；"野鹤避尘无路可，宫花沾雨不公多"（公路六唱）；"余烬犹争红一刻，枯枝自诩绿初年"（一初六唱）；"百亩买来都种竹，千金散尽半施僧""盲跛前途端赖竹，英雄末路半皈僧"（竹僧七唱）。又有："三年投刺犹门外，一夕还家记梦中"（三中魁斗格）；"安时不惮三陈策，讨贼何辞六出师"（安师魁斗格）等。

七、郭曾嘉《面城精舍书谈》（选录）

☆记得乙卯（民国4年，1915）岁，偕内弟（陈）吟九就所居小北门外社稷坛（即前县立苗圃），拓秋园诗社。其中县令赵大中（字叔明，江苏人，前醇师西席）复捐廉俸相助。落成之日，群履翩翩，户为之满。赵赠诗有"从此升平基已肇，聊分廉俸助清吟"句。自是各地相继倡设（如碧山、风月、龙江、江云等）。每届诗录，皆有印本。馆藏石田、一初等刊皆是。

其后，更有崀山、湖山二社。崀山为林琮如少校主持，湖山则吾友林尧人所手创者。二社社友各盛，诗钟而外，每一来复例阄五七言律绝一首，天吴紫凤，众作缤纷。余因辑《崀山联吟集》（李师章甫有序）及《秋园崀山湖山社友诗录》（兼采及各人平日所作）囊括之。岁月几何？今则存者各以从宦远客（剑池、尧人等）他出，殁者（湘孙、丛秋诸人）邈若山河矣。

☆记得俊望（道融）世兄为先师仲钧先生营窀穸时，以葬赀无着，因出家藏明文五峰绢本《老子出关图》巨幛，嘉庆虞山张月霄刊《太平御览》（原书刻成，仅印七十多部，版毁）属为筹措百五十金周应。余为介请陈西园丈及吟九代筹。丈慨然许诺，其后《出关图》以百元归丈，《御览》则五十元归吟九（嗣吟九运至赛岐，为群匪所毁）。葬事因得完成。余有诗记其事，叹"清白吏，儿孙难为身后；而二先生高谊为难得"云。

☆乙亥春，余徙居上杭，箧中携有邑贤诗文佚稿，皆频岁得诸师友（以林友吉人所贻为夥）及糊壁覆瓿之余者，兵火围城之中，深恐废坠，暇时仿《莆风清籁》及《闽诗录》例，区分门类，下逮仙释谣谚，辑成《韩阳诗苑》四卷，其作品为方外人，事实关涉本邑者（如各□卷题咏及名人登临凭吊之作）则取系人系地之意，别辟《韩阳诗系》，以资归纳。稿成更就各家遗著，择其首尾完整，央工写成专帙者，计有李馨《莲舫诗抄续稿》、刘尹方（穆阳人，贡生）《赘柳集》、李方锜（伯畴，察阳人，举人）《晴云草堂诗抄》、卓贡琳《现在山房诗稿》等十余种，相互以藏。吉人尝戏余而言曰："君起酸魂冷魂于地下，视掩骸埋胔，功德无量矣。"

☆宋（秋园诗社创始人宋湘孙）宅藏书、雕刻之佳者，有明刊《色谱》、清钱塘江汪氏（启叔）淳祐《临安志》（仿宋本，极阔大）、嘉兴王氏《明贤遗翰》，暨《惺斋传奇》（钱塘夏伦编）等，惜皆残阙。所余道光《福建通志》（宁德魏敬中纂）卷帙差全，近为本馆收得。按宋氏自镜州（讳绍波）前辈以进士起家，其侄笏廷（讳瞻庡）太史、补廷（讳瞻衮）孝廉工殿体书，才藻飚发，藏弄图书甚夥。近以门业就衰，赋式微矣。己卯（民国28年，1939）夏，所居被炸，弹片、瓦砾与图籍凝为一团。余前往检视，无可爬疏处，因赋"墙头薜荔滋，旧家日窳咄"句以怀之。吴雨邨世丈常语余曰："孝廉尝馆孙子授（贻经）阁学家，与其兄笏廷太史名重京师，时人称之为'二宋'云。"

☆邑人著述，缘志局征访而得者，有家康侯（讳兆禄，兴化府学教谕）叔祖《借一山房诗文集》，张慕鲈（讳如翰，举人）先生《味莼室文抄》，李慕厚（讳书铭，大挑知县）先生《片石山房诗稿》，李怡云（前陶清女学教员）女士《碧罗轩吟稿》等。按慕鲈先生才情横溢，曾上书北京政府，痛陈时政得失，诗不多作。慕厚先生工骈丽文，心事细若剥蕉抽茧，有官不仕。怡云女士为芗园先达女孙，孀居课子，至吃糠粃，以所得书院月课、膏火奉养其姑（拟收入拙撰《邑贤事略》）。盖其人各皆各具节目，不必尽以文字传。而康侯叔祖则尤以孝行著，居官廉介。清宣统改元，诏举孝廉方正，里人佥举叔祖应。其见重乡评者可知矣。石遗师跋其集。为诗于杨雪椒、林欧齐（寄图）为近。文谱、志两体，方驾张怡亭（绅，朱梅崖门士）、章硕斋，他人所望而却步者。曾属志局同人录，最保存。

☆《魂南集》者，宁德林圭甫先生于甲戌避乱三都而作，语多悽悒。郑守堪丈题云："闻与蛐虫相对语，不知身外有乾坤。"（尚有丈撰序一首）可以觇其苦窘流离之状。其后义园复以《龙湫消夏小草》见示，则后《魂南集》，先生与夫人避暑宁邑龙湫寺所作，另辟境地。其杂题中有"才子出言真绝妙，带妻或许出家来"句，词近欢悦矣。义园以先生献岁六秩，曾邀同好合赀绣梓，拟于称觞之日，即以是寿，致芹献焉。

☆本邑中正公园（即前之秋园诗社）。记得二十年前，先兄曾偕则迁社同人（即秋园董事）捐赀购置园址，其后踵事增华，因山为园，建有云宇殿，修竹院，魁秋、夏观两楼（庚辰夏毁），舞凤、醉月两亭及鱼跃池等。社董李君更从于院长乞书园额，并天台山农（刘文玠）楹帖，凡当代名公巨卿，轺轩过此者，辄流连爱慕不忍置。每遇春秋佳日登高能赋者流，亦莫不假是园吟集。先是魁秋楼落成，同人各有诗纪事。吟九所赋有"紫云檐际落，青鸟竹西流"句，众以为诗景各称。岁前，则迁社同人以霍童、太姥皆有志，属撰园乘，余以学浅辞，遂止。

☆吟九所蓄刘尹方细楷《阴华经备注》，并三色笔批校本之王注苏诗，均于甲戌偕《太平御览》在赛岐被毁。时吟九携眷侨瓯江，来书甚致惋惜，未几旋里，检点旧藏，十遗八九矣。当局有强滕之出任地方艰巨者，寻亦舍去。尝赋诗自感云：

牢落南邦尚自尊，一瓻终日醉昏昏。
故人相见休相问，事业江湖只罪言。

君性格聪颖，尤喜岐黄方书，卒以误服大黄损生。弥留时，见有人驰紫骝马挟以去，因索笔题"芙蓉城里吾归去，笑看人间万岁年"之句而逝。盖亦生有自来矣。

☆族兄剑狂在日，以先室（按：陈月华）弥留时，嘱以所遗妆奁赀重刊谢翱《晞发集》，高其义，为绘《奁赀梓集图》，置书簏且十年矣。顷承余越园先生赐题图额。（曾）嘉更从集外搜得谢氏遗佚散文，计《智者寺》五律一首（见徐沁《金华游录注》，系出石本），郑刚中《雪竹赋》书后一首（见《金华丛书》郑集□录），幽峭的是谢氏铭心之作，绝非膺鼎。拟付刊布，郑天放师为题图后云：

碎竹如意仰嗷天，高咏朱鸟泪如雨。
厓门君臣已蹈海，余文丞相亦囚虏。
当时宇内尽胡服，呼号独有谢皋羽。
丹心不死留遗集，岁久讹残失订补。
月华女士奋然起，捐赀刊修勇可贾。
十年搜讨坐蹉跎，今乃观成心良苦。
从兹全璧落人间，翱之心事世共睹。
梓雨夫妇非等闲，不独晞发集千古。

后　记

　　《百年秋园》一书，经过编辑们的努力和编纂小组的精心编审，已臻完善，即将付梓。

　　庆祝秋园诗社建社一百周年，这是2023年福安市政协举办的一项重要的文化文史活动。活动以"传承红色基因，弘扬爱国诗魂"为主题，安排三大事项：即组织开展一次红色革命基地采风活动，编辑并公开发行一部《百年秋园》，举办一场秋园诗社建社一百周年庆祝大会。而《百年秋园》一书的公开发行，既是对秋园期颐之年的一种献礼，也是对秋园文化的一种传承。

　　《百年秋园》分"先辈遗响""吟坛新章""名家赐作""百年回眸"四个部分，编辑工作遵循三个原则：

　　一、正能量原则。入编作品本着融政治性、思想性、艺术性于一体。

　　二、不送不录原则。"吟坛新章"部分收录当前活跃于诗坛的秋园诗人作品。作品由本人选送，经评审组评定收录。鉴于《百年秋园》一书早于2021年已将出版计划告知社员，2022年9月18日以来多次通过QQ、微信、电话等多个渠道发出征稿通知。因此，凡未选送作品的社员，本着"不送不录"的原则，其作品不做收录。

　　三、有录尽录原则。"先辈遗响"部分收录已故秋园诗人作品。这些先辈诗人作品由编辑组负责甄选。为了不漏过每一位秋园先辈诗人，本着"有录尽录"的原则，只要能发现其作品的，就予以录编（至少一首）。

另外，为节省篇幅，凡在《福安文史资料·第十四辑》《秋园拾萃》登载过的诗作原则上不重复入编本书，但由于个别先辈诗人至今没有发现新的诗作，也只能从前作中选录一至两首以示后人没有忘记他们。

"吟坛新章"中的作品评选力求精萃，每篇作品都经过评委会精心评选，凡未达到过半评委推荐的作品均不采用。"先辈遗响"的编辑极为不容易。福安秋园已故诗人，略估有两三百人。这次收录已故127位诗人的作品。另有一部分诗人的作品因种种原因未能保存下来，如名诗人郭翼唐、林丛秋、李蔚南等。有的人虽留下折枝诗作，但此次不收录折枝诗，如秋园创始人陈吟九，名诗人黄仰庄、刘旭初、郭岳友、刘福愚等。有的人在秋园虽留下作品，但不知生平籍贯，亦不好贸然录编。

《百年秋园》编辑过程中，编辑部全体同仁付出了艰辛的努力。秋园诗社副社长郭孝卿先生以年近80之躯，开展先辈诗稿收集及编辑过程中的众多协调沟通工作。秋园诗社社长林毓秀先生以抱病之身全身心投入编辑工作，着实令人敬佩。其余同仁亦克艰躬事，行止可歌。《百年秋园》是对秋园诗社百年来的总结，编辑部同仁们尽其所能，想要留存一份宝贵资料，以飨后人，但由于条件有限、时间仓促，难免存在不尽如人意之处，有待各方斧正。

中华诗词是中华民族之瑰宝，承载着中华优秀传统文化之精髓。我们相信，在习近平新时代中国特色社会主义思想的指引下，福安秋园诗人，在新时代新征程中必将奋楫笃行，踵事增华，让中华诗词焕发异彩！

编　者
2023 年 11 月

图书在版编目(CIP)数据

百年秋园/中国人民政治协商会议福建省福安市委员会编.—福州:海峡文艺出版社,2023.12
ISBN 978-7-5550-3493-3

Ⅰ.①百… Ⅱ.①中… Ⅲ.①古典诗歌－诗集－中国 Ⅳ.①I222.7

中国国家版本馆CIP数据核字(2023)第202350号

百年秋园

中国人民政治协商会议福建省福安市委员会 编

出 版 人	林　滨
责任编辑	朱墨山
出版发行	海峡文艺出版社
经　　销	福建新华发行(集团)有限责任公司
社　　址	福州市东水路76号14层
发 行 部	0591－87536797
印　　刷	福建新华联合印务集团有限公司
厂　　址	福州市晋安区福兴大道42号
开　　本	720毫米×1010毫米　1/16
字　　数	620千字
印　　张	43
版　　次	2023年12月第1版
印　　次	2023年12月第1次印刷
书　　号	ISBN 978-7-5550-3493-3
定　　价	66.00元

如发现印装质量问题,请寄承印厂调换